Je te vois

Hélène Amalric présente

Publié pour la première fois au Royaume-Uni par Sphere, un département de Little, Brown

Clare Mackintosh

Je te vois

Traduit de l'anglais (Grande-Bretagne)
par Françoise Smith

MARABOUT

À mes parents qui m'ont tant appris.

Remerciements

Il est communément admis que les deuxièmes romans peuvent se révéler périlleux et, sans le soutien, les conseils et l'aide concrète de nombreuses âmes généreuses, celui-ci n'aurait jamais vu le jour. J'adresse mes sincères remerciements à Guy Mayhew, David Shipperlee, Sam Blackburn, Gary Ferguson, Darren Woods et Joanna Harvey, qui m'ont aidée pendant mes recherches en vue de l'écriture de ce roman. Je suis seule responsable des erreurs qu'il contient et ne me suis pas privée de prendre certaines libertés avec la réalité. Ma reconnaissance envers Andrew Robinson, qui a consacré tant de temps à m'aider, m'a poussée à faire de lui l'un des personnages du livre.

Merci à Charlotte Beresford, Merilyn Davies et Shane Kirk pour nos discussions au sujet de l'intrigue et pour leur lecture du roman au stade d'ébauche, ainsi qu'à Sally Boorman, Rachel Lovelock et Paul Powell qui, à l'occasion de ventes aux enchères organisées par plusieurs œuvres caritatives, ont généreusement enchéri pour obtenir le droit de baptiser l'un des personnages.

La vie d'écrivain est souvent solitaire. La mienne se trouve considérablement enrichie par les communautés présentes sur Twitter, Instagram et Facebook, dont les membres sont toujours prêts à prodiguer des encouragements, à partager des coupes de champagne virtuelles ou à suggérer des noms de cochons d'Inde. La générosité du milieu du polar, tant en ligne que dans la vraie vie, ne cesse de m'étonner : difficile d'être plus encourageant ! Les écrivains sont vraiment des gens formidables.

J'ai la chance d'être représentée par Sheila Crowley, le meilleur agent littéraire du marché, et j'ai l'immense fierté de faire partie de l'écurie Curtis Brown. Remerciements tout particuliers à Rebecca Ritchie et Abbie Greaves pour leur soutien.

Sans le talent et la perspicacité de mon éditrice Lucy Malagoni, je ne serais pas la moitié de l'écrivain que je suis : c'est un vrai régal de travailler avec elle. Il y a chez Little, Brown, une équipe exceptionnelle, et je remercie Kirsteen Astor, Rachel Wilkie, Emma Williams, Thalia Proctor, Anne O'Brien, Andy Hine, Kate Hibbert et Helena Doree pour leur enthousiasme et leur dévouement.

On devrait décerner un prix aux proches des écrivains : ils supportent les sautes d'humeur, les échéances, les dîners brûlés et les retards à la sortie de l'école. Faute de médaille, j'adresse mon amour et mes remerciements à Rob, Josh, Evie et George qui illuminent ma vie et rendent mes livres possibles.

Enfin, merci du fond du cœur aux libraires, bibliothécaires et lecteurs qui ont suffisamment apprécié *Te laisser partir* pour en faire un succès de librairie. Je vous suis extrêmement reconnaissante et j'espère que *Je te vois* vous plaira tout autant.

Tu fais la même chose tous les jours.
Tu sais exactement où tu vas.
Tu n'es pas la seule.

1

Je sens sur ma nuque l'haleine humide de l'homme debout derrière moi. J'avance d'un ou deux centimètres et me colle à un pardessus gris qui sent le chien mouillé. J'ai l'impression qu'il n'a pas arrêté de pleuvoir depuis début novembre et les corps chauds entassés les uns contre les autres dégagent une légère buée. Une mallette me rentre dans la cuisse. Alors que le train négocie un virage en vibrant, je me laisse porter par la foule des passagers qui m'entourent, me retenant un instant d'une main réticente au pardessus gris. À Tower Hill, la rame recrache une douzaine de passagers pour en avaler deux douzaines d'autres, prêts à tout pour rentrer chez eux en cette veille de week-end.

« Occupez tout l'espace ! » beugle le haut-parleur.

Personne ne bouge.

Le pardessus gris a disparu et je me suis coulée à sa place, enviable puisqu'elle me permet d'atteindre la barre de retenue tout en m'évitant de sentir l'ADN d'un inconnu se poser sur ma nuque. D'un coup sec, je ramène devant moi le sac à main qui a glissé vers l'arrière. Harnachés de lourds sacs à dos portés sur la poitrine, deux touristes japonais occupent à eux seuls la place de quatre passagers. Je croise le regard d'une femme de l'autre côté de l'allée qui, me voyant les observer, m'adresse une grimace compatissante. J'accepte ce contact visuel fugace avant de regarder mes pieds. Je remarque comment sont chaussés les autres passagers : les hommes portent de grosses chaussures luisantes qui pointent sous des ourlets à fines rayures ; les femmes, elles, ont les orteils coincés dans des modèles à talon colorés excessivement pointus. Parmi la forêt de jambes, j'aperçois des collants soyeux, en nylon noir opaque, enfoncés dans une paire de tennis blancs tout simples. Inutile de voir leur propriétaire pour imaginer qu'elle doit avoir la vingtaine et planquer des escarpins vertigineux dans un large fourre-tout ou dans un tiroir, au bureau.

Je n'ai jamais porté de talons en journée. Quand je suis tombée enceinte de Justin, je venais à peine de mettre de côté mes bottillons Clarks, et pas question de porter des talons quand on tient la caisse du Tesco ou qu'on tente d'amadouer un bambin pour lui faire remonter la grand-rue. Aujourd'hui, j'ai l'âge de raison. Au quotidien, je passe deux heures dans les transports aller-retour. Gravis en trébuchant des escalators en panne. Me fais écraser les pieds par des poussettes et des vélos. Tout ça pour quoi ? Pour passer huit heures derrière un bureau. Je réserve les talons aux grandes occasions. Au travail, j'ai adopté un uniforme associant un pantalon noir à toute une gamme de hauts en stretch infroissables et suffisamment chics pour me donner une allure professionnelle ; je garde un gilet dans le tiroir du bas de mon bureau pour les jours d'affluence où la chaleur se dissipe dès qu'un client potentiel pousse la porte.

Le métro s'arrête, je bouscule les passagers pour gagner le quai. À partir d'ici, je prends l'Overground, que je préfère, bien qu'il soit souvent tout aussi bondé que le métro. Je sais que c'est psychologique, mais je suis oppressée et mal à l'aise sous terre. Je rêve de pouvoir me rendre à mon travail à pied, même si c'est un vœu pieux : les seuls emplois dignes d'être acceptés se trouvent en zone une alors que les seuls loyers accessibles sont en zone quatre.

En attendant mon train, je prends un exemplaire de la *London Gazette* sur le présentoir, près du distributeur de tickets ; les gros titres sinistres semblent tout indiqués en ce vendredi 13 novembre. La police a déjoué un nouveau complot terroriste : les trois premières pages regorgent de photos d'explosifs saisis dans un appartement du nord de Londres. Je feuillette les photos de barbus en me déplaçant jusqu'à la fissure dans le goudron, sous le panneau indiquant le nom de la station devant laquelle s'ouvrira la porte de la rame. Cette place stratégique me permettra, avant que le wagon se remplisse, de me glisser jusqu'à ma place préférée, en bout de rangée, où je pourrai m'appuyer contre la vitre. Le reste du wagon a tôt fait de se remplir, et tandis que je jette un coup d'œil aux passagers encore debout, j'éprouve un soulagement coupable de ne voir ni personne âgée ni femme manifestement enceinte. Après avoir passé la majeure partie de la journée debout près des classeurs à tiroirs, et malgré mes talons plats, j'ai mal aux pieds. Je ne suis pas censée me charger du classement. Une jeune femme vient photocopier les annonces et mettre de l'ordre dans les papiers, mais en ce moment elle passe quinze jours à Majorque et, à en juger par ce que j'ai vu aujourd'hui, ça fait des semaines qu'elle n'a pas dû classer grand-chose. J'ai trouvé les annonces des biens à usage d'habitation pêle-mêle avec ceux à usage commercial et les locations mélangées aux ventes, ce que j'ai eu le tort de signaler.

— Dans ce cas, mieux vaut que vous régliez ça, Zoe, m'a annoncé Graham.

Voilà pourquoi, au lieu d'organiser des visites de biens, je suis restée debout dans le couloir plein de courants d'air en face du bureau de Graham en regrettant de m'être manifestée. Il y a pire que de travailler chez Hallow & Reed. Je venais m'occuper des comptes une fois par semaine quand la responsable administrative est partie en congé maternité et Graham m'a demandé de la remplacer. J'étais comptable, pas secrétaire de direction, mais le salaire était correct et je venais de perdre deux ou trois clients : j'ai sauté sur l'occasion. Trois ans plus tard, j'y suis toujours.

Le temps que nous atteignions Canada Water, la rame s'est vidée et les seuls passagers qui voyagent debout le font désormais par choix. Mon voisin écarte tant les jambes qu'il m'oblige à m'asseoir de biais ; dans la rangée des passagers qui me font face, je constate que deux autres hommes se comportent de la même façon.

Est-ce conscient ? Est-ce un besoin inné d'occuper plus d'espace que tout le monde ? Quand la femme en vis-à-vis bouge son sac de courses, j'entends le tintement caractéristique d'une bouteille de vin. J'espère que Simon a pensé à en mettre une au frais : la semaine a été longue et, à l'heure qu'il est, je n'aspire qu'à me planter devant la télé, pelotonnée sur le canapé.

Quelques pages plus loin, dans la *London Gazette*, un ancien finaliste de X Factor déplore la « pression exercée par la célébrité » et un débat concernant le droit au respect de la vie privée occupe la majeure partie d'une page. Je lis sans saisir le sens des mots : je regarde les photos et passe les gros titres en revue pour ne pas me sentir complètement à côté de la plaque. Je ne me rappelle pas la dernière fois que j'ai lu un quotidien en entier ou que je me suis assise pour regarder les informations du début à la fin. Je me contente de bribes de Sky News en prenant mon petit déjeuner, ou des gros titres lus par-dessus l'épaule d'un passager pendant mon trajet vers l'agence.

Le train s'arrête entre Syndenham et Crystal Palace. Un soupir agacé s'élève à l'autre bout de la rame, mais je ne me fatigue même pas à regarder qui l'a poussé. Il fait déjà noir, et en me tournant vers la fenêtre je n'aperçois que mon reflet qui me dévisage, encore plus pâle qu'il ne l'est en réalité et déformé par la pluie. J'ôte mes lunettes et frotte les empreintes qu'elles ont laissées sur les ailes de mon nez. Un grésillement retentit, une voix étouffée annonce avec un accent très prononcé quelque chose qu'il est impossible de comprendre. Ce pourrait être n'importe quoi, panne de signalisation ou incident voyageur.

Pourvu que ce ne soit pas un incident voyageur. J'imagine mon verre de vin, Simon qui me masse les pieds sur le canapé, avant de me sentir immédiatement coupable d'être plus préoccupée par mon propre confort que par le désespoir d'une pauvre âme suicidaire. Je suis sûre qu'il ne s'agit pas d'un suicide. Les suicides sont réservés aux lundis matin, pas aux vendredis soir, quand la perspective de deux merveilleux jours de repos nous sépare du retour au bureau.

Un craquement retentit, puis c'est le silence. Quelle qu'en soit l'origine, l'attente risque d'être longue.

— Ce n'est pas bon signe, lance mon voisin.

— Hmm, dis-je, évasive.

Je continue à feuilleter mon journal mais le sport ne m'intéresse pas et, au point où j'en suis de ma lecture, il reste surtout des publicités et des critiques de pièces de théâtre. À ce rythme, je ne serai pas chez moi avant dix-neuf heures : il faudra se contenter de quelque chose de vite fait ce soir au lieu du poulet rôti que j'avais prévu de préparer. Simon est aux fourneaux en semaine et moi, le vendredi soir et le week-end. Il s'en chargerait aussi si je le lui demandais, mais il n'en est pas question. Je refuse qu'il cuisine pour nous – pour mes enfants – tous les soirs. J'achèterai peut-être un plat chez le traiteur.

J'évite la rubrique économique et considère les mots croisés, mais comme je n'ai pas de crayon sur moi je lis les petites annonces en me disant que je trouverai peut-être un emploi pour Katie – ou pour moi, pourquoi pas ? Même si je sais pertinemment que je ne quitterai jamais Hallow & Reed. Je gagne bien ma vie, je maîtrise ce que je fais maintenant, et s'il n'y avait pas mon patron, ce serait parfait. La plupart des clients sont gentils. En général, ce sont des start-ups en quête de locaux, des entreprises prospères prêtes à s'agrandir. Nous gérons peu de biens à usage d'habitation, mais les appartements situés au-dessus des commerces conviennent aux primo-accédants et à ceux qui cherchent quelque chose de plus petit. Je rencontre pas mal de personnes récemment séparées. Parfois, quand le cœur m'en dit, je leur avoue que je sais ce qu'ils traversent.

— Vous vous en êtes bien sortie, au final ? demandent toujours les femmes.

— C'est la meilleure décision que j'aie jamais prise, réponds-je avec assurance.

C'est ce qu'elles ont envie d'entendre.

Je ne trouve pas de boulot pour une aspirante actrice de dix-neuf ans, mais corne une page où j'ai repéré un poste de responsable administrative. Il ne fait pas de mal de savoir ce qu'offre le marché de l'emploi. L'espace d'un instant, je me vois entrer dans le bureau de Graham Hallow pour lui remettre ma démission, lui annoncer que je ne supporte plus qu'il me parle comme à un chien. En remarquant le salaire imprimé au bas de l'annonce, je me souviens du temps qu'il m'a fallu pour gravir peu à peu les échelons avant de gagner de quoi vivre décemment. Faute de grives, on mange des merles, comme dit le proverbe.

Les dernières pages de la *Gazette* sont consacrées aux demandes d'indemnisation et aux informations financières. J'évite soigneusement les annonces de prêts bancaires – vu les taux d'intérêt, il faudrait être fou ou désespéré – et jette un coup d'œil au bas de la page où sont regroupées les publicités pour le téléphone rose.

Femme mariée recherche plan sexe discret. Contacte ANGEL par SMS au 69998 pour photos.

Ce sont les tarifs exorbitants des SMS qui me font tiquer plus que le service proposé. Qui suis-je pour juger les mœurs des autres ? Je m'apprête à tourner la page, résignée à lire le compte rendu du match de foot d'hier soir, quand l'annonce au-dessous de celle d'Angel attire mon attention.

L'espace d'un instant, je me dis que je dois avoir la vue fatiguée : je cligne fort des paupières sans que cela change quoi que ce soit.

Je suis si absorbée par ce que j'ai sous les yeux que je ne remarque pas que le train redémarre. Il repart brusquement et, projetée de côté, je tend la main par réflexe, touchant la cuisse de mon voisin.

— Excusez-moi !

— C'est rien, pas de souci.

Il m'adresse un sourire que je me force à lui rendre, même si mon cœur bat la chamade et que je ne peux pas détacher les yeux de l'annonce. Elle comporte les mêmes mises en garde à propos des tarifs d'appel que les autres encarts publicitaires et, en haut, se détache un numéro en 0809 et une adresse Internet : www.trouvel-amesœur.com. Mais c'est la photo qui m'interpelle. Cadrée tout près d'un visage féminin, elle permet pourtant de voir distinctement des cheveux blonds et de deviner un haut noir à bretelles. Plus âgée que les autres femmes qui étalent leurs charmes sur la page, il est difficile de lui donner un âge précis tant la photo est médiocre.

Mais il se trouve que je connais son âge. Je sais qu'elle a quarante ans.

Parce que c'est une photo de moi.

2

Postée au milieu d'une rame de métro de la Central Line, Kelly Swift dansait d'un pied sur l'autre pour garder l'équilibre alors que le train négociait un virage. À Bond Street, deux gamins, qui ne devaient pas avoir plus de quatorze ou quinze ans, montèrent dans la rame en se bousculant et en rivalisant de vulgarité, ce qui détonnait avec leur façon de prononcer les voyelles, caractéristique de la classe moyenne. Il était trop tard pour se rendre à des activités extrascolaires et la nuit était déjà tombée ; Kelly espéra qu'ils rentraient chez eux au lieu de sortir. Ce n'était pas de leur âge.

— Complètement taré, ce con ! s'écria l'un d'eux.

Sa fanfaronnade laissa place à de la gêne quand, levant les yeux, il aperçut Kelly. La jeune femme imita l'expression sévère qu'elle avait vu sa mère adopter en maintes occasions et, joues cramoisies, les adolescents se turent et se détournèrent pour regarder les portes se fermer. Kelly aurait sans doute pu être leur mère, dût-elle admettre en comptant à rebours à partir de trente et en s'imaginant avec un gamin de quatorze ans. Plusieurs de ses anciennes camarades de classe avaient des enfants presque aussi âgés ; des photos de familles heureuses s'affichaient régulièrement sur la page Facebook de Kelly, et deux ou trois de ces enfants avaient même voulu devenir ses amis. Franchement, rien de tel pour prendre un coup de vieux.

Kelly croisa le regard d'une femme en manteau rouge à l'autre bout du wagon qui approuva d'un hochement de tête l'effet que la jeune femme avait eu sur les adolescents.

— Vous avez passé une bonne journée ? demanda Kelly en souriant.

— Ça va mieux maintenant qu'elle est finie. Vive le week-end, pas vrai ?

— Je travaille jusqu'à mardi.

Et encore, elle ne bénéficierait que d'un jour de repos avant d'enchaîner six jours de service d'affilée, songea-t-elle en pestant intérieurement à cette perspective. La femme prit un air atterré.

— Faut bien que quelqu'un s'en charge, dit Kelly, fataliste.

— Je suppose, oui.

La dame se dirigea vers les portes alors que le train ralentissait pour s'arrêter à Oxford Circus.

« J'espère que le week-end sera calme. »

Et voilà, c'est foutu maintenant, pensa Kelly en consultant sa montre. Neuf arrêts jusqu'à Stratford. Chez elle à vingt heures, vingt heures trente peut-être. Rembaucher à sept heures du matin. Elle poussa un grand bâillement sans se donner la peine de mettre la main devant sa bouche et se demanda s'il y avait quelque chose à manger chez elle. Elle vivait en colocation, dans une maison près d'Elephant and Castle, avec trois autres femmes dont elle ne connaissait l'identité complète que grâce aux chèques de loyer soigneusement punaisés au tableau de l'entrée, prêts à être ramassés tous les mois. Le salon avait été transformé en chambre par un propriétaire soucieux de rentabiliser ses investissements, les parties communes se réduisant à la cuisine exiguë. Il n'y avait de place que pour deux chaises, mais à cause de l'emploi du temps décalé et des horaires irréguliers de ses colocataires, il arrivait à Kelly de ne voir personne pendant plusieurs jours. Dawn, une infirmière, occupait la plus grande chambre. Plus jeune que Kelly mais femme d'intérieur bien plus accomplie, elle laissait parfois à sa camarade des portions de nourriture près du micro-ondes, accompagnées d'un petit mot écrit sur un Post-It rose fluo l'encourageant à se servir. En pensant à la nourriture, Kelly sentit son estomac gargouiller et elle revérifia sa montre. L'après-midi avait été plus rempli que prévu ; il faudrait qu'elle fasse des heures supplémentaires la semaine prochaine ou elle ne viendrait jamais à bout de son boulot.

Quelques hommes d'affaires montèrent à Holborn, et Kelly les observa d'un œil expert. Au premier regard, ils semblaient identiques avec leurs cheveux coupés court, leurs costumes sombres et leurs mallettes. Le diable est dans les détails, songea la jeune femme. Elle se mit en quête des fines rayures de leur costume, d'un titre de livre fourré dans un sac, des lunettes à montures métalliques dont une des branches serait tordue, d'un bracelet de montre en cuir brun sous une manche de chemise en coton blanc. Toutes ces particularités et ces manies vestimentaires permettaient de les distinguer parmi une brochette d'hommes quasi identiques. Kelly les observait ouvertement, impassible. C'est juste un entraînement, se dit-elle sans s'affoler quand l'un des hommes découvrit qu'elle posait sur lui son regard flegmatique. Au lieu de détourner les yeux comme elle s'y attendait, l'inconnu lui adressa un clin d'œil, et un sourire plein d'assurance se dessina sur ses lèvres. Kelly regarda sa main gauche. Marié. Blanc, bien bâti, un mètre quatre-vingts environ, barbe naissante couvrant des joues encore rasées de près quelques heures plus tôt. Éclair jaune d'une étiquette de pressing oubliée dans la doublure de son pardessus. Droit comme un I : un ancien militaire, Kelly l'aurait parié. Quelconque, mais elle se souviendrait de lui s'ils se croisaient de nouveau.

Satisfaite, elle reporta son attention sur la vague de passagers qui montaient à Bank et s'insinuaient dans le wagon en quête des derniers sièges libres. Ils avaient pratiquement tous un téléphone à la main ; ils jouaient, écoutaient de la musique ou le tenaient simplement comme s'il était greffé à leur paume. À l'autre bout de la rame, quelqu'un leva son téléphone devant lui et, spontanément, Kelly se détourna. Des touristes immortalisaient pour leur famille leur passage dans le mythique métro londonien, mais Kelly trouvait inconcevable de faire de la figuration dans les photos de vacances de parfaits inconnus.

Elle avait l'épaule douloureuse après s'être cognée contre un mur en prenant un virage trop serré alors qu'elle dévalait les escalators pour gagner le quai de la station de Marble Arch. Elle y était arrivée quelques secondes trop tard et cela l'agaçait de s'être fait pour rien l'ecchymose qui s'épanouissait maintenant sur le haut de son bras. La prochaine fois, elle serait plus rapide.

Le train arriva à Liverpool Street ; c'était la cohue sur le quai, les passagers attendant impatiemment de pouvoir monter.

Le pouls de Kelly s'emballa.

Là, au milieu de la foule, à moitié dissimulé par un jean trop large, un sweat à capuche et une casquette de baseball, se tenait Carl. Reconnaissable d'emblée et impossible à ignorer – aussi déterminée fût-elle à rentrer chez elle. À sa façon de se fondre dans la foule, il était clair que Carl avait repéré Kelly une fraction de seconde avant qu'elle le voie et que leur rencontre ne le réjouissait pas plus qu'elle. Elle devait agir vite.

Elle sauta du train juste avant que les portes se referment derrière elle avec un sifflement. Elle crut d'abord l'avoir perdu, mais elle aperçut, à une dizaine de mètres devant elle, une casquette de baseball dont le propriétaire, sans courir, se faufilait parmi le flot de passagers s'éloignant du quai.

S'il y avait une chose que Kelly avait apprise au cours de ces dix dernières années passées dans le métro londonien, c'est bien que la politesse ne mène à rien.

— Attention derrière vous ! cria-t-elle en se mettant à courir et en bousculant deux touristes d'un certain âge qui tiraient leur valise. J'arrive !

Elle l'avait peut-être perdu ce matin-là, se prenant au passage un bleu à l'épaule, mais pas question qu'il lui file à nouveau entre les doigts. Elle eut une pensée fugace pour le dîner qu'elle avait espéré trouver à son retour chez elle et calcula que cette poursuite prolongerait sa journée d'au moins deux bonnes heures. Mais quand faut y aller, faut y aller ! Elle pourrait toujours s'acheter un kebab en rentrant.

Carl se carapatait dans l'escalator. Erreur de débutant, songea Kelly, qui privilégia l'escalier. Il y avait moins de touristes à éviter et c'était moins douloureux pour les jambes que le mouvement saccadé, convulsif, d'un escalier mécanique. Malgré tout, ses muscles lui brûlaient quand elle arriva à la hauteur du délinquant. Parvenu au sommet, il jeta un coup d'œil par-dessus son épaule gauche avant de bifurquer à droite. *Putain de merde, Carl,* pensa Kelly. *Je devrais avoir fini mon service, là.*

Au prix d'une dernière pointe de vitesse, elle le rattrapa au moment où il s'apprêtait à sauter par-dessus le portique, empoignant sa veste d'une main tout en lui tordant un bras derrière le dos de l'autre. Sans conviction, Carl tenta de s'enfuir, déséquilibrant la jeune femme qui perdit son chapeau. En voyant quelqu'un le ramasser, elle espéra que la personne ne filerait pas avec. Déjà qu'elle n'avait pas la cote auprès de Stores après avoir perdu sa matraque dans une bagarre l'autre jour, elle se passerait volontiers d'un autre savon.

— Tu ne t'es pas présenté à ta convocation au tribunal, mon pote, expliqua Kelly, haletante, oppressée par l'étau de son gilet pare-coups.

Décrochant les menottes suspendues à sa ceinture, elle les passa habilement aux poignets de Carl en vérifiant qu'elles étaient suffisamment serrées.

— Je t'embarque.

Je te vois. Mais toi, tu ne me vois pas. Tu es absorbée dans ton roman, une édition de poche dont la couverture est illustrée par une fille en robe rouge et dont je ne distingue pas le titre, mais peu importe : ce sont tous les mêmes. Si ce n'est pas l'histoire d'une rencontre, c'est l'histoire d'une obsession, d'une traque. Une histoire de meurtre.

L'ironie de la situation ne m'échappe pas.

À l'arrêt suivant, je profite de l'afflux de passagers qui montent dans le métro pour m'approcher de toi. Te retenant à la poignée, au centre de la rame, tu lis en tenant ton livre d'une main, tournant les pages d'un pouce habile. Nous sommes si près l'un de l'autre maintenant que nos manteaux se touchent et que je sens la base vanillée de ton parfum, dont l'odeur se sera depuis longtemps dissipée d'ici la fin de ta journée de travail. Certaines femmes s'éclipsent aux toilettes à l'heure du déjeuner pour retoucher leur maquillage, se parfumer un peu. Pas toi. Quand je te verrai après le travail, le fard charbonneux dont tu as maquillé tes paupières aura migré sous tes yeux, dessinant des cernes de fatigue, ton gloss aura laissé l'empreinte de tes lèvres sur d'innombrables tasses de café.

Pourtant, même à la fin d'une longue journée, tu es jolie. Cela compte beaucoup. La beauté, cela dit, ce n'est pas tout ; parfois, ce qui interpelle, c'est une allure originale, une poitrine voluptueuse, de longues jambes. Parfois, c'est la classe et l'élégance – pantalon marine bien coupé, escarpins en cuir naturel –, parfois, c'est une allure tapageuse et vulgaire. Cochonne, même. La variété, c'est important. On se lasse même du steak le plus goûteux quand on en mange tout le temps.

Tu as un sac à main plus grand que la moyenne. Tu le portes en général à l'épaule, mais quand la rame est bondée – c'est le cas à ce stade de ton voyage – tu le poses par terre, entre tes jambes. Comme il s'est avachi, j'ai pu apercevoir son contenu. Un portefeuille en cuir naturel souple au fermoir doré. Une brosse sur laquelle on distingue des cheveux blonds. Un sac de courses réutilisable soigneusement roulé en boule. Une paire de gants en cuir. Deux ou trois enveloppes kraft, déchirées avant d'avoir été fourrées dans le sac avec leur contenu. Le courrier ramassé en vitesse sur le paillasson après le petit déjeuner, ouvert sur le quai en attendant ton premier métro. Je tends le cou pour lire ce qui est imprimé sur l'enveloppe du dessus.

Maintenant, je connais ton nom.

Mais qu'importe : les noms sont inutiles dans le genre de relation que nous allons nouer, toi et moi.

Je prends mon téléphone et active l'appareil photo. Je me tourne vers toi ; du pouce et de l'index, je zoome pour ne me concentrer que sur ton visage. Si quelqu'un me remarquait maintenant, il croirait que je poste sur Instagram ou Twitter un compte rendu de mon trajet #selfie.

Un clic silencieux et tu es à moi.

Alors que le métro décrit un virage, tu lâches la poignée et te penches pour ramasser ton sac, toujours concentrée sur ton livre. Si je ne te connaissais pas mieux, je pourrais croire que tu as surpris mon regard et que tu caches tes affaires, mais ce n'est pas le cas. Le virage annonce simplement que tu descends bientôt.

Ce livre te plaît. D'habitude, tu interromps ta lecture bien plus tôt ; à la fin d'un chapitre, tu glisses entre les pages la carte postale qui te sert de marque-page. Aujourd'hui, tu continues à lire tandis que le train entre en gare et que, de l'épaule, tu te fraies un passage pour sortir en répétant « Pardon » et « Désolée » une dizaine de fois. Tu continues à lire en te dirigeant vers la sortie et en t'assurant de temps en temps que tu ne vas bousculer personne.

Tu continues à lire.

Et moi, à t'observer.

3

Crystal Palace est le terminus de mon métro. Si ça n'avait pas été le cas, je serais peut-être restée assise à ma place, regard rivé à la petite annonce dans l'espoir d'y trouver un sens. En l'occurrence, je suis la dernière à descendre.

La pluie s'est calmée, se muant en bruine, mais à peine ai-je quitté la station de métro que mon journal est trempé et me tache les doigts d'encre. Bien que la nuit soit tombée, mon chemin est éclairé par les réverbères allumés et les enseignes au néon qui illuminent la multitude de traiteurs et de boutiques de téléphonie mobile bordant Anerley Road. Des guirlandes lumineuses criardes égaient les lampadaires en vue de l'inauguration des illuminations de Noël par une célébrité de seconde zone, mais il fait trop doux – et il est trop tôt – pour que je pense à Noël.

Sur le chemin de la maison, je ne peux détacher les yeux de la petite annonce, ignorant la pluie qui plaque ma frange sur mon front. Ce n'est peut-être pas moi du tout. Et si j'avais un sosie ? Pour vanter les mérites d'un service de téléphone rose, on ne peut pas dire que le choix de ma photo s'impose : une femme plus jeune, plus séduisante serait sans doute préférable à une femme d'âge moyen, mère de deux grands enfants, dotée d'une petite brioche. J'éclate presque de rire à cette idée. Je sais qu'il en faut pour tous les goûts, mais là, c'est un créneau hyper-pointu.

Entre le supermarché polonais et la cordonnerie, il y a le café de Melissa. L'un des cafés de Melissa, devrais-je dire. L'autre est situé dans une petite rue, à deux pas de Covent Garden, et les habitués prennent soin de commander leurs sandwichs par téléphone pour éviter d'y faire la queue, tandis que les touristes hésitent sur le pas de la porte en se demandant si le *panini* vaut le coup d'attendre.

On pourrait croire qu'avec une telle adresse ce serait le jackpot assuré, mais à cause du loyer élevé, le commerce peine à générer des bénéfices depuis son ouverture, il y a cinq ans. Contrairement au café d'Anerley Road qui, malgré sa peinture défraîchie et ses voisins improbables, est une vraie mine d'or. Il est ouvert depuis des années et engrangeait déjà du fric à la pelle bien avant que Melissa le reprenne et le rebaptise à son nom ; c'est l'un de ces secrets bien gardés que l'on voit parfois apparaître dans les guides touristiques. « Le meilleur petit déjeuner du sud de Londres », proclame la photocopie de l'article collée sur la porte au ruban adhésif.

Je poursuis mon chemin un moment sur le trottoir d'en face pour pouvoir observer en toute discrétion. La buée qui borde l'intérieur des fenêtres crée un effet de flou artistique, comme dans les photos des années 1980. Au centre, derrière le comptoir, un homme essuie l'intérieur du présentoir en Plexiglas. Il porte son tablier plié en deux noué à la taille – style serveur parisien – au lieu de l'attacher sur la nuque et, avec son tee-shirt noir et ses cheveux bruns ébouriffés comme au saut du lit, il paraît bien trop branché pour être serveur. Joli garçon ? Je trouve, oui, même si je manque d'objectivité.

Je traverse en faisant attention aux cyclistes alors qu'un conducteur de bus me cède le passage. Justin lève les yeux quand j'entre en faisant tinter la sonnette.

— Salut, maman.

— Salut, mon chéri, dis-je en cherchant Melissa des yeux. Tu es seul ?

— La patronne est à Covent Garden. La gérante du café est en congé maladie, alors elle m'a confié la boutique.

J'essaie d'imiter sa désinvolture mais je me sens submergée de fierté. J'ai toujours su que Justin était quelqu'un de bien ; il avait juste besoin qu'on lui laisse sa chance.

— Donne-moi cinq minutes et je rentre avec toi, reprend-il en se tournant pour rincer sa lavette dans l'évier en acier inoxydable.

— Je venais prendre un plat à emporter pour dîner. La friteuse est froide, je suppose ?

— Je viens de l'éteindre. Les frites seront vite cuites. Et il y a des saucisses qu'on va devoir jeter si on ne les mange pas aujourd'hui. Melissa ne se formalisera pas si on les prend.

— Je vais les payer.

Je n'ai pas envie que les responsabilités que Justin endosse provisoirement lui montent à la tête.

— Elle ne se formalisera pas.

— Je vais payer, dis-je, inflexible, en attrapant mon portefeuille.

Je vérifie le tableau pour calculer le prix de quatre saucisses et quatre portions de frites. Justin a raison : Melissa nous les aurait données si elle avait été là, mais elle est absente, et dans notre famille, on paie notre dû.

Plus on s'éloigne du métro, plus les boutiques et les commerces se font rares, cédant la place à des rangées d'une douzaine de maisons mitoyennes. Les volets métalliques gris, synonymes de saisie, condamnent les ouvertures de plusieurs d'entre elles alors que l'éclat rouge et orange de graffitis illumine leur porte d'entrée. Notre rue n'échappe pas à ce constat : il manque des tuiles à la troisième maison, dont les fenêtres sont barrées d'épaisses planches de contreplaqué, et on peut repérer les locations à leurs gouttières bouchées et à leurs briques tachées. Au bout de la rangée s'élèvent deux maisons habitées par leur propriétaire : celle de Melissa et Neil, située dans le très convoité bout de rangée, et la mienne, juste à côté.

Pendant que Justin cherche ses clés dans son sac à dos, je reste un moment sur le trottoir, près de la grille qui clôt ce que l'on pourrait avoir la largesse de qualifier de jardin sur rue. Des mauvaises herbes pointent entre les gravillons humides ; une lampe à énergie solaire en forme de lanterne à l'ancienne émettant une faible lueur jaune fait office de décoration. Le jardin de Melissa aussi est recouvert de gravier, les herbes folles en moins, et deux sculptures végétales taillées en spirale, impeccablement entretenues, flanquent la porte d'entrée. Sous la fenêtre du salon, quelques briques sont un ton plus clair que les autres : c'est là que Neil a dû frotter pour effacer les graffitis laissés par un habitant du sud de Londres encore assez borné pour réprouver les mariages mixtes.

Chez nous, comme personne ne s'est donné la peine de tirer les rideaux du salon, je vois Katie se vernir les ongles, assise à la table de la salle à manger. Avant, j'insistais toujours pour que nous prenions nos repas à table ; j'adorais cette occasion de faire le point sur la journée des enfants à l'école. Au début, quand nous venions d'emménager, c'était le seul moment où j'avais l'impression que nous nous débrouillions bien sans Matt. Notre petite cellule familiale de trois personnes, réunie autour d'un repas tous les soirs à dix-huit heures.

À travers la fenêtre – couverte d'une éternelle couche de saleté puisque nous vivons dans une rue passante –, je remarque que, pour pouvoir poser son nécessaire de manucure sur la table, Katie a dû s'aménager un coin parmi les magazines, les tas de factures et le panier à linge qui, pour une raison mystérieuse, y a élu domicile. Il m'arrive de débarrasser le bazar pour que nous puissions nous y installer, le dimanche midi, mais, vaincus par l'insidieuse marée de papiers et de sacs de courses qui y échouent, nous ne tardons pas à nous retrouver devant la télé, une assiette posée sur les genoux.

Dès que Justin ouvre la porte, je revois les enfants se précipiter pour m'accueillir à mon retour du travail, quand ils étaient petits ; à voir leur réaction, on aurait cru que je m'étais absentée des mois au lieu d'avoir passé huit heures à remplir des étagères chez Tesco. Quelques années plus tard, je m'arrêtais chez mes voisins, remerciant Melissa d'avoir fait garderie ; même si les enfants prétendaient n'avoir plus l'âge, secrètement, ils adoraient passer du temps chez elle.

— Il y a quelqu'un ? dis-je.

Simon sort de la cuisine avec un verre de vin qu'il me tend avant de m'embrasser sur les lèvres et de m'enlacer la taille pour m'attirer contre lui. Je lui donne le sac en plastique à l'enseigne de chez Melissa.

— Un peu de tenue, vous deux ! s'écrie Katie en sortant du salon, mains en l'air et doigts écartés. Qu'est-ce qu'on mange ce soir ?

Simon relâche son étreinte et emporte le sac à la cuisine.

— Saucisses-frites.

Katie fait la grimace et je lui coupe l'herbe sous le pied avant qu'elle se plaigne du nombre de calories.

— Tu peux manger ta saucisse accompagnée d'une salade : il y en a au frigo.

— C'est pas comme ça que tes chevilles vont dégonfler, remarque Justin.

Katie réussit à lui taper le bras alors qu'il se baisse pour l'éviter et s'élance dans l'escalier.

— Grandissez un peu, tous les deux !

À dix-neuf ans, Katie entre sans peine dans du 36 et il n'y a plus trace chez elle des rondeurs de l'adolescence qu'elle pouvait encore avoir il y a quelques années. Et elle a de très jolies chevilles. Je m'apprête à l'enlacer mais me décide pour un baiser sur la joue en me souvenant de ses ongles vernis.

— Désolée, ma belle, mais je suis claquée. Un plat de chez le traiteur de temps en temps ne te fera aucun mal – de tout avec modération comme on dit, hein ?

— Tu as passé une bonne journée, ma chérie ? me demande Simon.

Il me suit dans le salon tandis que je m'affale sur le canapé et soupire en fermant fugacement les yeux, sentant la détente me gagner.

— Pas mauvaise. À part que Graham m'a fait faire le classement.

— Ce n'est pas à toi de faire ça, proteste Katie.

— Nettoyer les toilettes non plus, mais devine ce que j'ai dû faire hier ?

— Pouah ! Non mais quel connard ce type !

— Tu ne devrais pas supporter ça, observe Simon, assis près de moi. Tu devrais te plaindre.

— Auprès de qui ? Graham est propriétaire de l'agence.

Graham Hallow est de ces hommes qui, pour se sentir important, rabaissent ceux qui les entourent. Comme j'en ai conscience, cela ne me dérange pas. En général.

Pour changer de sujet, j'attrape la *London Gazette* que j'ai posée sur la table basse. Elle est encore trempée et certaines lignes sont floues, mais je plie le journal en deux pour rendre visibles les annonces de téléphone rose et d'agences d'escorte.

— Maman ! Qu'est-ce qui te prend de regarder ces publicités ? s'écrie Katie en riant.

Elle finit d'appliquer un *top coat* sur ses ongles, revisse le bouchon avec précaution et regagne la table pour mettre ses mains sous une lampe à ultraviolet qui fixera le vernis.

— Elle pense peut-être pouvoir échanger Simon contre un modèle plus récent, intervient Justin en entrant dans le salon.

Il a troqué le tee-shirt et le jean noirs qu'il portait pour travailler contre un pantalon de jogging gris et un sweat-shirt. Pieds nus, téléphone dans une main, il tient dans l'autre une assiette qui déborde de saucisse-frites.

— Ce n'est pas drôle, répond Simon en me prenant le journal. Trêve de plaisanterie, pourquoi consultes-tu les annonces de téléphone rose ?

Il fronce les sourcils et une ombre passe sur son visage. Je fusille Justin du regard. Simon a quatorze ans de plus que moi. Mais parfois, en me regardant dans le miroir, je me dis que je ne tarderai pas à le rattraper. J'ai des rides autour des yeux que je n'avais pas à la trentaine, et je commence à avoir la peau du cou fripée. Notre différence d'âge ne m'a jamais posé problème, mais Simon y fait assez souvent allusion pour que je sache qu'il s'en inquiète. Justin le sait et ne rate pas une occasion de se montrer blessant. Difficile de savoir qui de Simon ou de moi est visé.

— Vous ne trouvez pas qu'elle me ressemble ?

Je désigne l'encart en bas de page, sous l'annonce d'Angel, la femme mûre qui propose ses services. Justin se penche par-dessus l'épaule de Simon et Katie ôte les mains de sous sa lampe pour bien regarder. L'espace d'un instant, nous examinons tous l'annonce en silence.

— Non, répond Justin, juste au moment ou Katie lance :

— Oui, un peu.

— Tu portes des lunettes, maman.

— Pas en permanence. Il m'arrive de porter des lentilles de contact, fais-je remarquer, bien que je ne me rappelle pas la dernière fois que ça m'est arrivé.

Porter des lunettes ne m'a jamais dérangée et le modèle que j'ai en ce moment me plaît : l'épaisse monture noire me donne l'air plus studieuse que je ne l'ai jamais été à l'école.

— Quelqu'un te fait peut-être une blague ? tente Simon ; trouvel-amesœur.com : tu crois que quelqu'un t'a inscrite dans une agence de rencontres pour rigoler ?

— Qui pourrait bien faire une chose pareille ? dis-je en dévisageant les enfants et en me demandant si je vais surprendre entre eux un regard complice, mais Katie a l'air aussi perplexe que moi et Justin s'en est retourné à ses frites.

— Tu as appelé le numéro ? demande Simon.

— À une livre cinquante la minute ? Tu plaisantes, je pense !

— C'est toi ? dit Katie, le regard malicieux. Tu sais, pour te faire un peu d'argent de poche ? Allez, maman, tu peux nous l'avouer.

Le sentiment de malaise qui m'habite depuis que j'ai découvert l'annonce commence à se dissiper et j'éclate de rire.

— Qui serait prêt à payer une livre cinquante la minute pour me parler, ma chérie ? La femme me ressemble vraiment, en revanche, non ? J'ai eu une de ces peurs !

Simon s'empare de son portable avec un haussement d'épaules.

— Quelqu'un t'organise une fête d'anniversaire surprise, je parie.

Il allume le haut-parleur et compose le numéro. À l'idée que, réunis autour de la *London Gazette*, nous appelions en famille un numéro de téléphone rose, je me sens ridicule.

« Le numéro que vous demandez n'est pas attribué. »

Je me rends compte que je retenais mon souffle.

— N'en parlons plus, maintenant, dit Simon en me tendant le journal.

— Mais que fait ma photo là-dedans ?

Mon anniversaire n'aura pas lieu avant des lustres et je ne vois pas qui cela pourrait amuser de m'inscrire à mon insu dans une agence de rencontres. Une idée me traverse l'esprit : il s'agit de quelqu'un qui n'aime pas Simon ; quelqu'un qui veut créer des tensions entre nous. Matt, peut-être ? J'écarte l'idée aussi vite qu'elle m'est venue.

Instinctivement, je serre l'épaule de Simon, même si l'annonce n'a pas l'air de le déranger.

— Ça ne te ressemble pas du tout, maman. C'est une vieille peau avec des racines, dit Justin.

Un compliment doit sûrement se cacher dans sa remarque, mais où ?

— Ju a raison, maman, renchérit Katie en revérifiant l'annonce. Elle te ressemble mais c'est assez courant, les sosies. Il y a une fille au boulot qui est le portrait craché d'Adele.

— Je suppose que tu as raison.

Je jette un dernier coup d'œil à l'annonce. La femme ne regarde pas directement l'objectif et la résolution est si mauvaise que j'ai du mal à croire qu'on utilise ce cliché dans une publicité.

— Quand tu iras remplir nos assiettes, jette-moi ça à la poubelle, ma chérie, dis-je en tendant le journal à Katie.

— Et mes ongles ! s'écrie-t-elle

— Et mes pieds ! riposté-je.

— Je m'en charge, dit Justin qui pose son assiette sur la table basse en se levant.

Avec Simon, nous échangeons un regard surpris et Justin lève les yeux au ciel.

— Quoi ? On croirait que je n'ai jamais levé le petit doigt ici.

Simon lance un petit rire.

— Où veux-tu en venir ?

— Oh, va te faire foutre, Simon. Va te servir toi-même, puisque c'est ça.

— Ça suffit, vous deux, dis-je sèchement. Bon sang, c'est parfois difficile de savoir qui de vous est le parent.

— Mais justement, il n'est pas le…

Justin s'interrompt en voyant ma tête. Alors que nous mangeons devant la télé en nous disputant la télécommande, l'assiette en équilibre sur les genoux, je croise le regard de Simon. Il m'adresse un clin d'œil, moment d'intimité dans le chaos de notre vie avec deux grands enfants.

Quand il ne reste plus dans les assiettes qu'une pellicule grasse, Katie enfile son manteau.

— Tu ne vas pas sortir maintenant ? Il est vingt et une heures passées.

Ma fille me lance un regard noir.

— C'est vendredi soir, maman.

— Où vas-tu ?

— En ville. Je prendrai un taxi avec Sophia, ajoute-t-elle en voyant ma mine. C'est comme si je rentrais après avoir travaillé tard.

J'ai envie de dire que non, ce n'est pas pareil. Que la jupe noire et le haut blanc qu'elle porte au restaurant sont bien moins provocants que la robe hyper-moulante qu'elle a enfilée ce soir. Que relever ses cheveux en queue-de-cheval lui donne un teint frais et un air innocent alors que l'effet coiffé-décoiffé de ce soir est sexy. J'ai envie de lui dire qu'elle est trop maquillée, que ses talons sont trop hauts et ses ongles trop rouges.

Mais je m'en garde bien, évidemment. Parce que moi aussi j'ai eu dix-neuf ans et parce que je suis maman depuis assez longtemps pour savoir quand m'abstenir de faire des remarques.

— Amuse-toi bien. Fais attention, ne puis-je m'empêcher d'ajouter. Restez ensemble. Couvre ton verre avec ta main.

Katie m'embrasse sur le front avant de se tourner vers Simon.

— Dis-lui deux mots, tu veux ? dit-elle en me désignant du menton.

Mais elle sourit et m'adresse un clin d'œil avant de sortir d'un pas léger.

— Soyez sages, vous deux, lance-t-elle. Et si vous n'y arrivez pas, faites attention !

— Je ne peux pas m'empêcher de m'en faire pour elle, dis-je après son départ.

— Je sais, mais elle a la tête sur les épaules, cette gamine. Elle tient de sa mère, répond Simon en me serrant le genou. Et toi, tu ne sors pas ? demande-t-il à Justin, affalé sur le canapé, son téléphone portable à quelques centimètres du visage.

— Je suis fauché, répond Justin sans lever les yeux du minuscule écran devant lui où s'affichent les bulles bleues et blanches d'une conversation que je ne parviens pas à lire depuis ma place.

Entre son jogging et son sweat-shirt, dont la capuche lui couvre la tête même à l'intérieur, on aperçoit la bande de tissu rouge de son caleçon.

— Melissa ne te paie pas le vendredi ?

— Elle a dit qu'elle déposerait le chèque ce week-end.

Justin travaille au café depuis le début de l'été, alors que j'avais presque renoncé à tout espoir qu'il dégote une autre place. Il venait de passer deux entretiens – l'un chez un disquaire et l'autre chez Boots –, mais ça a capoté dès que les recruteurs ont su qu'il avait un casier à cause d'un vol à l'étalage.

— Ça se comprend, avait alors remarqué Simon. Aucun employeur ne veut prendre le risque d'embaucher quelqu'un susceptible de piquer dans la caisse.

— Il avait quatorze ans ! protestai-je, sur la défensive malgré moi. Ses parents venaient de divorcer et il venait de changer d'école. Il n'a rien d'un délinquant professionnel.

— Peu importe.

Je n'insistai pas. Je n'avais pas envie de me disputer avec Simon. Sur le papier, Justin était incapable de travailler mais quand on le connaissait… Je suis allée quémander auprès de Melissa.

— Les livraisons, suggérai-je. Distribuer des prospectus. N'importe quoi.

Justin n'a jamais été doué pour les études. À son entrée au CP, il n'a pas pris goût à la lecture, contrairement à ses camarades ; il n'a pas su réciter l'alphabet avant l'âge de huit ans. En grandissant, il est même devenu difficile de le convaincre d'aller à l'école : le passage souterrain et le centre commercial avaient plus d'attraits à ses yeux qu'une salle de classe. Il a quitté l'école avec un brevet en informatique et un rappel à la loi pour vol à l'étalage. Les enseignants avaient fini par conclure qu'il était dyslexique, même s'il était trop tard pour que cela lui soit utile.

Melissa m'a regardée, pensive. Je me suis demandé si j'avais outrepassé les limites de notre amitié, si je l'avais mise mal à l'aise.

— Je l'embauche au café.

Je n'arrivais pas à trouver les mots. Un simple merci ne semblait pas à la hauteur.

— Salaire minimum, dit Melissa brusquement, et il devra se soumettre à une période d'essai. Du lundi au vendredi, horaires variables huit heures-seize heures ou dix heures-dix-huit heures. Remplacements occasionnels le week-end.

— Je te suis redevable.

— À quoi servent les amis ? a-t-elle répondu en balayant ma gratitude d'un geste.

— Tu pourrais peut-être commencer à payer un loyer à ta mère maintenant que tu a un boulot, dit Simon.

Je lui adresse un regard sévère. Simon ne se mêle jamais de l'éducation des enfants. Nous n'avons jamais dû avoir cette conversation ; les enfants avaient dix-huit et quatorze ans quand je l'ai rencontré, c'étaient presque des adultes à part entière, même quand ils ne se comportaient pas comme tels. Ils n'avaient pas besoin d'un nouveau père et, heureusement, Simon n'a jamais essayé d'endosser ce rôle.

— Tu ne demandes pas à Katie de participer.

— Elle est plus jeune que toi. Tu as vingt-deux ans, Justin, tu es assez grand pour voler de tes propres ailes.

En un mouvement d'une parfaite fluidité, Justin lance ses jambes et se lève.

— T'as un sacré culot. Et si tu commençais par contribuer au loyer avant de me faire la leçon ?

C'est tout ce que je déteste. Deux personnes que j'aime et qui se chamaillent.

— Justin, ne parle pas à Simon comme ça.

Je ne décide pas consciemment de prendre parti mais, dès que les mots ont franchi mes lèvres, je vois dans ses yeux que Justin se sent trahi.

— Ce n'était qu'une suggestion. Je ne demande rien.

Ce n'est pas mon genre et je me fiche pas mal que les gens me trouvent trop gentille. Je refuse de changer d'avis. Si je demandais à Justin une participation, même symbolique, en échange du gîte et du couvert, il ne lui resterait presque rien. Comment pourrait-il avoir une vie, et à plus forte raison mettre de l'argent de côté pour plus tard ? J'étais plus jeune que Katie quand je suis partie de chez moi, avec, en tout et pour tout, une valise pleine de vêtements, un ventre rond et les reproches de mes parents résonnant à mes oreilles. Je veux autre chose pour mes enfants.

Simon refuse de laisser tomber.

— Tu cherches du travail ? Le café, c'est sympa, mais si tu veux acheter une voiture, louer ton propre appartement, tu vas avoir besoin d'un salaire plus élevé que celui que Melissa peut te verser.

Je ne comprends pas ce qui lui prend. Nous ne sommes pas riches mais nous nous débrouillons bien. Nous n'avons pas besoin de la participation des enfants.

— Papa m'a dit qu'il me prêterait de l'argent pour m'acheter une voiture une fois que j'aurai le permis.

Je sens Simon se hérisser près de moi, comme chaque fois que l'on fait allusion à Matt. Il arrive que sa réaction m'agace, mais la plupart du temps elle me fait chaud au cœur. Je crois que Matt a été surpris que quelqu'un d'autre me trouve séduisante ; j'apprécie que Simon m'aime assez pour être jaloux.

— C'est gentil de la part de papa, dis-je du tac au tac, ma loyauté à l'égard de Justin me poussant à le soutenir coûte que coûte. Tu pourrais peut-être envisager d'obtenir ta licence pour devenir un jour chauffeur de taxi à Londres ?

— Je refuse de conduire un taxi pour le reste de ma vie, maman.

Justin et moi étions si proches quand il était plus jeune, cependant il ne m'a jamais tout à fait pardonnée d'avoir quitté Matt. Il le ferait, je pense, s'il savait tout ce qui s'est passé, mais je n'ai jamais voulu que les enfants pensent du mal de leur père ; je n'avais pas envie qu'ils souffrent autant que moi.

La femme avec qui Matt a couché avait la vingtaine, exactement à mi-chemin entre Katie et moi. Bizarre, les détails sur lesquels on se focalise. Je ne l'ai jamais vue, mais je me suis torturée en imaginant à quoi elle ressemblait, en imaginant les mains de mon mari en train de caresser ce corps de vingt-trois ans sans l'ombre d'une vergeture.

— Nécessité fait loi, dit Simon. C'est un bon boulot.

Je le regarde, surprise. Par le passé, il ne s'est pas gêné pour débiner le manque d'ambition de Matt. La mère que je suis est agacée : mon fils peut apparemment se contenter de ce que je me souviens distinctement avoir entendu Simon qualifier de « travail sans perspective d'avenir ». Matt faisait des études d'ingénieur à l'université. Tout a changé le jour où je me suis aperçue qu'il ne pouvait y avoir qu'une seule explication au fait de ne pas avoir eu mes règles depuis des lustres. Matt a trouvé un boulot le jour même où il a quitté l'université. C'était juste un travail de manœuvre sur un chantier du coin, mais ça payait assez bien. Après notre mariage, il a passé le *Knowledge*, l'examen pour obtenir sa licence de chauffeur de taxi à Londres, et comme cadeau de mariage ses parents nous ont donné l'argent pour qu'il achète sa première voiture.

— Le café suffit pour l'instant, dis-je. Le travail idéal finira par se présenter, j'en suis sûre.

Justin pousse un grognement évasif et quitte la pièce. Il monte et j'entends son lit grincer au moment où il adopte sa position préférée : allongé, tête juste assez surélevée pour voir l'écran de son ordinateur.

— Il vivra encore ici à trente ans à ce rythme.

— Je veux qu'il soit heureux, c'est tout.

— Il l'est. Heureux de vivre à tes crochets.

Je ravale la remarque qui me brûle les lèvres. Ce ne serait pas juste. C'est moi qui ai refusé que Simon contribue au loyer. Nous nous sommes même disputés à ce sujet, mais il n'en est pas question. Nous partageons les courses et les factures, et il ne cesse de m'offrir des repas au restaurant et des voyages – aux enfants aussi d'ailleurs. Il est généreux à l'excès. Nous avons un compte joint et nous ne nous sommes jamais souciés de savoir qui paie quoi.

La maison est à moi, en revanche.

Quand j'ai épousé Matt, nous étions fauchés. Il travaillait de nuit et moi, de huit heures à seize heures chez Tesco, et nous nous sommes débrouillés comme ça jusqu'à ce que Justin entre à l'école. À la naissance de Katie, ça allait mieux ; Matt avait plus de travail qu'il ne pouvait en faire et, peu à peu, nous avons pu nous offrir quelques petits extras. Un repas au restaurant de temps en temps et même des vacances d'été.

Puis Matt et moi nous sommes séparés, et pour moi ça a été retour à la case départ. Ni lui ni moi n'avions les moyens de garder la maison, et j'ai mis des années à économiser assez pour effectuer un premier versement sur celle où nous vivons aujourd'hui. J'ai juré de ne plus jamais dépendre d'un homme.

Cela dit, j'avais juré de ne plus jamais tomber amoureuse et voilà ce que ça a donné.

Simon m'embrasse, une main en coupe autour de mon menton qui glisse sur ma nuque. Même maintenant, à la fin d'une longue journée, il sent le propre ; une odeur de mousse à raser et d'aftershave. Je sens le désir familier m'envahir quand il plonge la main dans mes cheveux et tire doucement ma tête en arrière, relevant mon menton pour pouvoir m'embrasser le cou.

— Et si on se couchait tôt ? murmure-t-il.

— Je monte tout de suite.

Je ramasse les assiettes et la *London Gazette* que je rapporte à la cuisine avant de remplir le lave-vaisselle. Je jette le journal dans le bac du recyclage, d'où la femme de l'annonce me dévisage. J'éteins la lumière de la cuisine et secoue la tête, affligée par ma propre bêtise. Ce n'est pas moi, évidemment. Qu'est-ce qu'une photo de moi pourrait bien faire dans un journal ?

4

Kelly fit passer l'élastique de son poignet à sa main pour s'attacher les cheveux en arrière. Ils étaient un peu trop courts, conséquence d'une coupe dont elle se mordait les doigts ; au mois d'août, quinze jours de canicule l'avaient convaincue que c'était une bonne idée de couper le lourd rideau de cheveux qui lui descendait jusqu'à la taille depuis qu'elle était étudiante. Deux mèches brunes lui retombèrent aussitôt sur le front. Elle avait mis deux heures à traiter le dossier de Carl Bayliss après avoir découvert qu'il était soupçonné de plusieurs vols en plus de ne pas s'être présenté au tribunal. Kelly bâilla. Elle n'avait presque plus faim maintenant, même si, en arrivant, elle avait vérifié dans la cuisine, pleine d'espoir, juste au cas où. Rien. Réflexion faite, elle aurait dû s'acheter ce fameux kebab en route. Elle fit griller des toasts qu'elle emporta dans sa chambre au rez-de-chaussée. C'était une grande pièce carrée, haute de plafond, avec des murs peints en blanc au-dessus de la cimaise ; pour la partie inférieure, Kelly avait choisi du gris clair et elle avait caché la moquette fatiguée sous deux grands tapis achetés dans une vente aux enchères. Quant aux meubles – lit, bureau, fauteuil rouge dans lequel elle était installée –, c'était du mobilier cent pour cent Ikea dont les lignes modernes contrastaient avec l'arrondi du bow-window qui lui servait d'alcôve.

Elle feuilleta l'exemplaire de *Metro* qu'elle avait pris en rentrant. Nombre de ses collègues ne lisaient jamais la presse locale – « c'est assez pénible de devoir se farcir ces ordures au boulot ; je n'ai pas envie de les rapporter chez moi » –, mais Kelly avait un appétit insatiable dans ce domaine. Les tout derniers bulletins d'information défilaient sans cesse sur l'écran de son iPhone, et quand elle rendait visite à ses parents, qui avaient quitté Londres pour passer leur retraite dans le Kent, elle adorait prendre connaissance des appels aux membres des comités et des plaintes concernant les détritus et les crottes de chien en parcourant le bulletin d'information communal.

Elle trouva ce qu'elle cherchait en page cinq, dans un article intitulé « Hausse de la criminalité dans le métro » qui occupait une double page :

Les responsables municipaux lancent une enquête sur la criminalité dans les transports publics après une recrudescence record des agressions sexuelles, violences physiques et vols signalés à la police.

L'article s'ouvrait sur un paragraphe bourré de statistiques assez effrayantes pour dissuader quiconque d'emprunter le métro, d'après Kelly, avant d'enchaîner avec plusieurs témoignages illustrant les types de crime les plus courants sur le réseau londonien très fréquenté. Kelly jeta un coup d'œil à la section concernant les violences physiques, qu'agrémentait la photo d'un jeune homme dont les cheveux rasés dessinaient sur sa tempe un motif caractéristique. La paupière tuméfiée, noire et violacée de l'adolescent dissimulait presque entièrement son œil droit et lui donnait l'air difforme.

« Kyle Matthews a été victime d'une agression aussi violente que gratuite », expliquait la légende. Remarque à prendre avec des pincettes, songea Kelly. Elle ne connaissait pas Kyle, certes, mais elle connaissait le symbole dessiné sur sa tempe, et ceux qui l'arboraient étaient rarement victimes d'agressions gratuites. Kyle méritait certainement qu'elle lui laisse le bénéfice du doute.

Le paragraphe concernant les agressions sexuelles était accompagné d'une photo où l'on devinait un profil féminin. « Photo libre de droits, pouvait-on lire. Les noms ont été modifiés. »

Kelly repensa spontanément à un autre article de journal ; autre ville, autre jeune femme, même gros titre.

Elle déglutit, gorge serrée, passa au dernier témoignage, et sourit en découvrant la moue de la femme dont la photo illustrait le paragraphe.

« Vous n'allez pas me forcer à faire une tronche dépitée comme on en voit à la une du *Daily Mail*, hein ? avait demandé Cathy Tanning au photographe.

— Bien sûr que non, lui avait-il répondu avec entrain. Je vais vous demander de faire une tronche comme on en voit à la une de *Metro*, avec un soupçon d'indignation en plus. Posez votre sac à main sur vos genoux et essayez d'imaginer qu'en rentrant chez vous vous avez trouvé votre mari au lit avec la laveuse de carreaux.

Le porte-parole de la police des transports britanniques n'ayant pas pu se déplacer, Kelly avait proposé à Cathy de rester pendant l'entretien, ce que la jeune femme s'était empressée d'accepter.

— Vous avez été formidable, c'est le moins que je puisse faire, avait-elle dit à Kelly.

— Vous nous ferez des compliments quand nous aurons retrouvé le type qui a volé vos clés.

En son for intérieur, la jeune policière savait que les chances d'y parvenir étaient minces. Elle était détachée à la brigade anti-pickpockets depuis un mois quand l'affaire lui avait été soumise, et Cathy Tanning lui avait tout de suite plu.

— C'est ma faute, s'était-elle excusée dès que Kelly s'était présentée. Mes journées et mes trajets sont si longs que j'ai du mal à résister à une sieste. Il ne m'est jamais venu à l'idée que quelqu'un pourrait en profiter.

Cathy Tanning s'en était tirée à bon compte, d'après Kelly. Alors qu'elle dormait profondément, appuyée contre la paroi de la rame de métro, le coupable avait fouillé dans son sac sans trouver ni son portefeuille, enfermé dans une poche dont la fermeture Éclair était remontée, ni son téléphone portable, rangé dans une autre, faute de quoi il lui avait dérobé ses clés.

— Vous n'y êtes pour rien, l'avait rassurée Kelly. Vous avez parfaitement le droit de faire un petit somme en rentrant chez vous. »

Kelly avait dressé un procès-verbal et saisi les images de vidéosurveillance, et quand, plus tard ce jour-là, elle avait pris l'appel du service de presse, Cathy lui était apparue comme le porte-parole idéal des victimes d'agressions dans le métro. La policière passa l'article en revue pour vérifier sa propre déclaration, remarquant qu'on faisait référence à elle en qualité d'inspectrice et non d'agent de police. Voilà qui ferait grincer des dents au boulot.

Cathy est l'une des centaines de voyageurs et de touristes qui, chaque année, sont victimes de vol – que l'on fouille dans leur sac ou qu'on leur fasse les poches. Nous encourageons les voyageurs à faire preuve d'une vigilance accrue et de rapporter tout événement suspect à un agent de la BTP.

Kelly découpa l'article avec précaution pour Cathy et lui envoya un SMS pour la remercier une fois de plus de son aide. Son téléphone professionnel était éteint et rangé dans son vestiaire au travail, mais Cathy connaissait son numéro personnel au cas où elle aurait besoin de la contacter.

Encore partiellement vêtue de son uniforme – une polaire non réglementaire enfilée par-dessus une chemise blanche dépouillée de sa cravate et de ses épaulettes –, Kelly se baissa pour délacer ses chaussures. Quelques vieux camarades d'école qui sortaient boire un verre l'avaient conviée à se joindre à eux, mais elle se levait à cinq heures le lendemain ; rester sobre un vendredi soir n'avait rien d'amusant : ce serait des toasts, un film sur Netflix et au lit, pensa-t-elle. Pas très rock'n'roll comme soirée !

La sonnerie de son téléphone retentit et son visage s'éclaira en voyant le nom de sa sœur s'afficher à l'écran.

— Hé, comment tu vas ? Ça fait des lustres qu'on ne s'est pas parlé !

— Désolée, tu sais ce que c'est. Écoute, j'ai trouvé le cadeau idéal pour le Noël de maman, même si c'est un peu plus cher que d'habitude : tu veux participer ?

— Bien sûr. Qu'est-ce que c'est ?

D'un coup de pied, Kelly se débarrassa successivement de ses chaussures en écoutant d'une oreille distraite sa sœur jumelle lui décrire le vase qu'elle avait vu dans une exposition d'artisanat. On était mi-novembre, à des semaines de Noël. Kelly devait être née sans le gène du shopping, car elle gardait toujours les emplettes pour le dernier moment ; elle savourait secrètement l'atmosphère fébrile qui, le 24 décembre, s'emparait des centres commerciaux où, pris de panique, une multitude d'hommes stressés achetaient des parfums et de la lingerie hors de prix.

— Comment vont les garçons ? coupa-t-elle quand il devint évident que Lexi s'apprêtait à détailler par le menu ses idées de cadeaux pour le reste de la famille.

— Super bien. Enfin, casse-pieds, la moitié du temps évidemment, mais super. Alfie s'est parfaitement adapté à l'école, et d'après l'état des vêtements de Fergus en fin de journée, il a l'air de bien s'amuser à la crèche.

Kelly éclata de rire.

— Ils me manquent.

Lexi et son mari Stuart avaient beau vivre tout près, à St Albans, Kelly ne les voyait pas aussi souvent qu'elle l'aurait voulu.

— Qu'est-ce que tu attends pour venir ?

— Je vais le faire, c'est promis, dès que j'aurai quelques jours de repos. Je te proposerai quelques dates par SMS dès que j'aurai vérifié mon emploi du temps. Un dimanche pour déjeuner, peut-être ? Lexi préparait des repas dominicaux dignes de légende. Je crois que j'ai une pause début décembre, si ça ne t'embête pas que je squatte ton canapé.

— Génial. Les garçons adorent quand tu passes la nuit chez nous. Mais pas le 3, j'assiste à une réunion d'anciens élèves.

À l'hésitation presque imperceptible et au ton délibérément décontracté de Lexi, Kelly savait exactement de quelle réunion il s'agissait et où elle se tiendrait.

— À Durham ?

Il y eut un silence à l'autre bout du fil et Kelly vit sa sœur hocher la tête, menton en avant, comme toujours quand s'annonçait une dispute.

— Les bizuts de 2005, s'écria Lexi, d'un ton enjoué. Je ne reconnaîtrai sans doute pas la moitié d'entre eux, même si je suis toujours en contact avec Abbie et Dan, bien sûr, et que je vois Moshy de temps en temps. Ça fait dix ans, je n'en reviens pas, j'ai plutôt l'impression que ça fait dix minutes. Remarque…

— Lexi ! l'interrompit Kelly en s'efforçant de trouver les mots justes. Tu es sûre que c'est une bonne idée ? Ça ne va pas…

Elle hésita, serra les paupières, regrettant d'avoir cette conversation au téléphone.

— … faire rejaillir tout ça ?

Kelly se pencha en avant, au bord du fauteuil, en attendant que sa sœur reprenne la parole. Elle porta les doigts à sa gorge pour toucher le demi-cœur accroché à sa chaîne en argent et se demanda si Lexi portait toujours le sien. Elles les avaient achetés cet automne-là, juste avant de partir à l'université, Kelly à Brighton et Lexi à Durham. C'était la première fois qu'elles étaient séparées pendant plus d'une nuit ou deux depuis leur naissance.

Quand Lexi finit par répondre, ce fut du même ton mesuré avec lequel elle s'était toujours adressée à sa sœur.

— Il n'y a rien à faire rejaillir, Kelly. Ce qui est arrivé est irrévocable. Je ne peux rien y changer ; en revanche, ça ne doit pas définir qui je suis.

Lexi avait toujours été la plus calme, la plus raisonnable des deux. Même si, en principe, Lexi et Kelly étaient de vraies jumelles, personne n'avait jamais eu de mal à les distinguer. Elles avaient le même menton carré, le même nez étroit et les mêmes yeux marron foncé, mais alors que Lexi avait des traits détendus, décontractés, ceux de Kelly trahissaient son stress et son tempérament colérique. Enfants, elles avaient essayé plusieurs fois de se faire passer l'une pour l'autre, mais aucun de leurs proches n'avait été dupe.

— Pourquoi ne fêterais-je pas les bons moments que j'ai vécus à l'université ? reprit Lexi. Pourquoi ne pourrais-je pas me balader sur le campus avec mes amis en me remémorant nos soirées, les cours magistraux, les blagues idiotes que nous nous faisions ?

— Mais…

— Non, Kelly. Si j'étais partie après ce qui s'est passé, comme maman et toi le souhaitiez, il aurait gagné. Et si je n'assiste pas à cette réunion d'anciens élèves parce que je redoute les souvenirs qui risquent de remonter, il aura de nouveau gagné.

Kelly prit conscience qu'elle frissonnait. Elle se pencha, les pieds ancrés sur le sol, les avant-bras appuyés sur ses genoux pour les empêcher de trembler.

— Je te trouve dingue. À ta place, je n'approcherais pas de cet endroit.

— Eh bien, justement, tu n'es pas à ma place, remarqua Lexi en poussant un brusque soupir, sans chercher à dissimuler son agacement. On croirait que c'est à toi que c'est arrivé, pas à moi.

Kelly garda le silence. Comment expliquer à sa sœur que c'est exactement ce qu'elle avait ressenti, sans insinuer que son traumatisme était du même ordre que celui de Lexi ? Elle se rappelait la conférence donnée par la médecine du travail à l'académie de police. On avait étudié le cas d'un carambolage sur la M25 qui avait fait six morts et des dizaines de blessés. Le conférencier voulait leur faire deviner qui avait souffert d'un syndrome de stress post-traumatique. Étaient-ce les agents de la police des autoroutes arrivés les premiers sur les lieux ? L'agent de la circulation qui avait dû consoler la mère de deux enfants tués dans l'accident ? Le routier dont le moment d'inattention avait causé la catastrophe ?

Aucun d'entre eux.

C'était le policier qui n'était pas de service ce jour-là et que son jogging quotidien avait conduit sur le pont autoroutier ; témoin du carambolage, il avait appelé les secours, livrant des informations capitales au central, mais il avait été incapable de prévenir la tragédie qui se déroulait sous ses yeux. C'est lui qui avait développé un syndrome de stress post-traumatique, culpabilisant de ne pas en avoir fait plus. C'est lui, le spectateur, qui avait fini par prendre sa retraite anticipée pour raisons de santé, qui s'était replié sur lui-même.

— Excuse-moi, se contenta-t-elle de dire.

Lexi poussa un nouveau soupir.

— Ce n'est pas grave.

Ça l'était, elles le savaient toutes les deux, mais ni l'une ni l'autre ne voulaient se fâcher. La prochaine fois, Lexi parlerait des préparatifs de Noël, Kelly s'extasierait sur son travail, et les deux sœurs feraient mine que tout allait bien.

Et cela durait depuis dix ans.

— Et ton travail, ça va ? demanda Lexi qui semblait lire dans les pensées de Kelly.

— Ça va. La routine, tu sais, répondit-elle en essayant de paraître enjouée, mais Lexi n'était pas dupe.

— Oh, Kel, tu as besoin d'un nouveau défi. Où en es-tu de tes réflexions ? Tu vas poser ta candidature pour revenir dans une brigade spécialisée ? On ne peut pas t'en vouloir éternellement.

Kelly n'en était pas si sûre. Son départ quatre ans plus tôt de la brigade spécialisée dans les crimes sexuels au sein de la BTP avait été expéditif et gênant. À son retour, après un congé maladie de neuf mois, elle avait eu l'impression d'être mise au placard alors même qu'on lui avait assuré avoir passé l'éponge. Kelly s'était jetée à corps perdu dans son travail sur le terrain, au point de vite devenir l'un des officiers les plus respectés de la police de proximité ; elle tentait de se persuader qu'elle était faite pour le travail d'agent de la paix alors que, jour après jour, elle mourait d'envie de se voir à nouveau confier des enquêtes sérieuses.

— La mission que tu viens d'achever a dû être utile, insistait Lexi. Tes patrons ont bien dû constater que tu n'étais plus…

Elle s'interrompit brusquement, ne sachant à l'évidence pas trop comment résumer le congé de Kelly, période où elle était incapable de sortir de chez elle sans paniquer.

— Ce poste me convient, répondit sèchement Kelly. Il faut que je te laisse, on vient de sonner.

— Viens nous voir bientôt, d'accord ?

— Promis. Je t'aime, ma sœur.

— Moi aussi.

Kelly raccrocha en soupirant. Elle avait adoré sa mission auprès de la brigade chargée de lutter contre les pickpockets qui agissaient en grand nombre dans le métro londonien. Ça n'avait rien à voir avec le prestige dont jouissaient les policiers en civil – même si, au bout de quatre ans d'uniforme, le changement avait été bienvenu –, c'était l'impression de vraiment faire bouger les choses, d'avoir un effet notable sur une vague de criminalité qui affectait tant de citadins. Depuis ses débuts dans la police, de plus en plus de brigades spécialisées avaient vu le jour : tous les crimes sérieux étaient aujourd'hui confiés à ces unités, si bien que la police de proximité n'avait plus à gérer que les incivilités et les infractions mineures aux arrêtés municipaux. Cela faisait une semaine que

Kelly avait réenfilé l'uniforme et, à part Carl Bayliss, elle n'avait alpagué que des gamins qui posaient les pieds sur les sièges et des ivrognes qui, comme tous les vendredis soir, fonçaient dans les portillons automatiques et juraient comme des charretiers. Kelly était-elle prête à réintégrer une brigade spéciale ? À son avis, oui, mais quand elle avait abordé le sujet avec son supérieur, il n'y était pas allé par quatre chemins : « Dans ce boulot, les gens ont la mémoire longue, Kelly. On considère que tu représentes un trop grand risque. »

Comme lot de consolation, l'inspecteur l'avait affectée à la brigade antipickpockets ; c'était un pas en avant par rapport aux rondes en uniforme, mais elle ne risquait pas de s'investir émotionnellement. Il avait voulu lui faire plaisir, mais cela n'avait fait que lui rappeler ce qu'elle ratait.

Lexi avait raison : Kelly avait besoin de passer à autre chose.

5

Il est rare que Katie pointe le bout de son nez avant midi : au restaurant, les pourboires sont meilleurs au dîner qu'au déjeuner et elle n'a jamais été du genre couche-tôt les soirs où elle ne travaille pas. Hier, cependant, elle est montée avant vingt-deux heures, et quand j'ai jeté un œil en allant me coucher (difficile de renoncer à l'habitude de toute une vie), elle dormait à poings fermés. Alors que, allongée dans mon lit, j'essaie de trouver en moi assez d'enthousiasme pour faire face à un lundi matin humide, s'élève le gémissement du chauffe-eau électrique accompagné du cliquetis que j'espérais avoir imaginé au cours du week-end.

— Le chauffe-eau est cassé.

Simon pousse un grommellement qui pourrait signifier qu'il est d'accord et tend la main par-dessus la couette pour m'attirer contre lui. Je me tortille pour lui échapper.

— Nous allons être en retard au travail. Il va falloir que je fasse vérifier ce chauffe-eau ; il y a un problème, c'est sûr.

— Ça va coûter une fortune, tu connais les plombiers. Tu vas leur devoir cent livres avant qu'ils aient mis le pied ici.

— Oui mais je ne peux pas m'en charger moi-même et…

Je m'interromps en adressant à Simon un regard entendu.

— Hé, je ne suis pas si mauvais que ça !

Je hurle quand il m'enfonce le doigt dans les côtes. La nullité de Simon en bricolage n'a d'égale que la mienne. La maison que Matt et moi avions achetée venait d'être saisie – nous n'aurions jamais pu nous permettre cet achat autrement – et nous avions prévu de la retaper ensemble. Après que j'eus saccagé ma deuxième canalisation à coup de perceuse, j'ai accepté de ne plus m'approcher des outils et le bricolage est devenu l'une de ces tâches ingrates, comme faire la vidange du taxi ou sortir les poubelles. Je me suis habituée à me débrouiller par moi-même quand je vivais seule avec les enfants, mais la tablette de la salle de bains est tombée trois fois et la penderie en kit dans la chambre de Katie est résolument bancale. Quand j'ai découvert que Simon était aussi incompétent que moi dans ce domaine, ça m'a fichu un coup, même si je n'en ai rien montré.

— À quoi ça sert de réparer la douche alors que la salle de bains a besoin d'être refaite ? demande Simon.

— Eh bien, ça ne risque pas d'arriver de sitôt, dis-je en pensant aux cadeaux de Noël que j'allais bientôt acheter à crédit. Il va falloir faire réparer la douche et supporter le reste.

Tout en surveillant l'heure, je me pelotonne sous la couette et sens le corps chaud de Simon se blottir contre moi.

— C'est du gâchis.

Simon envoie soudain valdinguer la couette d'un coup de pied, et un courant d'air froid nous balaie tous les deux. Je m'assieds pour le regarder.

— Depuis quand te fais-tu du souci pour l'argent ?

C'est moi qui tiens les comptes. J'ai ça dans le sang. Contrairement à Simon dont la désinvolture à l'égard de l'argent est typique de ceux qui n'en ont jamais manqué.

— Excuse-moi, dit-il en haussant les épaules, gêné. Je suis grognon ce matin. Il me semble juste dommage de rafistoler quelque chose qui a besoin de gros travaux. Et si je demandais un devis pour une rénovation complète ?

J'imagine la salle de bains de mes rêves, tout en chrome et carrelage blanc, comme dans l'hôtel parisien où Simon m'a emmenée pour fêter notre premier anniversaire.

— C'est au-dessus de nos moyens, Simon, c'est bientôt Noël.

— C'est moi qui régale, insiste-t-il.

Je crois lire dans son regard qu'il regrette sa témérité ; pourtant il ne revient pas sur sa proposition.

— Puisque tu refuses que je participe au loyer, laisse-moi t'offrir une nouvelle salle de bains.

Je me demande si les commentaires de Justin vendredi soir ont fait mouche ; je m'apprête à protester, mais Simon m'intime le silence.

— J'insiste. Je vais trouver une entreprise réputée. À supposer que cela existe ! Bon, allez, je vais être en retard, et toi aussi.

Il se lève d'un bond et fait pivoter mes jambes de côté en poussant mes pieds dans des mules en polaire. Ma robe de chambre est froide au contact de ma peau nue et je frissonne en descendant pour allumer la bouilloire. Le chat Biscuit se faufile entre mes jambes et me fait trébucher jusqu'à ce que je lui serve une ration de croquettes.

Le gémissement de la douche prend fin, la porte de la salle de bains s'ouvre. Des pas résonnent sur le palier et j'entends un murmure quand Katie et Simon se croisent. Le gémissement reprend. Katie est pressée ce matin. Quand elle se prépare avant de sortir le soir, elle peut passer des heures à se pomponner, même si Simon n'est pas du genre à se plaindre. Il préférerait se passer de douche plutôt que de la harceler.

— Les ados, a-t-il observé, fataliste, un jour où je venais de la réprimander d'avoir monopolisé la salle de bains. Remarque, les shampoings ne me prennent pas des heures, a-t-il ajouté avec un sourire chagrin en caressant son crâne de plus en plus dégarni.

— Tu es très tolérant.

Après l'impétuosité de Matt, quel soulagement de vivre avec quelqu'un de si bienveillant ! Je n'ai jamais vu Simon se fâcher, pas même quand le voisin est venu se plaindre pour la énième fois du volume de la musique de Justin, pourtant bien plus raisonnable que les cris de ses propres enfants. Simon est tout simplement incapable de se mettre en colère.

Quand j'ai appris à Melissa que Simon avait vécu dix ans seul avant que nous nous rencontrions, elle m'a lancé un regard suspicieux.

— C'est quoi, son problème ?

— Rien ! Il n'a pas trouvé la bonne personne, c'est tout. Pourtant, c'est un parfait homme d'intérieur : il cuisine, fait le ménage et repasse, même.

— Tu ne pourrais pas me l'envoyer quand tu n'en voudras plus ? Neil est capable de monter un ordinateur à partir de pièces détachées, mais allumer l'aspirateur, en revanche, lui échappe complètement.

J'ai éclaté de rire. J'avais le sentiment, même au tout début de notre relation, que je ne voudrais jamais me débarrasser de Simon. Je me rappelais le frisson d'excitation que m'avait procuré notre premier baiser, comme nos ébats précipités et maladroits à l'issue de ce premier rendez-vous m'avaient électrisée, d'autant que cela ne me ressemblait pas du tout. Voilà ce qui me plaisait le plus chez Simon : avec lui, j'avais l'impression d'être quelqu'un d'autre. Ni maman, ni petite amie, ni femme de Matt. Juste moi, Zoe Walker. Je suis passée sans transition de la vie chez mes parents à la vie avec Matt, et quand je me suis retrouvée célibataire à trente ans, le bien-être des enfants me préoccupait tant que découvrir qui j'étais ne semblait pas être une priorité. Ma rencontre avec Simon a tout changé.

Je prépare du thé et monte quatre tasses à l'étage sur un plateau ; je frappe à la porte de Justin et me fraie prudemment un passage entre les détritus qui jonchent le sol pour pouvoir poser une tasse fumante près de son lit.

— Justin, ton thé.

Il ne bouge pas et je ramasse l'offrande d'hier, désormais froide, à laquelle il n'a pas touché. Je regarde mon fils : une barbe de trois jours mange son visage doux et cache la fossette sur son menton, des mèches plus longues lui balaient le front, il a le bras tendu vers la tête de lit.

— Il est près de sept heures, mon chéri.

Il pousse un grognement. La page d'un forum musical est affichée sur son ordinateur portable ouvert sur la table de chevet. Ces lettres blanches sur fond noir me donneraient la migraine si je les regardais trop longtemps. Sur l'écran, à gauche de la fenêtre, je vois la photo du profil en ligne de Justin : son visage est presque entièrement caché par sa main tendue vers l'appareil photo. Son pseudo se détache en lettres noires sur sa paume : Game8oy _94.

Vingt-deux ans, douze ans d'âge mental. Katie a toujours été si pressée de grandir ! Elle n'avait qu'une hâte : abandonner ses Barbies et ses figurines Mon petit poney. Les hommes semblent rester puérils beaucoup plus longtemps.

Je repense à ce qu'a dit Simon l'autre soir et me demande si Justin vivra encore ici à trente ans. Dire qu'autrefois je n'avais pas envie que mes enfants quittent la maison ! J'aimais notre vie, le trio que nous formions ; nous nous retrouvions pour dîner, et le reste du temps nous nous contentions de coexister. Il nous arrivait parfois de sortir ensemble, Katie et moi, et Justin traînait dans la cuisine pendant que je préparais le dîner, chipait des frites avant qu'elles arrivent dans les assiettes en m'expliquant des subtilités de Grand Theft Auto qui m'échappaient. Je me disais que nous étions colocataires ; je me leurrais. Ce n'est que lorsque Simon a emménagé avec nous que j'ai pris conscience combien partager ma vie avec un homme m'avait manqué.

Justin se cache la tête sous la couette.

— Tu vas être en retard au travail, lui dis-je.

Et moi aussi, si je ne me bouge pas.

— Je me sens pas bien, répond-il d'une voix étouffée.

Je tire la couette d'un coup sec.

— Melissa se mouille pour toi, Justin. Interdiction de te faire porter pâle, tu m'entends ?

Mon insistance finit par le convaincre. Il sait qu'il serait au chômage sans Melissa – si je ne lui avais pas demandé de l'aider, d'ailleurs.

— D'accord. Arrête.

Quand je sors de sa chambre, il est assis au bord du lit, en caleçon, et se frotte le crâne jusqu'à ce que ses cheveux se dressent sur sa tête.

Un nuage de buée s'échappe de la porte de la salle de bains ouverte. Je frappe chez Katie qui m'invite à entrer. Assise au bureau qui lui sert de coiffeuse, elle dessine des sourcils bruns sur son visage impeccablement maquillé, les cheveux entortillés dans une serviette éponge.

— Quel amour ! Je vais le boire en me coiffant. Tu seras prête à partir à sept heures et demie ?

— Tu veux des toasts ?

— Ça va me ballonner. Je mangerai un truc après.

Elle m'envoie un baiser en prend la tasse sur laquelle on peut lire « Restez calme et regardez *TOWIE*[1] ». Même en peignoir, ma fille est sublime. Des jambes interminables. Dieu seul sait de qui elle les tient : certainement pas de sa mère et, bien que Matt soit plus grand que moi, il est trapu. « Brioche faite maison », répétait-il souvent avec un grand sourire en caressant sa bedaine. Physiquement, mon ex et mon nouveau compagnon sont radicalement différents : grand et longiligne, Simon a de longues jambes qui lui donnent une allure folle en costume et l'air aussi comique que touchant en short.

— Je parie qu'il ne s'est jamais sali les mains de sa vie, s'est exclamé Matt avec dédain après qu'ils s'étaient croisés pour la

1. *TOWIE* : The Only Way is Essex, émission de téléréalité britannique [NdT].

première fois sur le pas de la porte, mal à l'aise, un jour où Matt raccompagnait Katie à la maison.

— Il n'en a peut-être jamais eu besoin, ai-je répondu, regrettant mes paroles dès qu'elles eurent franchi mes lèvres. Matt est intelligent. Peut-être pas aussi doué pour l'abstraction que Simon, mais pas idiot. Sans moi, il serait resté à l'université.

J'apporte sa tasse à Simon. Il a déjà enfilé une chemise bleu pâle et un pantalon de costume bleu foncé ; la veste assortie est encore suspendue dans la penderie. Il se passera de cravate, concession faite au code vestimentaire décontracté du *Telegraph*, mais il n'est pas du genre à porter des pantalons en toile. Je vérifie l'heure et m'enferme dans la salle de bains en espérant que les autres m'ont laissé un peu d'eau chaude ; en m'apercevant que non, j'abrège ma douche.

Je suis en train de me sécher quand on frappe à la porte.

— J'ai presque fini !

— Ce n'est que moi. J'y vais, lance Simon.

— Oh ! dis-je en ouvrant la porte, emmitouflée dans une serviette. Je croyais qu'on partait ensemble.

— J'ai promis d'arriver un peu en avance aujourd'hui, répond Simon en m'embrassant.

— Nous serons prêtes dans dix minutes.

— Désolé, il faut vraiment que j'y aille. Je t'appelle plus tard.

Il descend et je termine de me sécher, furieuse d'être déçue qu'il ne veuille pas m'accompagner jusqu'à la station de métro : on dirait une adolescente à qui le gars dont elle est entichée refuse de prêter son maillot de foot.

Simon a toujours eu des horaires variables, alternant équipe du matin et équipe de l'après-midi, et faisant sa part de permanences le week-end. Il y a quelques mois de cela – début août –, les horaires ont été modifiés et son emploi du temps est devenu fixe, du lundi au vendredi. Je croyais qu'il serait content, mais au lieu de profiter davantage de nos soirées ensemble, il rentre de mauvaise humeur et déprimé.

— Je n'aime pas les changements, m'a-t-il expliqué.

— Alors demande à récupérer ton ancien emploi du temps.

— Ça ne marche pas comme ça, m'a-t-il rabrouée, agacé. Tu ne comprends pas.

Effectivement, il a raison. Pas plus que je ne comprends ce qui l'empêche d'attendre dix minutes que Katie et moi soyons prêtes.

— Bonne chance ! lance-t-il à ma fille en descendant l'escalier. Tu vas les épater !

— Tu as le trac ? dis-je à Katie en chemin vers la station de métro.

Son silence est éloquent. Serré sous son bras, son book contient une douzaine de photos format 17 × 12 qui ont coûté une petite fortune. Sur chacune d'elles, Katie porte une tenue et arbore une expression différentes. Elle est superbe à chaque fois. Pour son dix-huitième anniversaire, Simon lui a fait la surprise de lui offrir une séance photo et je crois ne l'avoir jamais vue aussi heureuse.

— Je ne crois pas pouvoir encaisser un autre refus, répond Katie calmement.

— C'est compliqué dans ce milieu, Katie, dis-je avec un soupir. Tu risques d'en essuyer beaucoup.

— Merci. Ça fait plaisir de voir que ma propre mère croit en moi.

Elle se recoiffe d'un geste impatient, laissant entendre qu'elle me laisserait en plan si nous ne marchions pas dans la même direction.

— Ne le prends pas mal, Katie. Tu sais bien ce que j'ai voulu dire.

Je salue la musicienne qui fait la manche près de l'entrée de la gare de Crystal Palace et prends l'une des pièces que je garde dans la poche de mon manteau. Elle s'appelle Megan, est à peine plus âgée que Katie. Je le sais car je lui ai posé la question, un jour, et elle m'a expliqué que ses parents l'avaient jetée dehors ; depuis, elle passe ses journées à dormir sur le canapé d'amis, à jouer de la musique dans la rue et à faire la queue à la banque alimentaire de Norwood et à celle de Brixton.

— Il fait froid aujourd'hui, non ? dis-je en jetant dix pence dans la caisse de sa guitare où elle rebondit sur une poignée d'autres ; Megan s'interrompt pour me remercier avant de reprendre son interprétation à la mesure suivante.

— Elle ne va pas aller loin avec dix pence, maman.

Les accords de la chanson de Megan s'évanouissent alors que nous entrons dans la station.

— Dix pence à l'aller le matin, dix au retour le soir. Ça fait une livre par semaine. Une cinquantaine de livres par an, dis-je avec un haussement d'épaules.

— C'est vrai que, vu sous cet angle, c'est très généreux.

Katie garde le silence un moment puis reprend :

— Pourquoi ne pas lui filer une livre tous les vendredis ? Ou un tas de billets à Noël ?

Nous passons nos cartes Oyster sur les bornes et franchissons les portillons en direction de l'Overground.

— La somme me paraît moins importante, comme ça, dis-je à ma fille, même si ce n'est pas la véritable raison.

Ce n'est pas une question d'argent mais de bonté. De cette façon, c'est tous les jours que je témoigne de la bonté à Megan.

À la station Waterloo, nous nous frayons un passage jusqu'au quai et nous joignons au cortège dense qui se dirige vers la Northern Line.

— Franchement, maman, je ne sais pas comment tu peux supporter ça au quotidien.

— On s'y habitue, dis-je, même s'il est plus exact de dire qu'on le subit.

Attendre debout dans un train bondé et malodorant fait partie intégrante de l'expérience professionnelle à Londres.

— Je déteste ça. C'est déjà assez pénible d'être obligée d'emprunter le métro tous les mercredis et samedis soir, mais si je devais le prendre aux heures de pointe, je crois que j'en mourrais.

Katie est serveuse dans un restaurant près de Leicester Square. Elle pourrait trouver un travail plus près de la maison, mais elle aime être « en plein cœur » de la ville, comme elle dit. Elle estime avoir plus de chance de tomber sur un producteur de films ou un agent à Covent Garden ou à Soho qu'à Forest Hill. Elle a sans doute raison, même si, depuis le début de son contrat il y a dix-huit mois, ça ne lui est encore jamais arrivé.

Ce matin, pourtant, Katie ne travaille pas. Elle se présente à une audition où elle doit rencontrer une énième agence artistique qui acceptera de la représenter, du moins l'espère-t-elle. J'aimerais croire en elle autant qu'elle le voudrait, mais je suis réaliste. Ma fille est magnifique, douée, c'est une excellente actrice, mais c'est une fille de dix-neuf ans qui sort du lycée de Peckham et elle a à peu près autant de chance de percer que moi de gagner au loto. Et je ne joue pas.

— Promets-moi que si ça ne marche pas aujourd'hui tu accepteras au moins d'envisager la formation en secrétariat dont je t'ai parlé.

Katie me lance un regard furieux.

— Pour assurer tes arrières, c'est tout.

— Merci maman, la confiance règne, je vois.

Le quai de Leicester Square est noir de monde. L'espace d'un instant, nous sommes séparées en approchant des portillons automatiques et, quand je retrouve enfin Katie, je lui serre la main.

— Je suis pragmatique, c'est tout.

Elle est fâchée contre moi et je ne lui en veux pas. Pourquoi ai-je choisi ce moment précis pour aborder le sujet de la formation en secrétariat ?

— Tu as trois quarts d'heure devant toi, dis-je en consultant ma montre. Je t'offre un café ?

— Je préfère rester seule.

Ça, je ne l'ai pas volé, je crois, mais Katie voit à mon regard que je suis blessée.

— Pour répéter mon rôle avant l'audition, c'est tout.

— Oui, bien sûr. Eh bien, bonne chance alors. Je suis sincère, Katie. J'espère que tu vas faire un carton.

Je la regarde s'éloigner en regrettant de ne pas avoir simplement été contente pour elle, de ne pas l'avoir encouragée comme Simon l'a fait avant de partir travailler.

— Ça ne t'aurait pas tuée d'être un peu plus enthousiaste.

Melissa étale de la margarine sur des tranches de pain qu'elle entasse deux par deux, côté beurré vers l'intérieur, prêtes pour le coup de feu du déjeuner. Dans le présentoir en verre sont disposées des barquettes de thon à la mayonnaise, de saumon fumé, de fromage râpé. Le café de Covent Garden, baptisé Melissa Too, est plus vaste que celui d'Anerley Road, meublé de hauts tabourets alignés face à la vitrine et de cinq ou six tables équipées de chaises métalliques faciles à empiler dans un coin le soir, pour que la femme de ménage puisse passer la serpillière.

— De lui mentir, tu veux dire ?

Il est neuf heures moins dix et le café est désert, mis à part Nigel, dont le long manteau gris est maculé de crasse et qui, à chaque geste, dégage des relents de corps malpropre. Perché sur l'un des tabourets, il couve une théière jusqu'à ce que Melissa le chasse à dix heures tous les matins en lui reprochant de faire fuir la clientèle du déjeuner. Avant que Melissa le prenne en pitié,

Nigel avait pour habitude de s'asseoir devant le café, une casquette posée par terre près de lui. Melissa lui demande cinquante pence, deux livres de moins que le tarif affiché, et on peut dire qu'il en a pour son argent.

— Contente-toi de la soutenir.

— C'est ce que je fais ! J'ai posé deux heures ce matin pour pouvoir prendre le métro avec elle.

— Elle est au courant ?

Je ne réponds pas. J'avais prévu de la retrouver après l'audition pour voir comment ça s'était passé, mais elle m'a bien fait sentir qu'elle n'avait pas envie que je traîne dans les parages.

— Tu devrais l'encourager. Quand elle aura fait sensation à Hollywood, mieux vaut éviter qu'elle confie à *Hello !* que sa mère la trouvait nulle.

— Tu ne vas pas t'y mettre toi aussi, dis-je en riant. Simon est persuadé qu'elle va y arriver.

— Tu vois, dit Melissa pour couper court à la discussion.

Pour lui éviter de devoir se relaver les mains, je replace son filet à cheveux bleu qui a glissé. Melissa a de longs cheveux bruns et brillants qu'elle porte relevés en un chignon d'apparence compliquée mais que je l'ai vue nouer en l'espace de quelques secondes. Au travail, elle le fixe à l'aide d'un crayon, ce qui donne d'elle une image trompeuse en la faisant passer pour une fille bohème. Comme presque tous les jours, elle porte un jean, des bottines et une chemise blanche impeccable aux manches retroussées jusqu'aux coudes, révélant une peau aussi pâle que celle de son mari est noire.

— Merci.

— Cela dit, il est tout aussi convaincu de devenir un auteur à succès, dis-je avec un grand sourire, mais j'ai beau plaisanter, je me sens aussitôt déloyale.

— On n'est pas censé écrire quelque chose au préalable ?

— Mais il écrit, dis-je en prenant la défense de Simon pour me racheter. Il a dû commencer par faire des tonnes de recherches et c'est dur de trouver le temps quand on travaille à plein temps.

— De quoi ça parle ?

— C'est une espèce de roman d'espionnage je crois. Tu me connais, ce n'est pas vraiment ma tasse de thé. Je préfère un bon Maeve Binchy.

Je n'ai pas lu une ligne du roman de Simon. Il préfère attendre de l'avoir achevé avant de me le soumettre, ce qui me convient très bien parce que, pour être honnête, cela me stresse. Je redoute de ne pas savoir qu'en dire, de ne même pas être qualifiée pour porter un jugement sur sa qualité. Je suis sûre que ce sera bon. Simon a un style remarquable. Il fait partie des journalistes les plus confirmés du *Telegraph* et travaille à son roman depuis notre rencontre.

La porte s'ouvre et un homme en costume entre dans le café. Il salue Melissa par son prénom et ils discutent de la pluie et du beau temps tandis qu'elle lui prépare un café auquel elle ajoute du lait et du sucre sans qu'il ait besoin de le lui demander.

En attendant que Melissa encaisse le paiement, je prends l'exemplaire du journal *Metro* de vendredi dernier posé sur le présentoir accroché au mur. La dernière personne à l'avoir lu l'a laissé ouvert sur un article intitulé « Hausse de la criminalité dans le métro », et bien qu'il n'y ait personne près de moi, je pose instinctivement le bras sur mon sac que je porte en bandoulière depuis des années. Sur les photos illustrant l'article, on voit un jeune homme qui doit avoir à peu près l'âge de Justin, au visage salement amoché, ainsi qu'une femme qui semble au bord des larmes, un sac à dos ouvert sur les genoux. Je parcours rapidement l'article qui ne m'apprend rien de nouveau et dont l'auteur conseille de garder ses affaires près de soi, d'éviter de voyager seul tard le soir. Rien que je n'aie déjà répété cent fois à Katie.

— Justin m'a dit que la gérante était en arrêt maladie hier, dis-je quand nous nous retrouvons à nouveau seules.

— Elle est en arrêt aujourd'hui aussi, donc… dit-elle en désignant son filet à cheveux. Je parie que Richard Branson n'a pas rencontré ce genre de problème quand il bâtissait son empire.

— Je parie le contraire. Peut-on vraiment parler d'empire quand on est propriétaire de deux cafés ? deux *super* cafés ? me dis-je en croisant le regard noir de Melissa.

— Trois, lance Melissa, le regard fuyant.

Étonnée, j'attends des précisions.

— Clerkenwell. Ne me regarde pas comme ça. Il faut spéculer pour accumuler.

— Mais…

Je me tais avant de franchir le point de non-retour. Je serais terrifiée à l'idée de lancer un troisième café alors que le deuxième est en plein naufrage, mais c'est sans doute pour cela que Melissa est chef d'entreprise et pas moi. Quand j'ai emménagé à côté de chez Melissa et Neil, je prenais des cours du soir en comptabilité. J'étais nulle en mathématiques à l'école, mais comme Matt ne prenait les enfants que le mercredi soir, c'était soit comptabilité, soit tapisserie, et je ne me voyais pas gagner ma vie en retapissant des fauteuils. Melissa a été ma première cliente.

— Jusqu'à présent, je faisais les comptes moi-même, dit-elle en apprenant que je m'étais inscrite aux cours, mais je vais ouvrir un nouvel espace à Covent Garden et j'aurai bien besoin de me dégager un peu de temps. Il faudra gérer les salaires, les factures, rien de très compliqué.

J'ai sauté sur l'occasion. Et, bien que j'aie dû attendre un an pour qu'un autre client – Graham Hallow – m'emploie de façon permanente, j'ai continué à tenir les comptes des deux cafés de Melissa.

— Et de trois, alors ?

Mon amie éclate de rire.

— Et de quatre, et de cinq… tout est possible !

Je ne suis pas censée embaucher avant l'heure du déjeuner, mais quand j'arrive au bureau à onze heures, Graham consulte sa montre avec ostentation.

— C'est gentil à vous de passer nous voir aujourd'hui, Zoe.

Comme à son habitude, il porte un costume trois pièces, agrémenté d'une vraie montre de gousset rangée dans la poche de son veston. « Le professionnalisme engendre la confiance », m'a-t-il expliqué un jour, m'encourageant peut-être ainsi à délaisser mes pantalons Marks and Spencer pour adopter des vêtements tout aussi démodés.

Je ne relève pas. J'ai été autorisée à prendre deux heures de disponibilité et Graham en personne a signé le document avant mon départ vendredi.

— Voulez-vous que je vous prépare un café ? dis-je, sachant depuis longtemps que le meilleur moyen de neutraliser Graham, c'est de faire preuve d'une politesse à toute épreuve.

— Avec grand plaisir, merci. Avez-vous passé un bon week-end ?

— Pas mauvais.

Je n'entre pas dans les détails et Graham n'insiste pas. Je garde ma vie privée pour moi ces temps-ci. Quand Simon et moi avons commencé à sortir ensemble, Graham s'est permis d'insinuer qu'il trouvait inapproprié que je sorte avec un homme rencontré sur mon lieu de travail, même si cela faisait plusieurs mois qu'il était venu se renseigner sur le prix des loyers commerciaux pour préparer un article. « Sortir avec mon patron, en revanche, n'aurait pas été inapproprié du tout », avais-je répondu en croisant les bras et en le regardant droit dans les yeux.

Six mois après avoir découvert que Matt me trompait, alors que j'étais une épave et complètement paumée, j'avais refusé de sortir avec Graham Hallow quand il me l'avait proposé.

— Vous me faisiez pitié, s'est-il défendu quand je l'ai mis face à ses contradictions des années plus tard. J'ai cru que vous aviez besoin qu'on vous remonte le moral.

— C'est ça. Merci.

— C'est peut-être ce que pense aussi votre nouvel ami.

Je n'ai pas mordu à l'hameçon. Je savais que, loin d'avoir pitié de moi, Simon m'adorait. Il m'offrait des fleurs, m'emmenait dîner dans de bons restaurants, et quand il m'embrassait, mes jambes se dérobaient sous moi. Nous ne sortions ensemble que depuis quelques semaines mais je savais. Je savais, c'est tout. Graham avait peut-être eu pitié de moi, en tout cas, il ne m'a jamais tout à fait pardonné de l'avoir repoussé. Il ne m'a plus laissée rentrer de bonne heure quand les enfants ne se sentaient pas bien, pas plus qu'il n'a fait preuve d'indulgence en cas de retard du métro. À partir de ce moment-là, il a respecté les règles à la lettre et j'avais trop besoin de ce travail pour risquer de les enfreindre.

Graham boit son café avant d'enfiler son manteau et de disparaître. Il n'y a aucun rendez-vous dans l'agenda, mais il marmonne qu'il doit rencontrer un homme à propos d'un chien et, franchement, je suis ravie de rester seule. Il règne un calme inhabituel pour un lundi, et me lançant dans un nettoyage de printemps qui n'a que trop tardé, je passe des documents à la déchiqueteuse et fais la poussière en déplaçant de vieux chlorophytums.

Mon téléphone émet un bip et je découvre un SMS de Matt :

KTIE OK ?

Il abrège tous les prénoms comme ça. Il appelle Katie « Ktie », Justin « Jus » et je ne suis Zoe que quand nous nous disputons.

Je suppose qu'il appellerait Simon « Si » s'ils entretenaient ce genre de relation.

Pas de nouvelles, dis-je. Bonnes nouvelles ?

Elle était confiante ?

Je réfléchis un instant avant de répondre : Optimiste.

Et toi ? X

Je remarque et choisis d'ignorer le X symbolisant un baiser. Je laisse la conversation en suspens et poursuis mon ménage quand, au bout de quelques minutes, Matt m'appelle.

— Tu lui as refait le coup, c'est ça ?

— Quel coup ? dis-je, sachant pertinemment ce qu'il veut dire.

— Tu lui as gâché son audition.

Je sais que ses consonnes sont étouffées à cause de la cigarette qu'il vient de coincer entre ses lèvres. Sans surprise, j'entends le cliquetis métallique d'un briquet suivi d'une longue inspiration. J'ai beau ne pas avoir fumé depuis près de vingt ans, je ressens une envie physique en l'entendant aspirer sa bouffée.

— Je n'ai pas… Je m'interromps parce que Matt me connaît trop bien. Ce n'était pas intentionnel en tout cas.

— Qu'est-ce que tu as dit ?

— J'ai juste fait allusion au cours de secrétariat dont je t'ai parlé.

— Zo…

— Quoi ? Tu as dit toi-même que ce serait idéal pour elle.

Je perçois le bruit de la circulation en fond sonore et je sais que, garé à une station de taxi, Matt est appuyé contre la voiture.

— Faut y aller doucement avec elle. Si tu la bouscules trop dans une direction, elle prendra le contrepied et se précipitera dans l'autre.

— Jouer la comédie n'est pas un vrai métier, dis-je, parce que l'habitude d'être en désaccord avec Matt est difficile à perdre. Il faut qu'elle puisse se rabattre sur quelque chose.

— Elle s'en rendra compte bien assez tôt toute seule. Et à ce moment-là, on sera à ses côtés.

Je finis le dépoussiérage de la pièce principale et passe au bureau de Graham. Sa table de travail fait deux fois la taille de la mienne tout en étant presque aussi bien rangée. C'est l'une des rares caractéristiques que nous ayons en commun lui et moi. Un calendrier est aligné avec le rebord du plateau, la citation du jour m'incitant à faire quelque chose aujourd'hui dont me saura gré la personne que je serai demain. À l'autre bout de la table sont empilés trois bannettes respectivement étiquetées « courrier reçu », « en attente » et « à poster ». Sur la pile de journaux posée devant, j'aperçois la *London Gazette* du jour.

Rien d'exceptionnel dans tout ça. Difficile de trouver un bureau à Londres où ne traîne pas un exemplaire de ce quotidien. J'attrape le premier exemplaire de la pile en feignant de continuer mon rangement et constate qu'un autre numéro de la *London Gazette* est rangé dessous. Et encore un autre, et ainsi de suite. Au bas mot, une douzaine d'exemplaires sont soigneusement empilés. Après avoir jeté un coup d'œil vers la porte, je m'assieds dans le fauteuil en cuir de Graham et prends le numéro posé au sommet de la pile. Je feuillette les deux ou trois premières pages mais ne puis m'empêcher de vérifier les petites annonces.

Soudain, ma poitrine se serre et j'ai les mains moites. Car en dernière page du numéro que j'ai entre les mains – un journal daté d'il y a plusieurs jours – est imprimée la photo d'une femme que je reconnais.

Nous avons tous nos petites habitudes.

Même toi.

Tous les jours, tu choisis le même manteau, quittes la maison à la même heure tous les matins. Tu as une place préférée dans le bus ou le train ; tu sais exactement quel escalator va le plus vite, par quel portillon passer, devant quel kiosque à journaux la file est la plus courte.

Je sais ces choses aussi bien que toi.

Je sais que tu prends le même journal dans la même boutique, que chaque semaine tu achètes ton lait au même moment. Je sais par où tu passes pour emmener tes enfants à l'école, quel raccourci tu empruntes pour rentrer chez toi après ton cours de zumba. Je sais dans quelle rue tu prends congé de tes amis après un pot au pub le vendredi soir ; et je sais que tu fais le reste du chemin seule. Je sais quel circuit de cinq kilomètres tu parcours en faisant ton jogging, le dimanche matin, à quel endroit précis tu t'arrêtes pour faire tes étirements.

Je sais tout ça parce qu'il ne t'est jamais venu à l'idée que quelqu'un te surveille.

La routine est réconfortante, familière, rassurante.

La routine te tranquillise.

La routine te perdra.

6

Kelly sortait de la salle de réunion quand son portable professionnel sonna. *Numéro masqué* : ce devait être le central, aussi Kelly coinça-t-elle l'appareil entre son oreille et son épaule droite tout en remontant la fermeture Éclair de son gilet anticoups.

— Kelly Swift.

— Peux-tu prendre l'appel d'une certaine Zoe Walker ? demanda l'opérateur.

Kelly entendit un bourdonnement de voix en arrière-plan, celles d'une dizaine d'autres opérateurs chargés de répondre aux appels et de réguler l'intervention des secours.

— Elle veut te parler d'un vol commis sur la Circle Line, un objet dérobé dans un sac, je crois ?

— Il va falloir que tu lui passes la brigade anti-pickpockets. Mon détachement a pris fin il y a quelques jours, et j'ai repris mon poste dans la police de proximité maintenant.

— J'ai bien essayé mais personne ne décroche. Et comme ton nom est toujours attaché à l'enquête…

L'opérateur laissa sa phrase en suspens alors que Kelly poussait un soupir. Le nom de Zoe Walker ne lui évoquait rien ; cela dit, elle ne pouvait décemment pas se rappeler toutes les victimes de vols de portefeuille auxquelles elle avait eu affaire pendant sa mission de trois mois auprès de la brigade anti-pickpockets.

— Passe-la-moi, dit-elle.

— Merci, dit l'opérateur, visiblement soulagé.

Kelly se réjouit une fois encore de se trouver en première ligne au lieu d'être coincée dans une pièce aveugle à prendre les appels de citoyens furieux. Il y eut un léger cliquètement.

— Allô ? Allô ? dit une autre voix, féminine et impatiente celle-là.

— Allô, ici l'agent Kelly Swift. Puis-je vous aider ?

— Enfin ! On croirait que je cherche à joindre le MI5 !

— C'est loin d'être aussi palpitant, je le crains. Vous souhaitiez me parler d'un vol commis dans le métro, si j'ai bien compris ? Que vous a-t-on dérobé ?

— À moi, rien, rectifia l'interlocutrice de Kelly, comme si cette dernière n'y était pas du tout. Il s'agit de Cathy Tanning.

Dès lors que le nom d'un officier de police était cité dans la presse, il recevait souvent ce genre d'appel. Des lecteurs le contactaient sans qu'il y eût le moindre rapport avec l'article en général, la simple publication de son nom et son matricule justifiant apparemment qu'on le harcèle.

— On lui a volé ses clés le jour où elle s'est endormie en rentrant chez elle, poursuivit Mrs Walker. Rien que ses clés.

C'était le genre de vol qui sortait tellement de l'ordinaire que, sur le point d'enregistrer les premières déclarations de Cathy, Kelly avait hésité à le qualifier ainsi. Mais Cathy était formelle : elle n'avait pas perdu ses clés.

— Je les range dans une poche à part, avait-elle expliqué à la policière. Elles n'auraient pas pu tomber.

C'était la poche extérieure d'un sac à dos ; la fermeture Éclair et la sangle en cuir qui l'empêchaient de s'ouvrir avaient été défaites.

Sur les images de vidéosurveillance, on voyait Cathy entrer dans le métro à Shepherd's Bush, la sangle de son sac à dos apparemment bien fermée. Le temps qu'elle quitte la station d'Epping, la boucle était détachée, la poche bâillant légèrement.

C'était une affaire relativement simple. Cathy était le témoin idéal : elle empruntait systématiquement le même chemin pour rentrer chez elle après le travail, choisissait la même rame de la Circle Line et s'installait si possible à la même place. Si tout le monde avait pu être aussi prévisible, cela lui aurait bien facilité la tâche, se rappelait avoir pensé Kelly. En l'espace de quelques minutes, elle avait repéré Cathy sur les images de vidéosurveillance, mais l'inconnu qui fondait sur elle n'avait rien de l'agresseur type. Ces derniers temps, la plupart des vols étaient commis par les Curtis, une bande de gamins qui jetaient leur dévolu sur les portefeuilles et les iPhones, pas sur les trousseaux de clés.

À tel point que, lorsque Kelly avait consulté les images filmées dans la rame où Cathy avait pris place au moment du délit, elle avait failli passer à côté du coupable.

Cathy dormait ; appuyée contre la cloison de la rame, jambes croisées, elle étreignait son sac. Tellement focalisée sur les gamins à capuche et les femmes allant par deux, tête couverte d'un fichu et bébé dans les bras, Kelly avait à peine remarqué l'homme debout contre les jambes de Cathy. Il ne correspondait pas du tout au profil type du pickpocket. Grand, bien habillé, on aurait dit qu'il continuait à lutter contre les éléments avec son écharpe grise ; enroulée deux fois autour de son cou, elle lui cachait les oreilles et la partie inférieure du visage. Dos à la caméra, il fixait résolument le sol. D'un geste fulgurant, il se baissa, se pencha vers Cathy Tanning avant de se relever, plongeant trop vite la main dans sa poche pour que Kelly voie ce qu'elle renfermait.

Avait-il cru que la poche extérieure du sac contenait un porte-monnaie ? un téléphone ? Après avoir tenté sa chance, avait-il été déçu de constater qu'il n'avait glané qu'un trousseau de clés ? Les rendre lui aurait fait courir un risque inutile, il les avait donc gardées et jetées à la poubelle en rentrant chez lui.

Kelly avait passé sa dernière journée dans la brigade anti-pickpockets à traquer le voleur de Cathy dans le métro, n'obtenant qu'un cliché de si piètre qualité qu'il ne valait pas la peine de le faire circuler. Le voleur était asiatique, c'est la seule certitude qu'elle avait, et mesurait environ un mètre quatre-vingts.

Les services de vidéosurveillance disposaient de caméras couleur d'une précision impressionnante – en visionnant les images des voyageurs, on aurait presque pu se croire devant le journal télévisé –, ce qui ne garantissait malheureusement pas l'identification des suspects. Il fallait que les caméras soient orientées dans la bonne direction, placées de façon à obtenir une image de face. Trop souvent – comme en ce cas précis –, le délit se produisait hors champ. En agrandissant l'image pour gagner en précision, on ne faisait qu'agrandir progressivement les pixels jusqu'à ce que, floutés, les détails capitaux se muent en une masse homogène qu'on n'avait pas l'ombre d'une chance d'identifier.

— Avez-vous été témoin du vol ? demanda Kelly en se concentrant de nouveau sur Zoe Walker.

Elle se serait sans doute manifestée plus tôt si elle avait assisté au délit. Kelly se dit que Mrs Walker avait peut-être retrouvé les clés, qu'on pourrait les envoyer au labo pour faire des prélèvements.

— J'ai des informations à vous livrer, dit Zoe Walker.

Le témoin s'exprimait dans un registre soutenu, sur un ton brusque frisant l'impolitesse ; cependant, l'incertitude que Kelly croyait déceler dans sa voix trahissait une certaine nervosité.

— Je vous écoute, dit Kelly avec douceur.

Le sergent fit irruption dans la pièce, tapotant sa montre. *J'arrive*, articula Kelly sans bruit en désignant son téléphone.

— Une photo de Cathy Tanning, la victime, a illustré une publicité dans la rubrique des petites annonces de la *London Gazette* juste avant qu'on lui vole ses clés.

Kelly s'attendait à tout sauf à ça de la part de Zoe Walker.

— Quel genre de publicité ? demanda-t-elle en s'asseyant.

— Je n'en suis pas très sûre. Elle se trouve sur la même page que d'autres annonces pour des services de téléphone rose et d'agences d'escorte. Et vendredi dernier, j'ai cru me reconnaître dans la même publicité.

— Vous avez cru vous reconnaître ? répéta Kelly sans pouvoir masquer la note de scepticisme qui filtrait dans sa voix.

Zoe Walker hésita.

— Eh bien, cela me ressemblait mais sans les lunettes. C'est vrai qu'il m'arrive de porter des lentilles de contact – ces lentilles jetables, vous savez ? Vous ne me croyez pas, hein ? ajouta-t-elle après un soupir. Vous me prenez pour une cinglée.

Kelly éprouva une pointe de culpabilité car, en substance, c'était bien ce qu'elle pensait.

— Pas du tout. J'essaie juste d'établir les faits. Pouvez-vous me donner les dates auxquelles ces publicités ont paru ?

Elle attendit que Zoe Walker ait vérifié son agenda et nota les deux dates qu'elle lui donna : le mardi 3 novembre pour la photo de Cathy Tanning et le vendredi 13 novembre pour celle de Zoe.

— Je vais vérifier, promit-elle sans savoir quand elle trouverait le temps de le faire. Comptez sur moi.

— Pas question.

Paul Powell était inflexible.

— Tu t'es baladée en civil pendant trois mois pendant que nous autres nous tapions tout le boulot : l'heure est venue de faire du vrai maintien de l'ordre.

Kelly se retint de répondre, sachant qu'il valait mieux ne pas se mettre à dos le sergent Powell.

— Tout ce que je veux, c'est parler à Cathy Tanning, l'implora-t-elle tout en se détestant d'employer ce ton suppliant. Après, je reviens directement, c'est promis.

Il n'y avait rien de plus frustrant qu'une affaire non élucidée, et même si Zoe Walker lui avait paru, au mieux, peu fiable, un détail tracassait Kelly. La photo de Cathy aurait-elle pu paraître dans un encart publicitaire ? Était-il possible que, loin de l'avoir agressée au hasard, on l'ait au contraire soigneusement ciblée ? Recrutée par voie d'annonce, même ? Difficile à croire.

— Ce n'est plus ton boulot. Si une enquête doit être menée, contacte la brigade anti-pickpockets. Si tu es désœuvrée, tu n'as qu'un mot à dire…

Kelly leva les mains, vaincue. Elle savait quand laisser tomber.

Cathy Tanning vivait dans une maison non loin de la station de métro d'Epping. Le coup de fil de Kelly avait eu l'air de lui faire plaisir et elle lui avait proposé de la retrouver dans un bar à vin de Sefton Street après son service. La policière avait accepté sans hésiter, sachant que, si elle comptait poursuivre une enquête dont elle n'était plus chargée officiellement, elle devait se débrouiller seule.

— Vous ne les avez pas retrouvées, alors ?

Âgée de trente-sept ans, Cathy était médecin généraliste dans un cabinet médical près de Shepherd's Bush et son abord direct devait hérisser plus d'un patient. Kelly, quant à elle, l'appréciait.

— Désolée.

— Peu importe. Je n'y croyais pas vraiment. Vous m'intriguez, cela dit : qu'est-ce que c'est que cette histoire de publicité ?

Après s'être montrée étonnamment serviable, la réceptionniste de la *London Gazette* avait envoyé à Kelly par mail une copie couleur des deux pages de la rubrique des petites annonces du journal correspondant aux dates mentionnées par Zoe Walker. Kelly les avait consultées dans le métro et n'avait pas tardé à repérer la photo sur laquelle Zoe avait reconnu Cathy. Quelques jours plus tôt à peine, en la regardant se faire tirer le portrait sous tous les angles par le photographe de *Metro*, Kelly avait remarqué que la frange de Cathy retombait sur la droite et qu'elle avait une ride du lion légèrement marquée. Le portrait de la *London Gazette* lui ressemblait de façon frappante.

Kelly posa l'annonce sur la table devant Cathy, guettant la réaction du médecin. Bien qu'il n'y ait guère de précisions sous la photo, la simple proximité d'annonces pour des services d'escorte et de téléphone rose laissait supposer que l'encart publicitaire concernait le même type de prestation. Les médecins généralistes arrondissaient-ils leurs fins de mois en tant qu'opérateurs de téléphone rose ? en tant que call-girls ?

En recevant les copies de l'annonce, le premier réflexe de Kelly avait été d'entrer dans son moteur de recherche l'adresse Internet du site trouvel-amesœur.com. Elle était tombée sur une page vierge agrémentée d'une case blanche, au centre, laissant supposer que l'accès était protégé par un mot de passe, sans pour autant livrer de précision sur sa nature ni sur la façon de se le procurer.

Cathy affichait une surprise sincère. Après avoir observé un silence, elle éclata d'un rire nerveux et prit l'annonce pour la regarder de plus près.

— Ils auraient pu choisir une angle plus flatteur, vous ne trouvez pas ?

— C'est bien vous, alors ?

— Je reconnais mon manteau.

La photo était cadrée de près, le fond sombre ne livrant aucun détail visible. Photo prise à l'intérieur, pensa Kelly sans pouvoir justifier sa certitude. Tournée vers l'objectif, Cathy ne le fixait pas directement ; elle avait le regard perdu au loin, et on avait l'impression qu'elle était préoccupée par tout autre chose. On apercevait les épaules d'un manteau marron foncé, une capuche bordée de fourrure pendait derrière sa tête.

— Avez-vous déjà vu cette photo ?

Cathy secoua la tête. Malgré l'assurance dont faisait preuve la jeune femme, Kelly voyait bien qu'elle était secouée.

— Et vous n'avez pas passé cette annonce, je suppose.

— Écoutez, la situation du National Health Service a beau être compliquée, je ne suis pas tout à fait prête à changer de carrière.

— Êtes-vous inscrite sur un site de rencontres ?

Cathy lui lança un regard amusé.

— Excusez-moi de vous poser la question, mais je me demandais si les photos avaient pu être récupérées sur un site authentique.

— Pas de site de rencontres, répondit Cathy. Je sors à peine d'une relation sérieuse et, sincèrement, me remettre en couple est le cadet de mes soucis.

Cathy posa la photocopie, avala une gorgée de vin avant de regarder Kelly.

— Soyez franche : dois-je m'inquiéter ?

— Je n'en sais rien, répondit Kelly sans détour. Cette publicité a paru deux jours avant qu'on vous vole vos clés, et j'ai appris son existence il y a quelques heures à peine. Zoe Walker, la femme qui l'a découverte, pense avoir vu sa propre photo dans la *London Gazette* vendredi dernier.

— Lui a-t-on volé quelque chose à elle aussi ?

— Non, mais le fait que sa photo soit publiée dans le journal la met mal à l'aise, ce qui est compréhensible.

— Je pourrais en dire autant.

Cathy s'interrompit, hésitant à poursuivre.

— Voyez-vous, Kelly, cela fait déjà quelques jours que je pensais vous appeler.

— Pourquoi ne l'avez-vous pas fait ?

— Je suis médecin, dit la jeune femme en regardant son interlocutrice dans les yeux. Mon fonds de commerce, ce sont les faits, pas les fantasmes, tout comme vous, j'imagine. J'avais envie de vous appeler mais… Je n'étais pas convaincue.

— De quoi ?

Nouveau silence.

— Je crois que quelqu'un s'est introduit chez moi pendant que je travaillais.

Kelly attendit des précisions en silence.

— Je n'en ai pas la certitude. Il s'agit plus d'une… il s'agit plus d'une impression, dit-elle en levant les yeux au ciel. Je sais, ça ne tiendrait pas le coup devant un tribunal, non ? C'est précisément ce qui m'a empêchée de le signaler. Pourtant, en rentrant du travail l'autre soir, j'aurais juré avoir senti de l'aftershave dans l'entrée et, quand je suis montée me changer, le couvercle du panier à linge sale était ouvert.

— Auriez-vous pu oublier de le fermer ?

— C'est possible mais improbable. Je le ferme machinalement, vous voyez ce que je veux dire ? Je crois que certains de mes dessous ont disparu, ajouta-t-elle après un silence.

— Vous avez pourtant fait changer les serrures, non ? Vous attendiez le serrurier quand vous avez signalé le vol.

— J'ai fait changer la serrure de la porte d'entrée, pas celle de la porte de derrière, répondit Cathy, l'air penaud. Ça m'aurait coûté cent livres de plus et, pour être honnête, je ne voyais pas l'intérêt. Rien sur mon trousseau n'indiquait mon adresse et, sur le moment, ça m'a semblé une dépense inutile.

— Et aujourd'hui… ?

Kelly laissa la question en suspens.

— Aujourd'hui, je regrette de ne pas les avoir changées toutes les deux.

7

Il est près de quinze heures quand Graham revient au bureau.

— Déjeuner professionnel, lance-t-il en guise d'explication et, à son air détendu, je devine que le déjeuner a été arrosé d'une ou deux pintes de bière.

— Ça vous dérange si je fais un saut à la poste, maintenant que vous êtes là ?

— Ne traînez pas : j'ai une visite dans une heure.

Le courrier déjà affranchi est soigneusement entassé sur mon bureau en liasses entourées d'élastiques. Je les fourre dans un cabas et enfile mon manteau alors que Graham se réfugie dans son bureau.

Il fait si froid dehors que mon souffle forme un panache de buée ; je serre les poings enfoncés dans mes poches et frotte les doigts contre mes paumes. Le vibreur de mon téléphone, rangé dans l'une de mes poches intérieures, m'annonce que j'ai reçu un SMS. Cela peut attendre.

Dans la file, à la poste, je défais la fermeture de mon manteau pour consulter mes messages. L'agent Kelly Swift m'a écrit :

Pouvez-vous m'envoyer une photo de vous dès que possible, s'il vous plaît ?

Cela veut-il dire qu'elle a parlé à Cathy Tanning ? Cela veut-il dire qu'elle me croit ? À peine ai-je pris connaissance du SMS qu'un autre s'affiche à l'écran :

Sans lunettes.

Six personnes me précèdent dans la file, et six autres me suivent. « Dès que possible », a dit l'agent Swift. J'enlève mes lunettes et active l'appareil photo de mon téléphone. Après un moment de flottement, je me rappelle enfin comment retourner l'objectif pour prendre un selfie ; je tends les bras aussi loin que je l'ose sans trop révéler mes intentions. Je prends la photo, même si la contre-plongée accentue mon triple menton et mes poches sous les yeux, mortifiée quand le cliquetis bruyant de l'appareil me trahit. C'est la honte. Prendre un selfie à la Poste, non mais quelle idée ! Je l'envoie à l'agent Swift et suis immédiatement avertie qu'elle en a pris connaissance. Je l'imagine en train de comparer ma photo avec celle de l'annonce parue dans la *London Gazette* et attends qu'elle m'écrive que je me fais des idées, mais mon téléphone reste silencieux.

J'envoie un texto à Katie pour voir comment s'est passée son audition. Elle a dû finir il y a des heures, et je sais qu'elle ne m'a pas contactée en raison de la façon dont je lui ai parlé ce matin. Je fourre le téléphone dans ma poche.

À mon retour à l'agence, je trouve Graham en train de farfouiller dans le tiroir du haut de mon bureau. Il se redresse vivement quand la porte s'ouvre, le cou cramoisi, pas le moins du monde gêné mais contrarié d'avoir été pris sur le fait.

— Vous cherchez quelque chose ?

Dans ce tiroir, il n'y a qu'un assortiment d'enveloppes, de stylos et d'élastiques, et je me demande s'il a fouillé les autres. Celui du milieu renferme de vieux calepins soigneusement classés par date au cas où j'aurais besoin de consulter une information. Celui du bas est un vrai dépotoir où l'on trouve pêle-mêle une paire de baskets datant de l'époque où je m'étais dit que ce serait une bonne idée de marcher jusqu'à la Tamise avant de prendre mon train, des collants, du maquillage, des Tampax. J'aimerais lui dire de ne pas toucher à mes affaires personnelles mais je sais ce qu'il va me répondre : c'est son agence, son bureau, ses tiroirs. Si Graham Hallow était propriétaire d'appartements, il serait du genre à entrer sans frapper pour venir inspecter votre logement.

— Les clés de Tenement House. Elles ne sont pas dans l'armoire.

Je me dirige vers l'armoire à clés, une boîte métallique accrochée au mur du couloir, près du classeur à documents. Tenement House est un immeuble de bureaux qui fait partie d'un complexe plus vaste appelé City Exchange ; je trouve les clés instantanément en vérifiant le crochet marqué d'un C.

— Je croyais que Ronan s'occupait de l'Exchange.

Ronan est le dernier d'une longue série d'agents immobiliers assistants. Tous des hommes – Graham est persuadé que les femmes sont incapables de négocier –, des clones qui semblent enfiler le même costume à tour de rôle, le nouveau faisant son apparition quelques jours après le départ du dernier. Ils ne restent jamais longtemps : les bons passent à autre chose aussi vite que les mauvais.

Graham n'entend pas ma question ou préfère l'ignorer, me prend les clés des mains en me rappelant que les nouveaux locataires de Churchill Place viennent signer le bail tout à l'heure. La clochette de la porte tinte à son départ. Il ne fait pas confiance à Ronan, voilà le problème. Il ne fait confiance à aucun d'entre nous, ce qui signifie que, au lieu d'être à l'agence comme il se doit, il vadrouille constamment pour fliquer ses employés qui l'ont sans arrêt dans les pattes.

La station de métro de Cannon Street regorge de costards-cravates. Je me fraie un chemin sur le quai bondé jusqu'à proximité du tunnel ; la première rame est toujours la moins fréquentée, et quand nous atteindrons Whitechapel, les portes s'ouvriront directement face à la sortie.

Dans la rame, je ramasse la *London Gazette* du jour, abandonnée sur le rebord crasseux de mon siège. J'ouvre directement à la rubrique des petites annonces et trouve l'encart au numéro de téléphone erroné : 0809 53 83 86 47. La femme d'aujourd'hui est brune, dotée d'une poitrine généreuse que l'on devine au bas de la photo et d'un large sourire révélant des dents blanches et régulières. Elle porte autour du cou une chaîne délicate d'où pend une petite croix en argent.

Sait-elle que sa photo est publiée dans les petites annonces ?

Je n'ai pas eu de nouvelles de l'agent Kelly Swift et je décide que son silence est plus rassurant que troublant. S'il y avait de quoi s'inquiéter, elle m'aurait appelée sans attendre. Comme le ferait un médecin s'il devait communiquer des résultats inquiétants. Pas de nouvelle, bonne nouvelle, comme on dit, non ? Simon avait raison : ce n'était pas ma photo dans le journal.

Je change à Whitechapel pour prendre l'Overground vers Crystal Palace. En marchant, j'entends des pas derrière moi. Rien d'inhabituel là-dedans : les bruits de pas sont omniprésents dans le métro, ils se répercutent contre les murs, s'amplifient et se distendent, et l'on finit par croire que des dizaines de personnes marchent, courent, trépignent.

Pourtant, je ne parviens pas à me débarrasser de l'impression que ces pas-là ont quelque chose de différent.

Que je suis suivie.

À l'âge de dix-huit ans, peu après être tombée enceinte de Justin, j'ai été suivie en rentrant du supermarché. Ma maternité prochaine m'ayant donné un sens accru du danger, je me croyais menacée à tous les coins de rue – par la crevasse sur le trottoir susceptible de me faire trébucher, par le cycliste qui ne manquerait pas de me renverser. Je me sentais tellement responsable de la vie que je portais en moi qu'il me semblait impossible de traverser la rue sans la mettre en danger.

J'avais insisté auprès de la mère de Matt pour aller acheter du lait, prétextant que l'exercice me ferait du bien ; je voulais faire un geste, aussi modeste soit-il, pour la remercier de m'avoir recueillie. Il faisait nuit et, sur le chemin du retour, j'ai pris conscience que l'on me suivait. Même en l'absence de bruit ou de sensation précise, j'ai acquis la certitude que quelqu'un marchait derrière moi et, pire, qu'il s'efforçait d'être discret.

J'éprouve la même certitude aujourd'hui.

À l'époque, je m'étais sentie désemparée. Quand j'ai traversé la rue, la personne en a fait autant. Ses pas résonnaient alors, gagnaient du terrain, car elle ne se souciait plus d'être entendue. En me retournant, j'ai vu un homme, un garçon plutôt, pas beaucoup plus vieux que Matt. Il portait un sweat-shirt à capuche, mains enfoncées dans les poches. Une écharpe lui couvrait la partie inférieure du visage.

Un raccourci menait au domicile de Matt, une rue étroite qui longeait l'arrière d'une rangée de maisons. Une ruelle, tout au plus. *Ça ira plus vite*, décidai-je, les idées embrouillées, souhaitant juste me retrouver à l'abri, parmi les miens.

En tournant le coin de la rue, je me suis mise à courir et le garçon en a fait autant. J'ai lâché mon sac de courses, le bouchon de la bouteille de lait s'est dévissé, laissant jaillir un énorme jet blanc sur les pavés. Quelques secondes plus tard, je me suis moi aussi retrouvée par terre, à genoux, et j'ai posé par réflexe un bras sur mon ventre.

Tout a été fini en un instant. Quand il s'est penché vers moi, je n'ai vu que ses yeux ; il a tendu la main pour fouiller mes poches sans ménagement, m'a arraché mon porte-monnaie avant de prendre la fuite en me laissant assise par terre.

Les pas se rapprochent.

J'accélère. Je me retiens de courir tout en pressant le pas, déséquilibrée par l'allure forcée qui fait osciller mon sac de droite à gauche.

J'essaie de rattraper le groupe de filles qui marche à quelques mètres de moi. L'union fait la force, me dis-je. Elles chahutent, courent, sautent, rient, mais elles n'ont rien de menaçant. Contrairement aux pas derrière moi, bruyants, lourds, de plus en plus proches.

— Hé ! dit une voix masculine.

Une voix bourrue et criarde. Je serre mon sac contre moi, le protège avec mon bras pour qu'on ne puisse pas l'ouvrir, puis je panique : si on me l'arrache, je serai entraînée avec. Je repense au conseil que je donne toujours aux enfants : mieux vaut se faire dépouiller qu'être blessé. *N'opposez pas de résistance si on vous agresse. Aucun objet ne vaut la peine d'être blessé*, comme je leur dis toujours.

Les pas accélèrent. Il court.

Je me mets à courir moi aussi, mais la panique me rend maladroite et je frôle la chute en me tordant la cheville. L'homme crie de nouveau mais, maintenant, le sang bat si fort à mes oreilles que je n'entends pas ce qu'il dit. Je ne distingue que le bruit de ses pas et de mes halètements bruyants et douloureux.

J'ai mal à la cheville. Incapable de courir, je n'essaie même plus.

J'abandonne et je me retourne.

Il est jeune : dix-neuf ou vingt ans peut-être. Blanc, il porte un jean baggy et des tennis qui martèlent le sol en béton.

Je vais lui donner mon téléphone – c'est ce qu'il doit vouloir. Et du liquide. Est-ce que j'en ai ?

Quand j'essaie de faire passer la bandoulière de mon sac à main par-dessus ma tête, elle se coince dans ma capuche. Il est presque à ma hauteur maintenant, souriant, et semble se délecter de ma peur, de mes tremblements si violents qu'ils m'empêchent de me dégager de la lanière de cuir de mon sac. Je serre les paupières. *Vas-y. Fais ce que tu as à faire, quoi que tu aies en tête.*

Ses tennis heurtent le sol. De plus en plus vite, de plus en plus fort, de plus en plus proches.

Il me dépasse.

J'ouvre les yeux.

— Hé ! crie-t-il encore en courant. Bande de pétasses !

Il disparaît dans le tunnel qui décrit une courbe vers la gauche, l'écho de ses pas me donnant l'impression qu'il poursuit sa course vers moi. J'en tremble encore, mon corps refuse d'intégrer que ce que j'avais pris pour une certitude ne s'est pas du tout produit.

J'entends des cris. Je reprends mon chemin malgré la douleur lancinante à la cheville. Arrivée au coin, j'aperçois le garçon. Il a rejoint le groupe de filles ; il en tient une par le cou et les autres sourient à pleines dents. Ils parlent tous en même temps, bavardage fébrile qui va crescendo jusqu'à ce qu'éclatent des ricanements d'hyènes.

J'avance lentement. Parce que je boite et parce que, même si j'ai compris que je ne risquais rien, je n'ai pas envie de passer devant cette bande de jeunes qui me fait me sentir bien bête.

Ce n'est pas parce que tu entends des pas derrière toi que tu es suivie, me dis-je. *Ce n'est pas parce que quelqu'un court que tu es traquée.*

À ma descente du train à Crystal Palace, Megan m'adresse la parole mais je tarde à répondre. Je suis soulagée d'être à l'air libre, mais agacée de m'être mise dans un tel état pour rien.

— Pardon, tu disais ?

— J'ai dit : j'espère que vous avez passé une bonne journée.

Moins d'une douzaine de pièces sont étalées dans la caisse de sa guitare ouverte ; un jour, elle m'a dit qu'elle retirait les pièces d'une livre et de cinquante pence au fil de la journée. D'après elle, les gens cessent de donner s'ils croient que vous vous débrouillez trop bien.

— Pas mal, merci. À demain matin.

— Fidèle au poste ! dit-elle, et je trouve sa constance rassurante.

Au bout d'Anerley Road, je passe devant notre portail ouvert et franchis la grille peinte de Melissa. La porte s'ouvre en réponse au SMS que je lui ai envoyé en sortant de la station de métro :

On prend un thé ?

— L'eau chauffe, dit-elle en me voyant.

À première vue, la maison de Melissa et Neil ressemble à la mienne : même petite entrée donnant sur le salon, même porte d'entrée s'ouvrant sur l'escalier. Cependant la ressemblance s'arrête là. À l'arrière, à la place de la cuisine exiguë dont je dispose, s'élève une vaste extension qui occupe l'ancien passage latéral et mord sur le jardin. Grâce à deux énormes velux, la lumière entre à flots, et des baies coulissantes courent sur toute la largeur de la maison.

Melissa me précède à l'intérieur où je trouve Neil assis au bar, un ordinateur portable devant lui. Le bureau de Melissa est placé près de la fenêtre, et bien que Neil dispose d'un bureau à l'étage, quand il n'est pas en déplacement il reste souvent en bas, en sa compagnie.

— Salut, Neil.

— Salut, Zoe. Comment ça va ?

— Pas mal.

J'hésite à partager l'histoire des photos dans la *London Gazette*, doutant de pouvoir même définir le problème. Cela pourrait peut-être m'aider d'en parler ?

— Une drôle d'anecdote, quand même : j'ai vu dans la *London Gazette* la photo d'une femme qui me ressemblait trait pour trait.

Je lance un petit rire, mais Melissa abandonne la préparation du thé pour se tourner vivement vers moi. Nous passons trop de temps ensemble pour que je lui cache quoi que ce soit.

— Tu vas bien ?

— Oui, ça va. C'était juste une photo, rien de plus. Une publicité pour un site de rencontres ou un truc comme ça. Mais illustré par ma photo. C'est ce que j'ai cru, du moins.

C'est au tour de Neil d'avoir l'air désorienté, et je ne lui en veux pas : mes propos n'ont ni queue ni tête. En repensant au gamin du métro qui courait pour rejoindre ses amies, je suis contente que personne n'ait été témoin de ma réaction disproportionnée. Je me demande si je ne fais pas une espèce de crise de la quarantaine, des crises de panique par crainte de dangers invisibles.

— Quand est-ce arrivé ? m'interroge Neil.

— Vendredi soir.

Je lance un coup d'œil circulaire dans la pièce mais, évidemment, aucun numéro de la *Gazette* ne traîne. Chez moi, la poubelle du recyclage est éternellement bourrée de journaux et d'emballages en carton, alors que celle de Melissa est soigneusement dissimulée et vidée régulièrement.

— À la page des petites annonces. Juste un numéro de téléphone, une adresse Internet et la photo.

— Une photo de toi, répète Melissa.

— Eh bien, quelqu'un qui me ressemblait, dis-je, hésitante. Je dois avoir un sosie, d'après Simon.

Neil éclate de rire.

— Tu dois bien savoir si c'est toi, quand même, non ?

Quand je vais m'asseoir près de lui, au bar, il ferme son portable et le déplace pour éviter qu'il nous gêne.

— J'aurais tendance à le croire, pas toi ? En découvrant la photo dans le métro, j'ai eu la conviction que c'était moi. Mais le temps de rentrer à la maison et de la montrer aux autres, je me suis mise à douter. Qu'est-ce que ma photo irait faire là, franchement ?

— Tu as appelé le numéro ? demande Melissa en se penchant sur l'îlot, face à nous, oubliant le thé.

— Il n'est pas attribué. Le site Internet ne fonctionne pas non plus ; l'adresse, trouvel-amesœur.com, je crois, mène à un écran vide avec, au centre, une case blanche.

— Tu veux que je vérifie ?

Neil travaille dans l'informatique. Je n'ai jamais vraiment su ce qu'il faisait exactement et, vu la description détaillée qu'il m'a faite un jour de son métier, j'ai honte de ne pas m'en souvenir.

— Ça n'en vaut pas la peine, honnêtement. Tu as d'autres chats à fouetter.

— Et ce n'est pas le travail qui manque, ajoute Melissa avec une pointe de regret. Il est à Cardiff demain et au palais de Westminster jusqu'à vendredi. Je dois m'estimer heureuse de le voir une fois par semaine en ce moment.

— Le palais de Westminster ? Waouh ! C'est comment ?

— Ennuyeux, avoue Neil avec un sourire radieux. En ce qui me concerne, en tout cas. J'installe un nouveau pare-feu, alors il y a peu de chances pour que je côtoie le Premier ministre.

— Tes factures d'octobre sont prêtes ? dis-je à Melissa en me rappelant soudain pourquoi j'avais besoin de passer la voir.

— Sur le bureau, juste au-dessus de ce classeur orange, dit-elle en hochant la tête.

Le bureau de Melissa, où trône un énorme iMac, est d'un blanc lumineux, comme le reste de la cuisine ; au-dessus, sur une étagère à fixations invisibles, sont rangés tous les dossiers concernant le café. Un pot à crayons que Katie a fabriqué à l'atelier de menuiserie de l'école est posé près de l'ordinateur.

— Je n'arrive pas à croire que tu l'aies gardé.

— Bien sûr que si ! C'était si gentil de sa part de le fabriquer pour moi.

— Je me souviens qu'il lui a valu un B.

Quand nous avons emménagé à côté de chez Melissa et Neil, notre situation financière était terriblement précaire. J'avais la possibilité de faire davantage d'heures chez Tesco, mais comme je devais aller chercher les enfants à l'école à quinze heures, c'était tout simplement inenvisageable. Jusqu'à ce que Melissa intervienne. Elle ne gérait qu'un café à l'époque, qu'elle fermait après le déjeuner. Elle allait chercher les enfants à ma place et les ramenait chez elle où ils regardaient la télévision pendant qu'elle préparait ses commandes du lendemain. Melissa faisait des gâteaux avec Katie, Neil montrait à Justin comment augmenter la mémoire de la carte mère d'un ordinateur, et je pouvais payer mes traites.

Je trouve la liasse de factures posée sur le classeur orange, sous un plan du métro plié et un bloc-notes rempli de bouts de papier, de Post-It et de l'écriture soignée de Melissa.

— Tu comptes encore étendre ton monopole ? dis-je, ironique, en désignant le bloc-notes, et je surprends le regard que se lancent mes deux amis. Oh, pardon. Ce n'est pas drôle ?

— C'est le nouveau café. Neil ne trouve pas l'idée aussi séduisante que moi.

— Le café, ça va. C'est la faillite qui m'emballe moins.

— Tu es tellement frileux ! s'exclame Melissa en levant les yeux au ciel.

— Bon, je vais peut-être faire l'impasse sur le thé, après tout, dis-je en ramassant les papiers de Melissa.

— Non, reste ! s'écrie Melissa. Il n'y aura pas de scène de ménage, c'est promis.

— Ce n'est pas ça, dis-je en riant, même si ce n'est pas tout à fait vrai. Simon m'invite à dîner ce soir.

— Un soir de semaine ? en quel honneur ?

— Comme ça, dis-je, radieuse. La fièvre du lundi soir.

— On dirait un couple d'ados, tous les deux.

— Ils en sont encore à l'ivresse des débuts, observe Neil. Nous étions comme ça, nous aussi, autrefois, ajoute-t-il en adressant un clin d'œil à sa compagne.

— Vraiment ?

— Attends qu'ils aient passé le cap des sept ans, Mel : ils regarderont la télé au lit et se chamailleront pour savoir qui a oublié de reboucher le dentifrice.

— Ça nous arrive souvent, ça aussi, dis-je en riant. À bientôt !

En arrivant chez moi, je trouve la porte d'entrée déverrouillée et la veste de Simon jetée sur la rambarde de l'escalier. Je monte et frappe à la porte du grenier aménagé.

— Qu'est-ce que tu fais à la maison si tôt ?

— Salut, ma belle, je ne t'ai pas entendue rentrer. Tu as passé une bonne journée ? Je n'arrivais pas à me concentrer au bureau alors j'ai rapporté du boulot à la maison.

Simon se lève pour m'embrasser en faisant attention de ne pas se cogner la tête contre la poutre, trop basse. Les propriétaires précédents ont aménagé les combles au rabais, sans remplacer les chevrons d'origine et, même si la pièce est spacieuse, on ne peut se tenir debout qu'au centre.

Sur la pile de papiers la plus proche de moi, je remarque une liste de noms dactylographiés, accompagnés de ce qui ressemble à une courte biographie.

— Des entretiens pour un article que je dois rédiger, explique Simon en surprenant mon regard.

Il ramasse les documents et les déplace pour que je puisse m'asseoir sur le bord de son bureau.

— C'est la galère pour les contacter.

— Je ne sais pas comment tu fais pour t'y retrouver.

À l'agence, mes tiroirs ont beau être en pagaille, il n'y a quasiment rien sur ma table de travail. Une photo des enfants et une plante verte sont posées près de la bannette à courrier, et je fais en sorte que tout soit rangé avant de partir. Chaque soir, je rédige une liste de tout ce que j'aurai à faire le lendemain, même si j'exécute certaines de ces tâches les yeux fermés dès que j'arrive à l'agence. Ouvrir le courrier, écouter les messages enregistrés sur le répondeur, préparer du thé.

— C'est un chaos organisé.

Il s'assied sur la chaise pivotante devant son bureau et tapote ses genoux pour me faire signe de m'y installer. J'obéis en riant, un bras autour de son cou pour garder l'équilibre. Je l'embrasse et me colle à lui avant de m'éloigner à regret.

— J'ai réservé une table chez Bella Donna.

— Parfait.

Je n'ai pas de goûts de luxe. Je ne gaspille pas d'argent en vêtements ni produits de beauté, et si les enfants se rappellent la date de mon anniversaire, je m'en contente. Matt n'était pas très branché cœurs ni bouquets de fleurs, même quand nous étions jeunes, et moi non plus. Simon se moque de ma nature cynique, dit qu'il révèle lentement mon côté tendre. Il me gâte et j'adore ça. Après des années à batailler pour nourrir ma famille, un dîner au restaurant reste un luxe pour moi, mais ce que j'apprécie vraiment, c'est de partager des moments en tête à tête avec lui.

Je prends une douche, me lave les cheveux, asperge mes poignets de parfum et les frotte l'un contre l'autre en laissant l'odeur se diffuser dans la pièce. J'enfile une robe que je n'ai pas mise depuis longtemps, soulagée de constater qu'elle me va toujours, et des escarpins vernis tirés du fatras de chaussures au fond de ma penderie. Quand Simon a emménagé ici, j'y ai entassé mes vêtements pour faire de la place aux siens, mais, malgré tout, il a dû ranger certaines de ses affaires dans les combles aménagés. La maison compte trois chambres minuscules : celle de Justin est une chambre d'enfant, quant à celle de Katie, il y a tout juste la place de contourner le lit deux places.

Simon m'attend dans le salon. Il a passé une veste et une cravate, et ressemble à l'homme que j'ai rencontré chez Hallow & Reed. Je me rappelle qu'il avait répondu à mon sourire poli par une expression beaucoup plus chaleureuse.

— Je travaille au *Telegraph*, m'avait-il dit. Nous publions un article sur l'augmentation du prix des loyers commerciaux qui pousse les commerçants indépendants à quitter le centre-ville, faute de moyens, ce genre de choses. Ce serait formidable si vous pouviez me détailler le type de biens dont vous disposez en ce moment.

Quand nos regards s'étaient croisés, je m'étais plongée dans la paperasse pour qu'il ne me voie pas rougir, prenant tout mon temps pour rassembler une dizaine d'annonces.

— Celle-ci pourrait vous intéresser, dis-je en m'installant à mon bureau pour lui soumettre un document. Autrefois, il y avait une boutique de souvenirs à cet endroit, mais le loyer a augmenté et le magasin est vide depuis six mois. La British Heart Foundation emménage à partir du mois prochain.

— Pourrais-je parler au propriétaire ?

— Je ne peux pas vous donner ses coordonnées, mais si vous me laissez votre numéro, je le lui transmettrai.

J'avais de nouveau rougi à cette suggestion pourtant parfaitement légitime. Entre nous, c'était électrique, j'étais sûre de ne pas me faire d'idées.

Simon nota son numéro de téléphone, sourcils froncés. Je me rappelle m'être demandé s'il avait l'habitude de porter des lunettes, s'il s'en passait par vanité ou par étourderie, ignorant que ce tic était simplement dû à la concentration. Il avait les cheveux gris mais pas aussi clairsemés qu'aujourd'hui, quatre ans plus tard. Longiligne, il était à son aise dans le fauteuil étroit situé en face de mon bureau, jambes croisées à la cheville, décontracté. On devinait ses boutons de manchettes en argent sous les poignets de sa veste de costume marine.

— Merci pour votre aide.

Il n'avait pas l'air pressé de partir et, déjà, je n'avais pas envie qu'il s'en aille.

— Je vous en prie. J'ai été ravie de vous rencontrer.

— Alors, dit-il en me dévorant des yeux, puisque vous avez mon numéro… puis-je avoir le vôtre ?

Dans Anerley Road, nous hélons un taxi même si nous n'allons pas loin ; quand le taxi se gare, je surprends un soulagement fugace dans le regard de Simon en découvrant le visage du chauffeur. Un jour, au début de notre relation, nous avons sauté dans un taxi, manteaux relevés sur la tête pour nous protéger de la pluie. Ce n'est qu'en levant les yeux que nous avons vu le visage de Matt dans le rétroviseur. L'espace d'un instant, j'ai cru que Simon allait insister pour que nous descendions, mais il s'est contenté de regarder par la vitre. Personne ne parlait. Même Matt, qui a pourtant la langue bien pendue, n'a pas essayé de faire la conversation.

Nous avons déjà mangé plusieurs fois dans ce restaurant et le propriétaire nous accueille en nous appelant par notre nom. Il nous conduit à un box près de la vitrine et nous tend un menu que nous connaissons tous deux par cœur. D'épaisses guirlandes de Noël ornent les cadres suspendus au mur et les luminaires.

Nous prenons la même chose que d'habitude – pizza pour Simon, pâtes aux fruits de mer pour moi –, et on nous sert trop vite pour que la nourriture soit faite maison.

— J'ai consulté les petites annonces de la *London Gazette* ce matin. Graham avait une pile de vieux numéros dans son bureau.

— Ne me dis pas que tu as été promue en page trois, si ? dit-il en découpant un morceau de pizza.

Un fin filet d'huile suinte de la garniture dans son assiette.

— Je ne suis pas sûre d'avoir les attributs adéquats pour cela, dis-je, amusée. En fait, j'ai reconnu une des femmes en photo dans l'annonce.

— Tu l'as reconnue ? C'est une de tes connaissances, tu veux dire ?

— Non, j'ai vu sa photo dans un autre journal, dans un article traitant de la criminalité dans le métro. J'en ai parlé à la police.

J'ai beau m'efforcer de minimiser cette histoire, ma voix se brise sous le coup de l'émotion.

— J'ai peur, Simon. Et si c'était vraiment ma photo dans le journal de vendredi ?

— Ce n'était pas toi, Zoe.

Ce qui semble inquiéter Simon, ce n'est pas que quelqu'un ait publié une photo de moi dans le journal, mais que je crois cela possible.

— Je ne me fais pas d'idées.

— Tu es stressée à cause du boulot ? C'est Graham ?

Il croit que je deviens folle. Je commence à lui donner raison.

— Elle me ressemblait vraiment, dis-je à voix basse.

— Je sais. Bon, dit-il en posant ses couverts, disons que c'était bien une photo de toi.

Voilà comment Simon gère les problèmes : en se montrant cartésien. Il y a deux ou trois ans, une maison du voisinage a été cambriolée. Convaincue que nous serions les prochains, Katie n'en dormait plus. Quand elle finissait par s'assoupir, c'était pour se réveiller en hurlant qu'il y avait quelqu'un dans sa chambre. J'étais désemparée. J'avais tout essayé, y compris de rester à ses côtés jusqu'à ce qu'elle s'endorme, comme si elle retombait en enfance. Simon a adopté une attitude plus pragmatique. Il a emmené Katie chez B&Q, le magasin de bricolage, où ils ont acheté des verrous de fenêtre, une alarme et un verrou supplémentaire pour le portillon du jardin. Ensemble, ils ont équipé la maison du dispositif de sécurité, allant même jusqu'à enduire les gouttières de peinture antiadhérente. Les cauchemars ont cessé aussitôt.

— D'accord, dis-je, trouvant le jeu curieusement réconfortant. Disons que c'était vraiment une photo de moi.

— D'où sort-elle ?

— Je ne sais pas. Je me pose la même question.

— Si un inconnu prenait une photo de toi, tu le remarquerais sûrement, non ?

— Quelqu'un s'est peut-être servi d'un téléobjectif, dis-je, tout en prenant conscience que cette idée était ridicule.

Et puis quoi encore ? Des paparazzi m'attendent devant chez moi ? Des mobylettes me doublent à toute vitesse, un photographe se penche et tente de prendre le cliché parfait qui fera sensation dans un tabloïd ? Simon garde son sérieux, mais, quand je ponctue l'absurdité de cette hypothèse avec un rictus gêné, il esquisse lui aussi un sourire.

— Quelqu'un aurait pu la voler, dit-il plus sérieusement.

— Tout à fait ! Ça paraît plus probable.

— D'accord, imaginons que quelqu'un se soit servi de ta photo pour faire la publicité de son entreprise.

Parler de la publicité comme ça, d'une manière si rationnelle et dépassionnée, m'apaise peu à peu, ce qui était l'intention de Simon depuis le début.

— Ce serait de l'usurpation d'identité, non ?

J'acquiesce. Mettre un nom aussi banal sur ce qui s'est passé rend tout de suite l'expérience moins personnelle. Il y a chaque jour des centaines, voire des milliers de cas d'usurpation d'identité. Chez Hallow & Reed, nous devons nous montrer extrêmement prudents, vérifier plusieurs fois les papiers d'identité de nos clients et n'accepter que les originaux ou des copies certifiées conformes. Se faire passer pour quelqu'un après avoir dérobé sa photo est d'une simplicité enfantine.

Simon s'efforce toujours de trouver une explication logique à ce qui s'est passé.

— Voilà la question qu'il faut se poser : est-ce que ça te porterait vraiment préjudice ? Tu trouverais ça pire que si on se servait de ton nom pour ouvrir un compte en banque, ou si on falsifiait ta carte bancaire ?

— C'est plus dérangeant.

Simon pose ses mains sur les miennes.

— Tu te rappelles quand Katie a eu des problèmes au lycée avec ce groupe de filles ?

J'acquiesce, sentant de nouveau la rage m'envahir à la simple mention de cet événement. À quinze ans, Katie s'est fait harceler par trois filles de son âge. Après avoir ouvert un compte Instagram à son nom, elles y ont posté des photomontages montrant le visage de Katie incrusté dans diverses images : femmes et hommes nus, personnages de dessins animés. Des trucs de gamin, puérils, qui se sont calmés avant la fin du trimestre, mais Katie était effondrée.

— Qu'est-ce que tu lui as dit, à l'époque ?

La bave du crapaud n'atteint pas la blanche colombe, voilà ce que j'ai dit à ma fille. *Ignore-les. Ça ne te touche pas.*

— De deux choses l'une : soit c'était la photo d'une femme qui te ressemble – en beaucoup moins belle…

Malgré sa mièvrerie, son compliment m'arrache un sourire.

— Soit c'est de l'usurpation d'identité, ce qui, même si c'est agaçant, ne te cause aucun tort.

Ses arguments sont irréfutables. Je me souviens alors de Cathy Tanning dont j'invoque le nom en ayant l'impression de jouer mon va-tout.

— La femme qui faisait l'objet d'un article dans le journal s'est fait voler ses clés dans le métro.

Désorienté, Simon attend une explication.

— C'est arrivé après la publication de sa photo dans l'encart publicitaire. Celui où j'ai vu mon portrait. Le portrait de mon sosie, je veux dire.

— Simple coïncidence ! Combien de nos connaissances se sont fait faire les poches dans le métro ? Ça m'est arrivé. Ça arrive tous les jours, Zoe.

— Je suppose que tu as raison.

Je sais ce que pense Simon. Il veut des preuves. Il est journaliste. Il s'en tient aux faits, pas aux suppositions ni à la paranoïa.

— Tu crois que le journal accepterait d'enquêter là-dessus ?

— Quel journal ? Celui où je travaille ? dit-il en voyant ma tête. Le *Telegraph* ? Oh, Zoe, je ne crois pas, non.

— Pourquoi pas ?

— Ça ne fait pas un très bon sujet, Zoe. Bon, je sais que ça t'inquiète et que c'est une expérience bizarre à vivre, mais ce n'est pas digne de faire l'actualité. L'usurpation d'identité, c'est un peu du réchauffé, franchement.

— Tu ne pourrais pas leur soumettre l'idée ? Trouver qui est derrière tout ça ?

— Non.

Le ton cassant de sa réponse marque la fin de la conversation et me fait regretter d'avoir abordé le sujet. J'ai fait toute une histoire de cet incident et me suis rendue folle d'angoisse au passage. Je grignote un bout de pain aillé et me ressers du vin pour remplacer celui que j'ai fini sans m'en rendre compte. Je devrais peut-être faire quelque chose pour apaiser mes angoisses. Méditation ? Yoga, peut-être. Je deviens névrosée, et la dernière chose que je souhaite, c'est que cela affecte mon couple.

— Katie t'a raconté son audition ? demande Simon.

Je lui sais gré autant de changer de sujet que de la douceur de sa voix, qui prouve qu'il ne m'en veut pas d'être paranoïaque.

— Elle ne répond pas à mes SMS. J'ai dit une bêtise ce matin.

Simon a l'air surpris mais je n'entre pas dans les détails.

— Quand lui as-tu parlé ? dis-je en m'efforçant de ne pas avoir l'air trop amère.

Si Katie refuse de me parler, je ne peux m'en prendre qu'à moi-même.

— Elle m'a envoyé un message.

Il est gêné à cause de moi et je m'empresse de dédramatiser.

— C'est génial qu'elle ait eu envie de t'en parler. Franchement, je trouve ça adorable.

Je suis sincère. Avant que Simon n'emménage chez nous, alors que notre relation était déjà sérieuse, j'essayais de faire en sorte qu'il se retrouve seul avec les enfants. Je me souvenais soudain d'avoir laissé quelque chose à l'étage, ou j'allais aux toilettes sans en avoir besoin dans l'espoir de les trouver en train de bavarder gaiement à mon retour. Autant cela me fait de la peine que Katie ne m'ait pas contactée, autant je suis ravie qu'elle ait eu envie de se confier à Simon.

— Qu'est-ce qu'on lui a proposé ?

— Je n'en sais trop rien. L'agence a décidé de ne pas la représenter, mais elle a fait une rencontre utile et il semblerait qu'il y ait un rôle en perspective.

— C'est génial !

Malgré mon envie d'écrire à Katie combien je suis fière d'elle, je me force à patienter. Je préfère la féliciter de vive voix. J'embraye donc sur le nouveau café de Melissa et le contrat de Neil au palais de Westminster. Le temps que l'on nous apporte le dessert, nous avons commandé une seconde bouteille de vin, et les anecdotes que Simon me raconte sur ses débuts dans le journalisme m'ont donné le fou rire.

Il règle l'addition et laisse un gros pourboire. Il s'apprête à héler un taxi quand je l'arrête.

— Rentrons à pied.

— Ça coûtera moins de dix livres.

— Ça me ferait plaisir.

Nous nous mettons en route, bras dessus, bras dessous. Peu m'importe le prix de la course en taxi ; j'ai juste envie de prolonger un peu la soirée. Arrivés au carrefour, Simon m'embrasse et le baiser se prolonge à tel point que nous en oublions le signal sonore du feu tricolore et sommes obligés de rappuyer sur le bouton.

Je me réveille à six heures avec la gueule de bois. Je descends en quête d'eau et d'un cachet d'aspirine, et allume Sky News en remplissant un verre au robinet, que je bois avec avidité. J'en avale un deuxième en me tenant à l'évier car j'ai l'impression de tanguer. Voilà précisément pourquoi je bois rarement en semaine.

Le sac à main de Katie est posé sur la table. Elle était déjà couchée à notre retour hier soir, et c'est en gloussant que nous avons grimpé l'escalier sans bruit pour éviter de réveiller les enfants, l'ironie de la situation ne nous ayant pas échappé. Un mot plié en deux et adressé à « maman » est posé près de la bouilloire. Je l'ouvre, ma migraine m'obligeant à plisser les yeux.

Mon premier rôle professionnel ! Il me tarde de tout te raconter. Je t'aime XXX

Je souris malgré la gueule de bois. Elle m'a pardonné et je prends la résolution de déborder d'enthousiasme quand elle me parlera de son rôle. De ne pas faire la moindre allusion au cours de secrétariat ni à aucune autre formation sur laquelle elle pourrait se rabattre. Je me demande en quoi consiste ce boulot ; s'agit-il de faire de la figuration ou d'un vrai rôle ? Au théâtre, je suppose, même si je m'autorise à rêver que sa participation à l'un de ces indéboulonnables feuilletons télévisés la rendra bientôt célèbre.

La journaliste de Sky News Rachel Lovelock annonce qu'un meurtre a été commis : la victime est une résidente de Muswell Hill. Je vois bien Katie présentatrice. Elle a le physique de l'emploi, ça c'est sûr. Elle n'aimerait pas présenter les nouvelles, mais pourquoi pas animatrice sur une chaîne musicale, ou dans un magazine genre *Loose Women* ou *The One Show* ? Je me sers un autre verre d'eau et m'appuie au plan de travail en regardant la télé.

À l'écran, on enchaîne avec un reportage tourné en extérieur ; Rachel Lovelock cède la place à une journaliste vêtue d'un épais manteau qui s'exprime au micro avec sérieux. Une photo de la victime apparaît bientôt à l'écran pour illustrer ses propos. Elle s'appelait Tania Beckett et n'a pas l'air beaucoup plus âgée que Katie, même si, selon les informations du reportage, elle avait vingt-cinq ans. Son petit ami a donné l'alerte quand elle n'est pas rentrée après le travail et on l'a trouvée dans le parc, tard hier soir, à cent mètres de chez elle.

C'est peut-être la gueule de bois ou le fait que je suis encore à moitié endormie, mais il me faut une bonne minute avant de la reconnaître. Je détaille son physique : cheveux bruns, visage souriant, courbes généreuses. Je remarque la chaîne agrémentée d'une croix en argent rutilant.

Et c'est alors que je la reconnais.

C'est la femme dont la photo illustrait la publicité d'hier.

À quelle vitesse peux-tu courir ?

Quand tu n'as pas le choix ?

Avec tes talons et ta jupe cintrée, avec ton sac qui te heurte les côtes : à quelle vitesse ?

Quand tu es en retard pour prendre ton train et que tu dois rentrer chez toi, que tu traverses le quai au pas de course avec quelques secondes devant toi : à quelle vitesse peux-tu courir ?

Et si ce n'est pas pour attraper un train que tu cours, mais parce que ta vie en dépend ?

Imagine que tu rentres tard du travail et qu'il n'y a pas âme qui vive. Tu n'as pas rechargé ton téléphone et personne ne sait où tu es. Les pas derrière toi se rapprochent et tu sais, parce que ça t'arrive tous les jours, que tu es seule ; qu'entre le quai et la sortie, tu ne verras personne.

Tu sens un souffle sur ta nuque et la panique te gagne, il fait noir, il fait froid, il pleut.

Vous êtes seuls, tous les deux.

Toi et celui qui te suit.

Celui qui te traque.

À quelle vitesse pourrais-tu courir dans ce cas ?

Qu'importe la vitesse.

Parce qu'il y a toujours quelqu'un qui court plus vite que toi.

8

Une main se posa sur la bouche de Kelly, lui écrasa le visage. Les doigts qui s'immisçaient entre ses lèvres avaient un goût de sueur. Un poids la comprima, un genou écarta ses cuisses de force. Quand elle tenta de hurler, son cri mourut dans sa gorge, la panique l'oppressa. Elle tenta de se rappeler sa formation de policière – les gestes d'autodéfense appris avec ses camarades –, mais elle avait l'esprit vide et le corps pétrifié.

La main s'écarta, mais le répit fut de courte durée. Elle céda la place à des lèvres ; une langue s'introduisit de force dans sa bouche.

Kelly entendit le souffle lourd, fébrile de son agresseur, accompagné de coups frappés en rythme.

— Kelly.

Les coups s'intensifièrent.

La porte de la chambre s'ouvrit et, délivrée du poids qui lui comprimait la poitrine, Kelly respira goulûment.

— Tu faisais encore un cauchemar.

Kelly s'efforça de maîtriser sa respiration. Il faisait noir dans sa chambre, la silhouette se dessinait dans l'encadrement de la porte, éclairée par la lumière du couloir.

— Quelle heure est-il ?

— Deux heures et demie.

— Bon Dieu ! Désolée. Je t'ai réveillée ?

— Je viens de rentrer, j'étais de garde. Tu vas bien, maintenant ?

— Oui, merci.

La porte se referma et Kelly resta allongée dans le noir ; la sueur dégoulinait entre ses seins. Il y a dix ans, elle était au côté de Lexi et lui tenait la main tout en l'écoutant raconter à l'officier de police ce qui s'était passé ; plus tard, elle avait assisté à l'enregistrement de sa déposition. Sur un écran de télévision, elle avait vu sa jumelle pleurer en relatant par le menu la moindre humiliation, le moindre détail douloureux.

— Je ne veux pas que papa et maman entendent tout ça, avait dit Lexi.

Un jour, des années après, Kelly avait demandé à sa sœur s'il lui arrivait de faire des cauchemars. Adoptant un ton désinvolte, faussement spontané, Kelly avait feint de ne pas se réveiller oppressée par le poids d'un homme qui enfonçait ses doigts en elle.

— Une fois, avait répondu Lexi. Quelques jours après le viol. Ça ne m'est plus jamais arrivé.

Kelly jeta par terre son oreiller trempé de sueur et posa la tête à même le drap housse. Elle ne travaillait pas aujourd'hui. Elle irait voir Lexi, dînerait peut-être avec les garçons. Mais elle avait quelque chose à faire d'abord.

Les bureaux de la *London Gazette* se trouvaient à Shepherd's Bush, dans un immeuble aussi sobre que gigantesque abritant le siège de plusieurs autres journaux. Kelly montra sa carte à la réception et attendit sur un fauteuil droit, beaucoup moins confortable qu'il en avait l'air. Elle ignora l'angoisse qui lui nouait l'estomac : bon, d'accord, elle enquêtait pendant son temps libre, et faire des heures supplémentaires non rémunérées ne tombait pas sous le coup de la loi.

C'est ça, à d'autres ! Le vol dont Cathy Tanning avait été victime n'était plus de son ressort et la policière aurait dû avertir le sergent de la brigade anti-pickpockets dès qu'elle avait eu connaissance de cette avancée.

C'est ce qu'elle ferait dès qu'elle aurait une information tangible à lui fournir. Malheureusement, la brigade spéciale était aussi fauchée que les autres départements. En l'absence de preuve concrète sur laquelle s'appuyer, il se passerait peut-être plusieurs jours avant que l'on s'intéresse au cas de Cathy. Il fallait que quelqu'un en fasse sa priorité.

Trois mois avant son agression, Lexi était allée demander conseil à la police. Quelqu'un avait laissé des fleurs devant sa chambre à la cité U ; des mots glissés dans son casier faisaient référence à sa tenue de la veille au soir.

— Vous vous êtes dégoté un admirateur, on dirait, avait remarqué l'agent de permanence.

Lexi lui avait répondu que ça la mettait mal à l'aise. Elle n'osait plus ouvrir les rideaux de sa chambre de peur que quelqu'un l'espionne.

Quand certaines de ses affaires personnelles avaient disparu de sa chambre, la police avait envoyé un agent enregistrer un dépôt de plainte pour cambriolage. Lexi était-elle sûre d'avoir verrouillé sa porte ? Il n'y avait aucun signe d'effraction. Qu'est-ce qui lui faisait croire que l'auteur du vol avait aussi laissé les petits mots, déposé les fleurs ? Aucune preuve ne laissait supposer que ces incidents étaient liés.

Une semaine plus tard, quand, en rentrant d'un cours tard le soir, elle entendit des pas trop mesurés, trop proches pour être le fruit du hasard, elle n'en dit rien à la police. À quoi cela aurait-il servi ?

Quand cela se reproduisit la semaine suivante, elle sut qu'elle devrait le signaler. Quand les poils de ses bras se hérissèrent, que la peur l'étrangla et lui comprima la poitrine, elle sut qu'elle ne se faisait pas d'idées. Quelqu'un la suivait.

Mais il était trop tard. Il l'avait déjà rattrapée.

Kelly repensa à toutes les initiatives de prévention lancées au fil de ses neuf années de service : campagnes d'affichage, distribution de prospectus, alarmes antiagression, programmes éducatifs… C'était pourtant beaucoup plus simple : il suffisait d'écouter les victimes, de les croire.

— Inspecteur Swift ?

Une femme se dirigeait vers Kelly, la tête penchée de côté. Kelly ne releva pas l'erreur. Elle était en civil, une telle méprise était légitime.

— Tamir Barron, responsable de la publicité du journal. Voulez-vous monter ?

De lourds cadres en chêne contenant des affiches publicitaires du siècle passé tapissaient les murs du sixième étage. Alors que Tamir la précédait dans le couloir menant à son bureau, Kelly reconnut celles qui vantaient les mérites du savon Pears, de la brillantine Brylcreem et du jus d'orange Sunny Delight.

— J'ai les résultats de la demande que vous m'avez soumise, annonça Tamir dès qu'elles furent assises, même si je ne vois toujours pas le rapport avec… Sur quelle affaire m'avez-vous dit enquêter ? Un vol avec voie de fait ?

Bien que Cathy n'ait été victime que d'un simple vol, puisqu'il n'y avait pas eu de violence, Kelly décida de passer ce détail sous silence au cas où la gravité du crime déterminerait le degré de coopération de Tamir. En outre, si Cathy avait vu juste et que son agresseur l'avait suivie jusqu'à son domicile avant de se servir de la clé dérobée pour pénétrer chez elle, l'affaire était en effet beaucoup plus grave. Kelly frissonna en imaginant la scène : quelqu'un se déplaçait à pas de loup chez Cathy. Que faisait-il ? Touchait-il à son maquillage ? Dérobait-il ses dessous ? Cathy pensait que quelqu'un s'était introduit chez elle pendant ses heures de bureau ; et s'il ne s'était pas contenté de cela ? Kelly voyait l'intrus avancer sans bruit dans la cuisine de Cathy au milieu de la nuit, monter l'escalier pour se poster près de son lit et la regarder dormir.

— La victime voyageait sur la Central Line au moment des faits, expliqua Kelly. Le contrevenant s'est emparé des clés de son domicile et nous pensons qu'il s'en est servi depuis pour pénétrer chez la victime dont la photo a paru dans la rubrique des petites annonces de votre journal deux jours avant l'incident.

La policière espérait que Cathy avait fait changer la serrure de la porte de service. Cela suffirait-il à la rassurer ? Kelly en doutait.

— Je vois. Il y a juste un petit problème.

Tamir continuait à sourire, mais ses yeux se portèrent sur son bureau tandis qu'elle changeait de position.

— Un protocole assez précis doit être respecté dans le cas des services de téléphone rose puisque ces entreprises doivent être agréées ; de plus, quand elles font de la publicité, elles doivent fournir leur numéro de licence à l'annonceur – notre journal, en l'occurrence. Pour être parfaitement honnête, nous ne cherchons pas à attirer ces entreprises. Vous avez dû remarquer que nous leur réservons un espace assez restreint. Notre collaboration est un mal nécessaire, à mon avis.

— Nécessaire ? Pourquoi ?

La réponse devait couler de source, à en juger par le regard que lui adressa Tamir.

— Parce qu'elles paient bien. La majeure partie de ce type de publicité – téléphone rose, services d'escorte, agences de rencontres, etc. – est disponible en ligne, aujourd'hui, même si le lectorat de la version papier du quotidien reste important ; or c'est la publicité qui subventionne le journal. Comme vous pouvez l'imaginer, l'industrie du sexe est propice à toutes sortes d'abus, et nous prenons des mesures pour nous assurer que les opérateurs de téléphone rose disposent d'un agrément en bonne et due forme et qu'ils sont en règle.

Tamir baissa de nouveau les yeux.

— Voulez-vous dire que, dans ce cas précis, le protocole n'a pas été respecté ?

— Je crains que non. Le client nous a d'abord contactés fin septembre en nous fournissant des publicités à publier pendant tout le mois d'octobre. Peu avant la fin du mois, il nous a soumis une deuxième fournée de publicités et a fait de même en novembre. C'est Ben Clarke, un nouveau membre de l'équipe, qui a géré ce client et il a traité la commande sans réclamer de numéro de licence.

— C'est interdit ?

— Absolument.

— Puis-je parler à Ben ?

— Les Ressources humaines me fourniront ses coordonnées. Il a quitté le journal il y a deux ou trois semaines – les effectifs se renouvellent très régulièrement, hélas.

— Quel moyen de paiement le client a-t-il utilisé ?

— Une carte bancaire, répondit Tamir après avoir consulté son bloc-notes. Nous pouvons vous livrer ces détails et l'adresse du client aussi, bien sûr, mais il faudra me fournir une demande officielle de réquisition judiciaire pour obtenir la levée de la protection des données.

— Bien sûr.

Merde. Tamir Barron avait accepté de voir Kelly si volontiers que la policière avait espéré qu'elle lui remettrait tout bonnement les dossiers. Pour obtenir une réquisition judiciaire, il faudrait la signature d'un inspecteur, que Kelly ne pourrait décrocher qu'en reconnaissant avoir mené l'enquête sur son temps libre.

— En attendant, vous pourriez peut-être me remettre les copies des publicités que vous avez déjà publiées et de celles à paraître ? dit-elle en adressant son regard le plus confiant à Tamir.

— Seule une réquisition judiciaire…

— … permet de divulguer des détails personnels tels qu'adresse ou données bancaires. Je comprends parfaitement. Cependant, ces publicités ne contiennent aucun détail personnel, n'est-ce pas ? Et il pourrait s'agir de crimes en série.

Le cœur de Kelly battait si fort dans sa poitrine qu'elle s'étonnait que son interlocutrice ne l'entende pas. Avait-elle besoin d'une réquisition judiciaire pour les publicités aussi ? Elle ne s'en souvenait pas et croisa les doigts pour que Tamir n'en sache rien non plus.

— Des crimes en série ? Y a-t-il eu d'autres vols ?

— C'est confidentiel, malheureusement.

Protection des données, eut-elle envie d'ajouter.

Il y eut un silence.

— Je vais demander que l'on fasse des photocopies des publicités que vous pourrez récupérer à la réception. Attendez en bas.

— Merci.

— Inutile de dire que le personnel a été informé de l'importance du respect de la procédure.

— Merci. La publication des autres annonces va être annulée, je suppose.

— Annulée ?

— Celles qui n'ont pas été encore publiées. Vous ne pouvez pas les faire paraître. Certains pourraient s'en servir pour agresser des femmes.

— Je suis de tout cœur avec vous, inspecteur Swift, mais avec tout le respect que je vous dois, c'est votre rôle de protéger nos concitoyens, pas le mien. Notre métier consiste à publier des journaux.

— Pourriez-vous suspendre leur parution quelques jours ? Sans l'annuler purement et simplement…

Kelly n'acheva pas sa phrase, consciente de son manque de professionnalisme. Elle avait besoin de preuves tangibles montrant que les publicités étaient liées à des actes criminels. Le lien entre le vol dont Cathy Tanning avait été victime et la publication de sa photo était clair, mais Zoe Walker n'avait subi aucun préjudice. Cela ne suffisait pas.

— Je crains que non. Le client a payé d'avance ; il me faudra obtenir l'accord de mon supérieur pour annuler le contrat. À moins, bien sûr, qu'un juge ait prononcé une commission rogatoire.

L'expression neutre de Tamir contrastait avec son regard dur et Kelly décida d'en rester là. Elle rendit à la jeune femme son sourire poli.

— Ce n'est pas le cas, non. Pas pour l'instant.

À peine avait-elle appuyé sur la sonnette que Kelly entendit les hurlements stridents de ses neveux qui venaient l'accueillir. Alfie, cinq ans, portait une panoplie de Spider-Man agrémentée d'un casque de Viking en plastique alors que son frère Fergus, trois ans, courait vers elle sur ses jambes dodues, affublé d'un tee-shirt représentant les Minions, qu'il adorait.

— Qu'est-ce que c'est que ça ? s'écria Kelly, feignant l'étonnement en regardant les membres inférieurs de Fergus. Un slip de grand garçon ?

L'enfant lui fit un grand sourire en soulevant son tee-shirt pour exhiber son slip.

— Nous n'en sommes qu'au début, précisa Lexi en se matérialisant derrière les garçons.

En un mouvement fluide, elle prit Fergus dans ses bras et embrassa Kelly.

— Fais attention où tu mets les pieds.

Lexi et son mari Stuart vivaient à St Albans, dans un quartier qui grouillait de mamans sexy à poussettes. Après avoir quitté Durham, Lexi avait passé le PGCE, le certificat d'aptitude au professorat, avant d'être embauchée pour enseigner l'histoire au collège du coin. Elle avait rencontré Stuart, le principal adjoint, et depuis ils étaient ensemble.

— Où est Stu ?

— Rencontre parents-profs. J'ai déjà donné hier soir, heureusement. Bon, vous deux : enfilez vos pyjs. Allez !

— Mais on veut jouer avec tatie Kelly ! rouspéta Alfie.

Kelly s'agenouilla pour le serrer dans ses bras.

— Tu sais quoi ? Si vous enfilez vos pyjamas et vous lavez les dents en vitesse, après, on fera une séance de chatouilles. Marché conclu ?

— Oui !

Les enfants se précipitèrent à l'étage et Kelly sourit.

— C'est vraiment du gâteau d'élever des enfants.

— Tu ne dirais pas ça si tu avais été là il y a une demi-heure à peu près. C'était la Bérézina. Bon, comme les garçons ont dîné, je me suis dit qu'on pourrait les coucher pour pouvoir manger tranquilles une fois qu'ils dormiront ; je nous ai préparé un risotto aux champignons.

— Ça m'a l'air parfait.

Le téléphone de Kelly émit un bip et elle vérifia l'écran, soucieuse.

— Un problème ?

— Pardon, c'est le boulot. Il faut juste que je réponde à ce message.

Quand elle eut composé son SMS, elle vit le regard réprobateur de Lexi.

— Tu as ce truc greffé à la main. Voilà le problème avec les smartphones : autant se balader avec son bureau dans sa poche. Impossible de passer à autre chose.

Lexi refusait d'acheter un iPhone et vantait les mérites de son Nokia : aussi épais qu'une brique, il pouvait fonctionner trois jours sans être rechargé.

— Je n'ai pas des horaires de bureau, moi, contrairement à vous autres, les profs, avec vos journées qui finissent à quinze heures et vos deux mois de vacances.

Lexi ne releva pas. Kelly prit connaissance du SMS qu'elle venait de recevoir et y répondit. Elle avait été la première à se rendre sur les lieux d'une vilaine bagarre dans le hall de la station de Liverpool Street et on l'avait chargée de recueillir des détails auprès des témoins une fois les fauteurs de troubles derrière les barreaux.

La fille d'une vieille dame qui s'était retrouvée mêlée à l'altercation était ensuite restée en contact avec Kelly car elle souhaitait tenir sa mère informée de l'enquête.

— Ce qu'elle veut vraiment, c'est m'entendre dire qu'ils sont en prison, dit Kelly quand elle eut expliqué la situation à Lexi. D'après sa fille, la vieille dame n'ose plus sortir de peur de les revoir.

— Sont-ils en prison ?

— Ce sont des gamins sans casier judiciaire, dit Kelly en secouant la tête. Au mieux, ils seront condamnés à des travaux d'intérêt général ou se feront taper sur les doigts. Ils ne lui font courir aucun danger, mais elle ne le voit pas comme ça.

— Ce n'est sûrement pas ton travail de les conseiller, toutes les deux, n'est-ce pas ? Des cellules d'aide aux victimes ne sont pas chargées d'intervenir dans ce genre de cas ?

Kelly se força à prendre une profonde inspiration.

— Lex, je ne te dis pas comment faire ton boulot…

— Bon, bon, très bien, intervint sa sœur, levant les bras en signe d'apaisement. Je ne m'en mêle pas. Mais s'il te plaît, pour une fois, tu peux éteindre ton portable et te contenter d'être ma sœur et pas un flic ? lança-t-elle avec un regard si implorant que Kelly éprouva une pointe de culpabilité.

— Oui, bien sûr.

Elle s'apprêtait à ranger son téléphone quand le numéro de Cathy Tanning s'afficha à l'écran. Kelly se tourna vers Lexi.

— Pardon, c'est…

— Le boulot, j'ai compris.

Mais non, elle ne comprenait pas, songea Kelly, en passant au salon pour prendre l'appel de Cathy. Elle n'avait jamais compris.

9

Le commissariat de Cannon Street est à quelques minutes de l'agence ; j'ai dû passer devant au moins un millier de fois sans jamais le remarquer. Je n'en ai jamais eu besoin. Ma migraine persiste malgré les antalgiques avalés ce matin et mes courbatures n'ont rien à voir avec la gueule de bois. Je tombe malade. Loin de me soulager, ce constat me plombe et semble autoriser le virus à s'installer.

En posant mes mains moites sur la poignée de la porte, je me sens envahie par la panique irrationnelle que ressent tout citoyen respectueux de la loi en croisant une voiture de police dans la rue. Justin a beau ne pas avoir commis le moindre faux pas depuis des années, je me souviens comme si c'était hier de la peine ressentie à ce premier coup de téléphone.

J'ignore quand Justin a commencé à voler, tout ce que je sais c'est qu'il n'en était pas à son coup d'essai le jour où il s'est fait pincer. On commence par un petit truc, pas vrai ? Un paquet de bonbons, un CD. On ne vole pas vingt-cinq paquets de lames de rasoir quand on est trop jeune pour se raser. On ne porte pas un manteau dont le haut de la doublure est soigneusement découpé pour pouvoir discrètement y glisser les objets volés. Justin a refusé de livrer ses complices. Il a reconnu le vol, mais n'a pas dit qui en était le commanditaire ou ce qu'il comptait faire des rasoirs. Il s'en est sorti avec un rappel à la loi dont il a fait aussi peu de cas que s'il s'était fait passer un savon au collège.

— Ça sera inscrit dans ton casier toute ta vie, s'est écrié Matt, furieux.

— Pendant cinq ans, ai-je corrigé en essayant de me rappeler ce que l'on m'avait expliqué en garde à vue. Le sursis sera alors non avenu et il ne sera obligé d'en parler que si un employeur lui pose ouvertement la question.

Melissa était déjà au courant, bien sûr, tout comme elle était au courant des bagarres auxquelles il était mêlé à l'époque et du souci qu'il m'a causé quand j'ai trouvé un sachet d'herbe dans sa chambre.

— C'est un gamin, l'avais-je entendue dire alors, après m'avoir servi un verre de vin dont j'avais bien besoin. Ça lui passera.

Et ça lui est passé, effectivement. Ou il est devenu plus doué pour ne pas se faire prendre. Quoi qu'il en soit, la police n'a plus frappé à notre porte depuis ses dix-neuf ans. Je souris en l'imaginant préparer des sandwichs et faire la conversation aux clients, vêtu d'un des tabliers chics de Melissa.

L'officier de service est assis derrière une vitre, le genre que l'on voit à la poste : il communique à travers un espace juste assez large pour laisser passer des papiers ou de petits objets trouvés.

— Puis-je vous aider ? me demande-t-il d'un air qui laisse penser que m'aider est la dernière chose dont il ait envie

La migraine m'embrouille les idées et je cherche mes mots.

— Je détiens des informations à propos d'un meurtre.

L'officier paraît intrigué par ma déclaration.

— Je vous écoute.

Je pousse sous la vitre un article découpé dans le journal. Dans l'angle où le comptoir rejoint le mur, je remarque un bout de chewing-gum écrasé que l'on a colorié au stylo-bille bleu.

— Cet article au sujet du meurtre de Muswell Hill a paru dans la *London Gazette* d'aujourd'hui.

Il lit le premier paragraphe en diagonale, bougeant légèrement les lèvres sans bruit. Une radio grésille sur le bureau, derrière lui. L'article est succinct. Tania Beckett était aide-éducatrice dans une école primaire de Holloway Road. Elle a emprunté la Northern Line entre Archway et Highgate aux alentours de quinze heures trente avant de sauter dans le bus 43 en direction de Cranley Gardens. « J'avais prévu d'aller l'attendre à l'arrêt de bus, mais comme il pleuvait elle m'a déconseillé de sortir, déclarait son petit ami dans l'article. Je donnerais n'importe quoi pour remonter le temps. » Sur une photo, on le voit enlacer Tania, et je ne puis m'empêcher de me demander si nous ne sommes pas en train de regarder la photo d'un assassin. N'est-ce pas ce que l'on raconte ? La plupart des victimes de meurtre connaissent leur agresseur.

Je glisse la deuxième coupure sous la vitre.

— Et voici une publicité parue dans la *Gazette* d'hier.

Je cligne rapidement des paupières pour chasser les taches blanches qui dansent devant mes yeux. En portant les doigts à mon front, je constate qu'il est brûlant.

L'officier de permanence compare les deux coupures. Il a le visage impassible de quelqu'un qui en a vu d'autres et je me demande s'il va me dire que j'invente la ressemblance, que la jeune femme aux cheveux bruns qui porte une croix autour du cou n'est pas Tania Beckett, vingt-cinq ans.

Mais non. Il décroche le téléphone, compose le zéro, observe une pause et soutient mon regard en attendant que l'opératrice décroche.

— Pouvez-vous me passer le capitaine Rampello, s'il vous plaît, dit-il alors sans me quitter des yeux.

J'avertis Graham par SMS que je suis tombée malade et ne reviendrai pas à l'agence. Je sirote de l'eau tiède en attendant que quelqu'un vienne me parler, la tête pressée contre le mur frais.

— Je suis navré, s'excuse l'officier au bout d'une heure.

Il me dit s'appeler Derek mais je trouve un peu déplacé de l'appeler par son prénom.

— Je ne sais pas ce qui le retient.

Il veut parler du capitaine Nick Rampello, dépêché à Cannon Street depuis ce que Derek appelle la « BC » avant de s'excuser d'employer du jargon.

— La brigade criminelle : l'unité chargée d'enquêter sur la mort de cette jeune femme.

Je tremble comme une feuille, le regard rivé aux deux photos de Tania, en me demandant ce qui est arrivé entre la publication de sa photo dans la *Gazette* et le moment où on l'a étranglée dans le parc de Muswell Hill.

Suis-je la prochaine sur la liste ?

C'était bien moi dans la *Gazette* vendredi dernier. Je l'ai su tout de suite. Je n'aurais jamais dû me laisser convaincre du contraire. Si j'étais allée voir la police aussitôt, cela aurait pu changer quelque chose.

Il doit y avoir un lien. Tania Beckett a été assassinée vingt-quatre heures après la parution de sa photo ; Cathy Tanning s'est fait voler ses clés quarante-huit heures après la parution de la sienne. Cela fait cinq jours que la mienne a paru ; combien de temps va-t-il se passer avant qu'il m'arrive quelque chose ?

Un homme vient présenter son permis de conduire.

— Quelle perte de temps, dit-il à haute voix alors que, méthodique, l'officier remplit un document. Aussi bien pour vous que pour moi.

L'homme me jette une œillade, espérant peut-être que je lui prête une oreille compatissante, mais je ne réagis pas plus que Derek. Ce dernier vérifie le permis et note certains détails avec une lenteur qui ne peut être que délibérée. Décidément, j'aime bien Derek. Quand il a terminé, l'homme glisse son permis dans son portefeuille.

— Merci infiniment, lance-t-il, sarcastique. C'était la pause déjeuner idéale.

Une femme perdue accompagnée d'un jeune enfant qui hurle lui succède, suivie d'un vieil homme qui a égaré son portefeuille.

— Je l'avais à la station Bank, dit-il. Mais il a disparu quelque part entre la sortie du métro et la Tamise, dit-il en regardant autour de lui, espérant peut-être que son portefeuille se matérialise dans le commissariat.

Je ferme les yeux ; si seulement une obligation aussi banale m'avait amenée ici, moi aussi ! J'aimerais pouvoir m'en aller sans éprouver plus qu'un léger agacement.

Derek note les coordonnées de l'homme ainsi qu'une description du portefeuille et je m'efforce de prendre de profondes inspirations. J'aimerais que le capitaine Rampello se presse.

Une fois l'homme au portefeuille sorti, il se passe encore une heure avant que Derek se décide à rappeler le capitaine.

— Vous arrivez ? C'est juste qu'elle attend depuis l'heure du déjeuner.

Il jette un coup d'œil vers moi ; son visage est impénétrable.

— D'accord. Bien sûr. Je vais le lui dire.

— Il ne vient pas, n'est-ce pas ?

Je me sens trop patraque pour être fâchée d'avoir perdu mon temps. Qu'aurais-je fait à la place ? Je n'aurais rien fichu au bureau.

— Il semble que certaines investigations urgentes l'aient retardé. Comme vous pouvez l'imaginer, la salle des opérations est débordée. Il m'a chargé de vous transmettre ses excuses et de vous dire qu'il vous recontacterait. Je vais lui donner votre numéro. Vous n'avez pas l'air bien, ma petite dame, me dit-il, en plissant les yeux.

— Ça va aller, dis-je, même si ce n'est pas vrai du tout.

J'essaie de me persuader que je n'ai pas peur, que je suis juste malade, mais j'ai les mains qui tremblent en attrapant mon téléphone pour faire défiler les contacts.

— Tu es près de Cannon Street ? Je ne me sens pas bien. Je crois que j'ai besoin de rentrer chez moi.

— Ne bouge pas, Zo, dit Matt sans l'ombre d'une hésitation. Je viens te chercher.

Matt me dit qu'il est à deux pas, mais au bout d'une demi-heure d'attente je finis par me rendre à l'évidence ; je culpabilise en pensant aux courses qu'il rate en volant à mon secours. La porte du commissariat s'ouvre à toute volée et, à mon grand embarras, des larmes se mettent à couler sur mes joues quand j'aperçois son visage familier.

— Vous venez chercher votre moitié ? demande Derek sans que j'aie la force ou que Matt prenne la peine de le détromper. Ce qu'il lui faut, c'est du Lemsip extrafort avec une goutte de whisky. J'espère que vous vous sentirez vite mieux, ma petite dame.

Matt m'installe dans son taxi, aussi confortablement que si je payais la course, et pousse le chauffage à fond. Je me concentre sur ma respiration en essayant de maîtriser les violents frissons qui me parcourent de la tête aux pieds.

— Depuis quand tu te sens comme ça ?

— Ce matin. Je trouvais bizarre d'avoir la gueule de bois – je n'ai pas bu tant que ça hier soir –, et puis mon mal de tête a empiré et j'ai commencé à me sentir chancelante.

— C'est la grippe, assène Matt sans hésiter.

Comme la plupart des taxis, Matt est expert dans tous les domaines. Dans le rétroviseur, je vois que son regard alterne entre la route et moi.

— Que faisais-tu chez les poulets ?

— Il y a eu un meurtre hier soir. Dans un parc, près de Cranley Gardens.

— À Crouch End ?

— Oui, une femme a été étranglée.

Je lui parle des publicités dans la *London Gazette*, lui raconte avoir vu ma photo et celle de Tania Beckett.

— Tu es sûre que c'est la même femme ?

Je hoche la tête, même si Matt fixe la route, droit devant. Poussant un soupir excédé, il tourne résolument le volant vers la gauche, coupant par des ruelles à sens unique si étroites qu'en tendant la main je pourrais toucher les murs en brique qui les bordent.

— Où allons-nous ?

— La circulation est un vrai cauchemar. Qu'a dit la police ?

Je regarde dehors en essayant de me repérer, mais je ne sais pas vraiment où nous sommes. Des enfants rentrent de l'école, certains sont seuls, d'autres agrippent la main de leur maman.

— L'officier a contacté le capitaine chargé de l'affaire qui n'est pas venu.

— Sans blague ?

— J'ai peur, Matt.

Il ne répond pas. Les sentiments, ça n'a jamais été son fort.

— Si c'était bien ma photo dans le journal, il va m'arriver quelque chose. Un malheur.

La gorge irritée, j'ai du mal à avaler.

— La police pense-t-elle que les publicités et le meurtre sont liés ?

Nous sortons enfin du dédale de ruelles et j'aperçois la South Circular. Nous sommes presque arrivés. Je peine à garder les yeux ouverts tant ils me piquent. Je cligne rapidement des paupières pour tenter de les humidifier.

— L'officier de permanence a eu l'air de me prendre au sérieux, dis-je, même si j'ai du mal à me concentrer sur les questions de Matt. J'ignore si ce sera le cas du capitaine, en revanche. Je ne lui ai pas encore parlé de ma photo – je n'en ai pas eu l'occasion, à vrai dire.

— C'est carrément bizarre, Zo.

— À qui le dis-tu ? J'ai cru devenir dingue en voyant ma tête dans le journal. Je crois que Simon me prend toujours pour une folle.

— Il ne te croit pas ? s'écrie Matt en se tournant brusquement vers moi.

Je me ficherais des baffes. Comme si j'avais besoin d'apporter de l'eau au moulin de Matt !

— Il pense qu'il existe une explication rationnelle.

— Et toi, qu'est-ce que tu en penses ?

Je ne réponds pas. *Je crois qu'on va m'assassiner.*

Quand nous nous garons devant chez moi, j'ouvre mon sac.

— Je vais te donner un peu d'argent.

— Pas la peine.

— Tu ne dois pas en être de ta poche, Matt, ce n'est pas juste...

— Je ne veux pas de ton argent, Zo, me rabroue-t-il. Range-le. Allez, je vais t'aider à entrer, ajoute-t-il, radouci.

— Je peux me débrouiller, dis-je mais au moment de me lever, mes genoux se dérobent et Matt me rattrape avant que je tombe.

— C'est ça.

Il prend ma clé, ouvre la porte et hésite un moment sur le seuil.

— Ça va, Simon est au bureau, dis-je, trop malade pour me sentir déloyale.

Je suspends mon sac et mon manteau sur la rambarde de l'escalier et accepte l'aide de Matt pour gravir l'escalier. Il s'arrête en haut, ne sachant pas où se trouve ma chambre, et je désigne la porte voisine de celle de Katie.

— Je vais me débrouiller maintenant, dis-je, mais il ouvre la porte sans m'écouter et me soutient alors que nous entrons d'un pas lourd dans la pièce.

Il soulève la couette du côté gauche du lit, celui où je dormais quand nous étions mariés. Aujourd'hui, les affaires de Simon sont posées sur la table de nuit de gauche : son livre, une paire de lunettes de lecture de rechange, un plateau en cuir pour sa montre et sa monnaie. Si Matt le remarque, il ne dit rien.

Je me glisse sous la couette tout habillée.

Simon me réveille. Dehors, il fait noir et il allume la lampe de chevet.

— Tu dors depuis que je suis rentré. Tu es malade ? chuchote-t-il, une main serrée sur mon téléphone portable. J'ai un officier de police au bout du fil. Qu'est-ce qu'il y a ? Il est arrivé quelque chose ?

Je suis moite de sueur et ma tête me fait mal quand je la soulève de l'oreiller. Simon refuse de me passer le téléphone.

— Pourquoi la police t'appelle-t-elle ?

— Je t'expliquerai plus tard.

Je perds ma voix en plein milieu du dernier mot et m'éclaircis la gorge. Simon finit par me tendre le portable et s'assoit sur le lit. Je reste fébrile, même si la sieste m'a requinquée.

— Allô, dis-je. Zoe Walker à l'appareil.

— Mrs Walker, capitaine Rampello de la brigade criminelle du Nord-Ouest. Vous vouliez me parler, si je ne m'abuse.

Il semble préoccupé. Il a l'air de s'ennuyer ou d'être fatigué. Les deux, peut-être.

— En effet. Je suis chez moi si vous voulez passer.

— Qu'est-il arrivé ? murmure Simon sans bruit en écartant les mains.

Agacée par son interruption, je secoue la tête vers lui. Le signal est mauvais à la maison et je ne veux surtout pas rater ce que Rampello me dit.

— … sans doute tout ce dont j'ai besoin pour l'instant.

— Pardon, que disiez-vous ?

— Vous ne connaissiez pas Tania Beckett, si j'ai bien compris ?

— Non, mais…

— Vous ignorez donc si elle était escort-girl ou opératrice de téléphone rose ?

— Oui.

— Bon.

À sa voix sèche et à son débit rapide, je devine qu'une longue liste d'appels l'attend encore ce soir.

— Hier, lundi 16 novembre, dans la *London Gazette,* vous avez vu la publicité d'un service de téléphone rose illustrée par la photo de Tania, est-ce correct ?

— Tout à fait.

— Et vous nous avez contactés dès que vous avez reconnu son visage aux informations, ce matin, c'est bien ça ?

— En effet.

— Vous nous êtes très utile, merci beaucoup de vous être donné cette peine.

— Vous ne voulez pas me parler ? Prendre ma déposition ?

— Nous vous contacterons en cas de besoin.

Il raccroche sans me laisser le temps de finir ma phrase. Simon me regarde, désormais plus fâché que troublé.

— Est-ce que tu vas me dire ce qui est arrivé ?

— C'est la fille qui a été assassinée. La photo que je t'ai montrée ce matin.

En effet, dès la fin du reportage, j'avais couru réveiller Simon, les paroles se bousculant dans ma bouche.

— Et si c'était lié aux publicités, Simon ? avais-je dit, la voix brisée par l'émotion. Et si quelqu'un publiait les photos de femmes qu'il s'apprête à assassiner et que j'étais la prochaine sur la liste ?

— Ma chérie, avait dit Simon en m'attirant maladroitement contre lui pour m'enlacer, tu ne crois pas que tu dramatises un peu ? J'ai lu quelque part que cent personnes sont assassinées à Londres chaque année. Tu te rends compte ? Soit environ huit par mois. Je sais que c'est horrible, mais ta feuille de chou gratuite n'a rien à voir là-dedans.

— Je vais aller au commissariat pendant ma pause déjeuner, lui avais-je annoncé tout en voyant bien qu'il continuait à trouver que j'exagérais.

— La police t'a prise au sérieux ? me demande-t-il ce soir.

J'éloigne mes pieds qu'il vient d'écraser en s'asseyant au bout du lit.

— L'officier de service était gentil, dis-je, indécise. Il a joint le capitaine chargé du dossier, qui ne s'est pas déplacé ; l'inspecteur prétend maintenant que ses collègues et lui ont tout ce qu'il leur faut et qu'ils me recontacteront si nécessaire.

Des larmes perlent au coin de mes yeux.

— Le problème, c'est qu'ils ne sont pas au courant pour les autres photos, ni celle de Cathy Tanning ni la mienne ! dis-je en éclatant en sanglots, les idées embrouillées par la migraine.

— Chut, dit Simon qui me caresse les cheveux et retourne mon oreiller pour trouver un coin frais sur lequel poser ma joue. Tu veux que je les rappelle ?

— Je n'ai même pas leur numéro. Il a dit travailler pour la brigade criminelle du Nord-Ouest.

— Je vais le trouver. Je vais te chercher des antalgiques et un verre d'eau avant de leur passer un coup de fil.

Simon se dirige vers la porte mais se retourne soudain, ayant remarqué un détail.

— Pourquoi dors-tu de mon côté du lit ?

— J'ai dû bouger dans mon sommeil, dis-je entre mes dents, avant d'enfouir le visage dans l'oreiller pour éviter de croiser son regard.

C'est notre seul véritable sujet de discorde.

— Matt est le père de mes enfants, plaidais-je souvent autrefois. Je vois mal comment nous pourrions éviter de nous croiser de temps en temps.

Simon avait dû s'incliner à contrecœur.

— En revanche, rien ne justifie qu'il entre chez nous, n'est-ce pas ? Qu'il s'installe dans notre salon pour boire du café dans nos tasses ?

C'était une réaction puérile et irrationnelle mais je n'avais pas envie de perdre Simon et, à l'époque, j'ai trouvé que c'était un bon compromis.

— D'accord. Il n'entrera pas.

En rouvrant les yeux, je trouve un verre d'eau et des comprimés dans leur emballage en aluminium posés sur ma table de nuit. J'avale deux cachets et me lève. Mon haut est froissé, mon pantalon tout entortillé : je me déshabille, enfile un pyjama en coton épais et m'emmitoufle dans un gros gilet.

Il est vingt et une heures et, en bas, je trouve les restes de ce qui ressemble à un ragoût de bœuf. J'ai encore les jambes en coton et je suis tout engourdie après ma longue sieste. En entrant dans le salon, je découvre Simon, Justin et Katie devant la télévision. Personne ne parle, mais c'est un silence agréable et j'observe ma famille un moment. C'est Katie qui me remarque la première.

— Maman ! Tu te sens mieux ? demande-t-elle en s'écartant pour me laisser une place entre Simon et elle.

Je m'assois, épuisée par l'effort déployé pour descendre l'escalier.

— Pas vraiment. Je suis complètement lessivée.

Je ne me suis pas sentie aussi mal depuis des années. Mes articulations me font souffrir et ma peau est douloureuse au toucher. Les picotements qui me brûlent l'arrière des yeux ne disparaissent que si je ferme les paupières, et j'ai si mal à la gorge que parler est une épreuve.

— Je crois que j'ai la grippe. La vraie.

— Ma pauvre chérie, dit Simon en m'enlaçant.

Pour une fois, Katie ne fait pas de réflexion sur ce qu'elle appelle « les effusions publiques ». Même Justin semble inquiet.

— Tu veux boire quelque chose ? me demande-t-il.

Je dois avoir l'air vraiment patraque.

— Juste de l'eau. Merci.

— Pas de souci.

Il se lève et me tend une enveloppe qu'il a sortie de sa poche.

— Qu'est-ce que c'est ? dis-je en découvrant l'épaisse liasse de billets de vingt livres qu'elle contient.

— Le loyer.

— Quoi ? On en a déjà parlé : je ne veux pas que tu participes au loyer, mon chéri.

— Bon, alors c'est pour les courses, les factures, peu importe. L'argent est à toi.

Je me tourne vers Simon, me rappelant combien il a insisté dernièrement pour que Justin ne joue pas les parasites. Mon compagnon secoue la tête, l'air de dire qu'il n'y est pour rien.

— C'est très gentil à toi, cela dit, Justin. Bien joué, mon pote.

Cette expression familière paraît forcée dans la bouche de Simon et mon fils le toise avec dédain.

— Tu n'as pas dit que tu étais fauché ? s'étonne Katie en essayant de compter les billets.

Je les fourre dans la poche de mon gilet en m'efforçant d'ignorer la petite voix qui me pousse à demander d'où vient cet argent.

— Melissa m'a confié le café pendant qu'elle prépare l'ouverture de celui de Clerkenwell, explique Justin, qui semble avoir lu dans mes pensées. C'est temporaire, mais ça inclut un bonus.

— C'est fantastique !

Soulagée que mon fils ne soit ni un voleur ni un dealer, je réagis avec un enthousiasme démesuré. Justin, qui paraît faire peu de cas de la nouvelle, hausse les épaules et va chercher mon verre d'eau à la cuisine.

— J'ai toujours su qu'il avait besoin qu'on lui fasse confiance, dis-je à Simon à voix basse. Que quelqu'un voie que c'est un bosseur.

Soudain, je me rappelle que Justin n'est pas le seul à avoir du nouveau dans sa vie professionnelle et je me tourne vers Katie.

— Mon ange, je suis vraiment désolée de ne pas m'être montrée plus positive avant ton audition. Je m'en veux terriblement.

— Oh, bon sang, ne t'en fais pas pour ça maintenant, maman. Tu n'es pas bien.

— Simon m'a dit que ça s'était super bien passé.

— C'était incroyable, répond Katie, radieuse. Alors l'agent n'a pas accepté de me représenter parce qu'elle a déjà plusieurs actrices avec mon « look » et mon « registre » – va savoir ce qu'elle a voulu dire ! –, mais j'ai discuté avec un mec qui attendait à la réception. Il dirige une compagnie théâtrale qui monte *La Nuit des rois* de Shakespeare et l'interprète de Viola vient d'avoir un accident de ski. Quelle heureuse coïncidence, franchement !

Je la dévisage, perplexe. Justin revient avec un verre d'eau. Comme il n'a pas laissé couler le robinet, elle est trouble et tiède, ce qui ne m'empêche pas de la siroter, reconnaissante. Je ferais n'importe quoi pour apaiser mon mal de gorge.

— Maman, *La Nuit des rois* était au programme d'anglais du brevet. Je connais le texte sur le bout des doigts. Et il a dit que j'étais « faite pour interpréter Viola ». J'ai carrément auditionné sur place – c'était du délire – et j'ai obtenu le rôle ! Le reste de la troupe répète depuis des semaines, mais moi, j'ai quinze jours pour assurer.

J'ai la tête qui tourne.

— Mais qui est ce type ? Qu'est-ce que tu sais de lui ?

— Il s'appelle Isaac. Il se trouve qu'il était en classe avec la sœur de Sophia, donc ce n'est pas un parfait inconnu. Il a déjà monté des spectacles au festival d'Édimbourg et – c'est là que ça devient génial – la compagnie a prévu de partir en tournée avec *La Nuit des rois* ! Il a une ambition folle et un talent incroyable.

Je décèle autre chose sur le visage de Katie. Quelque chose qui dépasse l'enthousiasme d'avoir obtenu un rôle.

— Il est bel homme ?

— Très, dit-elle, rougissante.

— Oh, Katie !

— Quoi ? Maman, c'est réglo, je t'assure. Il te plairait, je crois.

— Bien. Tu peux l'inviter à la maison.

Katie lance un rire nasal.

— Je ne le connais que depuis hier, maman, je ne vais pas l'inviter à rencontrer mes vieux.

— Oui, eh bien, tu ne pars pas en tournée tant que tu ne l'auras pas fait, alors…

Nous nous fusillons du regard jusqu'à ce que Simon intervienne.

— Et si on en reparlait quand tu te sentiras mieux ?

— Je me sens déjà mieux, dis-je, alors qu'un vertige vient saper mon entêtement et me force à fermer les yeux.

— Ben voyons. Allez hop, au lit.

Je me souviens de la promesse qu'il m'a faite et demande :

— Tu as appelé la police ?

— Oui. J'ai parlé à un officier responsable de la brigade d'enquêteurs.

— Rampello ?

— Je crois, oui. Je lui ai expliqué combien la publicité – celle qui te ressemblait un peu – t'inquiétait…

— C'était moi.

— … et le type à qui j'ai parlé m'a dit qu'il comprenait parfaitement que ça t'angoisse mais que pour le moment ils ne pensent pas que le meurtre de Tania Beckett soit lié à d'autres crimes.

— Il doit y avoir un lien, dis-je, obstinée. Ça ne peut pas être une coïncidence.

— Tu ne la connais même pas, intervient Justin. Pourquoi t'es remontée comme ça ?

— Parce qu'elle a été assassinée, Justin !

Comme il ne réagit pas, je regarde Katie, désespérée.

— Et parce que ma photo…

— … ce n'était pas ta photo, ma chérie, m'interrompt Simon.

— … parce que ma photo a illustré exactement la même publicité que la sienne. Je crois donc avoir tous les droits d'être remontée, pas vous ?

— Normalement, les numéros surtaxés sont réservés aux annonces louches, ajoute Simon.

— Quel est le rapport ?

— C'était une escort-girl ? demande Katie.

— Ce sont les risques du métier, observe Justin avec un haussement d'épaules avant de reprendre sa place sur le canapé, le téléphone à la main.

— J'ai entendu aux infos qu'elle était aide-éducatrice, pas escort-girl.

Je pense à la photo de Tania et de son petit ami que j'ai vue dans le journal. J'imagine le titre d'un article rendant compte de mon meurtre : quelle photo choisirait-on pour l'illustrer ? Demanderait-on à Graham Hallow de s'exprimer ?

— La publicité ne faisait pas allusion à un service d'escorte, hein, maman ? demande Katie.

— Elle était accompagnée d'une adresse Internet, dis-je en pressant la main sur mon front en essayant de me souvenir : trouvel'âmesœur.com.

— Ça fait plus penser à un site de rencontres. Elle aurait pu être tuée par un type rencontré en ligne.

— Je ne veux plus que tu sortes seule, dis-je à Katie qui me dévisage, atterrée.

— À cause d'un meurtre à l'autre bout de Londres ? Ne sois pas ridicule, maman. Des meurtres, il y en a tous les jours.

— Les victimes sont des hommes. Des jeunes, membres de gangs. Des drogués et des têtes brûlées complètement stupides. Pas des jeunes femmes qui rentrent du travail. Tu sors avec un groupe d'amis ou tu ne sors plus.

Katie se tourne vers Simon et, pour une fois, il me soutient.

— Nous voulons qu'il ne t'arrive rien, c'est tout.

— Ce n'est pas pratique ! Et mon travail ? Le samedi soir, je ne finis pas mon service avant vingt-deux heures trente et maintenant que je joue au théâtre, je vais répéter presque tous les soirs. La seule solution, c'est de rentrer seule.

Je suis sur le point de parler quand Katie m'interrompt, avec autant de douceur que d'insistance.

— Je suis une grande fille, maman. Je suis prudente. Pas la peine de t'inquiéter pour moi.

Mais le fait est que je suis inquiète : pour Katie qui a l'imprudence de rentrer seule du travail le soir, la tête dans les nuages, en rêvant de tapis rouge et de célébrité ; pour toutes les Cathy Tanning et Tania Beckett qui ne se doutaient pas de ce que le destin leur réservait ; et pour moi. J'ignore à quoi riment ces publicités et pourquoi ma photo illustrait l'une d'elles, mais le danger est bien réel. Je le sens, même s'il est invisible. Et il se rapproche.

On ne sait jamais où l'on va rencontrer l'âme sœur. Peut-être occupe-t-elle toujours la place côté fenêtre dans le train qui vous emmène au travail ? Et si elle faisait la queue devant vous, quand vous achetez votre café ? Que vous traversiez la rue juste derrière elle tous les jours ? Si vous êtes sûr de vous, vous pourrez entamer une conversation. Parler de la pluie et du beau temps, pour commencer, de l'état du trafic ; et puis, au fil du temps, vous échangerez des détails plus personnels. Votre week-end épouvantable ; son patron esclavagiste ; le petit ami qui ne la comprend pas. Vous ferez connaissance et puis l'un de vous passera aux choses sérieuses. Un café ? une invitation à dîner ? Affaire conclue.

Et si l'âme sœur est assise dans la rame suivante ? Et si elle apporte son propre café au bureau, va au travail à vélo, emprunte l'escalier plutôt que l'escalator ? Imaginez à côté de quoi vous passez parce que vos chemins ne se croisent pas.

Un premier rendez-vous ; un deuxième. Davantage, peut-être.

Ce n'est peut-être pas l'âme sœur que vous recherchez, mais une liaison plus brève, plus légère. Une expérience qui fera battre votre cœur et monter votre adrénaline.

Une aventure.

Un coup d'un soir.

Un passe-temps.

C'est de là qu'est né le concept de trouvel-amesœur.com. D'un désir de mettre en contact les usagers du métro londonien. De proposer un coup de main pour rapprocher les gens. On pourrait me considérer comme un intermédiaire, un médiateur, un entremetteur.

Et le plus beau, c'est qu'aucune de ces filles ne sait qu'elle figure sur mon site.

10

Je garde le lit pendant vingt-quatre heures, plus souvent endormie qu'éveillée. Le mercredi après-midi, je me traîne jusque chez le médecin pour m'entendre dire ce que je sais déjà : j'ai la grippe, et à part boire de l'eau et prendre des médicaments en vente libre en attendant que ça passe, il n'y a rien à faire. Simon est épatant. Il fait la cuisine pour les enfants, m'apporte des plats que je ne mange pas, sort m'acheter de la glace quand je décrète que c'est la seule chose qui me fait envie. Il aurait été parfait dans le rôle du futur papa, me dis-je en me rappelant ma première grossesse, quand il m'arrivait d'envoyer un Matthew récalcitrant en quête de nachos et de bonbons à la gomme.

Je parviens à prévenir Graham que je suis malade. À ma grande surprise, il se montre compatissant jusqu'à ce que je lui annonce que je prends le reste de la semaine.

— Vous ne pourriez pas venir demain, au moins ? C'est le jour de repos de Jo et il n'y aura personne pour répondre au téléphone.

— Je verrai si je peux, dis-je.

Le lendemain matin, je lui envoie un SMS : « Toujours malade, désolée », puis j'éteins mon téléphone portable. Je ne peux rien avaler jusqu'à l'heure du déjeuner ; Melissa m'apporte du bouillon de poule préparé au café et, après quelques cuillerées, je m'aperçois que je suis affamée.

— Cette soupe est délicieuse.

Nous sommes installées dans ma cuisine, à la minuscule table, juste assez spacieuse pour deux.

— Désolée pour le bazar.

Le lave-vaisselle est plein, ce qui veut dire que tout le monde a fait mine de ne rien remarquer, préférant entasser la vaisselle sale du petit déjeuner dans l'évier. À voir les emballages vides qui entourent la poubelle, on devine qu'elle aussi est pleine. Des photos de famille recouvrent le frigo, retenues par les aimants kitsch que nous avons pris l'habitude d'acheter en vacances, défi que nous relevons tour à tour dans l'espoir de dégoter le souvenir le plus ringard. En ce moment, la première place revient à Katie avec son âne à tête articulée rapporté de Benidorm, dont le sombréro dodeline chaque fois que l'on ouvre la porte.

— C'est convivial, dit Melissa, amusée par mon air sceptique. Je suis sincère. C'est chaleureux, plein d'amour et de souvenirs : exactement ce que l'on attend d'une maison de famille.

Je scrute son visage, guettant un signe de regret, mais ne décèle rien.

Melissa avait quarante ans quand nous nous sommes rencontrées – encore en âge de fonder une famille – et je lui ai demandé un jour si Neil et elle prévoyaient d'avoir des enfants.

— Il ne peut pas en avoir. Ce n'est pas juste, s'est-elle reprise aussitôt. *Nous* ne pouvons pas, je veux dire.

— Ce doit être dur.

J'étais maman depuis si longtemps que je n'imaginais pas la vie sans enfants.

— Pas vraiment. Je l'ai toujours su, vois-tu : Neil a été victime d'une leucémie enfant et la chimio l'a rendu stérile, alors ça n'a jamais fait partie de notre vie de couple. Nous avons fait autre chose, nous avons eu d'autres opportunités.

Le travail, supposai-je. Leurs entreprises respectives, les vacances, une belle maison.

— Ça a été plus dur pour Neil que pour moi, dit-elle. Il se mettait très en colère – à cause du sentiment d'injustice –, mais aujourd'hui, nous n'y pensons quasiment plus.

— Moi, en revanche, j'adorerais avoir une maison comme la tienne où tous les plans de travail seraient vides, et sans la moindre chaussette sale à l'horizon !

— L'herbe est toujours plus verte chez le voisin, comme on dit, observe-t-elle, amusée. D'ici peu, quand Katie et Justin auront déménagé, tu les regretteras, perdue dans ta maison déserte.

— C'est possible. Oh, maintenant que j'y pense : qu'est-ce que tu as fait à mon fils ?

Aussitôt, Melissa prend l'air inquiet et je culpabilise pour mon trait d'humour.

— Il a insisté pour contribuer au loyer, mardi. Un geste spontané. Rendu possible par une promotion, si j'ai bien compris.

— Ah, je vois ! Il le mérite : il fait de l'excellent travail et j'ai besoin d'un gérant. Tout s'est parfaitement goupillé.

Un détail la tracasse encore. Je soutiens son regard jusqu'à ce qu'elle le détourne pour poser les yeux sur notre jardin broussailleux.

— Le bonus, finit-elle par dire en me lançant une œillade, je lui ai donné de la main à la main.

Surprise, je hausse un sourcil. Je suis sa comptable en plus d'être son amie. Si je n'avais pas évoqué l'augmentation de Justin, je ne suis pas sûre qu'elle m'en aurait parlé.

— Les commandes réglées en liquide ne figurent pas toujours dans les comptes. Je garde une poire pour la soif. Cette cagnotte couvre parfois les factures de la maison sans que j'aie à ponctionner les dividendes de l'entreprise.

— Je vois.

Je devrais sans doute lutter avec ma conscience à l'heure qu'il est, mais, si vous me demandez mon avis, Melissa ne fait de mal à personne. Elle n'a rien à voir avec ces grandes enseignes internationales qui tentent de se soustraire au paiement de l'impôt sur les sociétés à coup de comptes *offshore*. C'est juste une femme d'affaires du coin qui essaie de gagner sa vie, comme nous tous.

— Ce n'est pas par pur égoïsme, tu sais.

Je vois bien à son air qu'elle regrette de m'avoir tout avoué, qu'elle a peur d'être jugée.

— Ça signifie aussi que Justin n'est pas perdant en matière d'impôts ; il peut commencer à mettre de l'argent de côté.

Je suis touchée qu'elle l'ait pris en considération.

— Si j'ai bien compris, c'est aussi grâce à toi qu'il consacre une partie de son bonus au loyer ?

— Il se pourrait que je lui en aie touché deux mots… dit-elle avec un air innocent qui m'amuse.

— Eh bien, je te remercie. Ça fait du bien de le voir grandir un peu. Tu n'as pas peur que quelqu'un te dénonce au fisc ? ne puis-je m'empêcher d'ajouter, recoiffant ma casquette de comptable l'espace d'un instant.

Melissa n'est pas la seule à devoir se faire du souci. Si elle se faisait prendre, je plongerais avec elle.

— À part toi, personne n'est au courant.

— Au courant de quoi ? dis-je avec un grand sourire. Je ferais mieux de m'habiller – je dois empester.

Je porte encore le pantalon de survêtement et le tee-shirt que j'avais mis pour dormir la nuit dernière et prends soudain conscience de l'odeur rance de maladie qu'ils dégagent.

— Je fais la connaissance du nouveau petit ami metteur en scène de Katie, tout à l'heure : il vient la chercher avant la répétition.

— Petit ami ?

— Eh bien, même si elle ne l'appelle pas comme ça, je connais ma fille. Elle ne l'a rencontré que lundi dernier mais, depuis, impossible d'avoir une conversation sans que son nom soit mentionné. Isaac par-ci, Isaac par-là. Elle est mordue.

L'escalier grince et je m'interromps brusquement, juste avant que ma fille entre dans la cuisine.

— Waouh, regarde-moi ça ! s'écrie Melissa en se levant d'un bond pour enlacer Katie.

Ma fille porte un jean skinny gris hyper-moulant avec un sweatshirt pailleté doré qui révèle sa taille quand elle étreint Melissa.

— C'est ton célèbre bouillon de poule ? Il en reste ?

— Des litres. J'ai entendu parler d'un certain Isaac… lance Melissa en insistant sur les voyelles de son prénom.

Katie m'adresse un regard méfiant, mais je garde le silence.

— C'est un excellent metteur en scène, observe Katie, bégueule, et nous avons beau attendre, elle ne mord pas à l'hameçon.

— Et le salaire, si je puis me permettre ? demande Melissa en bonne femme d'affaires. Je sais que le métier d'actrice n'est pas le plus lucratif au monde, mais est-ce que ça couvrira tes frais, au moins ?

Le silence de ma fille est éloquent.

— Oh, Katie, je croyais que c'était un vrai boulot !

— Ça l'est. Nous serons payés à la fin des représentations, une fois les recettes engrangées et les factures payées.

— Tu es intéressée aux bénéfices, alors ? dit Melissa.

— Exactement.

— Et s'il n'y en a pas ? dis-je.

— C'est reparti ! s'écrie Katie en se tournant vers moi. Autant me dire que je suis nase, maman, que personne ne viendra voir la pièce et que nous perdrons tous notre mise…

Katie s'arrête, mais le mal est fait.

— Quelle mise ? Un intéressement aux bénéfices, encore, je peux comprendre – jusqu'à un certain point –, mais je t'en prie, ne me dis pas que tu as *filé* du fric à un type que tu viens de rencontrer !

— Je crois que l'heure est venue pour moi de m'éclipser, dit Melissa en se levant. Je te félicite d'avoir décroché le rôle, Katie.

Elle sort après m'avoir adressé un regard sévère qui signifie *Vas-y doucement avec ta fille*.

— Quelle mise, Katie ? dis-je tandis qu'elle fait réchauffer un bol de soupe au micro-ondes.

— Nous partageons les frais de location de la salle de répétitions, c'est tout. C'est une coopérative.

— Une arnaque, tu veux dire.

— Tu ne sais rien sur le fonctionnement d'un théâtre, maman !

Nous hurlons toutes les deux, maintenant, si déterminées à avoir raison que nous n'entendons pas la clé tourner dans la serrure annonçant le retour de Simon ; comme tous les jours, depuis que je suis tombée malade, il rentre tôt.

— Ça va mieux, on dirait ? lance-t-il, mi-amusé, mi-résigné, quand je l'aperçois appuyé au chambranle de la porte.

— Un peu, dis-je, penaude, alors que Katie pose son bol sur un plateau pour l'emporter dans sa chambre. À quelle heure Isaac vient-il te chercher ?

— À dix-sept heures. Si tu comptes t'en prendre à lui au sujet de l'intéressement, je ne l'invite pas à entrer.

— Je te promets d'être sage. J'ai juste envie de faire sa connaissance.

— J'ai un cadeau pour toi, intervient Simon en tendant à Katie un sac en plastique contenant un petit objet dur.

Katie pose son plateau pour regarder ce qu'il y a dedans. C'est une alarme antiagression, le genre qui émet une sirène stridente quand on la dégoupille.

— J'ai trouvé ça à l'épicerie du coin. Je ne sais pas si c'est efficace, mais je me suis dit que tu pourrais l'avoir sur toi quand tu rentres du métro.

— Merci, dit Katie.

Je sais que, au fond, Simon l'a achetée plus pour me tranquilliser qu'autre chose. Pour que je sois moins angoissée qu'elle rentre si tard.

— Quand les billets pour la représentation seront-ils en vente, mon ange ? dis-je, m'efforçant de me faire pardonner mon emportement de tout à l'heure. Parce que nous serons aux premières loges, n'est-ce pas, Simon ?

— Absolument.

Il est sincère, et pas seulement parce qu'il s'agit de Katie. Simon aime la musique classique, le théâtre et les concerts de jazz dans les petits clubs intimes. Il a été surpris d'apprendre que je n'avais jamais vu *La Souricière*, d'Agatha Christie et, quand il m'a emmenée voir la pièce, il n'a pas cessé de me regarder pour vérifier si je m'amusais. J'ai trouvé ça pas mal, même si j'ai préféré *Mamma Mia*.

— Je n'en sais trop rien. Je vais vérifier. Merci encore.

Le remerciement s'adresse à Simon en qui elle voit une espèce d'*alter ego*, je crois. Hier soir, quand il lui a fait répéter son texte, ils n'arrêtaient pas de s'interrompre pour discuter des images présentes dans la pièce.

— Tu vois comment elle incarne « le déguisement » qu'elle appelle une « immoralité » ?

— Oui ! Et même à la fin, on ne sait pas vraiment qui est qui.

J'ai croisé le regard de Justin, rare moment de connivence entre nous.

Lors de notre premier rendez-vous, Simon m'a avoué qu'il aimerait être écrivain.

— Mais tu l'es déjà, non ? dis-je, troublée, car il avait dit être journaliste quand nous nous étions rencontrés.

— On se concentre plus sur le fond que sur la forme, au journal, dit-il en secouant la tête, l'air dédaigneux. Je veux écrire des livres.

— Qu'est-ce que tu attends ? Vas-y.

— Un jour, quand j'aurai le temps.

À Noël, cette année-là, je lui ai offert un carnet Moleskine rempli d'épaisses pages couleur crème, relié de cuir marron peau de pêche.

— Pour ton projet de livre, lui ai-je annoncé timidement.

Nous n'étions ensemble que depuis quelques semaines et je m'étais rongé les sangs pendant des jours pour trouver une idée de cadeau. En voyant son regard, j'ai eu l'impression de lui avoir donné la lune.

— Ce n'était pas tant le carnet que le fait que tu as cru en moi, m'a-t-il avoué plus d'un an après, alors qu'il avait emménagé et en était à la moitié du premier jet de son premier roman.

Katie est nerveuse. Une couche de rouge à lèvres carmin et deux traits épais d'eyeliner qui lui font des yeux de biche sont venus rehausser la tenue de tout à l'heure, qui lui donne l'air à la fois décontractée et glamour – je ne sais pas comment elle fait.

— Un quart d'heure et on y va, siffle-t-elle dans ma direction quand on sonne à la porte.

Justin est encore au café et, avec Simon, nous sommes assis dans le salon que j'ai rangé rapidement.

J'entends des chuchotements dans l'entrée et je me demande ce que Katie raconte à son nouveau petit ami metteur en scène. *Excuse ma mère*, sans doute. Simon se lève quand ils entrent dans le salon. Je vois sur-le-champ ce qui plaît à Katie chez Isaac : de haute stature, il a une peau olivâtre sans défaut, des cheveux noir de jais avec des mèches plus longues sur une base courte. Ses yeux sont d'un brun profond et le tee-shirt col en V sous sa veste en cuir laisse deviner un torse sculpté. En un mot : Isaac est canon.

Ce n'est pas tout : il a au moins trente ans.

En m'apercevant que je suis bouche bée, je le salue pour me donner une contenance.

— Ravi de vous rencontrer, Mrs Walker. Vous avez une fille très douée.

— Je devrais être secrétaire, d'après maman.

— J'ai suggéré que tu prennes des cours de secrétariat, dis-je, en lançant un regard assassin à ma fille, pour pouvoir te rabattre sur quelque chose.

— Conseil très judicieux, renchérit Isaac.

— Tu trouves ? s'étonne Katie, incrédule.

— C'est très difficile de percer dans ce milieu, et avec les coupes que subissent les subventions accordées à la création artistique, ce n'est pas près de s'arranger.

— Eh bien, je vais peut-être y réfléchir dans ce cas.

Je tousse pour masquer mon ricanement de surprise et Katie vrille ses yeux sur moi.

Isaac échange une poignée de main avec Simon qui lui propose une bière. Le jeune homme refuse sous prétexte qu'il conduit : il a au moins ça pour lui, me dis-je. Katie et lui s'installent sur le canapé à distance respectable l'un de l'autre et je guette les signes révélant que leur relation a déjà dépassé le cadre professionnel, même s'ils ne se connaissent que depuis peu. Mais non, pas de contacts délibérés, ni involontaires sous prétexte de maladresse, et je me demande si la vénération qu'éprouve Katie est à sens unique. Pourvu qu'il ne la fasse pas souffrir !

— Dès que j'ai vu Katie à l'agence, j'ai su qu'elle était faite pour le rôle de Viola, raconte Isaac. Je me suis dépêché d'envoyer une photo d'elle à l'acteur qui interprète Sébastien pour lui demander son avis.

— Tu ne m'avais pas dit que tu m'avais prise en photo ! Quelle sournoiserie !

— Avec mon téléphone. Bref, il a répondu tout de suite pour me dire que tu avais l'air parfaite. Je t'avais déjà entendue parler – tu discutais avec ta voisine, tu te rappelles ? – et mon instinct m'a dit que tu étais l'héroïne shakespearienne que je cherchais.

— Tout est bien qui finit bien, dit Simon en souriant.

— Quel humour ! s'écrie Isaac, et tout le monde éclate de rire.

— Il vaudrait mieux y aller, ajoute Katie en consultant sa montre.

— Je la ramène après la répétition, Mrs Walker. Vous vous inquiétez qu'elle rentre en métro tard le soir, si j'ai bien compris.

— C'est très gentil à vous.

— Je vous en prie. Londres n'est pas toujours l'endroit le plus sûr pour une jeune femme seule.

Il ne me plaît pas.

Matt se moquait toujours des jugements à l'emporte-pièce que je portais sur les gens, mais la première impression compte beaucoup. Par la fenêtre du salon, je regarde Isaac et ma fille s'éloigner pour regagner l'auto que le jeune homme a réussi à garer à une centaine de mètres de chez nous. Arrivés à la voiture, il pose la main au creux des reins de Katie et se penche pour lui ouvrir la portière. Je n'arrive pas à mettre le doigt sur ce qui me déplaît exactement, mais mes sens s'affolent.

Il y a quelques jours à peine, j'ai résolu d'être plus positive à propos de la carrière d'actrice de Katie ; si je me permets le moindre commentaire sur Isaac, elle le verra comme une critique de ses choix professionnels. Je suis perdante quoi qu'il arrive. Elle ne rentrera pas seule à la maison ce soir, c'est toujours ça de pris. En entendant parler d'une agression sexuelle à la radio, ce matin, je n'ai pas pu m'empêcher de me demander si la photo de la victime avait d'abord paru dans les petites annonces. D'habitude, Simon rapporte toujours un numéro de la *London Gazette*, mais cette semaine il rentre chaque soir les mains vides ; je sais qu'il veut que j'oublie ces publicités. Mais ça m'est impossible.

Vendredi matin, Simon m'accompagne à l'agence.

— Juste au cas où tes jambes flancheraient, dit-il à notre réveil ce jour-là.

Il me tient par la main tout le long du trajet. Sur la District Line, je repère et ignore résolument un exemplaire de la *London Gazette* abandonné par un passager et m'appuie contre Simon, le visage enfoui dans sa chemise. Je lâche la poignée que je tenais jusque-là, préférant lui enlacer la taille et lui laisser faire le travail pour deux quand le train ralentit avant chaque nouvel arrêt. Nous gardons le silence, mais je sens les battements de son cœur contre mon visage. Des battements forts et réguliers.

Devant l'agence Hallow & Reed, il m'embrasse.

— Tu vas être en retard au travail, à cause de moi, dis-je.

— Ça m'est égal.

— Tu ne vas pas avoir d'ennuis ?

— Ne te fais pas de souci pour ça. Ça te convient si je te laisse maintenant ? Je peux traîner dans le coin, si tu veux, dit-il en désignant le café sur le trottoir d'en face, et je souris à l'idée que Simon m'attende toute la journée, comme les gardes du corps des célébrités.

— Ça va aller. Je t'appelle plus tard.

Nous échangeons un dernier baiser, et Simon attend que je sois bien installée à mon bureau pour me faire signe et se diriger vers le métro.

Dès que Graham sort pour une visite, j'interromps la mise à jour des biens sur le site Rightmove pour lancer une recherche « crime à Londres » sur Google. Je clique sur le premier lien de la liste : celui du site Internet London 24 qui promet de nous tenir informés en temps réel des activités criminelles dans la capitale.

Adolescent abattu à West Dulwich.

Homme trouvé à l'article de la mort et couvert d'étranges brûlures à Finsbury Park.

Voilà pourquoi je ne lis pas les journaux, d'habitude. Je ne suis pas dupe, mais je préfère faire l'autruche. Je n'ai pas envie de penser que Justin et Katie vivent dans une ville où une attaque à l'arme blanche laisse les gens quasi indifférents.

Ancien joueur de première division avoue avoir conduit sous l'emprise de l'alcool à Islington.

Ignoble agression d'une retraitée de quatre-vingt-quatre ans à Enfield.

Je frissonne en voyant la photo de Margaret Price, quatre-vingt-quatre ans, qui est partie chercher son chèque de retraite et n'est jamais revenue. Je cherche une allusion à Tania Beckett et me rends sur la page Facebook créée pour lui rendre hommage et mentionnée dans un article. *Repose en paix, Tania Beckett*, peut-on lire en titre, suivi de messages émouvants de ses amis et de ses proches. Dans certains messages, le nom de Tania est surligné et je découvre que d'autres personnes ont créé un lien avec sa page Facebook personnelle. Je clique sur son nom sans réfléchir. En voyant son compte apparaître, régulièrement mis à jour, j'ai le souffle coupé.

Plus que 135 jours ! annonce son dernier message posté le matin de son assassinat.

Que va-t-il se passer dans cent trente-cinq jours ?

Je trouve la réponse un peu plus bas dans un message intitulé *Que pensez-vous de celle-là, les filles ?* illustré par la capture d'écran d'un téléphone portable – le symbole de la batterie apparaît, en haut – montrant une robe de demoiselle d'honneur dénichée en vitesse sur Internet. Trois noms féminins sont cités en lien.

Tania Beckett est morte cent trente-cinq jours avant son mariage.

Je consulte la liste des amis de Tania : parmi les profils de jeunes femmes interchangeables, avec leurs mèches blondes et leur sourire éclatant, je repère la photo d'une femme plus âgée portant le même nom de famille que la victime.

La page d'Alison Beckett est tout aussi publique que celle de Tania et je comprends immédiatement qu'il s'agit de sa mère. Son dernier message date d'il y a deux jours.

Le Ciel compte un ange de plus. Repose en paix, ma belle enfant. Dors bien.

J'ai l'impression d'être une intruse et quitte Facebook. Je pense à Alison et Tania Beckett, les imagine affairées à préparer le mariage ensemble, à acheter des robes, à fabriquer les invitations. Je vois Alison chez elle, sur ce canapé rouge foncé qui apparaît sur son profil, répondre au téléphone et écouter le policier parler sans comprendre ce qu'il raconte. Pas sa fille, pas Tania. Une douleur me transperce la poitrine et je fonds en larmes, sans savoir si je suis bouleversée par cette jeune femme que je n'ai jamais rencontrée ou parce qu'il est trop facile de remplacer son nom par celui de ma propre fille.

Mon regard tombe sur le bristol accroché à mon panneau d'affichage.

Agent Kelly Swift, police des transports britanniques.

Elle m'a écoutée, elle, au moins.

Après m'être mouchée et avoir respiré un bon coup, je décroche le téléphone.

— Agent Swift.

J'entends le bruit de la circulation en fond sonore, la sirène d'une ambulance qui décroît d'intensité.

— Zoe Walker à l'appareil. Les publicités de la *London Gazette*, vous vous souvenez ?

— Oui, parfaitement. Je n'ai pas trouvé grand-chose, malheureusement, mais…

— Moi si, dis-je sans lui laisser le temps de finir. Une femme dont la photo a été publiée a été assassinée et, apparemment, tout le monde se moque de savoir qui sera la prochaine victime.

— Pas moi. Moi, ça m'intéresse, répond fermement l'agent Swift après un silence. Dites-moi tout ce que vous savez.

11

Le temps que Kelly puisse rentrer au commissariat pour se procurer le numéro du capitaine Nick Rampello, l'officier supérieur chargé de l'enquête, il était midi. On l'orienta d'abord vers le numéro d'urgence, un numéro vert mis à la disposition de tout citoyen détenant des renseignements sur le meurtre de Tania Beckett.

— Donnez-moi les détails et je ferai en sorte qu'ils soient transmis aux enquêteurs, expliqua une opératrice dont le ton blasé laissait supposer qu'elle n'en était pas à son premier coup de fil ce jour-là.

— J'aimerais vraiment parler au capitaine Rampello si c'est possible. Je suis agent de la BTP et je pense que l'une des affaires dont je suis chargée pourrait être liée à son enquête.

Kelly croisa les doigts. Ce n'était pas un mensonge, à proprement parler. Zoe Walker l'avait contactée et le nom de Kelly était encore attaché à la plainte de Cathy Tanning. Son nom, son enquête.

— Je vais vous passer la salle des opérations.

Le téléphone sonna dans le vide. Kelly s'apprêtait à abandonner quand une femme décrocha ; légèrement essoufflée, on aurait dit qu'elle venait de grimper un escalier quatre à quatre.

— Brigade criminelle du Nord-Ouest.

— Pourrais-je parler au capitaine Rampello ?

— Je vais voir s'il est dans le bureau. De la part de qui, s'il vous plaît ?

Elle avait une voix digne d'une présentatrice de la BBC et Kelly essaya de deviner quel rôle elle jouait au sein de la brigade. La jeune femme n'avait guère d'expérience dans le domaine des enquêtes criminelles : bien que la police des transports disposât de sa propre brigade criminelle, elle était bien moins sollicitée que celle de la

Metropolitan Police, et, en outre, Kelly n'y avait jamais travaillé. Elle déclina son identité, son matricule, et patienta de nouveau.

— Rampello à l'appareil.

Contrairement à sa collègue, Nick Rampello avait un accent typiquement londonien, un débit rapide, et son professionnalisme frisait la brusquerie. En tentant d'adopter le même rythme que lui, Kelly se mit à bredouiller, consciente de passer au mieux pour une amatrice et, au pire, pour une incompétente.

— Où avez-vous dit travailler ? coupa Rampello sans la laisser finir.

— À la BTP, monsieur. J'évolue sur la Central Line en ce moment. Il y a quinze jours, je me suis occupée d'une affaire de vol à la tire que je crois être liée au meurtre de Tania Beckett et dont j'espérais pouvoir venir vous parler.

— Avec tout le respect que je vous dois, agent… dit-il en attendant qu'elle se présente.

— Swift. Kelly Swift.

— Avec tout le respect que je vous dois, agent Swift, nous tentons d'élucider un meurtre, pas un vol à la tire. Tania Beckett était à des lieues de la Central Line la nuit de son assassinat et tout laisse supposer qu'il s'agit d'un incident isolé.

— Je crois que les deux incidents sont liés, monsieur, affirma Kelly, avec beaucoup plus d'assurance qu'elle n'en éprouvait.

S'attendant à une rebuffade, elle fut soulagée que Rampello ne la réprimande pas d'avoir bravé son autorité.

— Avez-vous une copie du dossier dans vos locaux ?

— Oui, je…

— Envoyez-la à la salle des opérations pour que nous y jetions un coup d'œil, dit-il pour lui faire plaisir.

— Monsieur, si je ne me trompe pas, une photo de la victime a paru dans les petites annonces de la *London Gazette*, n'est-ce pas ?

Il y eut un silence.

— Cette information n'a pas été rendue publique. Comment en avez-vous pris connaissance ?

— Je la tiens d'un témoin qui a reconnu une photo de la victime de mon vol à la tire dans une autre édition de la *London Gazette*, et croit y avoir vu sa propre photo.

Cette fois, le silence s'éternisa.

— Vous feriez mieux de venir.

Les bureaux de la brigade criminelle du Nord-Ouest se trouvaient à Balfour Street, discrètement situés entre un cabinet de recrutement et un immeuble à vendre, d'après le panneau accroché au troisième étage. Kelly pressa la sonnette identifiée par les simples initiales BC et se tourna légèrement sur sa gauche pour pouvoir regarder droit vers la caméra. Levant un peu le menton, elle espéra donner l'illusion d'être moins nerveuse qu'elle l'était en réalité. Le capitaine Rampello lui avait donné rendez-vous à dix-huit heures, ce qui lui avait juste permis de rentrer se changer. Ne dit-on pas qu'il faut s'habiller en fonction du boulot que l'on convoite et non de celui que l'on occupe déjà ? Kelly voulait que le capitaine Rampello la considère comme une policière sérieuse, détentrice d'informations importantes sur l'enquête criminelle qu'il chapeautait, pas comme un gardien de la paix en uniforme. La réponse agacée qui suivit son deuxième coup de sonnette laissait entendre qu'il était superflu.

— Oui ?

— Agent Kelly Swift de la police des transports. Je viens voir le capitaine Rampello.

Le loquet cliqueta bruyamment, la lourde porte s'ouvrit et Kelly entra en adressant un petit sourire de remerciement à la caméra, au cas où le gardien la regarderait encore. Elle se retrouva en face d'un ascenseur auquel elle préféra l'escalier, ne sachant pas à quel étage se trouvaient les locaux de la brigade criminelle. Il était impossible de savoir ce qui se cachait derrière la porte à double battant, au sommet de la première volée de marches, et Kelly hésita un moment, ne sachant si elle devait frapper avant d'entrer.

— Vous cherchez la salle des opérations ?

Kelly reconnut la voix d'animatrice de la BBC de son interlocutrice de tout à l'heure et, en se retournant, tomba sur une femme à la longue chevelure blonde retenue par un serre-tête en velours noir. Elle portait un pantalon fuselé et des ballerines. Elle tendit énergiquement la main à Kelly.

— Lucinda, dit-elle. Je suis l'une des analystes. Vous êtes Kelly, n'est-ce pas ?

Kelly acquiesça, reconnaissante.

— J'ai rendez-vous avec le capitaine.

— La réunion a lieu par ici, indiqua Lucinda en poussant la porte. Venez, je vais vous montrer.

— La réunion ?

La porte à double battant donnait sur un vaste *open space* meublé d'une douzaine de tables de travail. Un bureau privé occupait un côté de la pièce.

— C'est le bureau du commandant, mais il ne s'en sert jamais. Il est à six mois de la retraite et dispose de tant de jours de récupération qu'il travaille pratiquement à mi-temps ces derniers temps. Mais il est sympa, Diggers, quand il est là.

Kelly dressa l'oreille en entendant le surnom familier.

— Vous ne voulez pas parler d'Alan Digby, par hasard ?

— Lui-même ! s'exclama Lucinda, surprise. Comment le connaissez-vous ?

— C'était mon supérieur à la BTP. Il a obtenu sa mutation à la Metropolitan Police peu après et j'ai entendu dire qu'il avait été promu. C'était un bon patron.

En traversant l'*open space* précédée par Lucinda, Kelly étudia ce qui l'entourait sans en perdre une miette. La pièce était déserte, mais il y régnait l'effervescence qu'elle avait si bien connue à l'époque où elle enquêtait sur des affaires sérieuses. Sur chaque table de travail trônaient deux écrans d'ordinateur et au moins trois téléphones sonnaient simultanément ; le bruit faisait le tour de la pièce à mesure que l'on transférait les appels d'un poste à l'autre, dans l'espoir que quelqu'un décroche. Pour une raison étrange, même la sonnerie des téléphones semblait plus insistante ici, donnant l'impression de détenir la clé du mystère que la brigade criminelle s'employait à élucider cette semaine-là. C'était pour travailler dans ce genre d'environnement qu'elle s'était engagée dans la police, songea la jeune femme, soudain galvanisée.

— Ils vont tomber sur le standard et quelqu'un les rappellera, expliqua Lucinda en surprenant le regard de Kelly posé sur le téléphone qui clignotait près d'elle.

— Il n'y a personne ?

— Ils sont tous au briefing. Le capitaine aime que tout le monde y participe. Il appelle ça la théorie Nasa.

Lucinda parut amusée quand Kelly la regarda, l'air ahuri.

— Un jour, le président Kennedy visite la Nasa et commence à discuter avec l'un des agents d'entretien. Le Président lui demande quel est son métier et l'agent d'entretien lui répond du tac au tac : « Grâce à moi, un homme va marcher sur la Lune, monsieur le président. » Nick est persuadé que si l'ensemble de la brigade criminelle, agents d'entretien compris, assiste aux briefings, rien ne peut nous échapper.

— Quelle approche géniale ! C'est agréable de travailler sous ses ordres ? demanda Kelly alors qu'elles se dirigeaient vers une salle ouverte.

— C'est un bon enquêteur, répondit Lucinda.

Kelly eut la nette impression que l'analyste pesait soigneusement ses mots, et qu'elle n'en saurait pas plus pour l'instant. Lucinda la fit entrer dans la salle de réunion.

— Patron, voici Kelly Swift de la BTP.

— Entrez, nous allons commencer.

L'estomac de Kelly grouilla : était-ce dû à la peur ou à la faim ? La jeune femme n'aurait su le dire. Elle se posta au fond de la pièce avec Lucinda et regarda autour d'elle en essayant d'être discrète. Le capitaine Rampello n'avait pas fait allusion à un briefing ; Kelly avait espéré lui parler dans son bureau, en présence de l'un de ses collaborateurs, peut-être.

— Soyez tous les bienvenus. Nous sommes réunis pour faire le point sur l'opération FURNISS. Sachant que vous avez tous eu une longue journée et que certains sont loin d'en avoir terminé, je vais faire aussi court que possible.

Le capitaine avait le même débit rapide qu'au téléphone. Malgré les dimensions de la pièce, Rampello ne faisait aucun effort particulier pour se faire entendre ; Kelly devait tendre l'oreille pour que rien ne lui échappe. Pourquoi n'élevait-il pas la voix ? En s'apercevant que tous les collaborateurs étaient eux aussi concentrés pour ne passer à côté d'aucune information, elle comprit qu'il s'agissait d'une stratégie aussi astucieuse que délibérée.

— Pour tous les nouveaux de l'équipe : le cadavre de Tania Beckett a été retrouvé à Cranley Gardens, dans le quartier de Muswell Hill, il y a quatre jours, le lundi 16 novembre à vingt-trois heures, par Geoffrey Skinner, un promeneur de chiens professionnel.

Quel âge avait le capitaine Rampello ? se demanda Kelly. On lui donnait une trentaine d'années, ce qui était jeune pour être capitaine. Il avait un physique carré et râblé, un teint olivâtre en accord avec son nom, si ce n'est avec son accent typiquement londonien. Une barbe naissante lui mangeait les joues et le menton et, à travers le tissu de sa chemise, Kelly devinait l'ombre d'un tatouage sur son avant-bras.

Tout en parlant, Rampello allait et venait d'un côté à l'autre de la pièce, agitant les notes auxquelles il n'avait pas encore eu besoin de se référer.

— Tania était aide-éducatrice à l'école primaire Saint-Christopher de Holloway. Elle devait rentrer chez elle à seize heures trente ; sans nouvelles d'elle à vingt-deux heures, son fiancé, David Parker, a signalé sa disparition. Un agent de la paix a pris sa déposition sans juger la disparition inquiétante.

Kelly imaginait-elle le soupçon de reproche dans la voix de Rampello ? En tout cas, elle espérait que les policiers de permanence qui avaient pris l'appel de Parker ne s'en voulaient pas de ce qui était arrivé à Tania. D'après le peu qu'elle savait de l'affaire, il aurait été difficile d'empêcher son meurtre.

— Le corps de Tania a été retrouvé dans un bosquet situé dans un coin du parc connu pour abriter des relations sexuelles. Les experts de la police scientifique ont découvert un certain nombre de préservatifs usagés dont le degré de détérioration suggère qu'ils ont été utilisés plusieurs semaines avant le meurtre. Tania était tout habillée, il ne manquait que sa culotte que l'on n'a retrouvée ni sur la scène du crime ni ailleurs depuis. Elle a été étranglée avec la lanière de son sac à main et l'autopsie a confirmé que l'asphyxie avait bien causé la mort.

Rampello lança un regard circulaire dans la pièce, s'arrêtant sur un homme d'un certain âge penché en arrière sur sa chaise, mains croisées derrière la tête.

— Bob, que savons-nous du concubin ?

Bob décroisa les mains et se redressa.

— Tania Beckett était fiancée à David Parker, mécanicien de vingt-sept ans, que nous avons logiquement soupçonné en premier. Mr Parker a un alibi en béton : il a passé la soirée au pub le Mason's Arms, au coin de sa rue, comme l'ont confirmé les caméras de surveillance du pub et au moins une douzaine d'habitués.

— Sa copine disparaît et il va au pub ? fit remarquer une voix.

— Parker prétend qu'il ne s'est inquiété que dans la soirée, au moment où il a signalé sa disparition. Il a supposé que Tania avait oublié de le prévenir qu'elle allait chez une amie.

— Nous sommes en train de retracer le chemin de la victime depuis son travail, expliqua Rampello. La BTP s'est montrée étonnamment serviable en nous livrant les images des caméras de surveillance, dit-il en jetant un coup d'œil à Kelly qui se sentit rougir, car elle pensait qu'il avait oublié sa présence. Nous savons qu'elle a emprunté la Northern Line jusqu'à Highgate. Nous la perdons un certain temps avant de la retrouver à un arrêt de bus. Malheureusement, le chauffeur est incapable de confirmer si elle est bien descendue à Cranley Gardens et si elle était seule. Nous essayons de retrouver la trace des autres passagers du bus.

Le regard de Nick Rampello se posa de nouveau sur Kelly.

— Le mardi 17 novembre, nous avons reçu l'appel d'une certaine Zoe Walker nous signalant une grande ressemblance entre Tania Beckett et une photo parue dans une petite annonce de la *London Gazette*.

Il brandit la feuille A3 posée à l'envers sur la table devant lui. Kelly reconnut la publicité dont la photo avait été rendue floue par l'agrandissement.

— L'encart côtoie plusieurs autres annonces proposant toute une gamme de… services à la personne, plaisanta le capitaine, laissant la cascade de rires se tarir avant de reprendre. Y compris des services de téléphone rose et d'escorte. L'annonce en question semble offrir le même genre de service même si rien n'est clairement spécifié : le numéro de téléphone répertorié est erroné et l'adresse Internet mène à une page vide, apparemment.

Il plaça sur le tableau derrière lui la feuille A3, retenue aux quatre coins par des aimants en plastique.

— L'équipe a déjà commencé à fouiller le passé de Tania Beckett pour vérifier si elle était liée à l'industrie du sexe, même si ses parents et son fiancé soutiennent que ce n'était pas du tout son genre. Nous analysons également son ordinateur pour vérifier si elle était inscrite sur des sites de rencontres ou si elle communiquait avec des hommes rencontrés en ligne. Pour l'instant, nous avons fait chou blanc. Cet après-midi, nous avons reçu une nouvelle information, dit Rampello en regardant de nouveau Kelly. Vous avez peut-être envie de vous présenter ?

Kelly hocha la tête en espérant paraître plus confiante qu'elle ne l'était vraiment.

— Bonjour à tous. Merci de m'avoir permis d'assister à votre réunion. Je m'appelle Kelly Swift, agent de la police de proximité de la BTP, affectée à la Central Line.

Trop tard : au téléphone, elle avait laissé entendre qu'elle appartenait à la brigade anti-pickpockets. Elle lut de la surprise sur le visage du capitaine et détourna les yeux pour se concentrer sur le tableau, à l'autre bout de la pièce.

— Ce matin, j'ai parlé à Zoe Walker, le témoin évoqué à l'instant par le capitaine Rampello, qui m'a contactée pour la première fois lundi dernier. Elle avait reconnu dans l'une de ces publicités la photo de la victime d'un crime sur lequel enquête la BTP.

— Un autre meurtre ? demanda un homme mince et grisonnant assis près de la fenêtre.

— Non, un vol. Cathy Tanning s'est endormie sur la Central Line et s'est fait dérober ses clés dans son sac posé sur ses genoux.

— Juste ses clés ?

— Sur le moment, nous avons cru que le contrevenant cherchait peut-être autre chose – un téléphone, un portefeuille. La victime a dû faire appel à un serrurier et, par conséquent, faire changer la serrure de sa porte d'entrée ; toutefois, elle n'a pas touché à sa porte de service. Son adresse n'était pas indiquée sur le trousseau et rien ne laissait supposer que le voleur savait où elle vivait.

Kelly observa un silence, le cœur battant. Même le capitaine Rampello ignorait l'information qu'elle s'apprêtait à livrer.

— Lundi, Cathy Tanning m'a dit être persuadée que l'on s'était introduit chez elle.

Un frisson parcourut l'assemblée.

— Un cambriolage ? demanda l'homme grisonnant.

— Aucun objet de valeur n'a été dérobé, mais Cathy est catégorique : on s'est servi des clés et on a fouillé dans son linge sale. Elle a changé les serrures et j'ai transmis le dossier à la police scientifique au cas où elle pourrait glaner quelques empreintes. Zoe Walker croit aussi que sa propre photo a paru dans une publicité similaire, il y a une semaine jour pour jour.

— Zoe Walker a-t-elle été victime d'un crime, elle aussi ? demanda Lucinda.

— Pas encore.

— Merci, dit Rampello.

Le capitaine, qui n'avait pas l'air de trouver les nouvelles informations apportées par Kelly dignes d'intérêt, s'empressa de changer de sujet et tous les regards se tournèrent vers lui. Kelly eut soudain l'impression que son intervention était tombée à plat.

— Prochain briefing à huit heures demain matin, mais avant de nous séparer, faisons un tour de table. Des remarques ?

Il regarda sur sa gauche avant de faire rapidement le tour de la pièce, recueillant questions et mises au point. Conformément aux dires de Lucinda, personne ne fut oublié. Après avoir donné à chacun l'occasion de s'exprimer, il hocha brusquement la tête et ramassa ses notes. La réunion était finie.

— J'espère que tu n'as pas de projets ce soir, Lucinda, dit-il en croisant l'analyste qui rit en jetant à Kelly un regard complice.

— Heureusement, je ne vis que pour mon boulot, pas vrai ? répondit-elle en suivant le capitaine.

Ignorant si elle était censée les accompagner, Kelly emboîta le pas à Lucinda. Contrairement à ce qu'elle avait supposé, le capitaine Rampello était installé dans l'*open space*, avec le reste de l'équipe. Seul le commandant semblait disposer d'un bureau privé dont la porte était close, et les persiennes ne laissaient filtrer aucune lumière.

Nick fit signe à Kelly de s'asseoir.

— J'ai besoin de liens entre ces deux affaires, dit-il à Lucinda qui prenait déjà des notes dans un cahier. Les victimes se connaissent-elles ? Sont-elles opératrices de téléphone rose ? escort-girls ? Que fait Walker dans la vie ? Vérifiez où vit Tanning – est-elle enseignante, comme Beckett ? Ses enfants fréquentent-ils l'école de Beckett ?

Attentive, Kelly sentait que, même si elle détenait les réponses à certaines des questions qui fusaient, il serait malvenu d'interrompre le capitaine. Tout à l'heure, elle dirait à Lucinda ce qu'elle savait.

— Vérifie si l'une ou l'autre fréquentait des sites de rencontres, poursuivit Nick. Le compagnon de Zoe Walker m'a appelé ; il se peut qu'elle plaide l'innocence parce qu'il vient de découvrir son inscription.

— Ce n'est pas le cas, monsieur, intervint Kelly. Zoe Walker était très secouée quand elle m'a contactée.

— C'est logique si, par exemple, son partenaire violent a découvert qu'elle voyait d'autres hommes, riposta Nick. Lucinda, demande à Bob de se procurer le dossier d'origine auprès de la BTP et de le consulter ; assure-toi que tout a été fait dans les règles, et si ce n'est pas le cas, recommence tout.

Kelly plissa les paupières. Elle n'était pas vraiment surprise qu'un officier de la Met débine le travail de collègues d'une autre unité, mais elle se dit qu'il aurait pu avoir la décence de se retenir devant elle.

— Nous nous sommes procuré les images de vidéosurveillance sur-le-champ, dit Kelly en s'adressant délibérément à Lucinda, et non au capitaine. Je peux vous obtenir des copies dès demain ainsi que des clichés de l'agresseur. Vu la nature du premier délit, il m'a semblé disproportionné de réclamer une analyse ADN à l'époque, mais je suppose qu'il n'y aura pas de problème de budget, maintenant : la BTP a conservé le sac comme pièce à conviction en respectant la procédure adéquate, et je peux faire en sorte que votre équipe y ait accès. Cathy Tanning n'a pas d'enfants, elle n'est pas enseignante et n'a jamais été escort-girl. Pas plus que Zoe Walker, dont la photo a elle aussi paru dans la *London Gazette* et qui, c'est tout à fait compréhensible, craint pour sa sécurité, conclut Kelly en reprenant son souffle.

— Vous avez fini ? dit Nick Rampello, qui se tourna vers Lucinda sans attendre la réponse de Kelly. Reviens me voir dans une heure pour me dire où tu en es.

Lucinda hocha la tête et se leva.

— Ravie de vous avoir rencontrée, dit-elle en souriant à Kelly.

Le capitaine attendit que l'analyste ait regagné son bureau avant de croiser les bras et de dévisager l'agent Swift.

— Ça vous prend souvent de saper l'autorité de vos supérieurs ?

— Non, monsieur.

Ça vous prend souvent de dénigrer le boulot d'un collègue ? eut-elle envie d'ajouter.

Le capitaine semblait prêt à continuer sur sa lancée mais, se souvenant peut-être que Kelly ne travaillait pas sous ses ordres et que, à ce titre, il n'avait pas à la réprimander, il décroisa les bras et se leva.

— Merci de nous avoir fait remarquer le lien entre ces affaires. J'appellerai mon collègue de la BTP tout à l'heure pour prendre en charge le vol des clés. Tant qu'à faire, mieux vaut tout centraliser, même si, à proprement parler, il ne s'agit pas de crimes en série.

— Monsieur ? dit Kelly en s'armant de courage.

Elle connaissait la réponse avant de la poser mais ne pouvait quitter la brigade criminelle sans tenter sa chance.

— Oui ? répondit Rampello, sur un ton impatient, déjà préoccupé par ce qui l'attendait.

— J'aimerais poursuivre l'enquête sur l'affaire Cathy Tanning.

— Désolé, mais ça n'a aucun sens.

Il soupira, peut-être en constatant la déception de Kelly.

— Écoutez, vous avez identifié le lien entre les deux affaires. Vous avez eu parfaitement raison de nous contacter et j'apprécie beaucoup que vous ayez assisté au briefing. Vous êtes de repos, n'est-ce pas ?

Kelly acquiesça d'un signe de tête.

— Cela dit, l'affaire nous revient. Dans le cas de crimes en série, l'enquête sera toujours confiée à l'unité chargée du crime le plus grave, le meurtre de Tania Beckett, en l'occurrence, ce qui signifie que ces affaires relèvent de la compétence de la Metropolitan Police, pas de la BTP. L'avenir nous dira s'il s'agit vraiment de crimes en série, mais si c'est le cas, votre victime de vol pourrait avoir échappé de peu à un meurtre. C'est un boulot pour la Crim, pas pour votre brigade anti-pickpockets.

Il avançait des arguments incontestables.

— Pourrais-je travailler avec vous ? bredouilla Kelly avant d'avoir pu réfléchir au bien-fondé de sa requête. Être détachée auprès de votre équipe, je veux dire. J'ai enquêté sur l'affaire Cathy Tanning dès le début, et en ce qui concerne l'enquête criminelle, je peux vous aider à mener vos investigations dans le métro : je connais le réseau comme ma poche, sans compter qu'il y aura des heures d'images de vidéosurveillance à analyser, non ?

Tout en restant poli, Nick Rampello n'y alla pas par quatre chemins.

— Nous avons toutes les ressources nécessaires, dit-il avec un sourire qui modéra ce qui suivit. En outre, j'ai l'impression que travailler avec vous pourrait s'avérer assez épuisant.

— J'ai une certaine expérience, monsieur. J'ai passé quatre ans à la brigade spécialisée dans les crimes sexuels de la BTP. Je suis une bonne enquêtrice.

— Vous étiez enquêtrice ? Pourquoi avoir réendossé l'uniforme ?

L'espace d'une seconde, Kelly fut tentée de déformer la vérité. De prétendre qu'elle souhaitait consolider son expérience sur le terrain ou qu'elle préparait son concours de sergent. Mais quelque chose lui disait que Nick Rampello la percerait à jour en un clin d'œil.

— C'est compliqué.

Nick la considéra un moment alors qu'elle retenait son souffle en se demandant s'il changerait d'avis. Mais il baissa les yeux en ouvrant son agenda, la congédiant d'un geste avant d'avoir répondu.

— Désolé, mais les histoires compliquées, ce n'est pas mon truc.

12

Je m'emmitoufle dans la couverture grise dont le tissu pure laine est du meilleur effet, drapé sur le canapé, mais me gratte le cou. Bien que Simon et les enfants dorment à poings fermés, je n'ai pas allumé le plafonnier du salon dont on entend le bourdonnement à l'étage – encore une chose qu'il va falloir réparer –, et la lueur de mon iPad ne fait qu'intensifier l'impression d'obscurité dans le reste de la pièce. Dehors le vent mugit et quelque part un portillon claque. J'ai bien essayé de dormir, mais à force de sursauter au moindre bruit, j'ai fini par renoncer et par descendre.

Un inconnu a volé ma photo pour la publier dans les petites annonces.

Ma seule certitude tourne en boucle dans ma tête.

Un inconnu a volé ma photo.

D'après l'agent Swift, c'est bien ma photo. Elle m'a assuré qu'elle s'en occupait, et que, contrairement aux apparences, elle me prend au sérieux et fait de son mieux. J'aimerais pouvoir lui faire confiance, mais je ne partage pas la vision romantique que Simon a des flics. La vie était dure quand j'étais jeune et, là où j'ai grandi, on était censé détaler en voyant une voiture de police, sans vraiment savoir pourquoi.

Je tapote l'écran. La page Facebook de Tania Beckett comporte un lien vers un blog, un journal écrit à quatre mains par Tania et sa mère à l'approche du mariage. Les posts de Tania sont fréquents et pragmatiques :

Devrions-nous offrir à nos invités des mignonnettes de gin ou des bonbons en forme de cœur personnalisés ? Et pour les fleurs, des roses blanches ou jaunes ?

Alison n'a publié que quelques posts sous forme de lettre :

À ma fille chérie,

Dix mois jusqu'au jour J ! J'ai du mal à y croire. Aujourd'hui, je suis montée chercher mon voile, au grenier. Je ne m'attends pas à ce que tu le portes - la mode change tant -, mais j'ai pensé que tu aimerais que l'on en couse un tout petit bout dans ton ourlet. Quelque chose d'ancien, comme dit la comptine. J'ai trouvé la boîte contenant tous tes livres de classe, tes cartes d'anniversaire, tes dessins. Tu te moquais toujours de moi parce que je ne jetais rien, mais tu comprendras quand tu deviendras maman. Toi aussi tu garderas précieusement la première paire de chaussures de tes enfants et, à ton tour, un jour, en montant chercher ton voile de mariée au grenier, tu t'étonneras que ta fille adulte ait pu avoir de si petits pieds.

Mes yeux se voilent de larmes et je les chasse d'un clignement de paupières. Je me sens coupable de continuer à lire. Je n'arrête pas de penser à Tania et à sa mère. Je me suis glissée dans la chambre de Katie en descendant, pour me rassurer, vérifier qu'elle était là, bien vivante. Il n'y a pas eu de répétition, hier soir ; Katie a fait son service au restaurant comme d'habitude, ce qui n'a pas empêché Isaac de la raccompagner. Ils ont longé la fenêtre du salon, se sont arrêtés le temps d'un baiser avant que l'on entende le cliquetis des clés dans la serrure.

— Il te plaît vraiment, hein ? lui ai-je demandé.

Je m'attendais à ce qu'elle crâne, mais son regard brillait quand elle m'a regardée.

— Oui, beaucoup.

Je me suis tue, ne voulant pas gâcher ce moment.

— Il est beaucoup plus âgé que toi, ai-je pourtant observé, incapable de me retenir.

Son visage s'est instantanément durci et, en la voyant réagir au quart de tour, j'ai compris qu'elle avait anticipé mon inquiétude.

— Il a trente et un an ; nous avons une différence d'âge de douze ans. Simon a cinquante-quatre ans, quatorze ans de plus que toi.

— Ce n'est pas pareil.

— Pourquoi ? Parce que tu es adulte ?

Avant de voir l'éclair de colère briller dans ses yeux, je suis brièvement soulagée qu'elle ait compris ; le ton mielleux qu'elle vient d'employer cède la place à la sévérité.

— Moi aussi, maman.

Elle a déjà eu des petits copains, mais, cette fois, c'est différent. Je sens déjà qu'elle m'échappe. Un jour, c'est vers Isaac – ou un autre homme – qu'elle se tournera en priorité, sur lui qu'elle s'appuiera quand la vie deviendra trop pénible. Alison Beckett éprouvait-elle ce sentiment, elle aussi ?

Les gens n'arrêtent pas de me rappeler que je ne perds pas ma fille, peut-on lire dans son dernier post.

C'est pourtant ce qui lui est arrivé.

Je respire un grand coup. Je refuse de perdre ma fille et de la laisser me perdre. Je ne peux pas attendre sans rien faire en espérant que la police prenne cette affaire au sérieux ; je dois agir.

Les publicités sont posées près de moi sur le canapé. Je les ai découpées en dernière page de la *London Gazette* avant d'y inscrire soigneusement la date de parution. J'en ai vingt-huit, étalées sur les coussins, comme une installation d'art moderne.

Patchwork photographique de l'artiste Zoe Walker. Tout à fait le genre d'œuvre que Simon irait voir à la Tate Modern.

J'ai rassemblé les parutions les plus récentes moi-même, en prenant un journal par jour, et me suis procuré les anciens numéros au siège de la *London Gazette* vendredi. Je pensais qu'on pouvait les obtenir gratuitement sur simple demande, mais ce n'est pas si simple, évidemment. Six livres quatre-vingt dix-neuf l'exemplaire, une véritable arnaque ! J'aurais dû photocopier les numéros trouvés dans le bureau de Graham à l'agence, mais le temps d'y penser, il était trop tard : ils avaient disparu. Graham avait déjà dû les jeter au recyclage.

Je me fige en entendant un grincement à l'étage, mais il ne se passe rien et je continue ma recherche. Heureusement, je n'obtiens que de rares résultats en tapant « Femmes assassinées à Londres », et aucun article n'est illustré par l'une des photos posées près de moi. J'ai tôt fait de comprendre que les gros titres ne servent pas à grand-chose ; il est plus utile et plus rapide de chercher des images sur Google. Pendant une heure, je passe en revue des photos d'officiers de police, de scènes de crime, de parents en larmes et des portraits de femmes innocentes fauchées prématurément. Aucune de ces femmes n'est l'une de mes victimes.

Mes victimes.

Elles sont toutes devenues « mes victimes », ces femmes alignées près de moi. Je me demande si certaines ont vu leur photo ; si, comme moi, elles ont peur qu'on les épie, qu'on les suive.

Une blonde attire mon regard. Souriante, elle arbore une toque et une robe universitaires, et j'ai la vague impression de la reconnaître. Je me tourne vers les publicités. Je les connais bien maintenant et je sais exactement qui je cherche.

Là.

Est-ce la même femme ? Je clique sur la photo liée à un article paru sur le site de la *London Gazette*, quelle ironie.

LA POLICE ENQUÊTE SUR LE MEURTRE D'UNE FEMME TROUVÉE MORTE À TURNHAM GREEN.

À l'ouest de Londres. Sur la District Line, me dis-je en essayant de visualiser les arrêts. À l'opposé du lieu où Tania Beckett a été tuée. Les deux crimes pourraient-ils être liés ? La femme s'appelle Laura Keen et l'article est illustré de trois photos d'elle : une en tenue universitaire, où elle pose entre un homme et une femme qui doivent être ses parents. La deuxième est plus naturelle : on la voit rire et lever un verre vers l'objectif. Un appartement d'étudiant, si l'on en croit les bouteilles de vin vides en arrière-plan et le plaid à motif servant de rideau de fortune. Enfin, une troisième photo, apparemment professionnelle, sur laquelle elle apparaît vêtue d'un chemisier et d'une veste, les cheveux soigneusement tirés en arrière. J'agrandis la photo pour la comparer à celle de la publicité.

C'est elle.

Je refuse de m'appesantir sur les implications de ma découverte. J'ajoute la page à mes favoris et m'envoie le lien par mail au bureau afin d'imprimer l'article. Je passe à une recherche « femmes victimes d'agressions sexuelles à Londres » avant de comprendre que c'est une quête stérile. Ce sont des images d'hommes, pas de femmes, qui envahissent mon écran, et en tapotant sur mon iPad pour accéder aux articles, je découvre des victimes anonymes, sans visage. Je prends conscience que l'anonymat censé les protéger me contrarie.

Je repère un titre accompagnant une image de vidéosurveillance :

POLICE TRAQUE PERVERS APRÈS AGRESSION SEXUELLE D'UNE FEMME AU PETIT MATIN DANS MÉTRO LONDONIEN.

L'article est succinct :

Une femme de vingt-six ans, montée dans la District Line à la station de Fulham Broadway, a subi les attouchements déplacés d'un inconnu. La British Transport Police a diffusé un cliché de vidéosurveillance pour tenter de retrouver un homme lié à cet incident.

— Est-ce arrivé à l'une d'entre vous ? dis-je tout haut en regardant les publicités. Le cliché de vidéosurveillance est d'une médiocrité grotesque, si flou et si fugitif qu'il est impossible de déterminer la couleur des cheveux de l'homme. Sa propre mère aurait du mal à le reconnaître.

J'ajoute l'article à mes favoris, juste au cas où, et scrute mon écran. Tout cela ne rime à rien. J'ai l'impression de jouer au Memory avec la moitié des cartes. En entendant le bruit caractéristique de pas dans l'escalier, j'éteins l'iPad et rassemble à la hâte les photos dont plusieurs m'échappent et tombent en voletant ; quand Simon entre dans le salon en se frottant les yeux, je suis encore en train de les ramasser.

— Tu n'étais pas là quand me suis réveillé. Qu'est-ce que tu fais ?

— Je n'arrivais pas à dormir.

Simon voit les publicités entre mes mains.

— Découpées dans la *London Gazette*, dis-je en les étalant à nouveau sur le coussin près de moi. Il y en a une par jour.

— Qu'est-ce que tu fais avec ?

— J'essaie de découvrir ce qui est arrivé à ces femmes.

Je ne lui donne pas la vraie raison qui m'a poussée à acheter tant d'anciens numéros du journal parce que, l'avouer tout haut, ce serait reconnaître la possibilité que cela arrive. Qu'un jour, en ouvrant un exemplaire de la *Gazette*, ce soit le visage de Katie que j'y trouve.

— Mais tu as averti la police ; je croyais qu'ils menaient l'enquête. Ils ont des bases de données, des rapports. S'il s'agit de crimes en série, ils trouveront le lien.

— Nous le connaissons : le lien, ce sont les publicités.

Je m'entête mais, au fond, je sais que Simon a raison. Je joue les détectives amateurs, c'est lamentable, dérisoire, et cela me coûte une nuit de sommeil sans m'apporter grand-chose.

À part Laura Keen, me souviens-je.

Je trouve son annonce que je tends à Simon.

— Cette fille a été assassinée.

J'ouvre le lien placé dans mes favoris et lui tends l'iPad.

— C'est bien elle, non ?

Il garde le silence un moment, en pleine réflexion, de drôles de grimaces animant son visage.

— Tu crois ? Ce pourrait être elle, je suppose. Elle a ce look qu'ont toutes les filles en ce moment, tu ne trouves pas ?

Je sais ce qu'il veut dire. Laura a de longs cheveux blonds, méthodiquement coiffés en arrière et crêpés de façon à créer une crinière ébouriffée. Ses sourcils bruns sont soigneusement dessinés et sa peau a l'air sans défaut. Il y a des milliers de filles comme elle à Londres. Elle ressemble à Tania Beckett. Elle ressemble à Katie. Mais je suis sûre que c'est l'une de mes victimes, que c'est la fille de l'annonce. Simon me rend l'iPad.

— Si tu es inquiète, retourne voir la police, m'encourage-t-il. Mais dans l'immédiat, viens te coucher. Il est trois heures du matin et tu as besoin de te reposer. Tu es encore convalescente.

À contrecœur, je rassemble les annonces que je glisse dans l'étui de mon iPad. Bien que je sois fatiguée, j'ai le cerveau en ébullition.

Le jour se lève avant que je m'assoupisse, et à mon réveil, vers dix heures, j'ai la tête lourde et me sens léthargique. Mes oreilles bourdonnent comme si j'avais été exposée à du bruit ; épuisée par le manque de sommeil, je trébuche dans la douche.

Notre traditionnel déjeuner dominical mensuel en compagnie de Melissa et Neil remonte à l'époque où Katie, Justin et moi avons emménagé ici et où Melissa nous a invités à déjeuner, un dimanche midi. Notre maison était envahie de cartons – certains provenant de la maison que je louais depuis ma séparation, d'autres que je venais de récupérer au garde-meubles et que l'on n'avait pas vus depuis deux ans –, et en comparaison la maison immaculée de Melissa nous semblait gigantesque.

Depuis, nous alternons entre la longue table brillante de nos voisins et ma table de salle à manger en acajou achetée pour une bouchée de pain au marché de Bermondsey à cause d'un pied bancal. J'y installais les enfants pour qu'ils fassent leurs devoirs, et l'on peut encore y voir les traces gravées au stylo par Justin en signe de protestation.

Aujourd'hui, c'est moi qui invite et j'envoie Simon acheter du vin pendant que je m'attelle à la cuisson des légumes. Quand Katie tente de me piquer un bout de carotte crue, je repousse sa main d'une tape.

— Tu débarrasses la table ?

— C'est le tour de Justin.

— Oh, il n'y en a pas un pour rattraper l'autre ! Partagez-vous le travail.

J'interpelle Justin et obtiens une réponse étouffée et incompréhensible en provenance de sa chambre.

— Mets la table, dis-je.

Il descend, encore en pantalon de pyjama, torse nu.

— Il est midi passé, Justin, ne me dis pas que tu as dormi toute la matinée.

— Lâche-moi, maman, j'ai bossé toute la semaine.

Je me radoucis. Les longues journées au café sous la houlette de Melissa ont l'air de lui réussir. Vive les responsabilités ! Cela dit, les dessous de table en liquide ont dû faire passer la pilule.

Je ne dispose pas d'une salle à manger à proprement parler : c'est un espace séparé du salon par une voûte. Dans le voisinage, ils sont nombreux à avoir abattu le mur de la cuisine ou à avoir créé une extension comme celle de Melissa et Neil, mais nous devons encore passer par l'entrée et traverser le salon pour apporter les plats de la cuisine, parcours du combattant dont témoigne la moquette tachée. On ne s'en donne la peine qu'à l'occasion du déjeuner dominical, tous les deux mois ; c'est aussi la seule occasion où l'on se fatigue à débarrasser la table.

— Attention à ces dossiers, Justin, dis-je en le voyant poser une pile de papiers sur le buffet alors que j'apporte une poignée de couverts.

La table a beau être un vrai capharnaüm, je prends bien soin de tout ranger en piles distinctes. Il y a les deux comptes de Melissa avec leur propre pile de reçus et de bons de commande ; le livre de compte de Hallow & Reed, avec les éternels reçus correspondant aux déjeuners et aux courses en taxi de Graham.

— Il faudra que tu ailles chercher la chaise d'appoint dans le bureau de Simon, dis-je à Justin.

Il s'interrompt pour me dévisager.

— C'est le bureau de Simon, maintenant ?

Avant que Simon s'installe ici, nous avions envisagé de laisser Justin aménager le grenier en salon. Il y aurait mis sa PlayStation, un canapé-lit, peut-être. Il devenait trop vieux pour que ses copains s'assoient sur son lit quand il les recevait ; il lui fallait un espace plus adulte.

— Dans le grenier, si tu préfères. Tu vois ce que je veux dire.

Je n'avais pas l'intention de laisser le grenier à Simon. Justin n'avait pas vraiment réagi quand j'avais annoncé aux enfants que je voulais que Simon emménage chez nous. Qui ne dit mot consent, avais-je cru naïvement. Ce n'est qu'après l'arrivée de Simon que les disputes ont commencé. Les rares meubles qu'il possédait étaient de bonne qualité et cela semblait injuste de lui dire qu'il n'y avait pas la place de les loger. Nous les avons entreposés dans le grenier en attendant de décider qu'en faire. Je trouvais que c'était une bonne idée de lui offrir son propre espace ; ainsi, Justin pouvait l'éviter et moi, regarder la télé seule avec les enfants de temps en temps.

— Va chercher la chaise d'appoint, dis-je.

Hier soir, alors que je rentrais tant bien que mal des courses avec de quoi nourrir un régiment, Katie m'a annoncé qu'elle ne déjeunerait pas avec nous.

— Mais c'est le déjeuner traditionnel !

Elle n'en avait jamais manqué un seul. Justin non plus, pas même quand la PlayStation et ses copains l'intéressaient plus que sa famille.

— Je vois Isaac.

Ça y est, pensai-je. *Elle nous quitte.*

— Invite-le ici.

— À un déjeuner de famille ? lança Katie avec un rire nasal. Non merci, maman.

— Ça n'a rien à voir, puisque Melissa et Neil sont là. Ce sera bien, insistai-je, car Katie avait l'air sceptique. Je ne lui ferai pas subir d'interrogatoire, c'est promis.

— Très bien, dit-elle en décrochant son téléphone. Il n'aura pas envie de venir, mais bon.

— Quel délicieux rôti de bœuf, Mrs Walker.

— Appelez-moi Zoe, je vous en prie, dis-je pour la troisième fois.

Trente et un ans : c'est plus proche de mon âge que de celui de ma fille, ai-je envie de souligner. Isaac est assis entre Katie et Melissa. « Une épine entre deux roses », a-t-il remarqué en s'asseyant, ce qui m'a donné envie de m'enfoncer deux doigts dans la gorge en faisant des bruits de haut-le-cœur, telle une ado de quatorze ans.

Ne me dites pas que Katie gobe les flatteries de ce lèche-bottes ! Pourtant, à la voir fascinée, on croirait qu'il vient de descendre d'un podium après un défilé.

— Et ces répétitions, ça marche ? demande Melissa.

Je lui lance un regard reconnaissant. La présence d'un nouvel invité a rendu l'atmosphère guindée, artificielle et, à force de demander si tout le monde aime la sauce, il va falloir que je passe à autre chose.

— Très bien. C'est étonnant de voir avec quelle facilité Katie a trouvé sa place et s'est mise au niveau malgré la date tardive à laquelle elle a rejoint la troupe. Vous devriez tous assister à la répétition générale, samedi prochain, dit-il en désignant la tablée avec sa fourchette. C'est extrêmement utile de jouer devant un vrai public.

— Avec grand plaisir, répond Simon.

— Papa aussi ? demande Katie.

Je sens – plus que je ne le vois – Simon se raidir.

— Plus on est de fous, plus on rit, répond Isaac. Mais vous devez tous promettre de ne pas huer, ajoute-t-il en souriant, et tout le monde rit par politesse.

J'ai hâte que le déjeuner s'achève et que Katie et Isaac s'en aillent pour pouvoir demander à Melissa ce qu'elle pense de lui. Elle le fixe avec une lueur amusée dans le regard, même si son expression est indéchiffrable.

— Et ton enquête, elle avance, Zoe ?

Neil est fasciné par les photos de la *Gazette*. Chaque fois que je le vois, il me demande s'il y a du nouveau, si la police a trouvé quelque chose sur les publicités.

— Une enquête ?

Je n'ai pas envie qu'Isaac soit au courant mais, avant que j'aie pu changer de sujet, Katie lui dit tout. Elle lui parle des publicités, de ma photo, du meurtre de Tania Beckett. L'enthousiasme d'Isaac me perturbe ; on dirait qu'elle lui parle d'un film ou d'un livre qui viendraient de sortir, pas de la réalité. De ma vie.

— Et elle en a trouvé une autre. Comment s'appelle la nouvelle, maman ?

— Laura Keen, dis-je à mi-voix.

Je revois la photo de Laura le jour de l'obtention de son diplôme universitaire et me demande où se trouve l'original. Sur le bureau du journaliste, quel qu'il soit, qui a rédigé l'article, ou sur le manteau de la cheminée, chez ses parents. L'ont-ils retournée, incapables pour l'instant de supporter sa vue quand ils passent devant ?

— D'où vient votre photo, à votre avis ? me demande Isaac sans remarquer que cette conversation me laisse froide.

Je suis surprise que Katie l'encourage ; elle doit avoir envie de l'impressionner, sans doute. Neil et Simon mangent en silence, Melissa me lance des regards en coin, de temps à autre, pour s'assurer que je vais bien.

— Qui sait ? dis-je en essayant de minimiser, même si, maladroite, je heurte mon couteau contre mon assiette.

Simon repousse son assiette vide, se penche en arrière, et pose la main sur ma chaise. Aux yeux des autres, il se détend, rassasié après un copieux repas, mais je sens son pouce décrire de petits cercles rassurants sur mon épaule.

— Facebook ! s'écrie Neil avec une assurance qui me stupéfie. C'est toujours Facebook. La plupart des usurpateurs d'identité aujourd'hui vont pêcher des noms et des photos sur les réseaux sociaux.

— Le fléau de notre société moderne, observe Simon. Quel est le nom de cette entreprise pour laquelle tu as travaillé il y a quelques mois ? Les agents de change ?

Neil lui adresse un regard sans expression avant de laisser échapper un éclat de rire bruyant.

— Heatherton Alliance, dit-il en se tournant vers Isaac, le seul à ne pas connaître cette histoire. Ils m'ont embauché pour réunir des preuves de délit d'initiés au sein de l'entreprise, mais pendant que je travaillais chez eux ils ont organisé le bizutage d'une banquière récemment recrutée. On se serait cru dans *Le Loup de Wall Street*. Ils avaient créé un groupe sur Facebook – un forum privé – pour pouvoir décider ce qu'ils allaient lui faire subir.

— Quelle horreur, dit Isaac, bien que son regard contraste avec le ton de sa remarque.

Il a le regard brillant, l'air intéressé. Il me surprend en train de le regarder et lit dans mes pensées.

— Vous me trouvez morbide. Excusez-moi. C'est la malédiction du metteur en scène, hélas. Toujours en train d'imaginer ce qu'une scène pourrait donner, et, à vrai dire, celle-ci serait vraiment extraordinaire.

La conversation m'a coupé l'appétit. Je pose mes couverts.

— J'utilise rarement Facebook. Si je me suis inscrite, c'est pour rester en contact avec ma famille.

Ma sœur vit en Nouvelle-Zélande avec un mari bronzé et musclé et deux enfants parfaits que je n'ai rencontré qu'une fois. L'un est avocat et l'autre travaille auprès d'enfants handicapés. Je ne suis pas surprise que les enfants de Sarah s'en soient si bien sortis ; elle a toujours été l'enfant chérie quand nous étions petites. Et même si mes parents ne m'ont jamais fait ce reproche, je l'ai toujours lu dans leur regard : pourquoi ne ressembles-tu pas à ta sœur ?

Sarah était studieuse, serviable. Elle n'écoutait pas sa musique à fond, ne dormait pas jusqu'à midi le week-end. Sarah s'est accrochée à l'école, a obtenu son diplôme haut la main et une place dans une école de secrétariat. Elle n'a pas dû arrêter le lycée parce qu'elle était enceinte, elle. Je me demande parfois ce qui serait arrivé si ç'avait été le cas, si nos parents auraient été aussi durs avec elle qu'ils l'ont été avec moi.

Fais tes valises, m'a ordonné mon père en apprenant la nouvelle. Maman s'est mise à pleurer – à cause de mon départ ou à cause du bébé ? Je n'aurais su le dire.

— Vous seriez surprise de voir ce qu'on peut trouver sur Facebook, dit Isaac.

Il sort son portable de sa poche – un iPhone 6s aux lignes pures – et active l'écran d'un doigt expert. Tel un magicien sur le point de faire un tour de passe-passe, Isaac attire tous les regards. Il me montre l'écran sur lequel je distingue le logo bleu et blanc du site. Mon nom est inscrit dans le champ de recherche, suivi d'une longue liste de profils assortis d'une photo miniature.

— Lequel de ces comptes est le vôtre ? demande Isaac en les passant en revue et en basculant sur la deuxième page.

— Celui-là, dis-je en le pointant du doigt. Le troisième en partant du bas. Celui avec le chat.

C'est une photo de Biscuit qui se dore au soleil sur les gravillons, devant la maison.

— Vous voyez, dis-je, triomphante, je n'utilise même pas ma propre photo dans mon profil. Je suis assez secrète, en fait.

Pas comme mes enfants qui exposent leur vie entière sur Instagram, Snapchat, ou n'importe quelle application tendance du moment. Katie passe son temps à prendre des selfies, à prendre la pose, la moue boudeuse, avant de faire défiler une multitude de filtres pour choisir le plus flatteur.

Isaac ouvre ma page. Je ne sais pas ce que je m'attendais à trouver, mais pas mon profil Facebook complet, en tout cas.

50 000 livres par an et ils croient avoir le droit de faire grève ? J'échange mon boulot contre celui d'un conducteur de train n'importe quand !

Coincée dans un train… Comme d'habitude. Vive le wi-fi !

6 ??! Voyons, Len, ça valait au moins un 8 !!

— Danse avec les stars, dis-je en guise d'explication, gênée de voir ma vie réduite à une suite de bons mots inspirés par des émissions de télévision et des trajets cauchemardesques. La facilité avec laquelle Isaac semble avoir accédé à mon compte m'inquiète.

— Comment avez-vous pu vous connecter en vous faisant passer pour moi ?

— Ce n'est pas du tout ce que j'ai fait, dit Isaac, amusé. Tout le monde a accès à vos données personnelles en cliquant sur votre profil. Vos paramètres de confidentialité ne sont pas verrouillés, ajoute-t-il en apercevant mon visage horrifié.

Pour prouver ses dires, il clique sur l'onglet « À propos » et je découvre que mon adresse mail est accessible à tous. Ancienne élève du lycée de Peckham, peut-on lire, même s'il n'y a pas de quoi se vanter. Ancienne employée de Tesco. Je ne serais pas surprise de lire « en cloque à dix-sept ans ».

— Oh, mon Dieu ! Je tombe des nues !

J'ai le vague souvenir d'avoir rempli ce questionnaire sur les emplois que j'ai occupés autrefois, les films que j'aime et les livres que j'ai lus, mais je prenais cela pour un journal en ligne, en quelque sorte, destiné à moi seule.

— Ce que j'essaie de vous dire, c'est que, si quelqu'un voulait se servir d'une photo de vous, il n'aurait que l'embarras du choix, poursuit Isaac en cliquant sur un onglet intitulé « photos de Zoe ».

Il fait défiler des dizaines d'images que je n'avais jamais vues pour la plupart d'entre elles.

— Mais je n'ai pas importé ces images !

Je vois une photo de moi prise de dos à un barbecue organisé par Melissa et Neil l'été dernier et me demande si mon popotin est vraiment si gros que ça ou si c'est l'angle qui est peu flatteur.

— Vos amis, si. Toutes ces photos ont été mises en ligne par des gens qui vous ont identifiée. Vous pouvez supprimer ces liens vers votre compte, mais ce qu'il faut vraiment faire, c'est vous occuper de vos paramètres de confidentialité. Je peux vous aider si vous voulez.

— Ça va aller, je vais me débrouiller.

La gêne me rend acariâtre et je me force à le remercier.

— Tout le monde a fini ? Katie, tu m'aides à débarrasser la table, ma chérie ?

Les invités commencent à empiler les assiettes et à rapporter les plats à la cuisine, et Simon me serre la main avant de changer ostensiblement de sujet.

Après le départ des invités, je m'assois dans la cuisine avec une tasse de thé. Simon et Katie regardent un film en noir et blanc, et Justin est allé voir un copain. Le calme règne dans la maison ; je me connecte sur Facebook sur mon téléphone avec un sentiment de culpabilité. Je consulte les photos et reconnais l'album qu'Isaac m'a montré sur son téléphone. Je les fais défiler lentement. Certaines ne sont même pas des photos de moi et je finis par comprendre que j'ai été identifiée dans des photos de Katie, ou de vieilles photos de classe datant d'il y a des lustres. Melissa m'a identifiée avec tout un tas d'autres personnes sur une photo de ses jambes prise au bord de la piscine, pendant ses vacances, l'année dernière.

Jalouses, les filles ??? !! dit la légende.

Il me faut un moment pour la trouver, mais je finis par le faire : la photo publiée dans la *London Gazette*. Je pousse un soupir. Je savais bien que je ne devenais pas folle – je savais bien que c'était moi. Facebook m'explique qu'elle a été postée par Matt et en vérifiant la date, je constate que c'était il y a trois ans. Je suis le lien et découvre vingt ou trente photos mises en ligne d'un coup après le mariage de ma cousine. Voilà pourquoi je ne portais pas de lunettes.

C'est plutôt un portrait de Katie. Assise près de moi à table, elle sourit à l'objectif, tête inclinée de côté. C'est elle que je regarde, pas l'appareil. Dans la publicité, la photo a été soigneusement recadrée pour effacer la plus grande partie de la robe que j'aurais identifiée sur-le-champ comme l'une de mes rares tenues habillées.

J'imagine quelqu'un – un inconnu – passant en revue mes photos, me regardant vêtue de ma tenue chic, regardant ma fille, ma famille. Cela me fait frissonner. Les paramètres de confidentialité dont Isaac a parlé ne sont pas faciles à trouver, mais j'y parviens enfin. Je verrouille systématiquement tous les champs de mon compte : photos, messages, onglets. Au moment où je m'apprête à terminer, un message rouge clignote en haut de mon écran. Je clique dessus.

Isaac Gunn voudrait devenir votre ami. Vous avez une amie commune.

Je fixe le message un moment avant de le supprimer.

Je sais ce que tu te dis.

Tu te demandes comment je peux me supporter. Comment je peux me regarder en face en sachant ce qui arrive à ces femmes.

Mais est-ce que tu accuses Tinder quand un rendez-vous tourne au vinaigre ? Quand tu rencontres un mec dans un bar à vin, vas-tu faire un scandale au propriétaire si la soirée ne se passe pas comme prévu ? Reproches-tu à ta meilleure amie de t'avoir présenté un type qui fait l'amour à la hussarde ?

Bien sûr que non.

Dans ce cas, comment peux-tu m'en vouloir ? Je ne suis que l'entremetteur.

Mon travail consiste à provoquer les coïncidences.

Tu crois que votre rencontre est le fruit du hasard. Tu crois que c'est un coup de chance s'il t'a tenu la porte, qu'il a ramassé ton écharpe par erreur, qu'il n'avait pas la moindre idée que tu te dirigeais dans cette direction…

Qui sait ?

Maintenant que tu sais qu'il existe des gens comme moi, fini les certitudes.

13

Les annonces me rongent, m'obsèdent et me rendent paranoïaque. Cette nuit, j'ai rêvé que le visage de Katie apparaissait dans les annonces, et quelques jours plus tard dans les pages du *Times* : on l'avait laissée pour morte après l'avoir agressée et violée. Je me suis réveillée en nage, incapable de supporter ne serait-ce que l'étreinte de Simon avant d'avoir traversé le palier pour pouvoir constater par moi-même que ma fille dormait à poings fermés.

Comme à l'accoutumée, je jette ma pièce de dix pence dans l'étui de guitare de Megan et me force à lui rendre son sourire quand elle me gratifie d'un « Passez un excellent lundi ! ». Le vent cinglant souffle au coin de la rue et je suis étonnée qu'elle puisse jouer malgré ses doigts engourdis. Je me demande ce que dirait Simon si je l'invitais à dîner à la maison un soir, ou si Melissa pouvait mettre de côté une ration de soupe pour elle de temps en temps. Je poursuis la conversation mentalement en franchissant les portillons automatiques, m'exerce à lui proposer un repas chaud sans qu'elle ait l'impression que je lui fais l'aumône, parce que je crains de la vexer.

Je suis si préoccupée par mes pensées que je ne remarque pas tout de suite cet homme vêtu d'un pardessus : je ne suis même pas sûre qu'il me regardait avant que je le voie. Mais c'est bien le cas, maintenant. À l'arrivée du métro, je me dirige vers le bout du quai, mais au moment de m'installer dans la rame je l'aperçois de nouveau. Il est grand, de large carrure, avec d'épais cheveux gris, comme sa barbe taillée avec soin. Il a sur le cou une minuscule coupure qu'il a dû se faire en se rasant.

Il continue à me dévisager et, en le sentant me toiser de la tête aux pieds, je feins d'examiner le plan du métro placé au-dessus de lui. Mal à l'aise, je baisse la tête, ne sachant où poser mes mains. Il doit avoir la cinquantaine, porte un costume bien coupé, et un pardessus pour le protéger du froid et des premiers flocons qui menacent. Son sourire est trop familier, possessif même.

Il ne doit pas y avoir classe aujourd'hui, car les rames sont beaucoup moins bondées que d'habitude. À la station Canada Water, les passagers sont si nombreux à descendre que trois places se libèrent en face de moi. L'homme au costume prend l'une d'elles. C'est vrai que les gens s'observent dans le métro – cela m'arrive à moi aussi –, mais dès que l'on croise le regard de quelqu'un, on détourne les yeux, gêné. Pas lui. Quand je le dévisage – ce que je ne suis pas prête de refaire –, il soutient mon regard d'un air de défi : je devrais peut-être me sentir flattée de l'attention qu'il me porte ? L'espace d'un instant, je me demande si c'est le cas, avant de constater que l'émoi que je ressens trahit de l'angoisse et non de l'enthousiasme.

Transport for London, responsable des transports en communs londoniens, a lancé une campagne publicitaire sous forme de clip vidéo. Intitulée « Signaler pour faire cesser », elle vise à combattre le harcèlement sexuel dans le métro. « Vous pouvez signaler tout ce qui vous met mal à l'aise », énonce la vidéo. Je me vois contacter un agent de police, tiens. Pour lui dire quoi ? *Ce type n'arrête pas de me regarder…*

Ce n'est pas un crime de regarder quelqu'un. Je n'ai pas oublié le groupe de jeunes de Whitechapel – le gamin aux baskets qui, j'en étais persuadée, me poursuivait. Et si j'avais appelé la police à ce moment-là ? Si j'avais appelé à l'aide ? Malgré la logique de cet argument, mon malaise persiste.

Il n'est pas le seul responsable, cet homme arrogant qui s'approprie ma personne par le regard : il en faut davantage pour m'angoisser. C'est un tout : l'idée de Cathy Tanning, assoupie dans le métro tandis qu'un inconnu fouille dans son sac ; Tania Beckett, allongée dans un parc après s'être fait étrangler ; Isaac Gunn et l'aplomb avec lequel il s'est immiscé dans la vie de Katie, dans ma maison. Quand j'ai consulté sa page Facebook hier soir après le départ des invités, j'ai été déçue de constater que son compte était si solidement verrouillé que je n'avais accès qu'à la photo de son profil. Je l'ai scrutée : ce sourire confiant révélant une dentition éclatante, la chevelure noire ondulée lui retombant nonchalamment sur l'œil. Un physique de star de cinéma, c'est certain, mais un physique qui me fait frémir plutôt que me pâmer ; le genre à incarner les personnages de méchants.

L'homme au costume se lève pour céder sa place à une femme enceinte. Il est grand et n'a aucun mal à attraper la sangle qui pend du plafond, la boucle lui ceignant le poignet alors qu'il l'agrippe plus haut, là où elle rejoint le plafond de la rame. Il a beau ne plus me regarder, il n'est qu'à une quinzaine de centimètres de moi et je ramasse mon sac posé entre mes jambes et le serre contre moi en repensant à Cathy Tanning et à son pickpocket. Après avoir consulté sa montre, l'inconnu laisse son regard errer vers le fond du wagon, l'air détaché. Un autre passager bouge et l'homme se déplace légèrement. Le contact de sa jambe qui touche résolument la mienne me fait tressaillir comme une brûlure. Je m'éloigne en me tortillant maladroitement sur mon siège.

— Désolé, dit-il en me regardant droit dans les yeux.

— Pas de problème, m'entends-je répondre, alors que mon cœur cogne dans ma poitrine et que le sang bat à mes oreilles comme après un cent mètres.

À la station Whitechapel, je me lève. Il ne fait aucun doute que je vais descendre, mais l'inconnu ne bouge pas, si bien que je dois me faufiler pour passer. Collée à lui un bref instant, je sens un contact fugace sur ma cuisse, un contact si léger que je doute de sa réalité. J'essaie de me raisonner : je suis entourée de passagers, il ne peut rien m'arriver. Je manque pourtant de trébucher en me hâtant de descendre. Je me retourne au moment où les portes se referment, plus confiante depuis que je me suis éloignée de l'homme qui m'observait.

Il n'est plus dans la rame.

Un passager lui a-t-il cédé sa place en descendant ? Personne dans ce train ne porte ni barbe ni pardessus gris.

Le quai se vide ; les banlieusards se pressent de sauter dans leur prochain train, les touristes cherchent la sortie, se bousculant parce qu'ils prêtent plus attention aux plans qu'à ce qui les entoure. Je reste figée sur place tandis qu'ils se fraient un passage en jouant des coudes.

C'est alors que je l'aperçois.

Lui aussi est immobile sur le quai, une dizaine de mètres plus loin, entre la sortie et moi. Absorbé par son téléphone, il m'ignore. Je m'efforce de rester calme ; je dois prendre une décision : si je passe devant lui et poursuis mon chemin, il risque de me suivre. Si au contraire j'attends qu'il parte, il risque de rester. Le quai est pratiquement désert. Dans un instant, il ne restera plus que nous deux. Je dois me décider tout de suite.

J'avance en regardant droit devant. Je presse le pas, sans courir. *Ne cours pas. Ne lui montre pas qu'il te fait peur.* Il attend, debout au milieu du quai devant un banc, ce qui signifie que je dois passer devant lui. Je sens son regard m'étudier à mesure que je me rapproche.

Il n'est plus qu'à un mètre.

Soixante centimètres.

Trente.

Je ne peux m'empêcher de me mettre à courir en direction de la sortie, mon sac à main me heurtant le flanc, sans me soucier de mon allure. Je ne serais pas étonnée qu'il me suive, mais arrivée à la partie du tunnel menant à la District Line, je me retourne et le vois qui m'observe depuis le quai.

J'essaie de me concentrer sur mon travail, même si je n'ai pas la tête à ça. Je me surprends à fixer l'écran de mon ordinateur, l'air absent, en essayant de me rappeler le mot de passe de notre logiciel comptable. Un client vient se renseigner sur des locations de bureaux ; je lui donne une liasse d'annonces de biens proposés à la vente. Quand il revient se plaindre, j'éclate en sanglots. Poli, il se montre compréhensif.

— Ce n'est pas la fin du monde, dit-il après avoir enfin obtenu satisfaction.

Il fait mine de chercher des Kleenex, et paraît soulagé quand je l'assure que je vais tout à fait bien et préfère rester seule.

Je sursaute quand la porte s'ouvre en faisant tinter la sonnette. Graham me jette un drôle de regard.

— Vous allez bien ?

— Parfaitement. Où étiez-vous ? Il n'y a aucun rendez-vous de prévu.

— Aucun rendez-vous *professionnel*, peut-être, me reprend-il en ôtant son manteau pour le suspendre au perroquet posé dans l'angle. *Personnellement*, je suis toujours occupé.

Il lisse sa veste de costume sur son ventre. Aujourd'hui, le gilet et la veste sont en tweed vert, portés avec un pantalon rouge ; l'ensemble lui donne l'air d'un mannequin décati du magazine *Country Living*.

— Je prendrais volontiers un café, Zoe. Avez-vous vu le journal ?

Je me dirige vers la cuisine en grinçant des dents. À mon retour, je le trouve dans son bureau, les pieds posés sur la table de travail, en train de lire le *Telegraph*. J'ignore si c'est l'adrénaline de ce matin ou l'agacement d'être la seule à faire tourner la boutique chez Hallow & Reed, mais les mots m'échappent sans que je puisse me retenir.

— À quoi servait l'énorme pile d'anciens numéros de la *London Gazette* posée sur votre bureau ? Il devait y en avoir une bonne vingtaine.

Graham m'ignore et seuls ses sourcils levés prouvent qu'il m'a bien entendue.

— Où sont-ils passés ?

Avec souplesse, il retire ses pieds du bureau et se redresse en soupirant, signe qu'il trouve ma sortie plus ennuyeuse qu'insultante.

— Au recyclage, j'imagine. N'est-ce pas là que finissent tous les journaux ? Destinés au rayon papier toilette de quelque supermarché discount ?

— Mais que faisaient-ils là ?

Cette question me tracasse depuis un moment ; cette petite voix dans ma tête me rappelant ce que j'ai vu, ce tas de journaux rangés sur le bureau de Graham. Je me souviens du moment où j'ai vu la photo de Cathy Tanning, de la révélation quand j'ai mis un nom sur son visage.

Graham pousse un nouveau soupir.

— Nous tenons une agence immobilière, Zoe. Nous vendons et louons des biens. Bureaux, centres commerciaux, entrepôts. Comment croyez-vous que les clients entendent parler de nos biens ?

Bien que sa question soit purement rhétorique, il attend, plein d'espoir. Non content de me prendre de haut, il va me ridiculiser.

— En lisant le journal, dis-je en égrenant chaque mot.

— Lequel ?

— La *London Gazette*, dis-je en serrant les poings.

— Et où pensez-vous que nos concurrents passent leurs annonces ?

— Ça va, j'ai compris.

— Vraiment, Zoe ? Ça m'inquiète un peu que vous sembliez ignorer comment fonctionne l'immobilier. Parce que si vous avez du mal à comprendre, je devrais sans peine pouvoir trouver une autre assistante capable de tenir les comptes.

Bien envoyé.

— Bien sûr que je comprends, Graham.

Un sourire se dessine sur ses lèvres. Il sait pertinemment que je ne peux pas me permettre de perdre mon travail.

Sur le chemin du retour, j'achète un magazine, déterminée à éviter la *Gazette* à tout prix. La station est pleine à craquer, les passagers prenant plus de place à cause de leur manteau. Je joue des coudes jusqu'à ma place habituelle sur le quai ; le gain de temps au moment du changement pour l'Overground compensera l'effort supplémentaire consenti. Sous mes pieds, je sens le revêtement bosselé permettant aux non-voyants de se repérer ; mes chaussures dépassent juste la ligne jaune et je recule autant que me le permet le flot de banlieusards massés sur le quai. À la une de mon magazine s'étalent des titres de plus en plus improbables :

CETTE MAMIE A BRAVÉ LA MORT À TROIS REPRISES !
J'AI ÉPOUSÉ MA BELLE-FILLE !
MON BÉBÉ DE DIX MOIS A FAILLI M'ASSASSINER !

Un souffle chaud annonce l'arrivée imminente du métro. Un grondement sourd monte du tunnel alors que mes cheveux me balaient le visage. Je m'excuse car, en voulant me recoiffer, je touche ma voisine. D'autres passagers affluent sur le quai ; les gens s'agglutinent autour de moi. J'avance d'un pas, plus par nécessité que par choix. La cabine du conducteur emplit le tunnel et j'enroule mon magazine. J'essaie de le glisser dans mon sac à main quand je perds l'équilibre et me précipite vers le bord du quai. Je sens quelque chose de dur entre mes omoplates : un coude, une mallette, une main, peut-être ? Je trébuche et sens la surface tactile sous mes pieds ; le courant d'air provoqué par l'arrivée du train soulève la crasse sous les rails. Déséquilibrée, alors que mes pieds ne sont plus ancrés au sol, j'éprouve une sensation d'apesanteur. Je distingue de plus en plus nettement le conducteur et l'horreur qui se peint sur son visage. Nous pensons sans doute tous les deux la même chose.

Impossible qu'il s'arrête à temps.

Un hurlement s'élève. Un homme pousse un cri. Je serre les paupières. Le grincement métallique des freins et le grondement du train sont assourdissants. J'éprouve une vive douleur à l'épaule lorsqu'on me tire violemment en arrière et que mon corps pivote.

— Vous allez bien ?

J'ouvre les yeux. Quelques personnes inquiètes m'entourent, mais les portes du train s'ouvrent et les voyageurs sont pressés. Ils se dispersent et prennent part au chassé-croisé des passagers jusqu'à ce que le train s'ébranle.

— Vous allez bien ?

La question se fait plus urgente cette fois.

L'homme devant moi a d'épais cheveux gris et une barbe bien taillée. Il est assez grand pour que je puisse remarquer la coupure à gauche de sa pomme d'Adam. Malgré moi, je recule d'un pas et il m'agrippe le bras.

— Attention ! je ne suis pas sûr de pouvoir gérer deux sauvetages en un jour.

— Sauvetage ? dis-je en essayant d'intégrer ce qui vient de se produire.

— Vous avez raison, le mot est sans doute exagéré, dit-il avec un sourire ironique.

— C'est vous, dis-je bêtement, tandis qu'il m'adresse un regard sans expression. Vous étiez sur la District Line ce matin.

— Oh, dit-il avec un sourire poli, oui. Excusez-moi, je ne…

Je suis prise au dépourvu. J'étais tellement convaincue qu'il me suivait, ce matin ! Mais il ne me surveillait pas. La preuve, il ne se souvient même pas de moi.

— Non, évidemment, pourquoi vous souviendriez-vous ?

Je me sens bête maintenant.

— Je vous ai fait rater votre train, excusez-moi.

— Le prochain arrive dans une minute.

Depuis le début de notre conversation, les voyageurs se sont de nouveau massés autour de nous, jouant des coudes pour être aux premières loges, des groupes jalonnent le quai, placés derrière les habitués qui savent à quel endroit les portes s'ouvriront.

— Tant que vous allez bien, poursuit-il. Si vous avez besoin d'aide, ajoute-t-il après une hésitation, il y a des gens prêts à vous écouter… SOS Amitié, peut-être.

D'abord troublée, je finis par comprendre.

— Ce n'était pas une tentative de suicide.

— Si vous le dites, répond-il, sceptique. En tout cas, ils sont à l'écoute si jamais vous en avez besoin.

Une nouvelle bourrasque d'air chaud précède le grondement d'un train à l'approche.

— Je ferais mieux… dit-il avec un geste vague en direction des rails.

— Bien sûr. Excusez-moi de vous avoir retenu. Et encore merci. Je crois que je vais rentrer à pied. Prendre un peu l'air.

— C'était un plaisir de vous rencontrer…

— Zoe. Zoe Walker.

— Luke Friedland.

J'hésite avant de serrer la main qu'il me tend. Il monte dans le train, arbore une mine souriante et polie quand les portes se ferment et que le train s'éloigne. Avant que la rame s'engouffre dans le tunnel, j'aperçois furtivement l'éclat d'un sourire.

Au lieu de rentrer à pied, j'attends le train suivant en prenant soin de bien m'éloigner du bord du quai. La vague idée qui me trottait dans la tête prend soudain forme.

Ai-je vraiment trébuché ou m'a-t-on poussée ?

14

Le commandant Digby n'avait pas beaucoup changé depuis sa dernière entrevue avec Kelly, quatre ans plus tôt. Ses tempes grisonnaient un peu plus peut-être, mais il faisait encore jeune pour son âge, avec ce regard perçant et perspicace dont la jeune femme se souvenait si bien. Il portait un costume seyant à fines rayures gris pâle et des chaussures au lustre conforme aux critères de l'armée trop ancrés en lui pour qu'il les oublie jamais.

— C'est le golf, expliqua-t-il pour répondre au compliment de Kelly. J'avais toujours juré que je ne passerais pas ma retraite sur un green, mais Barbara m'a posé un ultimatum : soit le golf, soit un travail à mi-temps ; elle refusait de m'avoir dans les pattes toute la journée. Il se trouve que c'est plutôt plaisant.

— La retraite, c'est pour quand ?

— En avril, l'année prochaine. J'ai pensé rempiler, mais vu comme on s'est fait baiser ces derniers temps, pour être parfaitement honnête, je suis content de partir.

Il ôta ses lunettes et posa ses avant-bras sur la table qui les séparait.

— Mais vous ne m'avez pas appelé à l'improviste pour savoir ce que je vais faire de ma retraite. Que se passe-t-il ?

— J'aimerais être affectée à l'opération FURNISS, avoua Kelly.

Elle ne broncha pas quand le commandant Digby la jaugea sans un mot. Diggers, qui lui avait servi de mentor à son entrée dans la police, l'avait recrutée au sein de la brigade spécialisée dans les crimes sexuels qu'il chapeautait.

Candidate exceptionnelle, pouvait-on lire dans son rapport d'inspection. *Enquêtrice dotée de beaucoup de ténacité et de perspicacité, qui fait preuve d'une grande compassion à l'égard des victimes et d'un potentiel évident pour accéder au grade supérieur.*

— Je sais que je me suis plantée, monsieur.

— C'est un euphémisme : vous avez agressé un prisonnier, Kelly. Ce genre d'erreur est passible de six mois au trou avec les camés et les violeurs d'enfants.

Son estomac se noua sous l'effet de la honte et de l'angoisse qu'elle éprouvait depuis trois ans.

— Je ne suis plus la même, monsieur.

Kelly avait fait une thérapie : le suivi psychologique de six mois pour apprendre à maîtriser sa colère n'avait servi qu'à la décupler. Elle s'en était tirée haut la main, évidemment : c'était facile de donner les réponses adéquates quand on savait à quel jeu on jouait. La vérité aurait été moins facile à avaler pour le psychologue de la police qui prétendait pourtant ne pas porter de jugement.

— Qu'avez-vous ressenti en le frappant ? lui avait-il demandé.

— Du plaisir, avait répondu Kelly, et le thérapeute n'avait pu s'empêcher de blêmir.

À partir de ce moment-là, elle avait gardé la vérité pour elle. « Regrettez-vous d'avoir agi ainsi ? » *Pas le moins du monde.* « Auriez-vous pu agir autrement ? » *Certes, mais rien ne m'aurait procuré la même satisfaction.* « Si c'était à refaire, vous y prendriez-vous autrement ? »

Bonne question.

Kelly n'avait toujours pas tranché.

— J'ai réintégré la police depuis deux ans, patron, dit-elle à Diggers. J'ai purgé ma peine, ajouta-t-elle en risquant un petit sourire, mais le commandant ne releva pas la blague – ou ne l'apprécia pas. Mon détachement de trois mois auprès de la brigade anti-pickpockets s'est achevé récemment et j'aimerais acquérir un peu d'expérience au contact d'une brigade criminelle.

— Pourquoi ne pas le faire auprès de la British Transport Police ?

— Je crois que j'apprendrais beaucoup au contact de la Crim, et je sais que votre équipe est parmi les plus efficaces, expliqua Kelly.

Les mots coulaient tout seuls car elle avait longuement réfléchi avant de formuler sa demande.

En voyant Diggers contracter la commissure des lèvres, Kelly sut qu'il n'était pas dupe. Elle leva les mains.

— J'ai déjà demandé à la brigade criminelle de la BTP, dit-elle calmement. Ils ne veulent rien avoir à faire avec moi.

Kelly s'efforça de ne pas détourner le regard, pour cacher à Diggers combien elle avait honte, combien elle souffrait de la méfiance de ses collègues.

— Je vois. Ça n'a rien de personnel, vous savez, ajouta Digby après un silence.

Kelly acquiesça, sans être convaincue. Il arrivait que la police judiciaire ou la brigade criminelle fassent appel à des agents de la paix en cas de besoin. Kelly n'avait jamais eu cette opportunité.

— Ils supposent qu'il n'y a pas de fumée sans feu. Ils s'inquiètent pour leur boulot, pour leur réputation.

Digby se tut et parut hésiter à poursuivre.

— Peut-être se sentent-ils coupables par association, dit-il en se penchant vers Kelly et en baissant la voix jusqu'à ce qu'elle soit à peine audible. Parce que tous les policiers sans exception ont eu un jour envie d'agir comme vous l'avez fait.

Plusieurs secondes s'écoulèrent avant qu'il détache d'elle son regard, change de position et cesse de chuchoter.

— Pourquoi précisément cette affaire ? Pourquoi Tania Beckett ?

À ce sujet, Kelly se sentait plus sûre d'elle.

— L'affaire est liée à un vol commis dans le métro que j'ai géré quand je travaillais avec la brigade anti-pickpockets. Je connais bien la victime, j'aimerais mener l'enquête à son terme. Sans ma contribution, on n'aurait pas encore déterminé qu'il s'agit de crimes en série.

— Que voulez-vous dire par là ?

Kelly hésita. Elle ignorait quel genre de relation le commandant entretenait avec Nick Rampello. Bien qu'elle n'ait pas accroché avec lui, elle n'était pas prête à jouer les balances.

Portant sa tasse à ses lèvres, Diggers prit une longue et bruyante gorgée de café avant de la reposer.

— Kelly, si vous avez quelque chose à dire, crachez le morceau. Si votre histoire était complètement réglo, vous seriez venue me parler dans mon bureau au lieu de me contacter sur mon portable pour la première fois en quatre ans pour m'inviter à prendre un café dans cet… établissement sélect, dit-il en jetant sur la pièce un regard circulaire qui s'attarda sur le comptoir minable et les lambeaux de posters aux murs.

L'infime sourire qui relevait la commissure de ses lèvres venait tempérer la dureté de ses paroles et Kelly respira profondément.

— J'ai été contactée par une certaine Zoe Walker qui m'a dit avoir vu une photo de Cathy Tanning dans les petites annonces de la *London Gazette* quelques jours après y avoir remarqué sa propre photo.

— Ça, je le sais déjà. Où voulez-vous en venir, Kelly ?

— Ce n'était pas la première fois que Mrs Walker en parlait à la police. En apprenant le meurtre de Tania Beckett, elle a appelé la brigade criminelle, expliqua Kelly en évitant soigneusement de citer le capitaine Rampello. L'équipe a réagi en enquêtant sur Tania et ses liens potentiels avec l'industrie du sexe sans prendre en compte le fait que la photo de Mrs Walker avait été utilisée sans sa permission dans une publicité similaire, alors qu'elle n'a pas le moindre lien avec des services de téléphone rose ni avec des agences de rencontres. Il a fallu que j'insiste pour leur faire admettre qu'il pouvait s'agir de crimes en série.

Face au silence de Diggers, Kelly espéra ne pas avoir dépassé les bornes.

— Le faire admettre à qui ? finit-il par dire.

— J'ignore à qui Zoe Walker a parlé, répondit Kelly en sirotant une gorgée de café pour ne pas avoir à croiser son regard.

— Combien de temps vous faut-il ? demanda Diggers après un moment de réflexion.

— Autant que nécessaire, répondit Kelly en s'efforçant de dissimuler son enthousiasme.

— Cela pourrait prendre des mois, Kelly, voire des années. Soyez réaliste.

— Trois mois, alors. Je pourrais apporter une réelle contribution, patron, je ne serais pas un boulet. Je pourrais gérer la liaison avec la BTP, tout le travail en lien avec le métro…

— La BTP autorisera-t-elle une aussi longue absence ?

Kelly imaginait comment le sergent Powell réagirait à une telle demande.

— Je n'en sais rien, je n'en ai pas parlé. J'espérais qu'en m'y prenant bien, en m'adressant à un officier… dit-elle en regardant Diggers dans les yeux.

— Vous espérez non seulement que j'autorise votre détachement, mais aussi que je plaide votre cause auprès de votre supérieur ? Bon sang, Kelly, vous ne faites pas les choses à moitié !

— Ça me tient vraiment à cœur, patron.

L'intensité du regard de Digby lui fit baisser les yeux.

— Serez-vous à la hauteur ?

— Je suis sûre que oui.

— J'ai une bonne équipe à Balfour Street. Ce sont des enquêteurs aussi soudés qu'expérimentés, autonomes et capables d'encaisser la pression d'une enquête extrême.

— Je suis un bon flic, patron.

— Ils sont aussi armés pour supporter les affaires exigeantes sur le plan émotionnel, poursuivit-il, et cette fois, il était impossible d'ignorer son insistance.

— Cela ne se reproduira pas. Je vous le certifie.

Diggers vida sa tasse.

— Écoutez, je ne peux rien vous promettre, mais je vais passer quelques coups de fil tout de suite ; si la BTP vous libère, je vous accorde un détachement de trois mois auprès de la Crim.

— Merci. Je ne vous décevrai pas, patron, je…

— À deux conditions.

— Tout ce que vous voulez.

— *Primo*, pas de travail en solo.

Kelly s'apprêtait à faire valoir qu'elle n'avait pas besoin d'une baby-sitter, mais Diggers lui coupa la parole.

— C'est à prendre ou à laisser, Kelly. Vous êtes une policière expérimentée doublée d'une bonne enquêtrice, certes, mais si vous rejoignez mon équipe, je vous prends à l'essai. C'est clair ?

La jeune femme acquiesça.

— Quelle est l'autre condition ?

— À l'instant où vous sentez que vous ne vous maîtrisez plus – à la seconde où cela arrive –, je vous vire. Je vous ai tirée d'affaire une fois, Kelly. Ça n'arrivera plus.

15

— Que penses-tu d'Isaac ?

Aujourd'hui, mardi, à l'heure du déjeuner, j'ai retrouvé Melissa pour manger un sandwich à mi-chemin entre Cannon Street et son nouveau café de Clerkenwell, en pleine rénovation à l'approche de l'inauguration. Elle porte une chemise moulante et un pantalon skinny en velours noir et se débrouille pour être élégante même avec un léger voile de poussière sur les épaules. Une grosse pince en écaille retient ses cheveux et lui dégage le visage.

— Il m'a plu. Laisse-moi deviner : il ne te branche pas, c'est ça ?

Je fais la grimace.

— Quelque chose chez lui me met à cran, dis-je en chipotant mon sandwich bacon, laitue, tomate.

— Tu aurais le même avis, quel que soit le petit ami. Je ne comprends pas comment on peut demander trois livres cinquante pour un truc pareil, remarque Melissa en entrouvrant son morceau de baguette pour en vérifier le contenu. Il ne doit pas y avoir plus d'une dizaine de crevettes là-dedans.

— Ce n'est pas vrai.

Vraiment ? Melissa a peut-être raison. J'essaie de me souvenir du dernier petit ami que Katie a ramené à la maison, mais il n'y a eu personne de sérieux, juste quelques ados maladroits à la poignée de main moite.

— Il n'y a pas que lui, c'est toute cette situation. L'idée que Katie – et le reste de la troupe – travaille gratuitement pendant des semaines dans le vague espoir de partager les bénéfices une fois qu'ils auront engrangé la recette… C'est de l'exploitation, si tu veux mon avis.

— Ou une stratégie commerciale géniale.

— Dans quel camp es-tu ?

— Je suis neutre. Je dis juste que, du point de vue d'Isaac, c'est une stratégie valable. Mise de fonds réduite, risque minime… mon banquier serait ravi que je lui expose ce genre de projet.

Son sourire tendu tient presque de la grimace et je crois savoir pourquoi.

— J'en déduis que ton banquier n'est pas fan de tes projets d'expansion ?

— Aucune idée.

— Que veux-tu dire ? Tu n'as pas souscrit de prêt professionnel ?

Elle secoue la tête en guise de réponse et mord dans son sandwich. Quand elle finit par parler, j'ai l'impression de lui soutirer des aveux.

— J'ai placé une seconde hypothèque sur la maison.

— Je parie que Neil l'a bien pris.

Le mari de Melissa est si allergique à l'idée d'endettement que lorsqu'il sort le soir, il paie toujours ses consommations sur-le-champ. Melissa ne répond pas.

— Tu lui en as parlé, n'est-ce pas ?

Il y a un silence et Melissa change d'expression. L'air confiant et amusé se dissipe et, l'espace d'un instant, elle paraît angoissée et vulnérable. Bizarrement, je suis flattée d'être témoin de cela : j'ai l'impression d'avoir été admise dans une société secrète. Depuis le temps que nous nous connaissons, il est rare que les rôles soient inversés, que je sois en position de la réconforter. Je me demande comment elle a pu hypothéquer la maison sans que Neil l'apprenne – je suppose que leur traite est prélevée sur leur compte joint – avant de décider que, moins j'en sais, mieux je me porte. Personne n'est plus calé que Melissa dans ce domaine : si elle emprunte de l'argent pour financer un nouveau commerce, c'est avec la conviction qu'il marchera.

— Notre relation n'est pas au beau fixe en ce moment, répond-elle. Neil a perdu un gros contrat en début d'année et nos finances l'inquiètent. Le nouveau café compensera les pertes, mais il ne sera rentable qu'au bout d'environ six mois.

— Il est sûrement capable de le comprendre, non ?

— Il est impossible de lui parler en ce moment. Il est distant, grincheux.

— Il m'a paru en pleine forme, dimanche midi.

Melissa éclate d'un rire sans joie.

— Ça doit être moi, alors.

— Ne sois pas ridicule : Neil t'adore !

— Rien à voir avec Simon, s'écrie-t-elle, sourcils levés, et sa remarque me fait rougir. C'est vrai. Il te masse les pieds, te prépare à dîner, t'accompagne au travail… ce type est fou de toi.

Je ne peux m'empêcher de sourire.

— Tu as de la chance.

— Nous avons tous les deux de la chance, dis-je, avant de me rendre compte à quel point la remarque est prétentieuse. D'avoir une deuxième chance d'être heureux, je veux dire. Matt et moi sommes restés ensemble pendant si longtemps que nous ne faisions presque plus attention l'un à l'autre.

Je réfléchis tout haut, formulant quelque chose que je n'avais jamais analysé jusqu'ici.

— S'il a couché avec cette fille, c'est parce que je faisais partie des meubles et qu'il pensait que je serais là, quoi qu'il arrive.

— Tu as eu du courage de partir. Avec des enfants si jeunes, je veux dire.

— C'était idiot. Un réflexe attisé par la colère. Matt n'aimait pas la fille avec qui il a couché, je me demande même si elle lui plaisait. C'était une erreur. Le symptôme d'une relation que nous considérions trop comme acquise tous les deux.

— Tu aurais dû rester, tu crois ?

Melissa demande l'addition et balaie d'un geste ma tentative d'attraper mon portefeuille.

— C'est pour moi.

Je pèse soigneusement mes mots, afin qu'elle ne se méprenne pas.

— Je ne suis plus de cet avis aujourd'hui, j'aime Simon et c'est réciproque. Il n'y a pas un jour où je ne m'estime heureuse de ma vie. Mais j'ai gâché quelque chose de bien le jour où j'ai quitté Matt, et je sais que les enfants sont de cet avis.

— Katie et Simon s'entendent bien malgré tout. Ils étaient comme larrons en foire dimanche midi, en pleine conversation sur *La Nuit des rois*.

— Katie, oui ; Justin, en revanche…

Je m'interromps en constatant que je monopolise la conversation.

— Excuse-moi, je ne parle que de moi. As-tu essayé de parler de tes sentiments à Neil ?

La vulnérabilité que j'ai lue sur le visage de Melissa a disparu.

— Oh, ce n'est rien. Ça lui passera. La crise de la quarantaine, sans doute, dit-elle avec un grand sourire. Ne t'en fais pas pour Justin. C'est tout à fait normal : la seule raison qui me faisait détester mon beau-père, c'est qu'il n'était pas mon père.

— Je suppose.

— Et ne t'en fais pas pour Katie non plus, avec cet Isaac. Ta fille a la tête sur les épaules. Elle a tout pour elle : beauté et intelligence.

— Elle est intelligente, c'est vrai. Alors pourquoi a-t-elle tant de mal à comprendre que trouver un vrai travail tombe sous le sens ? Je ne lui demande pas de renoncer à ses rêves ; je veux juste qu'elle garde une poire pour la soif.

— Elle a dix-neuf ans, Zoe !

Je reconnais que Melissa a raison en lui adressant un sourire ironique.

— J'ai suggéré à Simon qu'il pourrait peut-être l'aider à acquérir une expérience professionnelle au journal, qu'elle pourrait écrire des critiques théâtrales, mais il a refusé ne serait-ce que de l'envisager. Ils n'embauchent que des diplômés, apparemment.

J'avais été blessée d'apprendre que le brevet des collèges, si durement acquis par Katie, ne suffisait même pas pour travailler gratuitement.

— Tu ne peux pas la pistonner ? avais-je insisté, mais Simon s'était montré inflexible.

— Elle est adulte, Zoe, dit Melissa. Laisse-la prendre ses propres décisions : elle ne tardera pas à découvrir lesquelles sont les bonnes.

Melissa m'ouvre la porte et nous marchons vers le métro.

— J'ai beau ne pas avoir élevé d'adolescents, j'en ai suffisamment employé pour savoir que le meilleur moyen de les pousser à faire quelque chose, c'est de les convaincre que c'est leur idée. Ils ressemblent aux hommes, de ce point de vue.

J'éclate de rire.

— À ce propos, comment Justin s'en sort-il ?

— C'est le meilleur gérant que j'aie jamais eu. Et je ne dis pas ça parce que tu es mon amie, se justifie-t-elle en voyant ma mine sceptique et en passant son bras sous le mien. Il arrive à l'heure, ne pique pas dans la caisse et les clients ont l'air de l'apprécier. Que demander de plus ?

Elle m'étreint avant de se diriger vers la Metropolitan Line pour retourner au café ; notre déjeuner m'a si bien revigorée que l'après-midi passe en un clin d'œil et que même la grandiloquence de Graham Hallow ne peut entamer mon optimisme.

— Rebonjour.

Il est dix-sept heures quarante ; le métro est bondé de voyageurs qui donneraient n'importe quoi pour être ailleurs. Des odeurs de transpiration, d'ail et d'humidité flottent dans l'air.

Et je reconnais cette voix.

Pleine d'assurance, profonde, c'est celle d'un homme habitué à être le centre de l'attention.

Luke Friedland.

L'homme qui m'a évité de tomber sur la voie du métro.

Suis-je vraiment tombée ?

J'ai un souvenir vague et fugace, la sensation d'une pression entre mes omoplates. Tout ça est très confus et semble s'être produit il y a bien plus de vingt-quatre heures.

Luke Friedland.

Hier, je l'ai pratiquement accusé de me suivre ; aujourd'hui, c'est moi qui monte dans un métro où il se trouve déjà. *Tu vois ?* me dis-je. *Il n'a pas pu te suivre.*

Malgré ma gêne, le picotement sur ma nuque est si intense que tout le monde doit voir mes cheveux se hérisser. Je me caresse l'arrière du cou.

— Mauvaise journée ? dit-il, interprétant peut-être mon geste comme une preuve de stress.

— Non, au contraire.

— C'est formidable ! Je suis ravi que vous vous sentiez mieux.

Il a le ton trop joyeux de ceux qui travaillent auprès d'enfants ou dans un hôpital, et je me rappelle qu'hier il m'a suggéré de faire appel à SOS Amitié. Il me croit suicidaire. Il pense que je me suis jetée volontairement sous ce train, pour lancer un appel à l'aide ou pour en finir vraiment.

— Je n'ai pas sauté, dis-je.

Comme je parle à mi-voix pour éviter d'être entendue à l'autre bout du wagon, il vient se poster près de moi en contournant la passagère devant lui. Mon pouls s'accélère. Quand il tend la main pour agripper la barre au-dessus de nous, de minuscules poils me frôlent et je ressens comme une décharge électrique.

— D'accord, dit-il, et son incrédulité me fait douter de ma propre histoire.

Et si j'avais sauté ? Et si mon inconscient m'avait poussée vers les rails alors que mon cerveau envoyait des messages contraires à mon corps ? Je frissonne.

— Bon, eh bien c'est ici que je descends.

— Oh ! Moi aussi.

Nous sommes à Crystal Palace. Pas de coupure sur son cou aujourd'hui, et la cravate bleue à rayures a cédé la place à une cravate rose pâle qui contraste avec la chemise et le costume gris.

— Ne me dites pas que vous me suivez ? ironise-t-il avant de s'excuser face à mon visage horrifié. Je plaisantais.

Nous marchons du même pas vers les escalators. Difficile de s'éloigner de quelqu'un qui va dans la même direction que vous. Devant les portillons automatiques, il s'efface pour me laisser valider ma carte Oyster la première. Je le remercie et prends congé, mais nous empruntons la même sortie. Il se met à rire.

— C'est comme au supermarché, quand on finit par croiser dans tous les rayons sans exception quelqu'un qu'on a salué à l'entrée du magasin.

— Vous vivez dans le quartier, alors ?

Je ne l'y ai jamais croisé, mais c'est là une réflexion ridicule : il y a des dizaines de personnes qui vivent dans ma rue et que je n'ai jamais croisées. Je jette dix pence dans l'étui de guitare de Megan et la gratifie d'un sourire en passant.

— Je rends visite à un ami, c'est tout.

Quand il s'arrête, je l'imite machinalement.

— Je vous mets mal à l'aise, n'est-ce pas ? Allez-y, je vous en prie.

— Non, non, pas du tout, dis-je, tout en ayant l'impression d'avoir la poitrine dans un étau.

— Je vais traverser, comme ça vous ne vous sentirez pas obligée de m'accompagner.

Un large sourire éclaire son visage agréable, chaleureux et ouvert. J'ignore pourquoi il me met si mal à l'aise.

— Ce n'est pas la peine, franchement.

— Il faut que j'achète des cigarettes de toute façon, dit-il alors que des voyageurs nous évitent.

— Eh bien, dans ce cas, au revoir.

— Au revoir.

Il s'apprête à dire quelque chose avant de se raviser. Je lui tourne le dos pour m'éloigner.

— Euh, trouveriez-vous déplacé que je vous invite à dîner, un soir ?

Il me pose la question d'un trait, les mots se bousculent dans sa bouche ; j'ai l'impression qu'il fait mine d'être gêné tout en arborant la même assurance que tout à l'heure. Son élocution paraît étudiée. Je me demande même s'il n'a pas répété.

— Je ne peux pas, désolée.

Je ne vois pas pourquoi je m'excuse.

— Un verre, alors ? Loin de moi l'envie d'insister sur le fait que je vous ai sauvé la vie mais… dit-il en levant brièvement les mains, feignant de s'avouer vaincu avant d'adopter une expression plus sérieuse. C'est une drôle de façon de faire connaissance, je sais, mais j'aimerais beaucoup vous revoir.

— Je vois quelqu'un, bredouillé-je comme une gamine de seize ans. Nous vivons ensemble.

— Oh ! s'écrie-t-il, l'air troublé avant de se reprendre. Évidemment, vous vivez en couple. C'est idiot de ma part, j'aurais dû m'y attendre.

Il s'éloigne de moi.

— Désolée.

Nous prenons congé et, en me retournant, je le vois traverser la rue en direction du bureau de tabac. Pour acheter ses cigarettes, je suppose.

Ne voulant pas descendre Anerley Road seule, j'appelle le portable de Simon pour avoir une compagnie, fût-elle à l'autre bout du fil. Mon appel est dirigé vers la boîte vocale. Ce matin, il m'a rappelé qu'il dînait chez sa sœur. J'ai prévu de regarder un film, d'essayer de convaincre Katie et Justin de se joindre à moi. Juste nous trois, comme au bon vieux temps. Cependant, ma rencontre avec Luke Friedland m'a troublée et je me demande si Simon ne pourrait pas remettre son dîner à une autre fois, s'il ne pourrait pas rentrer à la maison plus tôt.

En me dépêchant, je pourrais peut-être le joindre avant qu'il sorte du bureau. J'avais sa ligne directe avant, mais, depuis quelques mois, les employés du journal sont sans bureau fixe, si bien que Simon ne sait jamais où il va travailler d'un jour sur l'autre.

Je cherche le numéro du standard sur Google.

— Pouvez-vous me passer Simon Thornton, s'il vous plaît ?

— Je vous fais patienter.

J'écoute l'air de musique classique en attendant et constate que les guirlandes lumineuses suspendues aux réverbères d'Anerley Road sont déjà recouvertes de crasse. La musique cesse. Alors que je m'attendais à entendre la voix de Simon, la standardiste me répond.

— Pouvez-vous me répéter le nom, s'il vous plaît ?

— Simon Thornton. Il est rédacteur, spécialisé dans les reportages, mais il travaille aussi parfois au service des informations.

Je répète ce que Simon m'a expliqué sans savoir si ces deux types d'activités s'effectuent au même endroit, à des lieues l'une de l'autre ou dans le même bâtiment.

— Désolée, aucun employé ne correspond à ce nom. Travaille-t-il en free-lance ? Les travailleurs indépendants ne sont pas répertoriés.

— Non, c'est un employé du journal. Il travaille chez vous depuis des années. Pourriez-vous revérifier s'il vous plaît ? Simon Thornton.

— Il n'apparaît pas dans mes registres, répète-t-elle. Aucun Simon Thornton ne travaille ici.

16

Kelly cracha son chewing-gum dans une poubelle. Elle était partie tôt de chez elle et risquait d'être en retard si elle traînait plus longtemps, ce qui ne lui gagnerait certainement pas l'estime de Nick Rampello. Elle respira à fond, releva le menton et se dirigea vers la porte à laquelle elle avait sonné le vendredi précédent, son parapluie ne la protégeant guère de la bruine qui semblait tomber à l'horizontale.

Souhaitant faire bonne impression dès le premier jour, c'est sans réfléchir que Kelly avait attrapé son tailleur ce matin-là, avant qu'un souvenir indésirable vienne la refroidir : elle portait la même tenue le jour de son conseil de discipline et n'avait pas oublié la sensation des manches en laine qui lui piquaient les poignets alors qu'elle patientait devant le bureau du capitaine. Son estomac se soulevait rien que d'y repenser. À peine sorti de la penderie, elle avait fourré le tailleur dans un sac-poubelle pour le déposer à la friperie solidaire, préférant enfiler sa chemise rayée avec un pantalon gris large aux ourlets désormais trempés. Kelly n'avait pas besoin de l'excuse du tailleur pour être assaillie de souvenirs ; ils ne lui revenaient pas dans l'ordre chronologique mais plutôt par bribes, comme un film qu'on rembobine. Elle se revoyait lors du premier briefing après sa réintégration, rouge de honte, entrer furtivement dans la salle de réunion, les potins résonnant autour d'elle. Les mois de congé forcé ; des jours entiers passés dans sa chambre, négligée et indifférente, à attendre un conseil de discipline qui risquait de mettre un terme à sa carrière. L'alarme qui retentissait pour signaler un problème lors d'une garde à vue, le besoin urgent de renfort. Les pas précipités de collègues qui ne venaient pas lui prêter main-forte mais la maîtriser.

Elle ne gardait aucun souvenir de l'agression, n'en avait jamais eu. Pendant les séances de thérapie visant à maîtriser sa colère, Kelly avait été encouragée à parler de l'incident à son thérapeute, à dérouler le fil des événements et ce qui les avait déclenchés.

— Je ne m'en souviens pas, avait-elle expliqué.

Elle interrogeait le prisonnier quand, soudain, l'alarme de la salle de garde à vue avait retenti. Qu'est-ce qui avait bien pu la faire exploser comme ça ? Ça lui échappait complètement.

— C'est positif, non ? l'avait encouragée Lexi, venue rendre visite à sa sœur après une séance particulièrement pénible. Oublier que ça s'est produit va t'aider à avancer plus facilement.

Kelly avait enfoui son visage dans l'oreiller. Ça ne l'aidait pas à avancer, au contraire. Si elle ignorait ce qui lui avait fait perdre son sang-froid, comment être sûre que cela ne se reproduirait pas ?

Après avoir sonné à la porte de la Crim, elle s'abrita de la pluie sous le porche étroit et attendit. Une voix désincarnée résonna dans la rue.

— Oui ?

— C'est Kelly Swift. Je suis détachée auprès de l'opération FURNISS.

— Montez, Kelly !

En reconnaissant la voix de Lucinda, la jeune femme se calma un peu. Elle repartait de zéro, se rappela-t-elle, avait la chance de prendre un nouveau départ, de prouver sa valeur sans être jugée sur son passé. Elle prit l'ascenseur et, contrairement à la dernière fois, entra sans l'ombre d'une hésitation dans les bureaux de la Crim. Elle se sentit réconfortée par le signe de tête que lui adressa un des membres de l'équipe – Bob, se rappela-t-elle, trop tard pour le saluer par son nom –, et quand le visage de Lucinda surgit de derrière son bureau, Kelly se sentit encore plus rassurée.

— Bienvenue à l'asile.

— Merci… Le capitaine est là ?

— Il fait un jogging.

— Par un temps pareil ?

— Ça, c'est le capitaine tout craché. Il vous attend, cela dit. Diggers nous a annoncé votre arrivée par mail, hier.

Kelly tenta de déchiffrer les pensées de Lucinda.

— Comment l'a-t-il pris ?

— Qui, Nick ? Oh, vous connaissez Nick, dit-elle avec un rire. Enfin, non, justement. Écoutez, le capitaine est super, mais il a un peu de mal avec la hiérarchie. Si c'était lui qui avait décidé d'obtenir le détachement d'un agent de la BTP, il serait ravi. En l'occurrence, Diggers et lui ont des points de vue divergents, alors…

Lucinda observa un silence.

— Ça va aller. Maintenant, je vais vous montrer où vous travaillerez.

À cet instant, la porte s'ouvrit et Rampello entra. Il portait un short et un tee-shirt en Gore-Tex, un coupe-vent léger fluorescent, zippé jusqu'à mi-poitrine. Ôtant ses écouteurs, il les mit en boule et les enroula dans une paire de gants en lycra. La pluie dégoulinait par terre.

— Quel temps fait-il dehors ? demanda Lucinda, désinvolte.

— Magnifique, quasi tropical, répondit Nick en se dirigeant vers les vestiaires sans prêter la moindre attention à Kelly, qui enviait à Lucinda ses relations décontractées avec le capitaine.

Kelly avait allumé son ordinateur et cherchait le bout de papier où était inscrit l'identifiant provisoire que Lucinda lui avait fourni quand Nick revint, une chemise blanche collée à son dos encore humide et une cravate roulée dans sa main. Il posa sa veste sur le dossier d'une chaise.

— J'hésite : dois-je me mettre en rogne parce que vous avez sollicité le commandant alors que je vous avais déjà refusé ce détachement, ou admirer vos talents de négociatrice ? Dans l'intérêt de notre collaboration, je vais opter pour la deuxième solution, dit-il en lui adressant un large sourire, main tendue. Bienvenue à bord.

— Merci, répondit Kelly, soulagée.

— Vous êtes une vieille amie du commandant, d'après ce que j'ai entendu dire ?

— Pas une amie, non. Il était capitaine de la brigade spécialisée dans les crimes sexuels quand j'y travaillais.

— Il a beaucoup d'estime pour vous. On vous a décerné une distinction, je crois ?

Nick Rampello était bien renseigné. La distinction du directeur de la police était venue couronner plusieurs mois de travail acharné sur la piste d'un exhibitionniste qui s'en prenait à des écoliers. Kelly avait interrogé des dizaines de témoins, travaillant en étroite collaboration avec les services de renseignements pour éliminer les délinquants sexuels et autres indésirables connus des services de police. Elle avait finalement misé avec succès sur l'utilisation de leurres – une équipe d'agents de surveillance en civil avait été déployée dans les zones à risques : ils se faisaient passer pour des victimes potentielles – et elle avait pris le coupable sur le fait. Elle était flattée que Diggers s'en soit souvenu, et touchée qu'il ait préparé le terrain avec Nick en chantant ses louanges. Elle déchanta rapidement.

— Le commandant insiste pour que vous n'opériez jamais seule.

Rampello savait-il pourquoi Diggers avait assorti le détachement de Kelly d'une telle condition ? Rien dans sa façon de s'exprimer ne le laissait supposer, mais la jeune femme n'était pas naïve au point de croire que les deux hommes n'en avaient pas discuté. Se sentant rougir, elle espéra que Nick et Lucinda, qui n'en perdait pas une miette, ne remarqueraient rien.

— Vous travaillerez donc avec moi, conclut Rampello.

— Avec vous ?

Kelly avait pensé faire équipe avec un simple enquêteur. Diggers avait-il décidé que le capitaine devait garder l'œil sur elle, ou était-ce la décision de Rampello ? La considérait-on à ce point comme un boulet ?

— Autant apprendre auprès des meilleurs, ajouta le capitaine avec un clin d'œil.

— Sale petit prétentieux, s'écria Lucinda.

Quand Rampello haussa les épaules, l'air de s'excuser d'être génial, Kelly ne put s'empêcher de sourire. L'analyste avait raison de dire qu'il était prétentieux, mais au moins il avait le sens de l'humour.

— Tu m'as versé ta donation, Luce ? reprit-il, et Kelly constata, non sans un certain soulagement, que leur conversation avait pris fin.

— Ça fait des semaines que je te l'ai donnée !

— Ça, c'était pour le Great North Run. Cette fois, c'est pour le Great South Run, précisa-t-il en regardant Lucinda qui croisait les bras sur la poitrine. Pense aux enfants, Lucinda. À tous ces petits orphelins…

— Bon, d'accord ! Je te file cinq livres.

— Par kilomètre ? dit-il avec un grand sourire alors que Lucinda le fusillait du regard. Merci. Bon, j'ai besoin d'une mise au point. À première vue, il n'existe aucun lien entre Tania Beckett et Cathy Tanning mis à part les annonces, mais je veux savoir si nous passons à côté de quelque chose.

— Allume la bouilloire, entame le stock de Hobnobs que tu planques dans tes tiroirs et je te mettrai au courant pendant le briefing.

— Quel stock de Hobnobs ? se défendit Nick avant que Lucinda le coupe d'un regard méprisant.

— Je suis analyste, *mon capitaine*, dit-elle en haussant un sourcil. Tu ne peux rien me cacher.

Kelly risqua un sourire tandis que Lucinda regagnait sa table de travail.

— Si vous m'indiquez la cuisine, je m'occuperai du thé.

— Vous irez loin, vous, observa Rampello en la toisant. Retournez dans l'entrée, c'est la deuxième porte à droite.

À la fin de cette première journée de travail, le fonctionnement de la bouilloire n'avait plus aucun secret pour Kelly. Entre deux allées et venues à la cuisine pour préparer le thé et le café, elle avait parcouru le dossier de l'affaire et, à dix-sept heures, avait rejoint dans la salle des opérations Nick, Lucinda et une poignée de collaborateurs qu'on lui avait présentés, mais dont elle avait instantanément oublié le nom. Même si plusieurs sièges libres étaient dispersés dans la salle, la plupart des policiers restaient debout et, vu leur impatience, nul besoin d'être devin pour comprendre qu'ils estimaient avoir mieux à faire que d'être là. Nick Rampello ne l'entendait pas de cette oreille, cependant.

— Faites comme chez vous, installez-vous, leur recommanda-t-il. Je ne serai pas long, mais nous sommes chargés d'une enquête complexe et je veux que nous soyons tous sur la même longueur d'ondes.

Avant de poursuivre, il balaya la pièce des yeux en attendant que tous les regards convergent vers lui.

— Nous sommes le mardi 24 novembre et vous assistez à un briefing de l'opération FURNISS, une enquête relative au meurtre de Tania Beckett et à certains crimes qui y sont liés et dont plusieurs femmes ont été victimes, à savoir vol de clés et cambriolage présumé au domicile d'une certaine Cathy Tanning. Ces crimes semblent avoir pour point commun la publication dans la *London Gazette* d'annonces illustrées par la photo de ces femmes. À toi, Lucinda, dit Nick en la cherchant des yeux.

La jeune femme s'avança.

— On ne m'a chargée d'analyser que les meurtres commis ces quatre dernières semaines, mais j'ai également vérifié les cas d'agressions sexuelles, de harcèlement et de cambriolages ciblant des femmes seules. Dans cette optique, j'ai écarté les cas de violences conjugales, mais les affaires restent assez nombreuses.

Tout en parlant, elle inséra une clé USB dans l'ordinateur portable posé près d'elle et déjà connecté à un projecteur. Sur la première image, Kelly reconnut la version miniature des portraits publiés dans la *London Gazette* ; ils étaient tirés du dossier que Tamir Barron lui avait remis de si mauvaise grâce lors de leur rendez-vous au journal. Lucinda fit défiler les quatre images suivantes : cette nouvelle mosaïque de portraits miniatures donnait le vertige.

— Toutes ces femmes ont été victimes de crimes cadrant avec notre enquête au cours du mois dernier. Vous constaterez que je les ai regroupées par caractéristiques physiques : couleur de la peau, des cheveux, puis en sous-catégories correspondant à leur âge approximatif. Ça n'a rien d'une science exacte, évidemment, mais ça m'a un peu facilité la tâche suivante.

— Qui consistait à les comparer aux petites annonces ? devina un policier assis derrière Kelly.

— Exactement. En allant fouiller dans les dossiers pour procéder à des recoupements avec les photos des victimes, j'ai trouvé quatre profils qui correspondaient.

Lucinda poursuivit sa présentation PowerPoint en résumant rapidement chaque cliché.

— Charlotte Harris, secrétaire juridique de vingt-six ans, qui vit à Luton et travaille à Moorgate. Victime d'une tentative d'agression sexuelle commise par un individu d'origine asiatique non identifié.

Sur l'image, on pouvait voir à gauche une photo portant le nom de la victime, et à droite l'annonce parue dans la *London Gazette*.

— Les deux font la paire, dit Nick, l'air grave.

— Emma Davies, trente-quatre ans, victime d'une agression sexuelle à West Kensington.

Kelly poussa un lent soupir.

— Laura Keen, vingt et un ans, assassinée à Turnham Green la semaine dernière.

— Nous avions déjà repéré cette victime, l'interrompit Nick. La brigade criminelle de l'Ouest avait signalé un lien possible avec Tania Beckett à cause de son âge.

— Possible ? Plus évident que ça, tu meurs, si vous me passez l'expression. Bien, dernière victime, dit Lucinda en passant à l'image suivante qui montrait une brune d'une quarantaine d'années.

Comme pour les autres femmes, sa photo avait été placée en parallèle de la publicité de la *Gazette*.

— Un cas bizarre. Une certaine Mrs Alexandra Chatham, résidant près de Hampstead Heath, ne cesse de se plaindre qu'un inconnu s'introduit chez elle pendant son sommeil et déplace des objets. L'affaire est entre les mains de la police de quartier à l'heure actuelle, qui se pose des questions sur ce cas depuis le début. L'agent chargé de suivre l'affaire n'a jamais été convaincu qu'il se soit passé quoi que ce soit, apparemment, même si Mrs Chatham est persuadée que l'on s'introduit chez elle. Et puis nous avons Cathy Tanning, bien sûr, ajouta Lucinda en vérifiant son tableau, autre victime d'un potentiel rôdeur nocturne, et Tania Beckett, notre victime de meurtre. Six, pour l'instant. Je continue mes vérifications.

Le silence s'abattit sur la salle de réunion. Nick laissa le temps à ses collaborateurs de mesurer la portée des révélations de Lucinda avant de désigner le dernier cliché sur lequel étaient répertoriées les six victimes confirmées avec, en regard, la publicité correspondante.

— Quatre-vingt-quatre publicités ont été publiées au total, ce qui signifie qu'il nous reste à identifier soixante-dix-huit femmes potentiellement victimes d'un crime. Vous trouverez des copies de ces publicités ici, expliqua Nick en indiquant un deuxième tableau, ainsi que dans la synthèse dont vous disposez tous.

Alors que Lucinda poursuivait son exposé, tous les collaborateurs se mirent sans attendre à feuilleter les documents qu'on leur avait distribués au début de la réunion.

— Je m'efforce encore de recouper les annonces déjà publiées avec les femmes prises pour cible dans notre juridiction ; je suis aussi en contact avec les comtés du Surrey, de Thames Valley, du Herts, d'Essex et du Kent au cas où certaines affaires transfrontalières correspondraient. Deux ou trois affaires m'ont mis la puce à l'oreille, mais si ça ne te dérange pas, patron, je préfère attendre d'être certaine avant d'ajouter à la confusion avec ces nouveaux cas.

— Comme tu veux.

— Tu m'as demandé de vérifier les points communs entre les victimes et entre les crimes commis. Je n'ai pas grand-chose à te fournir, malheureusement. De prime abord, les crimes sont très différents, mais en allant au-delà des évidences – le crime lui-même, le principal mode opératoire –, le point commun, ce sont les transports : toutes ces femmes faisaient le trajet entre leur domicile et leur travail.

— Je veux une carte de leurs déplacements, dit Nick en hochant la tête. Voyons s'il y a des recoupements.

— Je travaille déjà dessus, patron.

— Que savons-nous du coupable ?

— *Des* coupables, tu veux dire, le reprit Lucinda. Charlotte Harris décrit un Asiatique de grande taille portant un aftershave à l'odeur très particulière. Elle n'a pas vu son visage mais décrit quelqu'un de chic, vêtu d'un costume à rayures et d'un pardessus gris. D'après la description d'Emma Davies, violée à West Ken, son agresseur était blanc et présentait un surpoids important. Nous n'avons que très peu d'informations sur l'affaire de Turnham Green, mais sur l'une des images de vidéosurveillance, on voit un homme blanc de haute stature dans les parages, juste avant le meurtre de Laura Keen.

— Cathy Tanning s'est fait voler ses clés par un Asiatique, intervint Kelly. Les images de vidéosurveillance ne montrent pas son visage, mais on voit distinctement ses mains.

— Six crimes potentiellement commis par six agresseurs différents, constata Rampello. Il ne faut pas être un génie pour deviner que les annonces sont une des clés de l'enquête ; nous allons donc nous concentrer sur la personne qui les fait paraître.

Rampello alla rejoindre Lucinda, qui cliqua sur l'image suivante : un agrandissement de l'annonce concernant Zoe Walker.

— Les encarts sont publiés depuis début octobre. Ils paraissent dans les petites annonces, sur l'avant-dernière page et systématiquement dans le coin inférieur droit. Elles sont toutes illustrées par des photos d'amateurs.

— Zoe Walker m'a contactée hier, dit Kelly. Il se trouve que la sienne provient de son compte Facebook : le portrait non recadré qu'elle m'a envoyé la montre avec sa fille Katie à un mariage, il y a quelques années.

— Je vais explorer les comptes Facebook de Cathy Tanning et de Tania Beckett, dit Lucinda, coupant l'herbe sous le pied de Nick. Le point commun entre toutes les photos, c'est qu'aucune des femmes ne regarde directement l'objectif.

On dirait qu'elles ont été photographiées à leur insu, songea Kelly.

— Toutes les annonces sont accompagnées de cette adresse Web, poursuivit Nick en désignant le haut du tableau où l'on pouvait lire www.trouvel-amesœur.com.

— C'est un site de rencontres ? suggéra la policière assise à côté de Kelly.

Elle avait pris d'abondantes notes dans un cahier à spirales et fixait Nick, stylo suspendu au-dessus du papier alors que, à l'autre bout de la pièce, un enquêteur consultait son téléphone, levant les yeux vers le tableau pour revérifier l'URL.

— C'est possible. Ce nom ne dit rien à aucune des victimes. Nous sommes en contact avec les administrateurs du site Elite, auquel Cathy Tanning a été inscrite pendant quelque temps, pour vérifier si leur système a été piraté. Comme on pouvait s'y attendre, le fiancé de Tania Beckett soutient qu'elle n'a jamais fréquenté de sites de rencontres et Zoe Walker tient le même discours. Comme certains d'entre vous l'ont sans doute déjà découvert, l'adresse Internet vous dirige vers une page vide, toute noire, à l'exception du champ permettant de saisir un mot de passe. Je vous tiendrai au courant des progrès de la division de lutte contre la cybercriminalité, chargée de cet aspect de l'enquête. Bon, je suis conscient de l'heure qu'il est. Avançons.

— Passons au numéro de téléphone, dit Lucinda en se tournant vers le tableau pour souligner le numéro 0809 53 83 86 47 inscrit en gros chiffres rouges. C'est un numéro non attribué dont on ne trouve pas trace dans notre système de renseignements, sa présence dans l'encart publicitaire ne rime donc à rien : elle semble être le fruit d'une erreur.

Il y avait forcément une explication. Ce numéro ne se trouvait pas là par hasard. Kelly fixait l'agrandissement de la *London Gazette* projeté sur l'écran derrière Lucinda. Deux phrases accompagnaient la photo.

Visitez le site Internet pour plus d'informations. Sous réserve de disponibilité. Offre soumise à conditions.

Le site Internet, d'accord, et après ? Quel était le mot de passe ?

Désormais debout près de Lucinda, Rampello distribuait les tâches et insistait pour être tenu régulièrement au courant.

Concentrée sur les annonces, Kelly se demandait ce qui leur avait échappé.

— À ce stade de l'enquête, nous recueillons beaucoup d'informations sans comprendre clairement ce qui les relie, expliquait le capitaine. De deux choses l'une : la personne qui fait paraître ces annonces dans la *Gazette* fait savoir qu'elle a l'intention de commettre un crime ou facilite la tâche à d'autres criminels.

Kelly n'écoutait que d'une oreille tout en se creusant les méninges. Quel est l'intérêt d'une annonce si elle n'est pas accompagnée d'un lien sur lequel cliquer ? Pourquoi diriger de potentiels clients vers un site Internet sans leur donner les moyens d'y accéder ?

0809 53 83 86 47

Galvanisée par une idée soudaine, Kelly se redressa. Et si le numéro de téléphone était en fait un mot de passe ?

Après s'être assurée que son téléphone était en mode silencieux, elle ouvrit Safari et entra www.trouvel-amesœur.com dans le moteur de recherche.

Le curseur clignota. Elle entra le numéro dans la case blanche et appuya sur la touche Entrée.

Mot de passe invalide.

Kelly étouffa un soupir. Elle était persuadée que le numéro de téléphone était la clé. Au moment où elle fermait Safari, un SMS apparut sur son écran.

Hâte 2 te voir ce soir. ApL moi 6 Dlai. XX

Même sans voir le nom de Lexi, les abréviations et l'emploi des chiffres auraient trahi sa sœur : c'était la seule parmi les connaissances de Kelly qui envoyait encore des SMS dignes des années 1990. Elle imagina sa sœur, sourcils froncés au-dessus de son minuscule écran, pressant patiemment chaque touche de son vieux Nokia pour faire défiler les lettres.

0809 53 83 86 47

Une idée commença à prendre forme, et Kelly activa le pavé numérique de son téléphone. Elle regarda les lettres qui se trouvaient sous le chiffre cinq.

J. K. L.

Elle attrapa son cahier, l'ouvrit au hasard en débouchant son stylo pour noter les lettres sans quitter son téléphone des yeux.

Kelly nota les quatre lettres inscrites sous le numéro 3 : D, E, F.

Suivi du chiffre huit : T, U et V.

Kelly gribouillait frénétiquement, passant tous les chiffres en revue sans plus penser au briefing. Elle examina les chiffres inscrits dans son cahier à la recherche d'un motif récurrent, d'un mot.

JE

Espace.

T. E…

JE TE VOIS.

Kelly fut suffoquée. Levant les yeux, elle s'aperçut que le capitaine Rampello la regardait fixement, bras croisés.

— Avez-vous du nouveau à nous faire partager au sujet de l'enquête ?

— Je crois que oui, monsieur.

La première rencontre dont j'ai été témoin ne risquait pas d'affoler la police.

Il y avait une fille sur la Bakerloo Line. Tous les vendredis, elle descendait à Piccadilly Circus pour acheter un billet d'EuroMillions.

— Ce sont les numéros gagnants, dit-elle au buraliste derrière son comptoir en lui tendant l'argent.

— Vous m'avez dit la *même chose la semaine dernière, répondit-il en riant.*

— Cette fois, j'en suis sûre.

— Ça aussi, vous me l'avez déjà dit.

Ils ont éclaté de rire et j'ai su qu'ils avaient la même conversation tous les vendredis, exactement à la même heure.

Le vendredi suivant, je l'ai vue descendre du train à Piccadilly Circus pour se diriger vers le bureau de tabac.

Il l'attendait.

Debout, à environ cinq mètres de la boutique, agitant les poings le long du corps comme pour se donner du courage avant un entretien d'embauche. Costume coûteux, belles chaussures. Un homme qui avait plus d'argent que de temps. En la voyant, il s'est arrêté, a essuyé ses paumes moites sur son pantalon. Je pensais qu'il lui parlerait, mais il s'est mis à marcher du même pas qu'elle en direction du bureau de tabac, y arrivant une fraction de seconde avant elle. Je me suis dit qu'il avait perdu son sang-froid.

— Un loto flash pour l'EuroMillions de ce soir, s'il vous plaît, a-t-il demandé en achetant son billet. Ce sont les numéros gagnants, vous savez.

La fille derrière lui a souri pour elle-même.

Il a commencé à ranger son portefeuille avec ostentation, en se plaçant sur le côté de sorte à pouvoir interrompre la jeune femme au moment où elle achèterait un loto flash à son tour.

— Je crois que j'ai pris votre place dans la file, je suis navré.

— Ce n'est pas grave.

— Et si le destin vous réservait ce billet ? dit-il en lui tendant le sien ? Tenez, j'insiste.

Elle n'a pas protesté longtemps. Ils se sont souri.

— Vous pouvez m'inviter à dîner si vous gagnez, a-t-il plaisanté.

— Et dans le cas contraire ?

— C'est moi qui vous inviterai.

Ne me dis pas que tu n'aurais pas apprécié cette rencontre. Tu aurais peut-être rougi au moment où il t'aurait abordée ; tu aurais peut-être même trouvé qu'il y allait un peu fort. Mais tu aurais été flattée, reconnaissante d'avoir été remarquée par un bel homme. Un homme riche. Brillant. Quelqu'un que tu n'aurais peut-être pas rencontré autrement.

Tu es intriguée, n'est-ce pas, maintenant que tu connais mes méthodes ? Tu te demandes quelles informations j'ai recueillies à ton sujet, ce qui apparaît sur mon site en pleine expansion. Tu te demandes si, comme cette fille, un bel inconnu va t'arrêter dans la rue. Tu te demandes s'il t'invitera à dîner.

Peut-être, qui sait ? Et s'il t'avait déjà trouvée, s'il te surveillait déjà ? Et s'il te suivait depuis des semaines ?

La vie est une loterie.

Et s'il te réservait tout autre chose ?

17

Publication de l'annonce : vendredi 13 novembre.
Blanche.
Trente-cinq, quarante ans.
Blonde, cheveux généralement attachés.
Lunettes (porte parfois des lentilles de contact).
Chaussures à talons plats, pantalon noir et haut ajusté.
Imperméable trois-quarts rouge.
Taille 40-42.

8 h 10 : Entre dans la gare de Crystal Palace. Rapide conversation avec jeune femme faisant la manche, jette quelques pièces dans l'étui de sa guitare. Prend l'Overground vers le nord jusqu'à Whitechapel. Change pour la District Line (en direction de l'ouest), monte dans la cinquième rame pour arriver en face de la sortie de Cannon Street. Prend à droite en sortant de la gare et emprunte la chaussée pour éviter la partie du trottoir encombrée par la foule. Porte téléphone dans la main droite, sac à main en bandoulière. Travaille à l'agence immobilière Hallow & Reed de Walbrook Street.
Disponibilité : lundi à vendredi.
Durée : cinquante minutes.
Niveau de difficulté : moyen.

— Nous devons l'avertir, s'écria Kelly, horrifiée, en regardant l'écran sur lequel étaient répertoriés avec précision les détails de ce qui ne pouvait correspondre qu'au trajet de Zoe Walker jusqu'à son lieu de travail.

— Vous êtes sûre que c'est elle ? demanda Lucinda.

Kelly et Nick étaient penchés sur l'écran de l'ordinateur portable du capitaine posé sur son bureau. Toutes les lumières du vaste *open space* étaient éteintes, et le néon éclairant le bureau de Nick tremblotait légèrement, à deux doigts de claquer. Lucinda travaillait à un bureau voisin, comparant minutieusement les photos affichées sur le site Internet à celles publiées dans la *London Gazette*.

— La description et la date de publication correspondent, et elle travaille chez Hallow & Reed, expliqua Kelly. Je suis catégorique. Doit-on la prévenir par téléphone ou nous rendre chez elle ?

— Attendez, intervint Rampello, qui n'avait pas dit grand-chose depuis que Kelly lui avait expliqué comment elle avait deviné le mot de passe.

Il s'était contenté d'un coup d'œil à l'écran du téléphone où un nouveau message s'affichait au-dessus de la case vide :

Entrez votre mot de passe ou créez un compte.

Il avait renvoyé les autres collaborateurs chez eux, avec la consigne stricte de revenir le lendemain à huit heures pour assister à un nouveau briefing.

— La journée de demain va être longue, avait-il conclu, l'air sombre.

Ils avaient allumé l'ordinateur de Nick et accédé au site en un clin d'œil. Ç'avait été une autre histoire pour tenter de contacter le service financier de la police, processus qui, en dehors des heures de bureau, se révélait si frustrant que le capitaine avait fini par raccrocher violemment le téléphone pour sortir sa propre carte de crédit de son portefeuille.

— Ça va faire tout un foin si les médias s'emparent de cette histoire, dit Rampello. Il ne faut rien dire à Zoe Walker pour l'instant.

Kelly prit quelques secondes pour formuler une réponse plus appropriée que celle qui lui brûlait les lèvres.

— Si elle est en danger, monsieur, je crois que nous avons la responsabilité morale de la prévenir, vous ne croyez pas ?

— Pour l'instant, nous maîtrisons la situation. Le ou les administrateurs de ce site ignorent que la police est impliquée, ce qui signifie que nous avons une chance de l'identifier. Si nous lui montrons ça, Zoe Walker en parlera à sa famille, à ses amis.

— Demandons-lui de ne pas le faire, alors.

— C'est humain, Kelly. Elle voudra s'assurer que d'autres femmes parmi ses connaissances vont bien. De fil en aiguille, les journaux vont s'emparer de l'histoire et ça va semer la panique dans la population. Notre coupable disparaîtra des écrans radars et nous ne le retrouverons jamais.

Kelly préféra se taire. Zoe Walker n'était pas de la chair à canon, quand même !

— Nous lui donnerons rendez-vous demain pour lui suggérer de changer de trajet, dit Nick. Nous pouvons lui donner les conseils que l'on donne habituellement aux gens préoccupés par leur sécurité : brouillez les pistes, ne soyez pas prévisible. Elle peut se contenter de ça.

Il referma son ordinateur, indiquant clairement à Kelly que la conversation avait pris fin.

— Vous pouvez rentrer toutes les deux, si vous voulez. Rendez-vous tôt demain matin.

Il venait de finir sa phrase quand on sonna. Kelly alla répondre à l'Interphone.

— Ce doit être le type de Cyber Crime. Ouvrez-lui.

Andrew Robinson portait des lunettes à monture noire, une barbiche réduite à sa plus simple expression, un tee-shirt gris et un jean noir sous une parka kaki qu'il laissa tomber à côté de sa chaise.

— J'apprécie que vous passiez, lui dit Nick.

— Aucun problème. Nous sommes débordés en ce moment, je n'avais pas prévu de rentrer avant un bon bout de temps. J'ai jeté un coup d'œil à votre site. Comme le propriétaire du nom de domaine a payé pour ne pas apparaître dans la base de recherche WHOIS – qui s'apparente à un annuaire pour sites Internet –, j'ai fait une demande de levée de la protection des données pour obtenir ses nom et adresse. En attendant, j'essaie d'identifier l'administrateur du site *via* son adresse IP ; cela dit, je parie qu'il doit employer un serveur proxy et qu'il va me donner du fil à retordre.

Kelly aurait bien continué à écouter les explications d'Andrew, même si elle n'y comprenait pas grand-chose, mais Lucinda enfilait déjà son manteau. Kelly l'imita à regret. Elle se demandait jusqu'à quelle heure Nick travaillerait sur leur affaire et si quelqu'un l'attendait chez lui.

Les deux jeunes femmes prirent l'ascenseur jusqu'au rez-de-chaussée. La chevelure de Lucinda était aussi lisse et brillante qu'à son arrivée au bureau, le matin, et Kelly prit soudain conscience de la coupe négligée de ses propres cheveux qui se hérissaient dès qu'elle passait la main dedans. Elle aurait peut-être intérêt à exhumer son maquillage des tiroirs où il était enfoui. Bien que celui de Lucinda parût léger, une touche de gloss brillant et des sourcils bien dessinés lui donnaient l'air soigné et professionnel qui faisait manifestement défaut à Kelly.

— Quelle est votre destination ? demanda l'analyste alors qu'elles se dirigeaient vers la station de métro.

Elle mesurait cinq bons centimètres de plus que Kelly et marchait à grandes enjambées qui forçaient cette dernière à adopter un pas plus vif que d'habitude.

— Elephant & Castle. Je vis en colocation avec deux autres flics de la BTP et une infirmière des urgences. Et vous ?

— Kilburn.

— C'est sympa.

— Je vis chez mes parents. Je sais que c'est la honte, à vingt-huit ans, mais franchement, c'est la seule façon d'économiser de quoi disposer d'un apport personnel pour acheter un appartement. Nick me charrie à mort avec ça.

L'analyste s'effaça derrière Kelly quand une femme vêtue d'un collant criard et coiffée d'un bonnet à pompon bien enfoncé sur les oreilles vint vers elles en courant.

— Qu'avez-vous pensé de votre première journée ? demanda Lucinda en levant la voix pour se faire entendre.

— J'ai le tournis. J'ai adoré, en revanche. Ça faisait un moment que je ne m'étais pas retrouvée dans une salle des opérations ; j'avais oublié à quel point c'est le pied.

— Que s'est-il passé alors ? Vous faisiez partie de la brigade spécialisée dans les crimes sexuels, non ?

Kelly avait beau s'attendre à cette question, elle lui coupa le souffle. Lucinda éprouvait-elle un réel intérêt ou connaissait-elle déjà tous les détails de l'affaire ? Était-elle en quête de potins ? Kelly n'aurait su le dire tant l'analyste restait impassible.

— J'ai été suspendue, répondit la jeune femme, surprise que la vérité lui échappe.

La phrase « Je suis partie » servait en général de prélude à une histoire à dormir debout sur son envie d'acquérir de l'expérience sur le terrain. Ou alors elle disait qu'elle avait été malade, ce qui n'était pas loin de la vérité.

— J'ai agressé quelqu'un, dit-elle sans lever les yeux.

— Un collègue ? demanda Lucinda qui semblait plus curieuse que critique.

Kelly prit une profonde inspiration.

— Un prisonnier.

Appelez-le par son nom, n'avait cessé de lui rappeler son thérapeute. *Il est essentiel que vous le considériez comme une personne, Kelly, un être humain comme vous et moi.* Kelly s'y était résolue même si cela lui laissait un goût amer à chaque fois.

— Il avait violé une écolière.

— Merde !

— Ce qui n'excuse pas mon geste, s'empressa d'ajouter Kelly.

Pas besoin de suivre une thérapie pour le comprendre.

— Certes, répondit Lucinda. Mais ça l'explique peut-être, ajouta l'analyste après avoir pesé ses mots avec soin.

Tandis que les deux collègues marchaient en silence, Kelly se demanda si Lucinda pensait à ce qu'elle venait de lui avouer, si elle la jugeait. Elle se prépara à répondre à d'autres questions qui ne vinrent pas.

— Vous vous êtes super bien débrouillée avec le mot de passe, observa l'analyste en arrivant à la station de métro. Nick a été très impressionné.

— Ah bon ? On ne dirait pas.

Kelly s'était efforcée de ne pas être déçue par la circonspection avec laquelle le capitaine avait accueilli sa découverte. Elle ne s'attendait pas à des applaudissements, mais un peu plus d'enthousiasme ne lui aurait pas fait de mal.

— Vous vous y ferez. En ce qui me concerne, j'apprécie son approche. Il n'est pas très prodigue de compliments, alors, quand il vous félicite, vous savez que vous avez assuré.

Ça n'arrivera pas de sitôt, songea Kelly.

À l'entrée de la station, un homme barbu jouait de la guitare ; un chapeau, vide à l'exception de quelques pièces, était posé par terre devant lui. Son chien dormait sur un sac de couchage soigneusement plié devant un baluchon rempli d'affaires. Kelly pensa à la jeune femme qui faisait la manche à Crystal Palace dont Zoe Walker lui avait parlé.

— Vous n'aimeriez pas être au courant, à la place de Zoe Walker ?

Passant devant l'homme barbu, les deux femmes entrèrent dans la gare et prirent automatiquement leur carte Oyster.

— Si.

— Dans ce cas…

— Il y a beaucoup de choses que j'aimerais savoir, répondit Lucinda avec fermeté. Les secrets d'État, le code bancaire de Bill Gates, le numéro de portable de George Clooney… Ça ne signifie pas que ce serait juste pour autant.

— Même si ça vous permet d'échapper à un meurtre ? À un viol ?

La police était arrivée à la conclusion que l'agresseur de Lexi épiait ses moindres faits et gestes depuis plusieurs semaines. Peut-être même depuis le début du semestre. C'était sans doute à lui que l'on devait les fleurs déposées devant sa chambre et les petits mots glissés dans sa boîte aux lettres. Les amis de sa sœur avaient balayé ses inquiétudes d'un revers de la main, l'avaient taquinée à propos de son admirateur secret. À la police qui voulait savoir si elle avait remarqué si quelqu'un la suivait, elle avait parlé de ses cours du jeudi d'où elle rentrait seule, à seize heures. De ce garçon, toujours le même, qui écoutait de la musique, appuyé au mur de la bibliothèque ; de cette impression qu'on l'observait quand elle s'éloignait ; du craquement des brindilles derrière elle quand elle coupait à travers bois. Elle n'était pas la seule à avoir ressenti ça, avait avoué la police, qui avait recueilli plusieurs témoignages d'incidents à caractère suspect. Rien de concret, avaient conclu les policiers.

Lucinda s'arrêta pour dévisager Kelly.

— Vous avez entendu ce qu'a dit Nick : la rétention de cette information est notre meilleur espoir de découvrir qui est à l'origine de ce site Internet. Une fois que nous l'aurons arrêté, le reste coulera de source.

Kelly était déçue. Elle avait espéré que Lucinda prendrait son parti, userait de l'influence qu'elle avait manifestement sur Rampello pour le persuader de changer d'avis. Lucinda remarqua sa contrariété.

— Même si vous n'appréciez pas sa décision, c'est lui le patron. Si vous voulez rester en bons termes avec lui, mieux vaut respecter les règles qu'il a fixées.

Les deux femmes prirent la Northern Line ensemble et embrayèrent sur un sujet moins polémique ; cependant, avant même qu'elles se quittent à la station Euston, Kelly avait déjà pris sa décision.

Les règles étaient faites pour qu'on les enfreigne.

18

Je ne suis pas encore rentrée à la maison quand Simon m'appelle depuis chez sa sœur. Il devait être dans le métro quand je lui ai téléphoné, me dit-il. Il vient d'écouter mon message.

— Je ne vais pas tarder. Ange commence tôt, demain matin, je rentrerai dès que nous aurons fini de dîner.

— Tu as passé une bonne journée, au bureau ?

C'est la même phrase que les autres soirs, mais ma voix tendue lui fait marquer un temps d'arrêt. Cela suffira-t-il à lui faire avouer la vérité, quoi qu'il me cache ?

Manifestement pas.

— Pas mauvaise.

J'écoute Simon me mentir, me donner des détails sur son voisin de bureau qui mange la bouche ouverte et passe la moitié de sa journée au téléphone avec sa copine. J'ai envie de le mettre au pied du mur, mais je ne trouve pas les mots ; en outre, je n'arrive toujours pas à y croire.

Bien sûr que Simon travaille au *Telegraph*, j'ai vu son bureau. En photo, en tout cas. Peu après le début de notre relation, il m'a envoyé un SMS :

Tu me manques. Que fais-tu en ce moment ? J'ai envie de te voir.

Je suis chez Sainsbury, ai-je répondu en joignant une photo du rayon surgelé, ce qui m'a fait éclater de rire en plein supermarché.

C'était devenu un jeu sous l'abréviation QFTECM ? Il fallait répondre en envoyant une photo de ce que l'on avait sous les yeux en cet instant précis, que ce soit un train bondé, un sandwich à l'heure du déjeuner, le dessous de mon pébroc les jours où j'allais à l'agence sous la pluie. C'était un aperçu de notre vie ; de nos journées et de nos nuits entre les soirées que nous passions ensemble.

Je ne cesse de me répéter que j'ai vu son bureau. Le vaste *open space* avec ses écrans d'ordinateurs et les images de Sky News diffusées en continu. J'ai vu les piles de journaux.

Ç'aurait pu être le bureau de n'importe qui, répète la voix dans ma tête.

Je me reprends. Que suis-je en train de suggérer ? Que Simon m'a envoyé des photos d'un endroit où il ne travaille même pas ? Qu'il est allé pêcher les photos d'une salle de rédaction sur Internet ? C'est ridicule. Il doit y avoir une explication anodine. On a oublié de faire figurer son nom dans l'annuaire du standard téléphonique ; la réceptionniste est incompétente ; j'ai été victime d'un canular. Simon ne me mentirait jamais.

En suis-je si sûre ?

Je traverse pour m'arrêter au café de Melissa. Je sais que Justin finit d'ici peu et je les vois consulter des papiers, assis ensemble autour d'une table ; Melissa est penchée si près de lui que leurs têtes se frôlent. Ils s'écartent à mon arrivée et mon amie se lève d'un bond pour m'embrasser.

— Exactement la femme de la situation ! Nous ne sommes pas d'accord à propos du menu de Noël. Baguettes à la dinde accompagnées de canneberges ou de compotée d'oignons à la sauge ? Range ces menus, Justin, nous finirons demain.

— Pourquoi choisir ? Salut, mon chéri.

Justin ramasse les papiers dont il fait une pile.

— C'est aussi mon avis.

— Parce que ce ne sont pas tes bénéfices que tu dilapides, explique Melissa. Compotée d'oignons à la sauge ou sauce aux canneberges. Il faut choisir.

— Je me disais que nous pourrions rentrer ensemble, mais tu as l'air occupé, dis-je à Justin.

— Vas-y, je fermerai, intervient Melissa.

Mon fils ôte son tablier qu'il suspend derrière le comptoir jusqu'à demain.

Sur le chemin du retour, je lui prends le bras. J'ai l'estomac noué en me rappelant le ton convaincu de la standardiste du *Telegraph* quand elle m'a annoncé la nouvelle : « Aucun Simon Thornton ne travaille ici. »

— Simon t'a-t-il déjà parlé de son travail ?

Je prends un ton dégagé mais, vu le regard que me lance Justin, autant insinuer qu'il a déjà bavardé avec notre chat Biscuit. Bien que l'hostilité entre Simon et Justin crève les yeux, tout le monde s'efforce de l'ignorer dans l'espoir qu'elle passe un jour d'elle-même.

— Juste pour me faire remarquer que je n'aurais jamais un boulot comme le sien sans qualification. Ça fait plaisir.

— Il essayait juste de te motiver, j'en suis sûre.

— Tu sais où il peut se la carrer, sa motivation ?

— Justin !

— Il n'a aucun droit de me faire la morale. Il n'est pas mon père.

— Il ne cherche pas à l'être non plus, dis-je en glissant la clé dans la serrure. Et si vous essayiez de vous entendre ? Pour me faire plaisir ?

Une étincelle de remords brille dans ses yeux, enfouie sous l'amertume.

— Non. Tu crois le connaître, maman, mais il n'est pas celui que tu crois. Vraiment pas.

Je suis en train d'éplucher des pommes de terre quand mon téléphone portable sonne. Alors que j'avais décidé de l'ignorer, j'aperçois le nom de l'agent Kelly Swift affiché à l'écran. Je m'essuie les mains sur un torchon et décroche avant que ma correspondante tombe sur la boîte vocale.

— Allô ?

— Vous avez un moment ? me demande la policière, hésitante. J'ai besoin de vous parler. C'est confidentiel.

Je reste prostrée au milieu de la cuisine, le portable toujours à la main, bien après la fin de notre conversation. Katie entre dans la pièce, ouvre et referme le frigo sans lever les yeux de l'écran ni cesser de faire défiler ses messages. Elle a toujours été accro à son téléphone, mais depuis sa rencontre avec Isaac, il est pratiquement greffé à sa main ; ses yeux s'illuminent dès qu'elle reçoit un SMS.

En entendant l'escalier craquer sous les pas de Justin, je me décide. Je dois voir ça de mes propres yeux, sans que mes proches soient penchés au-dessus de mon épaule, que Katie panique ou que Justin menace de casser la figure au responsable.

— Il n'y a plus de lait, je vais en acheter, dis-je soudain en attrapant mon sac et en enfilant mon manteau.

Le temps que Katie s'écrie qu'il en reste dans le frigo, j'ai déjà claqué la porte derrière moi.

Je marche d'un bon pas en serrant mon manteau sur ma poitrine. Il y a un café au bout de la rue ; pas celui de Melissa, un petit café un peu sordide où je ne me suis jamais sentie obligée d'aller. Je sais qu'il reste ouvert tard et j'ai besoin de me retrouver dans un endroit où personne ne me connaît, un endroit anonyme.

Je commande un café. Je laisse fondre un sucre sur ma cuillère jusqu'à ce qu'il se dissolve dans le liquide amer. Je pose mon iPad sur la table, prends une profonde inspiration et m'arme de courage pour… pour quoi, d'ailleurs ?

Le mot de passe – JE TE VOIS – me fait frissonner. Caché au vu et au su de tout le monde, exactement comme les annonces elles-mêmes, qui s'affichent parmi les offres d'emploi et les articles en solde. La page semble mettre une éternité à charger et on ne voit pas grand changement une fois que c'est fait. Le fond d'écran reste noir mais le champ permettant d'entrer le code d'accès a été remplacé par :

Se connecter ou créer un compte.

— Ne créez surtout pas de compte, m'a recommandé l'agent Swift après m'avoir expliqué ce qu'ils ont découvert. Si je vous avertis, c'est que j'estime que vous avez le droit de savoir. Si j'étais concernée, ou qu'un membre de ma famille l'était, j'aimerais être avertie. Faites-nous confiance, je vous en prie.

Je clique sur « créer un compte » et saisis mon nom avant de reprendre mes esprits et de tout effacer. En levant les yeux, j'aperçois le propriétaire du café : un tablier blanc malpropre brodé au nom de Lenny du côté du cœur est tendu sur sa bedaine.

Je tape Lenny Smith et crée un mot de passe.

Choisir une formule.

Formule Bronze à 250 livres : accès aux photos. Téléchargement de profil à partir de 100 livres.

Formule Silver à 500 livres : accès aux photos. Un téléchargement gratuit par mois.

Formule Gold à 1 000 livres : accès aux photos. Téléchargements gratuits à volonté.

Je noie la bile qui remonte dans ma gorge avec une gorgée de café tiède. Voilà donc ce que je vaux ? Ce que valaient Tania Beckett, Laura Keen ou Cathy Tanning ? J'ai les yeux rivés à l'écran. J'ai atteint le plafond de dépenses autorisées sur ma carte de crédit et, à quelques jours de la fin du mois, je n'ai même pas assez d'argent disponible pour une formule Bronze. Il y a quelques jours de cela, j'aurais peut-être demandé à Simon de m'aider, mais à l'heure actuelle, c'est la dernière personne à qui j'ai envie de faire confiance. Comment le pourrais-je alors qu'il m'a menti à propos de son lieu de travail ?

Je n'ai qu'une seule personne vers laquelle me tourner. Je décroche mon téléphone.

— Je peux t'emprunter de l'argent ? dis-je dès que Matt répond.

— Le citadin a fini par te saigner à blanc, hein ? On gagne des clopinettes dans le journalisme ces temps-ci ?

S'il savait… Je ferme les yeux.

— S'il te plaît, Matt. Je ne te le demanderais pas si ça n'était pas important.

— Combien ?

— Mille.

Il pousse un sifflement sourd.

— Je n'ai pas ce genre de somme sous la main, Zo. C'est pour quoi faire ?

— Je peux emprunter ta carte de crédit ? Je te rembourserai, Matt, jusqu'au dernier sou. Intérêts compris.

— Tu as des problèmes ?

— Matt, s'il te plaît.

— Je t'envoie les détails par SMS.

— Merci, dis-je en poussant presque un sanglot de soulagement.

— Pas de souci. Tu sais que je ferais n'importe quoi pour toi, Zo.

Je m'apprête à le remercier encore une fois mais constate qu'il a raccroché. Je reçois son SMS une minute plus tard et j'entre ses renseignements bancaires dans le faux profil d'adhérent établi au nom de Lenny Smith.

Voilà, c'est fait. Le compte bancaire de Matt affiche une dette de mille livres et je suis maintenant membre de trouvel-amesœur.com, « le site de rencontres qui sort du lot ».

Bien que l'agent Swift m'y ait préparée, il est difficile d'intégrer ce que j'ai sous les yeux. Plusieurs rangées de photos, de femmes exclusivement, accompagnées d'un ou deux mots :

Central Line
Piccadilly
Jubilee/Bakerloo

Un frisson me glace la nuque.

Je passe les photos en revue à la recherche de mon visage, clique sur « autres photos » pour télécharger une deuxième page, suivie d'une troisième. Et me voici. Même photo que dans la *Gazette*, celle prise au mariage de ma cousine et volée sur mon compte Facebook.

Cliquer pour télécharger.

Je clique sans hésiter.

Publication de l'annonce : vendredi 13 novembre.
Blanche.
Trente-cinq, quarante ans.
Blonde, cheveux généralement attachés.

Je lis deux fois la description précise de mon trajet, du manteau que je porte en ce moment même, de mes caractéristiques physiques résumées avec désinvolture. Quelle absurdité d'être agacée parce qu'on me prête une taille 40/42 alors qu'en réalité je ne prends du 42 que pour les jeans.

Lenny essuie les tables qui m'entourent, empile bruyamment les chaises pour me signaler que j'ai abusé de son hospitalité. Lorsque j'essaie de me lever, mes jambes se dérobent. Je me rends compte que ma rencontre avec Luke Friedland ce matin n'avait rien de fortuit, pas plus que sa présence à mes côtés le jour où j'ai failli tomber sur les rails.

Luke Friedland a téléchargé mon trajet afin de me suivre.

D'autres que lui en ont-ils fait autant ?

Simon rentre alors que je suis sur le point de me coucher. Il est tellement content de me voir que j'éprouve une pointe de désarroi. Comment un homme qui m'aime tant peut-il me mentir ?

— Comment va Ange ?

Il n'est peut-être même pas allé voir sa sœur, me dis-je tout à coup. S'il me ment sur son travail, à quel autre sujet me ment-il ? Les paroles de Justin résonnent dans ma tête et je regarde Simon d'un œil nouveau, sur mes gardes.

— Très bien. Elle t'embrasse.

— Bonne journée, au travail ?

Simon enlève son pantalon qu'il laisse en tas par terre avec sa chemise avant de se glisser entre les draps. *Avoue. Avoue maintenant et tout ira bien. Avoue que tu n'as jamais travaillé au* Telegraph, *que tu es reporter stagiaire dans un canard régional ou que tu n'es pas journaliste du tout, que tu as tout inventé pour m'impressionner et qu'en fait tu es préposé à la friteuse chez McDonald. Dis-moi juste la vérité.*

Mais il n'avoue pas. Il me caresse le ventre, décrit de petits cercles sur mon bassin du bout des pouces.

— Pas mal. J'ai été assez occupé, vu que le scandale des dépenses du Parlement a éclaté en début de journée.

Il me déstabilise. J'ai vu cette histoire à la une des journaux à l'heure du déjeuner, quand j'ai fait un saut dehors pour aller acheter un sandwich à Graham. Je commence à avoir la migraine. J'ai besoin de savoir la vérité.

— J'ai appelé le *Telegraph*.

Simon blêmit.

— Tu ne répondais pas au téléphone. Il m'est arrivé quelque chose en rentrant du travail, j'étais bouleversée, j'avais envie de te parler.

— Que t'est-il arrivé ? Tu vas bien ?

Je ne prête aucune attention à son inquiétude.

— La standardiste du journal n'avait jamais entendu parler de toi, dis-je en le repoussant.

Seul le cliquètement du chauffage central qui s'éteint vient troubler le silence qui s'abat sur la pièce.

— J'allais tout te dire.

— Me dire quoi ? Que tu m'avais menti ? Inventé un boulot censé m'impressionner ?

— Pas du tout ! Je n'ai rien inventé. Bon Dieu, Zoe, tu me prends pour qui ?

— Tu veux vraiment que je sois franche ?

Pas étonnant qu'il se soit montré si négatif quand j'ai suggéré qu'il recommande Katie pour un stage, me dis-je, ou qu'il m'ait rabrouée quand je lui ai suggéré de proposer un article sur les annonces.

— J'ai effectivement travaillé au *Telegraph*. Jusqu'à ce que…

Il s'éloigne de moi et fixe le plafond.

— Ils m'ont remercié.

Je ne parviens pas à décider si la honte que j'entends dans sa voix est due à la perte de son travail ou au fait qu'il nous a menti.

— Pourquoi ? Ça fait plus de vingt ans que tu travailles pour eux, non ?

— Justement, répond Simon avec un rire creux. Place aux jeunes ! Il faut renouveler l'équipe, faire des économies. Embaucher des gamins qui ne connaissent pas le subjonctif mais sont capables de bloguer, tweeter, publier des articles sur le site du journal plus vite que leur ombre.

On sent de l'amertume chez Simon mais pas vraiment de combativité : il semble avoir baissé les bras depuis longtemps.

— Quand est-ce arrivé ?

— Début août.

L'espace d'un instant, j'ai du mal à trouver les mots.

— Tu as été licencié il y a quatre mois et tu n'as rien dit ? Qu'est-ce que tu fous depuis tout ce temps ?

Je me lève et me dirige vers la porte, m'arrête et me retourne ; je n'ai pas envie de rester, mais j'ai besoin d'explications.

— Je marche, je vais dans des cafés pour lire et écrire, dit-il, l'amertume s'insinuant dans sa voix. Je cherche du travail, je me rends à des entretiens d'embauche et m'entends dire que je suis trop vieux ; je m'inquiète en me demandant comment tout te dire.

Il refuse de me regarder, son regard est obstinément fixé au plafond, et des rides profondes se creusent de part et d'autre de son front. C'est un homme brisé.

Je l'observe, postée près de la porte, et ma colère s'évanouit peu à peu.

— Et l'argent ?

— On m'a versé des indemnités de licenciement. J'espérais trouver autre chose assez vite ; je pensais te parler après avoir tout réglé. Mais le chômage s'est éternisé, et quand je n'ai plus eu d'argent, j'ai dû me servir des cartes de crédit.

Quand il me regarde enfin, je suis choquée de voir ses yeux briller de larmes.

— Je suis navré, Zoe, je n'ai jamais eu l'intention de te mentir. J'espérais tout régler en un rien de temps et pouvoir te faire la surprise d'un nouveau travail et continuer à m'occuper de toi comme tu le mérites.

Je m'assieds près de lui et le rassure comme un enfant.

— Chut, tout va bien, dis-je. Tout va s'arranger.

Simon me fait promettre de ne rien dire aux enfants.

— Justin me prend déjà pour un parasite. Inutile de lui donner une raison supplémentaire de me détester.

— Nous en avons déjà parlé. C'est après moi qu'il est furieux, pas contre toi. Il me rend responsable du divorce, d'avoir dû quitter Peckham et ses amis.

— Dis-lui la vérité, alors. Pourquoi devrais-tu endosser la responsabilité de quelque chose dont tu n'es pas coupable ? Ça fait dix ans, Zoe, pourquoi continuer à protéger Matt ?

— Ce n'est pas Matt que je protège, ce sont les enfants. Ils aiment leur père, ils n'ont pas besoin de savoir qu'il m'a trompée.

— C'est injuste pour toi.

— C'est ce que nous avons décidé.

En vertu de cet accord, nous devenions tous les deux des menteurs. J'acceptais de ne jamais dire aux enfants que Matt m'avait trompée ; quant à Matt, il acceptait de faire semblant de ne plus m'aimer, que nous nous séparions d'un commun accord. Je me demande parfois pour lequel de nous deux le marché est le plus dur à respecter.

Simon n'insiste pas. Il sait que la bataille est perdue d'avance.

— J'ai envie de me remettre d'aplomb avant de leur en parler. Je t'en prie.

Nous convenons de dire à Justin et Katie que Simon s'est arrangé pour ne plus travailler qu'à domicile, ce qui lui évite de devoir sortir tous les jours, de ne pas pouvoir rentrer avant dix-sept heures, de prendre des consommations dont il n'a pas envie dans des cafés devenus trop chers pour lui. En apprenant qu'il vit à crédit, j'ai la nausée.

— Pourquoi as-tu continué à m'offrir des cadeaux, à m'inviter à dîner ? Je ne t'aurais jamais laissé faire si j'avais su que tu ne pouvais pas te le permettre.

— Si j'avais cessé de le faire, tu te serais posé des questions, tu aurais deviné. J'aurais baissé dans ton estime.

— J'aurais pu payer ma part, à supposer que nous soyons sortis.

— Qu'est-ce que j'aurais ressenti, à ton avis ? Quel genre d'homme laisse une femme payer son repas ?

— Oh, ne sois pas ridicule ! On n'est plus dans les années 1950, dis-je en riant avant de comprendre combien c'est important pour lui. Tout va s'arranger, c'est promis.

J'espère simplement ne pas me tromper.

19

— Tu es sûre que tu as bien fait ? demanda Lexi en sortant Fergus du bain pour l'emmitoufler dans une serviette avant de passer le relai à Kelly (« n'oublie pas de sécher entre ses orteils ») et d'en faire autant avec Alfie.

— Parfaitement, répondit Kelly avec conviction. Zoe Walker avait le droit de savoir.

Assis sur ses genoux, son neveu éclata de rire quand elle lui frotta vigoureusement les cheveux avec la serviette.

— Ça ne va pas t'attirer d'ennuis ?

Kelly ne répondit pas. Elle n'avait cessé d'y penser depuis qu'elle avait décroché le téléphone pour prévenir Zoe Walker. Obnubilée par cette histoire, elle était venue se changer les idées chez sa sœur à qui elle avait fini par tout raconter.

— Et voilà, propre et sec comme un sou neuf !

Elle se pencha vers Fergus, humant son doux parfum de talc et de peau chaude. Zoe lui savait gré de la tenir informée des progrès de l'enquête, et aux yeux de la policière, cela suffisait à justifier sa décision.

— Si tu veux passer la nuit ici, je peux préparer le lit d'appoint.

Kelly adorait aller chez sa sœur. Celle-ci vivait pourtant dans une maison de ville en briques rouges tristounette, située dans un lotissement envahi de voitures et de poubelles individuelles à roulettes, mais où régnait une atmosphère chaleureuse et confortable, contraste saisissant avec la chambre qui attendait Kelly à Elephant & Castle. Kelly était terriblement tentée d'accepter.

— Je ne peux pas. J'ai rendez-vous avec Zoe Walker à Covent Garden demain matin à huit heures. Je vais devoir prendre le dernier train.

Kelly avait espéré être autorisée à rencontrer Zoe en tête à tête, ce qui lui aurait permis de cacher à Nick qu'elle l'avait prévenue, mais le capitaine insistait pour accompagner sa collègue. La jeune femme comptait sur la discrétion de Zoe.

— Ça ne s'appelle pas refuser d'obéir à l'ordre d'un supérieur hiérarchique, par hasard ? demanda Lexi, obstinée.

— En théorie, oui.

— En théorie ? Kelly !

Alfie se retourna, surpris par le ton sec de sa mère qui le rassura d'un baiser.

— Tu as des pulsions suicidaires ou quoi ? dit-elle en baissant d'un ton. On dirait que tu cherches à te faire virer.

— J'ai bien fait.

— Non, tu as *cru* bien faire. Ça ne revient pas toujours au même, Kelly.

Zoe avait convenu de retrouver Kelly et Nick chez Melissa Too, un café situé non loin de Covent Garden. Malgré l'heure matinale, c'était déjà l'affluence dans la boutique où flottait une appétissante odeur de sandwich au bacon. Derrière le comptoir, une jeune serveuse préparait avec une efficacité impressionnante des cafés à emporter, et Zoe s'était installée à une table, derrière la vitrine. Elle avait l'air fatiguée, et ses cheveux gras rassemblés à la hâte en une queue-de-cheval approximative détonnaient avec la natte soignée de la femme assise auprès d'elle.

— Je suis sûre qu'une occasion va se présenter, dit cette dernière en se levant à l'arrivée de Kelly et Nick. Essaie de ne pas trop t'en faire pour ça.

— Nous parlions de mon compagnon, dit Zoe, bien que personne ne lui ait posé de question. Il a été licencié.

— Je suis navrée, répondit Kelly, supposant que cela devait expliquer sa fatigue.

— Je vous présente mon amie Melissa, propriétaire du café.

— Agent Kelly Swift, dit la jeune femme en lui tendant la main.

— Capitaine Nick Rampello.

— Rampello ? répéta Melissa dont le regard s'éclaira d'une lueur fugace. Où ai-je vu ce nom récemment ?

— Je ne sais pas, répondit Nick avec un sourire poli. Peut-être à Clerkenwell où mes parents tiennent le restaurant italien de la famille ?

— Ton nouveau café est situé dans le quartier, non ? demanda Zoe.

— Ça doit être ça. Bon, que puis-je vous servir ?

Melissa tira un petit calepin de la poche de son blazer bleu marine et prit leur commande, insistant pour les servir en personne malgré la file de clients qui serpentait jusqu'à la porte.

— Il m'est arrivé quelque chose, expliqua Zoe quand Melissa leur eut servi leurs cafés.

— Que voulez-vous dire ? dit Nick qui sirota son espresso et tressaillit en se brûlant la langue.

— On m'a suivie. Lundi matin sur le chemin du travail. J'ai cru que je devenais paranoïaque jusqu'à ce que je revoie l'homme le soir même – j'ai trébuché et il m'a rattrapé avant que je tombe sous le train.

Kelly et Nick échangèrent un regard.

— J'ai supposé que ce n'était qu'une coïncidence jusqu'à ce que je le revoie le lendemain.

— Vous a-t-il parlé ? demanda Kelly.

— Il m'a invitée à boire un verre, ce que j'ai refusé, bien sûr. J'ai continué à croire à une coïncidence mais ça n'en est pas une, n'est-ce pas ? Il connaissait mon trajet précis, il m'attendait. Il a dû obtenir mon profil sur le site.

Zoe rougit en regardant Kelly qui la supplia intérieurement de ne pas en dire plus. La policière risqua un regard en coin vers Rampello dont la mine ne trahissait aucun soupçon.

— Cet homme vous a-t-il donné son nom ? voulut savoir Kelly.

— Luke Friedland. Je vous donne sa description si elle peut vous être utile.

Kelly trouva les papiers adéquats dans sa mallette.

— J'aimerais prendre votre déposition si cela ne vous dérange pas. Dites-moi tout ce dont vous vous souvenez sur cet homme, sans oublier le trajet que vous avez emprunté et les horaires dont vous êtes sûre.

— Je vais vous procurer une alarme antiagression, annonça Nick. Vous la porterez en permanence et vous pourrez l'actionner au moindre danger. Elle sera reliée vingt-quatre heures sur vingt-quatre, sept jours sur sept à notre central qui sera capable de vous localiser précisément à tout moment.

— Pensez-vous que je sois menacée ?

Kelly se tourna vers Nick.

— C'est fort possible, répondit-il sans hésiter.

— Vous lui avez dit.

Ça n'avait rien d'une question.

Les deux policiers étaient en route pour Old Gloucester Road, où, d'après l'adresse fournie par la *London Gazette*, résidait la personne qui avait fait paraître les annonces dans le journal. Au volant, Nick manœuvrait avec une dextérité acquise au prix d'années d'expérience. Kelly l'imaginait en uniforme, descendant Oxford Street à toute allure au volant de sa voiture, gyrophare en action et sirène hurlante.

— Oui.

Quand un cycliste leur coupa la route après avoir grillé plusieurs feux rouges, Nick donna un violent coup de klaxon qui fit tressaillir la jeune femme.

— Je vous ai expressément interdit d'informer Zoe Walker des progrès de l'enquête. Qu'y avait-il de si dur à comprendre là-dedans ?

— Cette décision me mettait mal à l'aise.

— On se fout de savoir si vous étiez à l'aise, Kelly, la décision ne vous appartenait pas.

En tournant à droite dans Shaftesbury Avenue, ils croisèrent une ambulance qui passa dans un hurlement de sirène.

— Nous menons une enquête complexe et de grande ampleur concernant de multiples agresseurs, de multiples victimes, et Dieu sait combien de témoins. Nous avons d'autres priorités que les sentiments de Zoe Walker.

— Pas elle.

Ils poursuivirent leur chemin en silence. Nick cessa peu à peu de serrer le volant comme s'il menaçait de lui échapper, et le pouls que Kelly voyait battre à ses tempes ralentit. Avait-elle réussi à le convaincre au sujet de Zoe ou réfléchissait-il au meilleur moyen de la décharger de l'enquête et de la renvoyer à la BTP ?

Il se contenta de changer de sujet.

— Pourquoi avez-vous rejoint la BTP et pas la Metropolitan Police ? demanda-t-il quand ils roulèrent sur l'A40.

— La Met n'embauchait pas et je voulais rester à Londres. J'ai de la famille dans le coin.

— Une sœur, c'est ça ?

— Oui, ma jumelle.

— Vous existez en double exemplaire ? Bonté divine ! dit Nick en lui lançant une œillade ; Kelly sourit, moins amusée par la blague en soi que par le rameau d'olivier qu'il lui tendait.

— Et vous ? Vous êtes londonien ?

— Pure souche, même si mes parents sont italiens. Siciliens, pour être précis ; ils ont ouvert un restaurant à Clerkenwell à leur arrivée alors que ma mère était enceinte de mon frère aîné.

— Chez Rampello, dit Kelly en se rappelant la conversation avec Melissa.

— *De preciso.*

— Vous parlez italien ?

— Pas mieux que le touriste lambda, ce dont ma mère ne se remettra jamais.

Retenu au feu vert le temps que le conducteur précédent décide de quel côté tourner, Nick donna deux brefs coups de klaxon.

— Mes frères et moi devions donner un coup de main au restaurant, le week-end et après l'école, et ma mère nous hurlait toujours ses ordres en italien. Je refusais tout net de répondre.

— Pourquoi ?

— Parce que je suis têtu, je suppose. En outre, je savais que l'un de nous devrait reprendre le restaurant quand mes parents partiraient à la retraite et je n'avais pas envie de les encourager. J'ai toujours eu pour seule ambition de m'engager dans la police.

— Ça ne plaisait pas à vos parents ?

— Le jour du défilé marquant la fin de ma formation, ils ont pleuré – et pas de joie.

Ils bifurquèrent dans Old Gloucester Road et Kelly se servit de Google Maps pour voir à quel bout de la rue ils trouveraient le numéro 27.

— Pas très résidentiel comme quartier ; ça a l'air d'être des locaux commerciaux convertis en appartements.

— Ou on se fait mener en bateau, observa Nick, l'air sombre, en se garant le long d'une ligne jaune devant un restaurant chinois.

Le numéro 27 était coincé entre un Lavomatic et la boutique abandonnée d'un bookmaker.

— À mon avis, les chances que nous trouvions Mr James Stanford ici sont plutôt minces.

Nick sortit la carte grise de la boîte à gants et la laissa en évidence sur le tableau de bord, le blason de la police suffisant en général à décourager les contractuels.

La porte du numéro 27, encrassée par la fumée noire des gaz d'échappements, donnait sur une entrée déserte au carrelage fendu et sale. Il n'y avait ni réception, ni porte de communication, ni ascenseur, juste des rangées de boîtes aux lettres verrouillées qui couvraient trois des murs.

— Vous êtes sûrs que nous avons la bonne adresse ? demanda Kelly.

— Bien sûr que c'est la bonne adresse, dit Nick, lugubre. Nous n'allons pas trouver James Stanford ici, c'est tout.

Sur la peinture crasseuse de la porte était placardée une affiche dont les rebords se décollaient.

Las de ramasser votre courrier ? Grâce à notre nouvelle formule, faites-le réexpédier chez vous.

— C'est un centre de distribution du courrier. Ce n'est qu'une boîte postale améliorée, dit-il en prenant une photo de l'affiche avec son téléphone avant de passer en revue les boîtes aux lettres qui ne semblaient respecter aucun ordre précis.

— Le voilà ! s'écria Kelly qui avait commencé à l'autre bout de l'entrée. James Stanford.

Elle tenta d'ouvrir la boîte, pleine d'espoir.

— Verrouillée, constata-t-elle.

— La carte de crédit employée pour payer les encarts publicitaires est domiciliée à cette adresse, elle aussi. Obtenez la levée de la protection des données dès notre retour et trouvez qui a sollicité la réexpédition du courrier. On s'est fait balader, ça ne me plaît pas du tout.

La compagnie domiciliée à Old Gloucester Road se montra particulièrement serviable. Souhaitant éviter qu'on l'accuse d'avoir contrevenu à la loi et consciente d'avoir fait preuve de laxisme, d'après Kelly, elle leur remit toutes les informations dont elle disposait sur James Stanford sans attendre de mandat officiel.

Les copies d'un relevé de carte de crédit, d'une facture d'électricité et du permis de conduire fournis par Stanford prouvaient qu'il s'agissait d'un homme blanc né en 1959. Les trois documents étaient établis à une adresse d'Amersham, ville du Buckinghamshire située au bout de la Metropolitan Line.

— Je parie que les prix de l'immobilier sont plutôt raides par ici, commenta Rampello en passant devant une rangée d'immenses maisons individuelles nichées derrière d'imposants portails métalliques.

— Vous voulez que j'avertisse la brigade criminelle locale ? demanda Kelly en commençant à chercher le numéro sur son téléphone.

— Nous ne ferons qu'entrer et sortir. Vérifions la maison et posons deux ou trois questions aux voisins, l'air de rien, s'il n'y a personne chez Stanford.

Tudor House, Candlin Street, n'avait de Tudor que le nom malgré les colombages noirs qui rehaussaient la façade. Kelly estima que le jardin entourant le bâtiment, spacieux et moderne, devait occuper un peu plus de quatre mille mètres carrés. Quand Nick se gara devant le portail, à la recherche d'une sonnette, les deux battants s'écartèrent automatiquement.

— Quel est l'intérêt ? demanda Kelly.

— Ça sert à épater la galerie, non ? Quand on a plus de fric que de jugeote…

Alors qu'ils s'approchaient de la maison, le gravier de l'allée crissant sous les roues, Nick chercha à déterminer si les propriétaires étaient chez eux. Il se gara près d'une Range Rover grise flambant neuve qui lui arracha un sifflement.

— Très jolie !

La sonnette était un modèle à l'ancienne qui contrastait avec l'âge de la maison, mais contribuait sans doute au cachet que l'on avait cherché à lui donner avec la façade de style néo-Tudor. Tout ça pour rivaliser avec les voisins, songea Kelly. Bien avant que le tintement de la sonnette se soit tu, des pas s'approchèrent de l'imposante porte d'entrée. Nick et Kelly reculèrent de quelques pas, prenant leurs distances avec la personne qu'ils s'apprêtaient à rencontrer. Mieux valait ne pas sous-estimer les réactions d'inconnus, même ceux qui vivaient dans ce genre de maison.

La porte s'ouvrit à la volée et une jolie femme d'une cinquantaine d'années leur adressa un sourire plein d'espoir. Elle portait un survêtement en velours noir et des chaussons. Quand Kelly lui tendit sa carte, le sourire s'effaça.

— Il y a eu un accident ? s'écria-t-elle en portant la main à sa gorge, geste dont Kelly avait été témoin des centaines de fois.

Contrairement à certaines personnes, à qui la simple vue d'un uniforme faisait craindre d'être découvertes ou arrêtées, pour cette femme, la police était synonyme d'accident, voire pire.

— Ne vous inquiétez pas, la rassura Kelly. Nous voulons seulement vous poser quelques questions. Nous cherchons Mr James Stanford.

— C'est mon mari. Il travaille, en ce moment. Y a-t-il un problème ?

— Pouvons-nous entrer ?

La femme hésita avant de s'effacer pour les laisser entrer dans un vestibule clair et spacieux. Alors que Mrs Stanford les conduisait à la cuisine, Kelly jeta un coup d'œil à la pile de courrier soigneusement rangée sur la desserte.

Mr J.T. Stanford, lut-elle sur l'enveloppe du haut.

Si Kelly avait du mal à dissimuler son enthousiasme, Rampello, lui, restait de marbre. Stanford gérait-il son site Internet depuis son domicile ?

— James est conseiller en gestion chez Kettering Kline, leur expliquait Mrs Stanford. Il a rendez-vous avec un nouveau client à Londres aujourd'hui. Il rentrera tard, malheureusement. Puis-je vous être utile ? Qu'est-ce qui vous amène ?

— Nous enquêtons sur des crimes en série, répondit Nick.

Kelly guetta la réaction de Mrs Stanford. Si James Stanford était leur coupable, sa femme était-elle au courant de ses activités ? Avait-elle connaissance des encarts publicitaires ou du site Internet ? Kelly remarqua les photos posées sur le buffet montrant le même jeune homme à des âges divers.

— C'est notre fils, dit Mrs Stanford en surprenant le regard de Kelly. Quel genre de crimes ? Vous n'insinuez pas que James est impliqué, n'est-ce pas ?

— Nous devons écarter son nom de la liste des suspects. Vous nous aideriez beaucoup en répondant à quelques questions.

Mrs Stanford hésita, indécise, avant que la bienséance l'emporte.

— Mieux vaudrait vous asseoir. Voulez-vous une tasse de thé ?

— Non merci. Ce ne sera pas long.

Ils prirent place à une large table en chêne.

— Mrs Stanford, dit Nick, outre ses activités de conseil en gestion, votre mari est-il à la tête d'autres entreprises ?

— Il préside une ou deux œuvres caritatives mais aucune entreprise, non.

— Lui est-il arrivé dans le passé de gérer un site de rencontres ?

— Que voulez-vous dire ? demanda Mrs Stanford, désorientée.

— Des numéros surtaxés, ce genre de chose, expliqua Kelly en faisant glisser une publicité de la *London Gazette* sur la table.

Mrs Stanford porta de nouveau la main à sa gorge.

— Bien sûr que non ! Je veux dire… Seigneur, non ! Pourquoi l'aurait-il fait ? Enfin, qu'est-ce qui vous fait penser qu'il…

Elle adressa des regards éperdus tour à tour à Nick et à Kelly. De deux choses l'une : soit c'était une actrice exceptionnelle, soit elle ignorait les activités de son mari. Et si Stanford s'était servi d'une boîte postale pour cacher ses méfaits à sa femme et non à la police ?

Kelly tendit à Mrs Stanford le reste du dossier.

— On a utilisé ces documents pour louer une boîte postale à Old Gloucester Road il y a trois mois, la carte bancaire de votre mari ayant servi à régler la facture. Les mêmes documents et la même carte bancaire ont servi à faire publier un certain nombre d'encarts publicitaires dans un journal londonien.

— Nous pensons que ces encarts publicitaires sont au cœur d'une série de crimes visant des femmes, ajouta Nick en scrutant Mrs Stanford.

Cette dernière se plongea dans la lecture des documents, le visage tendu par l'angoisse, tripotant nerveusement son collier. Alors que son regard balayait les pages du dossier, la confusion et la peur cédèrent peu à peu place au soulagement.

— Ces documents n'ont rien à voir avec mon mari, s'écria-t-elle avec un petit rire nerveux.

— James Stanford est bien votre mari, pourtant, insista Kelly.

— Oui, bien sûr. Mais ce n'est pas lui sur cette photo, dit-elle en désignant la photocopie du permis de conduire.

20

Après le départ de la police, Melissa m'apporte sans un mot une autre théière et empoche le billet de dix livres laissé par le capitaine Rampello.

— Ça va ?

— Oui. Enfin, non.

Je me passe la main dans les cheveux et défais ma queue-de-cheval, soudain trop serrée à mon goût.

— Ils me croient en danger.

Cela ne devrait pas me surprendre, pourtant. Le danger, je l'ai déjà senti en téléchargeant les détails de mon trajet hier, sur le site, quand Luke Friedland m'a prise par le bras pour m'empêcher de tomber et en voyant ma photo dans la *London Gazette* – bien que j'aie laissé mes proches me persuader que ce n'était pas moi. Malgré tout, quand j'ai demandé au capitaine Rampello si j'étais menacée, c'est une autre réponse que j'espérais obtenir. Je voulais être rassurée. Je voulais m'entendre dire que ma réaction était disproportionnée, que j'étais paranoïaque, que je délirais. Je voulais des fausses promesses et de l'optimisme. Il y a encore quelques jours, je m'inquiétais que la police ne me prenne pas au sérieux ; aujourd'hui, je m'inquiète du contraire.

Sans un regard pour les tasses vides sur la table voisine ni pour la queue qui ne diminue pas à la caisse, Melissa prend la place que vient de libérer le capitaine Rampello.

— Que vont-ils faire ?

— Me procurer une alarme. Elle sera directement reliée à leur central, au cas où je me ferais agresser.

— Ce n'est pas ça qui risque de t'aider !

En voyant la panique sur mon visage, elle grimace et me prend dans ses bras.

— Désolée. Quand le café a été cambriolé, les flics ont mis un quart d'heure à se pointer ; les voleurs avaient mis les voiles depuis belle lurette. Ce sont des amateurs.

— Qu'est-ce que je fais, alors ? dis-je, avec une pointe d'hystérie dans la voix.

Je respire un grand coup. Et j'insiste.

— Que me suggères-tu, Melissa ?

— T'ont-ils expliqué comment ils s'y prennent pour interpeller les créateurs du site ? C'est ça qui va te protéger, pas une alarme merdique.

— L'enquête se poursuit, d'après ce qu'ils m'ont dit.

— Quoi ? Bon sang. Et c'est censé te rassurer ? Une femme a été assassinée…

— Deux. Minimum.

— … et tu es supposée attendre que ça se passe pendant que « l'enquête se poursuit » ? Tu dois découvrir exactement où ils en sont. Qui ils interrogent, comment ils essaient de remonter la piste de ce site.

— Ils refuseront de me le dire, Melissa. Je n'étais même pas censée savoir comment accéder au site Internet. L'agent Swift a insinué qu'elle aurait des ennuis si quelqu'un découvrait qu'elle m'en avait parlé.

— Tu as le droit de savoir où en est l'enquête. C'est toi qui paies leurs salaires, ne l'oublie pas.

— Je suppose que tu as raison.

Je ne me vois pas aller au commissariat et exiger de consulter le dossier.

— Je t'accompagne si tu veux.

Je pose les coudes sur la table et enfouis mon visage entre mes mains un instant.

— Je suis dépassée, dis-je en me redressant, sentant l'angoisse m'envahir et mon pouls s'accélérer. Je ne sais pas quoi faire, Melissa.

— Tu dois exiger de savoir ce que fait la police. Qu'elle te communique la moindre piste, la moindre avancée.

Trouverais-je cela plus rassurant que terrifiant ? Je l'ignore.

— J'ai l'impression que tout m'échappe. Les annonces, Katie et même nos finances. Avant, je contrôlais tout, mais maintenant…

— À combien s'élèvent les dettes de Simon ?

— Il refuse de me le dire. Il vit à crédit depuis le mois d'août. Chaque fois qu'il a fait les courses, payé une facture, un repas au restaurant, des cadeaux… il doit y en avoir pour des milliers de livres, Melissa. Il dit qu'il nous a fourrés dans ce pétrin et qu'il va nous en sortir.

— Bon, on dirait qu'il va falloir que tu lui fasses confiance s'il refuse que tu l'aides, conclut-elle en ramassant la tasse du capitaine Rampello.

Je ne lui dis pas qu'à l'heure actuelle j'ai du mal à faire confiance à qui que ce soit.

Bien qu'il soit déjà neuf heures quand je sors du café, je décide de me rendre à l'agence en longeant les berges de la Tamise. À l'idée de prendre le métro – même en empruntant un itinéraire sans rapport avec celui publié sur le site –, mon cœur s'emballe au point de me donner le vertige. Je traverse le Strand et me dirige vers Savoy Place avant de descendre les marches pour longer le fleuve. Je dévisage tous les passants. Cet homme qui marche vers moi, les mains dans les poches, connaît-il le site ? En est-il membre ? Cet homme d'affaires qui porte une écharpe pour se prémunir du froid et parle au téléphone, suit-il des femmes dans la rue ? Est-il un violeur ? un assassin ?

Suffoquée, je m'arrête un instant pour regarder la Tamise en essayant de maîtriser ma respiration. Une dizaine de silhouettes en combinaison de plongée, debout sur des planches à rames, écoutent les consignes d'une blonde agile vêtue d'une combinaison intégrale fuchsia. Ils rient malgré le froid. Derrière eux, au milieu de la rivière, un bateau-mouche creuse un sillon mousseux dans les eaux grises du fleuve ; sur le pont, une poignée de lève-tôt grelottent.

Une main se pose sur mon bras.

— Vous allez bien ?

Ce contact me fait tressaillir comme une brûlure. C'est un homme jeune, à peu près de l'âge de Justin, mais vêtu d'un costume-cravate et doué de la confiance que donne une bonne éducation ou un bon travail. Voire les deux.

— Vous aviez l'air sur le point de défaillir.

Mon cœur bat si fort que ma poitrine me fait mal et, incapable de trouver les mots pour l'assurer que tout va bien, qu'il ne doit pas me toucher, je recule en secouant la tête. Il s'écarte avec ostentation en levant les mains avant de s'éloigner.

— Complètement tarée.

Arrivé à une dizaine de pas de moi, il se retourne et se tapote deux fois la tempe de l'index. *Folle*, puis-je lire sur ses lèvres, et je ne lui donne pas tort.

Il est près de dix heures quand j'arrive à l'agence. La promenade m'a fait du bien et, même si j'ai mal aux pieds, je me sens plus forte, revigorée. Graham s'adresse à une femme vêtue d'un tailleur-pantalon noir et chaussée d'escarpins rouges. Elle tient une liasse de descriptifs immobiliers et Graham lui décrit le bureau d'Eastern Avenue doté de toilettes réservées aux clients et d'une cuisine tout juste rénovée, idéale pour les pauses du personnel. Je me glisse derrière mon bureau sans prêter attention à son discours bien rodé ; vu l'agacement de Graham, je sais qu'il est furieux contre moi.

Réticente, la cliente sort sans avoir convenu d'un rendez-vous immédiat. Cela ne fait qu'ajouter à la colère de Graham qui se déchaîne dès que la femme a franchi le seuil.

— C'est gentil à vous de passer nous voir, Zoe.

— Excusez-moi. Ça ne se reproduira pas.

— Comme si c'était la première fois ! Vous êtes en retard tous les matins, ces derniers temps.

— J'ai dû changer mon itinéraire, et il m'est difficile de prévoir combien de temps je mets.

Graham ne me demande pas pourquoi, ça ne l'intéresse pas.

— Partez plus tôt de chez vous, dans ce cas. Vous ne pouvez pas arriver d'un pas nonchalant à près de dix heures sans même vous excuser…

Je me suis déjà excusée, je refuse de me répéter.

— J'étais avec la police.

Je ne serais pas surprise que Graham continue sur sa lancée, mais il s'arrête tout net.

— Pourquoi ? Que s'est-il passé ?

J'hésite à trop lui en dire. En pensant aux profils de toutes ces femmes disponibles en ligne, je prends conscience que Graham Hallow constitue la cible idéale d'un site privé réservé à ses seuls abonnés. Je suis sûre que si je lui en parle, il ne pourra pas s'empêcher d'aller le consulter et je veux protéger ces femmes. Je n'ai pas envie que l'on regarde leurs photos, que l'on achète leur itinéraire comme on achète des objets. Et après ? J'ai du mal à accepter la réalité : des femmes agressées, assassinées pour certaines, parce qu'on a mis en vente leur trajet quotidien. C'est grotesque, digne d'un roman de science-fiction.

— Quelqu'un me suit, dis-je plutôt.

Ce n'est pas très éloigné de la vérité. Je crois lire de l'inquiétude dans le regard de mon patron, mais c'est si inhabituel que je doute de moi.

— La police va me procurer une alarme antiagression.

— Sait-elle qui vous suit ? aboie-t-il d'un ton accusateur, apparemment incapable de s'exprimer autrement.

— Non.

Et soudain, comme cela fait plusieurs jours que je me retiens, je fonds en larmes. Il fallait que ça tombe sur lui, me dis-je, tandis que Graham reste cloué sur place. Je cherche un Kleenex dans mes poches, finis par en trouver un coincé dans ma manche et me mouche bruyamment, sans pouvoir m'arrêter de pleurer. La pression se relâche et, haletante, j'essaie de reprendre mon souffle, secouée de sanglots.

— Ex… excusez-moi, parviens-je à articuler après plusieurs faux départs. C'est… tout ça est assez pesant.

Graham, qui n'a pas bougé d'un pouce, me dévisage. Soudain, il se dirige à grands pas vers la porte et, l'espace d'un instant, je crois qu'il va sortir et me planter là, en pleurs. Au lieu de cela, il verrouille la porte, retourne le panonceau indiquant que l'agence est fermée avant de traverser la pièce pour allumer la bouilloire. Cette démonstration de compassion me surprend tant que mes larmes cessent et mes sanglots se muent en de rares hoquets. Je me mouche encore une fois.

— Je suis sincèrement désolée.

— Vous êtes manifestement sous pression. Ça dure depuis quand ?

Je lui en dis autant que possible sans dévoiler le nom du site ni la façon dont il fonctionne. Je lui dis qu'on me suit depuis un moment et que la police a désormais établi un lien entre mon affaire, le meurtre de deux femmes et l'agression de plusieurs autres.

— Que fait la police ?

— Elle s'occupe de l'alarme. J'ai dû faire une déposition ce matin, d'où mon retard.

— Ce n'est pas grave, ne vous inquiétez pas pour ça, dit Graham, et les plis de son double menton tremblotent au gré de ses hochements de tête. Les policiers savent-ils qui est responsable des agressions ?

Je suis touchée – et surprise – par l'intérêt de Graham.

— Je ne crois pas. Ils n'ont encore arrêté aucun suspect lié au meurtre de Tania Beckett et il tente d'identifier l'administrateur du site.

Graham réfléchit.

— J'ai des rendez-vous à l'extérieur toute la journée. J'avais prévu de rentrer directement après celui de dix-sept heures mais, si ça ne vous dérange pas de rester un peu plus tard que d'habitude, je passerai vous prendre pour vous ramener chez vous.

Graham fait le trajet depuis l'Essex tous les jours. Il prend le train, la plupart du temps, mais il lui arrive de conduire et de laisser sa voiture dans un garage hors de prix, à deux pas de l'agence.

— Ça vous fait un détour de plusieurs kilomètres ! Franchement, ça va. Je vais suivre un autre itinéraire et je peux demander à Justin de me rejoindre à Crystal Palace…

— Je vous raccompagne, dit Graham d'une voix ferme. Je peux en profiter pour aller voir mon frère et ma belle-sœur à Sevenoaks. Pour être tout à fait honnête, ça m'étonne que votre bonhomme ne vienne pas vous chercher.

— Je n'ai pas envie de l'inquiéter.

— Vous ne lui avez rien dit ? s'écrie Graham en me lançant un regard plein de curiosité.

— Il est au courant pour le site Internet mais… je ne lui ai pas dit que j'étais menacée. C'est un peu compliqué en ce moment.

En voyant la mine de Graham, je m'empresse de m'expliquer avant qu'il se fasse des idées.

— Simon a perdu son travail. Il a été licencié. Ça ne va pas fort. Je n'ai pas envie de lui fournir d'autres sujets d'inquiétude.

— Bon, eh bien, je vous ramène chez vous ce soir, un point c'est tout.

Graham a l'air satisfait. S'il était un homme des cavernes, il se frapperait la poitrine à l'heure qu'il est.

— Très bien. Je vous remercie.

Une demi-heure plus tard, Graham sort pour ses rendez-vous.

— Ne déverrouillez pas la porte avant d'avoir vu qui veut entrer, m'ordonne-t-il.

La porte de l'agence est vitrée, tout comme la devanture ; comment suis-je censée deviner si l'homme qui attend sur le seuil vient me violer et m'assassiner ou se renseigner sur la boutique de téléphonie de Lombard Street qui s'apprête à fermer ?

— La boutique est placée sous vidéosurveillance de toute façon.

Sidérée par cette conclusion, je m'abstiens de souligner que, une fois morte, savoir mon agression immortalisée sur pellicule me fera une belle jambe.

— Depuis quand sommes-nous placés sous vidéosurveillance ? dis-je en regardant autour de moi.

Graham consulte sa montre, l'air vaguement mal à l'aise.

— Deux ou trois ans. Les caméras sont cachées dans le système d'arrosage automatique. Bref, tout ça pour dire que vous n'avez pas à vous inquiéter tant que vous êtes ici. Je reviens avant dix-huit heures.

Le tintement de la clochette accompagne sa sortie. Je verrouille la porte mais retourne le panonceau du côté « ouvert » avant de me rasseoir. J'ignorais que Graham avait installé des caméras. Les employeurs ne sont-ils pas obligés d'informer leurs employés – et leurs clients, d'ailleurs – qu'ils sont surveillés ? Je regarde le plafond.

Deux ou trois ans ?

Deux ou trois ans pendant lesquels je me suis crue seule au bureau quand la porte de Graham était close. Où il m'est arrivé de manger un sandwich, de passer un coup de fil, de rajuster une bretelle de mon soutien-gorge qui me gênait. Est-ce qu'il me surveille ? Je suis si troublée que la sonnerie du téléphone me fait sursauter.

À dix-sept heures trente, je retourne le panonceau en position « fermé ». La journée a été calme : un nouveau locataire venu signer un bail, quelques demandes de renseignements sur le nouvel immeuble de bureaux. Personne de suspect, pas de prédateur potentiel, et je commençais à penser que j'avais dramatisé. Mais maintenant qu'il fait noir dehors et que le bureau est éclairé, que je suis exposée aux regards des passants, l'angoisse me reprend.

Je suis heureuse de voir arriver Graham qui agite ses clés et me demande mon code postal pour pouvoir programmer le GPS. Je suis soulagée de ne pas devoir prendre le métro ce soir, de ne pas devoir m'inquiéter d'être suivie, de n'avoir pas peur de finir assassinée dans un parc comme cette pauvre Tania Beckett.

Ce soir, au moins, je serai en sécurité.

Je saurai éternellement gré à cette première victime.

Elle a tout changé.

Grâce à elle, j'ai compris que trouvel-amesœur.com pouvait être bien plus qu'un site de rencontres d'un nouveau genre : elle m'a ouvert tout un champ de possibilités.

Évidemment, il y aura toujours les clients qui n'ont pas envie d'enfreindre les règles, qui veulent se servir du site tel qu'il a été conçu au départ : pour te draguer et t'inviter à dîner.

Mais Tania Beckett m'a prouvé qu'il existe un autre genre d'hommes : ceux prêts à payer pour jouer au jeu du chat et de la souris dans les couloirs du métro, traîner à proximité des parcs à l'instant précis où tu passes, qui ont en tête quelque chose de plus ambitieux qu'un dîner.

Quel potentiel !

Prix plus élevés, marché plus ciblé.

Je pouvais devenir bien plus qu'un entremetteur, permettre la réalisation de désirs tellement enfouis qu'ils sont presque inavoués. Qui n'a jamais rêvé de faire du mal à quelqu'un ? de braver les conventions sociales ? de goûter au plaisir de la domination ?

Qui ne saisirait pas l'occasion si elle se présentait ?

L'occasion de tuer quelqu'un.

21

— On a un problème, patron.

Nick leva les yeux de son bureau en voyant approcher Kelly. La réunion matinale à peine terminée, Rampello avait déjà défait sa cravate et ouvert le col de sa chemise. D'ici l'heure du déjeuner, il se serait débarrassé de la cravate et l'aurait fourrée dans la poche poitrine de sa veste au cas où les hauts gradés passeraient à l'improviste.

— Votre compte sur le site a été annulé. Quand j'ai essayé de me connecter pour consulter les nouveaux profils publiés, ma demande a été rejetée.

Kelly ne pouvait s'empêcher de se connecter à peu près toutes les heures ; elle l'avait même fait à partir de son téléphone dès son réveil à l'aube, ce matin-là. À chaque connexion, son appréhension ne cessait de grandir car la bannière clignotante annonçant la publication de nouveaux profils signifiait que d'autres femmes étaient en danger, faisait d'elles des victimes potentielles. Le site évoluait plus vite que l'enquête, et leurs vaines recherches de la veille à Amersham n'avaient rien arrangé. La carte de crédit de James Stanford avait été clonée un an plus tôt ; et après avoir perdu son portefeuille – ou se l'être fait voler –, il avait été victime de plusieurs usurpations d'identité. L'abonnement au centre de distribution du courrier d'Old Gloucester Road était le plus récent d'une série de crimes mettant à profit ses données bancaires, certainement revendues plusieurs fois ; la brigade criminelle n'avait pas avancé d'un iota dans l'identification du criminel ciblant les usagères des transports en commun londoniens.

Les murs de la salle des opérations étaient couverts d'une multitude de visages – identifiés pour certains, anonymes pour la plupart –, et depuis que les policiers avaient réussi à accéder au site, d'autres visages étaient venus s'y ajouter. Kelly s'était connectée machinalement ce matin, après la réunion, ses doigts se posant d'eux-mêmes sur les touches du mot de passe.

Mot de passe erroné.

Surprise, elle avait réessayé, croyant s'être trompée.

Mot de passe erroné.

Après avoir vérifié plusieurs fois les informations du compte créé par Nick grâce à sa carte bancaire personnelle et à une adresse gmail, elle avait conclu qu'elle n'avait pas fait d'erreur. Le compte avait été résilié.

— On a été démasqués, d'après vous ?

— Possible, répondit Rampello en martelant son ordinateur du bout de son stylo. Combien de profils avons-nous téléchargés ?

— Tous. Ça a peut-être paru suspect ?

— Ou ce site est une arnaque : on vous fait miroiter des opportunités illimitées pour mieux vous saigner. Qui va appeler les flics pour se plaindre de ne pas en avoir eu pour son argent ?

— Le service financier a édité une carte bancaire prépayée, dit Kelly qui avait vu passer le mail pendant qu'elle tentait de se connecter au compte de Nick.

— Génial. Réinscrivez-vous et voyons combien de temps prendra la résiliation de ce compte-là. Je veux que vous recherchiez les profils de femmes basées dans le Kent.

— Jusqu'ici tous les profils sont domiciliés à Londres, patron.

— Un enlèvement a eu lieu à Maidstone hier. Un témoin rapporte avoir vu un homme attirer une femme dans une Lexus noire avant de démarrer. Une heure plus tard, la police du Kent recevait l'appel d'une femme bouleversée qui venait d'être enlevée et violée avant d'être jetée hors d'une voiture dans une zone industrielle, en périphérie de la ville.

Il tendit plusieurs documents à sa collègue qui lut rapidement les détails inscrits en haut de la déposition.

Kathryn Whitworth, 36 ans.

— Elle prend les transports en commun ?

— Elle fait le trajet tous les jours entre Pimlico et une agence de recrutement de Maidstone.

— A-t-elle relevé la plaque d'immatriculation de la Lexus ?

— Non, mais la voiture a été flashée par un radar, à quelques kilomètres du lieu de l'incident. Le chauffeur a été arrêté par la police du Kent.

Il ne fallut qu'un instant à Kelly pour créer un nouveau compte et pour repérer la description de Kathryn Whitworth, promue en première page du site parmi les nouveaux profils mis en ligne. Elle compara les détails fournis par la victime sur sa déposition avec ceux publiés à l'écran :

Peau blanche.

Cheveux blonds.

Trente-cinq, quarante ans.

Talons plats, porte des blazers cintrés. Châle en lainage à carreaux. Parapluie noir avec poignée en écaille. Sacoche Mulberry grise pour ordinateur portable.

Taille 38-40.

7 h 15 : Entre dans la station de métro Pimlico. Prend escalator et tourne à gauche vers le quai du train direction nord. Se poste

près de la grande affiche publicitaire, à gauche du plan du métro. Descend à l'arrêt suivant, Victoria. Longe le quai, tourne à droite et monte par l'escalator. Tourne à gauche en direction des quais 1 à 8. S'arrête au Starbucks voisin du quai n° 2 où le serveur lui prépare sans qu'elle le demande un venti, lait écrémé, déca, *latte*. Prend l'Ashford International sur le quai n° 3. Ouvre portable et travaille pendant durée du voyage. Descend à Maidstone East. Remonte Week Street, tourne à gauche dans Union Street. Travaille à Maidstone Recruitment.

Disponibilité : lundi à vendredi.

Durée : 80 minutes.

Niveau de difficulté : moyen.

C'était bien la même femme, cela ne faisait aucun doute. Sur un coup de tête, Kelly entra Maidstone Recruitment dans le moteur de recherche. La courte biographie de Kathryn, qui occupait le poste de consultante en recrutement senior, était accompagnée d'un portrait professionnel. Alors que sur le site de rencontres la jeune femme, les cheveux ramenés derrière les oreilles, semblait, sinon stressée, du moins un peu ailleurs, le portrait professionnel la montrait assise, l'épaule gauche en avant sur fond blanc, ses cheveux blonds et brillants coiffés avec soin lui tombant sur les épaules. Professionnelle, fiable, confiante, elle adressait un sourire éblouissant à l'appareil.

De quoi avait-elle l'air aujourd'hui ? se demanda Kelly. De quoi avait-elle l'air en dictant cette déposition de dix pages à un enquêteur de Maidstone ? Assise dans la pièce réservée aux victimes d'agressions sexuelles, vêtue d'un peignoir d'emprunt en attendant que le médecin de la police viole de nouveau son intimité ?

Les images lui revenaient trop facilement.

Elle prit la copie du profil qu'elle venait d'imprimer et se pencha par-dessus le bureau pour la tendre à Lucinda.

— Ça correspond.

Le téléphone portable de Kelly sonna, « numéro inconnu » s'affichant sur l'écran. Elle décrocha.

— Bonjour, agent Thompson ?

Kelly s'apprêtait à dire à son correspondant qu'il avait fait un faux numéro quand elle se rappela.

— Oui, c'est moi, répondit-elle en lançant un coup d'œil à Lucinda, affairée sur son ordinateur.

— Agent Angus Green de la brigade criminelle de Durham. J'ai retrouvé les dossiers que vous cherchiez concernant l'affaire de viol.

— Un instant, il faut que je m'isole.

Kelly espérait que personne au bureau n'avait remarqué combien son cœur battait vite. Elle s'efforça de quitter la pièce tranquillement comme si elle répondait à un banal coup de fil.

— Merci de m'avoir rappelée, dit-elle en atteignant le couloir.

Elle se posta en haut de l'escalier pour pouvoir surveiller qui montait les marches tout en gardant un œil sur la porte du bureau.

— Je vous en prie. Avez-vous arrêté un suspect ?

— Non, nous enquêtons sur des affaires similaires au niveau national et nous avons eu vent de ce cas. Je voulais savoir s'il y avait eu des progrès ces dernières années.

Le cœur de Kelly cognait si fort qu'elle en avait mal à la poitrine. Elle posa la main à plat sur son sternum. Si quelqu'un découvrait ce qu'elle avait fait, elle perdrait son travail : il n'y aurait pas de deuxième chance cette fois.

— Aucun, malheureusement. Si le violeur se fait pincer pour un autre crime, on pourra comparer son ADN à l'échantillon conservé dans le dossier, bien qu'il y ait peu de chance qu'il soit traduit en justice, même en cas d'identification.

— Pourquoi ?

Kelly avait espéré arrêter le violeur de Lexi depuis ses débuts dans la police, après avoir constaté que ce n'était pas grâce à l'acharnement des enquêteurs mais à des coups de chance que l'on venait à bout de tant de crimes non élucidés : des employés soumis à un prélèvement d'ADN après un cambriolage sur leur lieu de travail, une prise de sang suite à un éthylotest positif. La surprise de voir une affaire simple gagner en complexité et d'élucider enfin un crime commis vingt ans plus tôt. Ça lui était déjà arrivé une ou deux fois et, en l'occurrence, c'était son désir le plus cher. Elle n'avait jamais vu le visage du violeur de Lexi mais imaginait son arrogance se muant en terreur alors que l'infraction relativement anodine dont on l'accusait devenait dérisoire face au résultat positif des analyses génétiques confirmant sans l'ombre d'un doute qu'il avait suivi sa sœur, l'avait espionnée avant de la violer.

— Le dossier contient une lettre de la victime, disait l'agent Green. Une Miss Alexis Swift. D'après la lettre, bien que les preuves fournies dans sa déposition soient toujours valables, elle abandonne les poursuites et ne souhaite pas être tenue informée des progrès de l'enquête.

— Mais c'est impossible ! s'écria Kelly sans pouvoir se retenir, sa voix résonnant dans le couloir désert.

Le silence qui s'ensuivit témoignait de la perplexité de l'agent Thompson.

— Enfin, pourquoi une victime refuserait-elle un procès ? C'est insensé.

— Aucune explication n'est fournie, juste la déclaration signée.

Et si la situation était plus équivoque qu'elle ne l'avait déclaré au départ ? Elle connaissait peut-être l'agresseur, après tout ; elle a peut-être consenti avant de changer d'avis.

La policière s'efforça de garder son sang-froid. Elle revit Lexi, blottie dans un fauteuil de la salle du commissariat réservée aux victimes de viol, trop amochée pour même se lever lorsque Kelly était arrivée après avoir roulé à tombeau ouvert entre Brighton et

Durham. Lexi portait des vêtements d'emprunt trop grands pour elle ; les siens étaient rangés dans des sacs en papier soigneusement étiquetés, mis sous scellés. La jeune femme revit sa sœur allongée pendant l'examen médical, les larmes qui roulaient sous ses paupières closes, sa main qui broyait celle de Kelly. Personne n'aurait pu consentir à une chose pareille.

— Ouais, c'est possible, répondit-elle d'un ton dégagé. Merci de m'avoir rappelée en tout cas. Je crois que ce crime n'a rien à voir avec notre série, mais on ne sait jamais.

Après avoir raccroché, elle colla le front au plâtre frais du mur.

— Si vous avez envie de méditer, Kelly, vous pourriez peut-être le faire sur votre temps libre.

En se retournant, elle trouva Rampello en tenue de jogging dans l'escalier. Avec ses tennis, elle ne l'avait pas entendu monter. Son tee-shirt était auréolé de taches sombres au niveau des aisselles et de la poitrine.

— Désolée, patron, je faisais juste une pause.

Les pensées se bousculaient dans la tête de la policière. Qu'avait fait Lexi ? Et pourquoi ?

— La pause est finie. Je vais prendre une douche. Rendez-vous dans dix minutes pour le briefing.

La jeune femme se focalisa sur l'affaire en cours.

— Vous aviez raison pour le viol de Maidstone ; j'ai transmis le dossier à Lucinda.

— Bon. Dites à la police du Kent qu'on leur tire une épine du pied. On prend la relève. Mais commençons par le commencement : j'ai demandé à la division de lutte contre la cybercriminalité de venir nous expliquer ce qu'ils foutent depuis deux jours. Impossible de faire un pas sans laisser de trace numérique, de nos jours : ça ne doit pas être bien compliqué d'identifier l'administrateur de ce site Internet.

— C'est très compliqué, dit Andrew Robinson. Il a trop bien brouillé les pistes. Le site est enregistré aux îles Caïmans.

— Quoi ? C'est de là que l'administrateur gère son site ?

— On se calme : je ne vous paie pas de croisière aux Caraïbes.

— Ça ne signifie pas que le coupable se trouve là-bas, expliqua Andrew, juste que ses données personnelles sont stockées là-bas. Vous ne serez pas surpris d'apprendre que ce n'est pas le grand amour entre la police britannique et les îles Caïmans : inutile d'espérer qu'ils nous livrent des informations. Ce que nous avons pu récupérer, en revanche, c'est l'adresse IP du serveur.

Face au regard sans expression des deux policiers, Andrew se reprit.

— En gros, quand je recherche un nom de domaine, mon ordinateur envoie un signal vers ce site Internet. Si le site Internet n'existe pas, on n'obtient pas de réponse ; s'il existe – c'est le cas, en l'occurrence –, la réponse nous apprend où les coordonnées informatiques du site sont stockées. Si nous avions accès au serveur qui héberge les données, nous saurions aussi quel objet connecté a été utilisé pour faire la demande. Par exemple, poursuivit-il en désignant le téléphone de Nick posé devant eux sur la table, si vous vous connectiez sur votre compte bancaire en ligne, le site Internet de la banque enregistrerait l'adresse IP de votre téléphone, ce qui nous permettrait de suivre votre trace.

— Pigé, dit Nick. Alors d'où se connecte l'administrateur ?

Andrew croisa les doigts et fit craquer ses articulations l'une après l'autre.

— Ce n'est pas si simple, malheureusement, expliqua-t-il en ouvrant son cahier pour montrer un numéro à Nick et Kelly. 5.43.159.255 : voilà l'adresse IP – c'est une espèce de code postal pour ordinateurs. C'est une adresse IP statique mais hébergée par un serveur russe et, malheureusement, les Russes…

— Laissez-moi deviner ? l'interrompit Nick. Les Russes ne coopèrent pas avec la police britannique. Nom d'un chien !

— Ne tirez pas sur le messager, l'implora Andrew, mains levées.

— Y a-t-il moyen de retrouver la trace du site ? demanda Kelly.

— Franchement, non. Pas dans les délais qu'il vous faut respecter vu la gravité de la menace. Ce site est quasiment indétectable.

— Ça veut dire que notre coupable est doué en informatique, qu'il a une grande expérience dans ce domaine ? demanda Kelly.

— Pas nécessairement. Tout ça est disponible en ligne pour ceux que ça intéresse. Même le capitaine pourrait y arriver.

La jeune femme dissimula un sourire. Rampello ne releva pas.

— Que suggérez-vous ?

— Vous connaissez le vieil adage : suivez l'argent.

— Que voulez-vous dire ?

— Vous n'avez jamais vu *Les Hommes du président* ? Vous ne savez pas ce que vous ratez. Le coupable est rémunéré quand un client s'inscrit sur son site de rencontres, n'est-ce pas ? Nous devons suivre cet argent. On peut suivre la trace de chaque transaction, de la carte bancaire du client au compte bancaire du coupable, en passant par le compte PayPal associé au site Internet. Quand vous saurez qui retire l'argent et comment il s'y prend, vous aurez votre piste.

Kelly retrouva un soupçon d'optimisme.

— Quels détails vous faut-il ?

— Vous vous êtes servi de votre carte bancaire personnelle, non ?

Rampello acquiesça.

— Donnez-moi la date, le montant de la transaction et la carte bancaire dont vous vous êtes servi et je retrouve notre homme.

22

Nous roulons au pas dans la voiture de Graham et restons pratiquement à l'arrêt dans Norwood Road pendant une demi-heure. C'est un conducteur impatient qui s'engouffre dans le moindre espace disponible et donne des coups de klaxon si la voiture qui nous précède ose lambiner plus d'une fraction de seconde avant de démarrer au feu vert. C'est le deuxième jour d'affilée que Graham me raccompagne et, après avoir fait le tour de nos sujets de conversation habituels – la boutique de location de vidéos sera-t-elle vendue au prix demandé ? Il n'y a jamais assez de bureaux en duplex pour répondre à la demande –, nous nous retrouvons à court et gardons le silence.

Quand il m'arrive de m'excuser de l'obliger à faire un si grand détour, Graham refuse de m'écouter.

— Je ne peux pas vous laisser traverser Londres avec un pervers à vos trousses, dit-il.

Il me vient à l'esprit que je n'ai jamais précisé la nature des agressions dont les femmes ont été victimes ; cela dit, quand un homme suit une femme, il est normal d'en arriver à cette conclusion.

Je sais que je pourrais demander à Matt de venir me chercher et qu'il insisterait pour me ramener aussi longtemps que nécessaire. Si j'évite de le faire, c'est parce que Simon n'apprécierait pas du tout et que Matt ne l'apprécierait que trop.

Matt m'aime toujours, c'est un secret de polichinelle. Ça crève les yeux chaque fois que nous nous voyons pour parler des enfants et qu'il soutient mon regard un peu plus longtemps que nécessaire. Ça crève les yeux chaque fois que je fais allusion à Matt devant Simon et qu'un violent éclair de jalousie traverse le regard de mon compagnon.

Simon ne peut pas venir me chercher. Il a vendu sa voiture il y a quelques semaines. Sur le moment, j'ai cru qu'il était en colère ; même s'il ne la prenait pas très souvent en semaine, le week-end, nous multipliions les courses au supermarché ou chez Ikea, les allées et venues pour rendre visite à des amis ou à de la famille.

— Nous pouvons prendre le train, m'a-t-il dit quand j'ai laissé entendre que la voiture allait nous manquer.

Il ne m'était jamais venu à l'idée qu'il ne pouvait pas se permettre d'en avoir une.

J'aimerais avoir le permis. En vivant à Londres, je n'en ai jamais eu besoin, mais aujourd'hui, j'aimerais pouvoir aller à l'agence en voiture. Je suis sur le qui-vive depuis que j'ai découvert les annonces ; mes sens sont en alerte en attendant l'instant où je devrai courir. Ou me battre. Je suis sur mes gardes, partout et avec tout le monde.

Je me sens en sécurité dans la voiture de Graham où je sais que personne ne me suit et que je peux me reposer sur le siège en cuir souple et fermer les yeux sans craindre d'être épiée.

La circulation reprend dès que nous avons traversé la Tamise. Il fait bon grâce au chauffage et je me sens détendue pour la première fois depuis des jours. Graham allume la radio et j'écoute Greg Burns interviewer Art Garfunkel sur Capital FM. Les accords de « Mrs Robinson » résonnent alors qu'ils concluent leur entretien ; je suis amusée de constater que je me rappelle toutes les paroles mais m'assoupis avant qu'elles me reviennent.

Tout le long du trajet, j'oscille entre veille et sommeil. Le bourdonnement de la circulation varie constamment et me tire du sommeil pour mieux me bercer quelques instants plus tard. J'entends les premières notes d'une autre chanson à la radio, je ferme les yeux une fraction de seconde, me semble-t-il, et me réveille au dernier couplet d'un air différent.

Les bruits qui s'immiscent dans mon sommeil se confondent : bus, musique, spots de publicité. Le moteur de la voiture devient le grondement sourd d'un train, la voix du présentateur m'invite à faire attention à la marche en descendant du train. Je suis debout dans une rame de métro bondée, une odeur d'aftershave et de transpiration flotte autour de moi. J'essaie de reconnaître l'aftershave que j'ai déjà senti mais où ? Cela m'échappe.

Publication de l'annonce : vendredi 13 novembre.
Blanche.
Trente-cinq, quarante ans.

Regards omniprésents. Ils me surveillent. Me suivent. Connaissent chaque étape de mon trajet. Quand le train s'arrête, j'essaie de descendre mais quelqu'un se colle à moi, me plaque à la paroi de la rame.

Niveau de difficulté : moyen.

C'est Luke Friedland. Il m'écrase la poitrine. « Je vous ai sauvée », dit-il, et j'essaie de secouer la tête, de me dégager. Entêtante, l'odeur d'aftershave emplit mes narines et me suffoque.

Je ferme les yeux.

Pourquoi ?

En les ouvrant, je découvre que l'homme pressé contre moi n'est pas Luke Friedland.

Je ne suis pas à bord d'un train, entourée de voyageurs, mais dans la voiture de Graham Hallow.

C'est le visage de Graham tout contre le mien, son bras contre ma poitrine qui me plaque à mon siège. C'est l'odeur de Graham, ce parfum boisé de cannelle mâtiné de transpiration et de l'odeur de renfermé de sa veste en tweed.

— Où sommes-nous ? Poussez-vous !

L'étau qui m'enserrait la poitrine se relâche mais, étranglée par la panique, je peine encore à respirer. L'obscurité qui environne la voiture s'immisce par les vitres alors que je tâtonne pour ouvrir la portière.

Éblouie par la lumière, je cligne des yeux.

— Je défaisais votre ceinture de sécurité, s'indigne Graham.

Pourquoi ce ton ? Parce que je l'ai accusé ou parce que je l'ai empêché d'aller plus loin ?

— Vous vous êtes endormie.

Je constate que ma ceinture, qui pend par-dessus mon bras gauche, a été défaite et que nous sommes garés dans ma rue : j'aperçois la porte d'entrée de la maison.

— Je… excusez-moi, dis-je, confuse.

Ma sieste m'a laissée groggy.

— J'ai cru… dis-je en cherchant mes mots. Je vous ai pris…

Les mots ne sortent pas, mais c'est inutile. Graham met le contact et le rugissement du moteur met un terme brutal à notre conversation. Je frissonne en sortant de la voiture car il fait quinze degrés de moins dehors.

— Merci de m'avoir ramenée. Excusez-moi, j'ai cru…

Debout sur le trottoir, je le regarde s'éloigner.

Avec trouvel-amesœur.com, fini la nervosité des premiers rendez-vous, les conversations guindées autour d'un dîner. Je dirais même que ce site est plus honnête que la plupart des sites de rencontres en ligne aux photos retouchées et autres profils mensongers. Échelle des salaires, passe-temps, plats préférés… tout ça est hors sujet. Qui fonde sa relation sur un penchant commun pour les tapas ? Entre un homme et une femme pourtant faits l'un pour l'autre sur le papier ne se produira pas forcément l'étincelle qui enflammera les passions.

Trouvel-amesœur.com vous simplifie la vie en éliminant toutes ces conneries, parce que tout le monde se fiche que vous aimiez l'opéra ou les promenades en plein air. Le site permet aux hommes de prendre leur temps. Ils peuvent te suivre un moment, entamer la conversation, vérifier que tu es assez intéressante pour t'inviter à dîner au lieu de perdre leur temps avec une dinde qui parle à tort et à travers. Ça permet aux hommes de t'approcher de près. De sentir ton parfum, ton haleine, l'odeur de ta peau. De ressentir une étincelle et d'agir en fonction.

Tu te demandes qui sont mes clients ? Qui peut bien utiliser ce genre de service ? Tu te dis que le marché ne peut pas être assez porteur.

Je peux t'assurer le contraire.

Mes clients sont issus de tous les milieux. Ce sont des hommes qui n'ont pas le temps de nouer de relations, assez riches pour s'en moquer. Des hommes qui n'ont pas trouvé « la femme idéale », qui prennent leur pied quand ils tiennent les rênes. Chacun a sa raison de s'abonner au site, peu importe laquelle, ça ne me regarde pas.

Qui sont donc ces hommes ?

Je te vois

Ce sont tes amis. Ton père, ton frère, ton meilleur ami, ton voisin, ton patron. Les gens que tu vois tous les jours, que tu croises tous les jours dans les transports.

Tu es choquée. Tu crois les connaître mieux que ça.

Tu te trompes.

23

— S'agit-il de votre véhicule ? demanda Kelly en faisant glisser la photo d'une Lexus noire sur la table.

Gordon Tillman hocha la tête.

— Pour les besoins de l'enregistrement, je note que le suspect acquiesce.

Tillman avait perdu de sa superbe depuis qu'il avait troqué son costume tape-à-l'œil contre le survêtement réglementaire en garde à vue, mais ça ne l'empêchait pas de chercher à intimider du regard les policiers qui l'interrogeaient. D'après sa date de naissance, il avait quarante-sept ans, mais le teint brouillé par les excès, en paraissait dix de plus. Drogue ? alcool ? sexe et alcool ? Soirées passées à étaler son fric pour attirer les filles qui, sans cela, ne l'auraient même pas remarqué ? Kelly essaya de dissimuler son dégoût.

— Étiez-vous au volant de ce véhicule à environ neuf heures moins le quart hier matin ?

— Vous le savez bien.

Les bras croisés sur la poitrine, Tillman répondait aux questions, l'air détendu. Il avait décliné l'aide d'un avocat et Kelly ne savait pas encore comment se passerait l'interrogatoire. Ça semblait bien parti pour des aveux complets, et pourtant... Une lueur dans les yeux de Tillman laissait supposer que ce ne serait pas si simple. Le souvenir soudain d'une autre salle d'interrogatoire – suspect différent, même crime – lui fit serrer les poings très fort sous la table. C'était un événement isolé. Le suspect l'avait cherchée et, à l'époque, elle était plus jeune et inexpérimentée. Ça ne se reproduirait pas.

La sueur n'en coulait pas moins le long de son échine alors que la jeune femme s'efforçait de se concentrer. Elle ne s'était jamais rappelé les mots chuchotés à son oreille, ces mots qui l'avaient poussée à bout, l'avaient enveloppée dans un voile de colère et l'avaient fait disjoncter.

— Nous cherchons à établir ce qui s'est passé entre huit heures trente et dix heures, hier matin. Pouvez-vous nous donner votre version des faits ?

— Je revenais d'une conférence à laquelle j'avais assisté la veille au soir. Comme elle était suivie d'un dîner, j'avais passé la nuit à Maidstone et m'apprêtais à rentrer dans l'Oxfordshire. J'allais passer le reste de la journée à travailler chez moi.

— Que faites-vous dans la vie ?

Avant de répondre, Tillman toisa la jeune femme, laissant ses yeux s'attarder de manière fugace mais tout à fait délibérée sur sa poitrine. Kelly sentit, plus qu'elle ne le vit, Rampello se pencher en avant sur sa chaise. Elle le supplia intérieurement de se taire. Inutile de donner au suspect la satisfaction de savoir qu'elle avait remarqué qu'il la reluquait.

— Je travaille à la City. Je suis conseiller en gestion de patrimoine chez NCJ Investors.

Kelly n'avait pas été surprise d'apprendre que le capitaine Rampello assisterait à l'interrogatoire. Elle l'avait supplié de la laisser cuisiner Tillman en lui rappelant combien elle s'était investie dans cette affaire et à quel point elle souhaitait être présente à l'arrivée. Sa réponse s'était longuement fait attendre.

— D'accord, mais moi aussi je serai là.

Kelly avait acquiescé.

— Vous êtes trop inexpérimentée pour mener l'interrogatoire seule ; certains collègues sont déjà dépités du rôle que vous jouez, ce n'est pas la peine d'en rajouter.

L'autre raison resta tacite. Il pensait que Kelly n'était pas capable de se maîtriser. Comment aurait-elle pu lui en vouloir ? Elle était du même avis.

Elle avait écopé d'une suspension immédiate, le conseil de discipline en interne aggravé par la menace d'une procédure pénale.

— Qu'est-ce qui vous a pris, bon sang ? lui avait demandé Diggers une fois Kelly virée *manu militari* de la salle d'interrogatoire, chemise déchirée, la joue marquée d'un hématome parce que le suspect s'était défendu. Elle tremblait comme une feuille, l'adrénaline retombant aussi vite qu'elle était montée.

— Je n'ai pas réfléchi.

C'était faux. Elle pensait à Lexi. C'était inévitable, elle l'avait su dès qu'on leur avait soumis l'affaire. Une jeune fille violée par un inconnu en rentrant de l'école.

— Je m'en charge, avait-elle dit sans détour au capitaine.

Elle avait traité la victime avec la compassion dont elle aurait aimé que Lexi bénéficiât et avait eu l'impression de lui apporter quelque chose.

Quelques jours plus tard, le coupable était arrêté : l'ADN correspondait à celui d'un délinquant sexuel fiché. Dans la salle d'interrogatoire, le sourire moqueur aux lèvres et vêtu d'une combinaison jetable, il avait refusé la présence d'un avocat. « Aucun commentaire », avait-il martelé. Quand il avait bâillé, insinuant que toute l'histoire l'ennuyait, Kelly avait bouilli de colère.

— Vous rentriez donc chez vous… répéta Nick devant le silence de sa collègue qui s'efforça de se focaliser sur Tillman.

— En passant devant la gare, j'ai compris qu'après la soirée de la veille je devais encore dépasser le taux d'alcoolémie autorisé.

Un sourire se dessina sur les lèvres de l'homme : il savait pertinemment qu'aucune poursuite judiciaire ne pourrait résulter d'un tel aveu. Kelly aurait parié sa retraite que Gordon Tillman avait l'habitude de conduire en état d'ivresse : c'était le genre de branleur arrogant qui devait prétendre mieux conduire après avoir bu quelques pintes.

— J'ai pensé que je ferais mieux de m'arrêter prendre un café ; je me suis donc garé et j'ai demandé à une femme s'il y avait un bar dans le coin.

— Pouvez-vous nous décrire cette femme ?

— Entre trente et quarante ans, blonde. Allure coquette, dit Tillman avec un nouveau sourire. Elle m'a conseillé un café dans les environs et je lui ai demandé si elle voulait m'accompagner.

— Vous avez invité une parfaite inconnue à prendre un café avec vous ? s'étonna Kelly, sans chercher à dissimuler son incrédulité.

— Vous connaissez la boutade : un inconnu, c'est un ami que l'on ne connaît pas encore. Dès que je me suis garé, elle m'a fait les yeux doux.

— Avez-vous l'habitude d'inviter des inconnues à prendre un café ? insista Kelly.

Sans se presser, le suspect toisa Kelly et secoua imperceptiblement la tête avant de répondre :

— Ne vous inquiétez pas, mon chou, je n'invite que les jolies filles.

— Si vous pouviez continuer avec votre version des faits, coupa Nick.

Tillman remarqua l'insistance du capitaine, mais il reprit son récit sur le même ton.

— Elle est montée et, en chemin vers le café, elle m'a fait une proposition que je n'ai pas pu refuser, dit-il avec un sourire qui donna la nausée à Kelly. Elle a dit qu'elle n'avait jamais fait ça de sa vie, mais que son grand fantasme avait toujours été de faire l'amour avec un inconnu et m'a demandé si ça me tentait. À votre avis ? dit-il en riant. Elle a dit qu'elle ne me donnerait pas son nom et qu'elle ne voulait pas connaître le mien, puis m'a indiqué la route d'une zone industrielle en périphérie de Maidstone.

— Et que s'est-il passé là-bas ?

— Vous voulez tous les détails ? dit le suspect en se penchant vers Kelly, provocateur. Vous savez comment on appelle les gens comme vous ?

— Et les gens comme vous, vous savez comment on les appelle ? répondit la jeune femme du tac au tac, l'estomac noué par la colère qu'elle s'efforça de maîtriser.

Un ange passa. Le suspect eut un sourire narquois.

— Elle m'a sucé et puis je l'ai baisée. Je lui ai proposé de la ramener mais elle m'a dit qu'elle préférait que je la laisse sur place. Ça faisait partie du fantasme, je suppose.

Il soutint le regard de Kelly : avait-il deviné qu'elle était en proie à une lutte intérieure, que cette situation réveillait un sentiment qu'elle avait jusqu'alors réussi à refouler ?

— Elle aimait bien se faire malmener, comme beaucoup de femmes, non ? Vu les cris qu'elle poussait, elle a adoré, ajouta-t-il, sourire goguenard à l'appui.

Elle a adoré.

Le suspect n'avait pas quitté Kelly des yeux pendant toute la durée de l'interrogatoire. Elle était accompagnée d'un collègue et le suspect ne s'était livré à aucune provocation, n'avait pas cherché à intimider la jeune femme. C'est au moment où ils éteignaient le magnétophone et où Kelly raccompagnait l'individu à sa cellule qu'il s'était penché vers elle. Elle avait senti son souffle chaud sur son cou et l'odeur âcre de la transpiration mêlée à celle de la cigarette.

— Elle a adoré, avait-il murmuré.

En y repensant par la suite, elle avait eu l'impression de quitter son corps. Qu'une autre se retournait, menaçante, pour lui écraser son poing sur le nez et lui griffer le visage. Qu'une autre perdait son sang-froid. Son collègue l'avait traînée hors de la pièce mais le mal était fait.

Quand Lexi avait-elle écrit cette lettre au commissariat de Durham ? À l'époque, l'issue de l'enquête lui importait peut-être déjà moins qu'à Kelly ? Avait-elle failli perdre son boulot pour rien ?

— Alors, c'est tout ? dit l'agent Swift, en chassant cette image. Voilà votre version des faits ?

— C'est ce qui s'est passé, dit le suspect qui fit grincer sa chaise en plastique quand il s'y adossa, bras croisés sur la poitrine. Mais laissez-moi deviner : elle culpabilise, ou son petit ami l'a appris, et elle crie au viol. C'est ça ?

Kelly avait beaucoup appris ces dernières années. Face à un criminel, il y avait plus efficace que la colère. Imitant le suspect, elle s'adossa à sa chaise, mains levées en signe de défaite, en attendant le sourire ironique qu'il ne manquerait pas de lui adresser.

— Parlez-moi de trouvel-amesœur.com, lui assena-t-elle soudain.

L'homme changea du tout au tout.

Un éclair de panique brilla dans son regard et il se raidit.

— Que voulez-vous dire ?

— Depuis quand êtes-vous abonné ?

— Je ne vois pas de quoi vous parlez.

C'était au tour de Kelly de sourire.

— Ah bon ? Vous voulez dire que lorsque nous fouillerons votre appartement – ce que nous allons faire pendant votre garde à vue – et que nous analyserons le contenu de votre ordinateur, nous ne trouverons pas trace de vos connexions au site ?

La sueur perla sur le front de Tillman.

— Nous ne trouverons pas les détails du trajet de la victime, que vous avez achetés et téléchargés ?

Tillman se passa la main sur le front avant de s'essuyer sur son bas de survêtement, laissant une auréole sombre sur sa cuisse droite.

— Quel abonnement avez-vous souscrit ? Platine, c'est ça ? Un homme tel que vous ne se satisfait que du meilleur.

— Arrêtez l'interrogatoire, s'écria Tillman. J'ai changé d'avis. Je veux un avocat.

Kelly ne fut pas surprise que Gordon Tillman préfère faire appel à son propre avocat qu'à celui commis d'office, et la jeune femme se moquait pas mal que ce privilège lui coûte trois heures d'attente. Pendant ce temps, la police de l'Oxfordshire saisit l'ordinateur portable de Tillman ainsi que les sous-vêtements qu'il portait au moment du viol présumé, négligemment jetés dans la corbeille à linge de sa salle de bains ; les officiers de la Metropolitan Police saisirent son ordinateur professionnel et le contenu de ses tiroirs, au bureau. En pensant que, condamné ou non par la justice, Tillman verrait sa carrière brisée, Kelly se sentait mieux.

— Combien de temps te faut-il pour analyser le contenu de l'ordinateur portable ? demanda Rampello à Andrew.

Kelly et Rampello étaient rentrés à la Crim pendant que Tillman consultait son avocat.

— Entre trois et cinq jours en urgence. Vingt-quatre heures si tu trouves les fonds nécessaires.

— Je vais les trouver. Je veux l'historique de ces six derniers mois, avec une preuve de chacune de ses connexions au site. Je veux savoir quels profils il a consultés, lesquels il a téléchargés et s'il les a géolocalisés sur Google Earth. Et passez le disque dur au peigne fin pour vérifier s'il contient des images pornographiques – vous allez en trouver, c'est obligé ; au moindre indice qui frise l'illégalité, on le coffre. Prétentieux de mes deux.

— Vous n'avez pas accroché avec Tillman, si je comprends bien ? dit Kelly après qu'Andrew eut disparu dans son box. Il était charmant pourtant, plaisanta-t-elle avec une grimace. Est-ce qu'il en sait long, d'après vous ?

— Difficile à dire. Manifestement assez pour se fermer comme une huître en constatant que nous connaissions le site, mais j'ignore s'il sait qui est l'administrateur. Si son avocat a un brin de jugeote, il lui conseillera de garder le silence et ce sera à la police scientifique de déterminer sa culpabilité. Avons-nous reçu le rapport du médecin de la police ?

— Avant le début de l'interrogatoire, j'ai parlé à la brigade spécialisée dans les crimes sexuels de la police du Kent qui a faxé le rapport complet. Des preuves formelles confirment le rapport sexuel que personne ne conteste de toute façon.

Kelly tendit le fax à Rampello qui le consulta rapidement.

— Ni lésion défensive ni preuve qu'il y ait eu contrainte.

— Ça ne veut rien dire.

Lexi n'avait pas été blessée. Elle avait raconté s'être figée et c'est ce qu'elle se reprochait le plus. De ne pas s'être battue.

— Non, mais pour nous, ça va être coton de prouver que la victime n'était pas consentante. Il est crucial de prouver le lien entre Gordon Tillman et le profil de la victime sur le site Internet. Si nous y parvenons, l'histoire qu'il nous a servie ne tient plus.

— Et dans le cas contraire ?

— On va y arriver. Où est Lucinda ?

— Elle participe à une réunion de coordination.

— Je veux qu'elle identifie les victimes de crimes non élucidés présentes sur le site. Même si elles sont anonymes, nous disposons de leur photo et de leur itinéraire exact. Une fois identifiées, on les convoque pour les mettre en garde.

— C'est comme si c'était fait.

— C'était un interrogatoire difficile, ajouta Nick après un instant d'hésitation. C'est du bon boulot, je suis impressionné.

— Merci.

— On y retourne. Ce ne sera pas long, à mon avis.

Le capitaine ne s'était pas trompé. Sur les conseils de son avocat, un homme mince à l'air stressé qui portait des lunettes à monture métallique, Gordon Tillman refusa de répondre aux questions qui lui furent posées.

— Mon client sera libéré sous caution, je suppose ? demanda l'avocat quand on eut escorté Tillman jusqu'à sa cellule.

— Ce n'est pas ce que nous avions en tête, répondit Kelly. Nous enquêtons sur un crime grave et nous devons nous livrer à des analyses scientifiques très poussées. Votre client va passer un bon bout de temps au chaud.

Le retour positif de Rampello lui ayant redonné confiance, Kelly avait retrouvé ses vieux réflexes pendant la seconde partie de l'interrogatoire, redevenant l'enquêtrice qu'elle était avant sa malencontreuse erreur.

La garde à vue de Tillman ne pouvant durer que vingt-quatre heures, Rampello avait sollicité une prolongation auprès du commissaire de service. Malheureusement, vu le délai annoncé par Andrew, les douze heures supplémentaires susceptibles d'être accordées par son supérieur ne suffiraient sans doute pas ; il leur faudrait l'autorisation d'un magistrat pour garder Tillman sous les verrous plus longtemps.

En attendant de pouvoir briefer l'officier responsable de la garde à vue, Kelly feuilleta le dossier. La lecture de la déposition de la victime lui glaça le sang. La Lexus noire s'était garée devant elle, et le chauffeur, qui lui demandait son chemin, avait ouvert la portière côté passager sous prétexte que la vitre « était coincée ».

— J'ai trouvé ça bizarre vu que la voiture avait l'air neuve mais je ne me suis pas méfiée, pouvait-on lire dans la déposition de Kathryn. Elle s'était penchée dans l'habitacle pour indiquer sa route – il cherchait la M20 – au chauffeur, qu'elle décrivait comme un homme à l'air amical et rassurant.

— Il s'est excusé de me retarder et m'a remerciée pour mon aide.

Kathryn répétait ces indications pour la deuxième fois (« il a dit qu'il avait une très mauvaise mémoire ») quand Gordon Tillman avait révélé ses véritables intentions.

— Soudain, il a agrippé le châle gris que je portais ; il m'a empoignée derrière l'épaule droite et m'a attirée dans la voiture. C'est arrivé si vite que je n'ai même pas réussi à crier, je crois. Quand il a démarré, mes pieds dépassaient encore de la portière et mon visage était collé à ses genoux. Je sentais le volant derrière ma tête et il se servait de sa main libre pour plaquer mon visage contre son entrejambe.

La voiture s'était arrêtée le temps que Tillman claque la portière côté passager, mais sans que la victime ait pu relever la tête ; il conduisait lentement et n'avait pas changé de vitesse une seule fois.

— Malgré mes tentatives, il m'empêchait de tourner la tête, avait déclaré Kathryn au policier du Kent qui avait pris sa déposition. Je sentais son pénis durcir de plus en plus contre mon visage. C'est là que j'ai compris qu'il allait me violer.

Une note de l'officier témoin de l'entretien indiquait qu'elle était mère de deux enfants dont le plus jeune avait à peine dix-huit mois, qu'elle était chasseuse de tête à plein temps et mariée depuis onze ans.

Je suis en faveur d'un procès et suis prête à témoigner devant un tribunal, si nécessaire.

Évidemment. Pourquoi s'y opposer ?

Pourquoi Lexi avait-elle refusé ?

— J'ai besoin de prendre l'air, annonça Kelly à Nick, qui leva à peine les yeux de son bureau.

La jeune femme dévala l'escalier pour gagner le jardinet clos, derrière le commissariat. En constatant qu'elle serrait les poings, elle s'obligea à détendre les doigts et à respirer un grand coup.

Lexi décrocha juste avant que l'appel de Kelly ne soit dirigé vers sa boîte vocale.

— Pourquoi as-tu dit à la police de Durham que tu refusais de témoigner au tribunal ?

Lexi fut suffoquée.

— Attends.

Kelly entendit une conversation étouffée et reconnut les voix de son beau-frère et d'un de ses neveux – Fergus, sans doute. On ferma une porte.

— Comment es-tu au courant ? dit Lexi d'un ton calme mais ferme.

— Pourquoi leur avoir dit que tu abandonnais les poursuites, Lexi ?

— Parce que c'est le cas.

— Je ne comprends pas. Comment as-tu pu tirer un trait sur l'événement le plus important de ta vie ?

— Parce que ce n'est pas l'événement le plus important de ma vie ! Mon mari est ce qui a le plus compté dans ma vie. Fergus et Alfie aussi. Toi, maman et papa… vous comptez tous plus que ce qui s'est passé à Durham il y a des lustres.

— Tu penses aux autres ? Qu'éprouverais-tu s'il violait une autre femme parce qu'il n'a pas été reconnu coupable de ton agression ?

— Je culpabilise vraiment, je t'assure, avoua Lexi avec un soupir. Mais c'est une question de survie, Kelly. J'aurais craqué, autrement, et qu'est-ce que je serais devenue alors ? Je n'aurais pas pu m'occuper des enfants.

— Je ne comprends pas… pourquoi être aussi catégorique ? Il peut se passer des années avant que l'agresseur soit arrêté – si ça arrive un jour –, tu auras peut-être changé d'avis d'ici là.

— Tu ne vois pas que c'est précisément ça qui était insupportable ?

Kelly sentit sa gorge se serrer en entendant la voix de sa sœur se briser.

— C'était imprévisible. La police risquait de m'appeler du jour au lendemain pour m'annoncer qu'elle avait arrêté un suspect ou recueilli les informations d'un témoin. Et si cela arrivait la veille d'un entretien d'embauche ou le jour de l'anniversaire d'un des garçons ? Je suis heureuse, Kelly. J'ai une vie agréable, avec une famille que j'adore, et je n'ai pas envie de remuer ce qui m'est arrivé à Durham il y a une éternité.

Kelly garda le silence.

— Tu dois pouvoir le comprendre. Tu dois bien voir ce qui m'a motivée ?

— Non, ça m'échappe complètement. Et je ne comprends pas non plus pourquoi tu ne m'as jamais annoncé ta décision.

— Tu as vu comment tu réagis, Kelly ? Voilà pourquoi. Parce que tu ne m'as jamais laissée passer à autre chose, même quand c'était ce que je voulais. Tu es officier de police, tu passes ta vie à remuer le passé, à chercher des réponses. Parfois, il n'y en a pas. Il arrive des trucs qu'il faut gérer au mieux.

— Le déni n'est pas le meilleur moyen de…

— Tu vis ta vie, Kelly. Laisse-moi vivre la mienne.

Lexi raccrocha et Kelly resta plantée dans l'air glacial du jardinet, à moitié cachée dans l'obscurité.

24

— Tu es nerveuse, ma chérie ?

— Un peu.

Nous sommes dans la cuisine, samedi, il est treize heures et nous rangeons les restes de la soupe que j'ai préparée. Je voulais que Katie avale quelque chose de chaud avant sa répétition, mais elle a picoré quelques miettes de son petit pain et a à peine touché à son assiette.

— Moi aussi, lui dis-je en souriant.

Alors que je comptais lui montrer ma solidarité, elle se rembrunit.

— Tu me crois incapable d'y arriver ?

— Oh, ma chérie, ce n'est pas ce que je voulais dire.

Je m'en veux d'avoir encore fait une gaffe.

— Je ne m'inquiète pas pour toi, je suis fébrile. J'ai le trac, tu comprends ?

Au moment où je la prends dans mes bras, on sonne à la porte et elle s'écarte.

— Ce doit être Isaac.

Je la suis dans l'entrée en m'essuyant les mains sur un torchon. Il y a une répétition technique avant que nous assistions tous à la générale. J'ai tellement envie d'aimer la pièce ! Pour faire plaisir à Katie. Je me force à sourire alors que Katie se dégage de l'étreinte d'Isaac, qui me salue.

— Merci de venir la chercher.

Je suis sincère. Si j'avais le choix, ma fille ne sortirait pas avec Isaac Gunn – je le trouve trop mielleux, trop âgé pour elle –, mais il prend soin d'elle, c'est indéniable. Elle n'a pas pris le métro une seule fois après ses répétitions et il la reconduit même en voiture après son service au restaurant.

L'agent Swift a promis de me prévenir dès qu'ils auraient retrouvé Luke Friedland et son silence me stresse. Je me suis connectée deux fois au site aujourd'hui pour consulter d'autres profils que le mien ; j'ai téléchargé ceux correspondant à la catégorie « disponible le week-end » en me demandant si quelqu'un suit ces femmes en ce moment.

Justin descend et salue Isaac d'un hochement de tête.

— Ça va, vieux ? Maman, je sors. Je risque de ne pas rentrer ce soir.

— Hors de question. Nous allons voir la pièce de Katie.

— Pas moi. Sans vouloir vous vexer, ce n'est vraiment pas mon truc, dit-il à Isaac et à sa sœur.

— Ce n'est pas grave, dit Katie en riant.

— Si, ça l'est, dis-je d'un ton ferme. Nous allons en famille voir Katie jouer son premier rôle en tant qu'actrice professionnelle. Point final.

— Écoutez, inutile de vous disputer, intervient Isaac. Nous comprenons très bien que Justin n'ait pas envie de venir, n'est-ce pas, Kate ? dit-il en lui prenant la taille alors que Katie acquiesce en le regardant.

C'est *Kate*, maintenant ?

Bien que je me tienne à quelques centimètres de ma fille, j'ai l'impression qu'un gouffre nous sépare. Nous étions si complices il y a quelques semaines à peine ! Aujourd'hui, c'est Katie et Isaac. *Kate* et Isaac.

— Ce n'est que la répétition générale, dit-elle.

— Raison de plus pour venir t'encourager ; il faut que tu sois prête pour la première.

Même Justin sait quand je me montre inflexible.

— Bon, d'accord.

Isaac toussote.

— Nous ferions mieux…

— À tout à l'heure, maman. Tu connais l'adresse du théâtre ?

— Oui, oui. Et merde, surtout !

J'ai des crampes aux joues à force de sourire. Debout sur le seuil, je les regarde s'éloigner et fais signe à Katie quand elle se retourne. Il fait froid dans le couloir à cause du courant d'air et je ferme la porte.

— Elle se fiche pas mal que je sois là ou pas, tu sais.

— Pas moi.

Justin s'appuie à la rambarde de l'escalier en m'observant, songeur.

— Vraiment ? Ou c'est juste pour faire croire à Katie que tu prends sa carrière au sérieux ?

— Mais c'est le cas, dis-je, les joues en feu.

Justin pose un pied sur la première marche, lassé par la conversation.

— Et le reste de la famille doit se taper une merde de Shakespeare juste pour te permettre de le lui prouver ? Merci, maman.

Je me suis arrangée pour que Matt passe nous prendre à quinze heures. Il sonne, mais quand je vais lui ouvrir, je le trouve devant chez Melissa.

— J'attends dans le taxi, me lance-t-il.

Le temps de tanner Justin et Simon et d'enfiler mon manteau, Melissa et Neil sont déjà installés. Neil est assis à l'avant et Melissa sur la banquette arrière. Je me glisse près d'elle en laissant une place à Justin. Simon s'installe sur le strapontin, derrière Matt.

— C'est sympa non ? s'écrie Melissa. Je ne me rappelle plus la dernière fois que je suis allée au théâtre.

— C'est formidable, dis-je en lui adressant un sourire plein de reconnaissance.

Simon regarde par la fenêtre et quand je lui fais du pied, il m'ignore et écarte sa jambe.

Il ne voulait pas que Matt passe nous prendre.

— On peut prendre le métro, a-t-il répondu quand je lui ai parlé de sa proposition.

— Ne sois pas ridicule. C'est vraiment gentil de sa part. C'est pas la fin du monde, Simon.

— Comment le prendrais-tu à ma place ? Si mon ex nous conduisait à droite et à gauche…

— Je m'en ficherais complètement.

— Vas-y en taxi, alors. Je vous rejoins là-bas.

— Pour que tout le monde voie combien tu es grotesque et sache qu'on s'est disputés ?

S'il y a bien une chose que Simon déteste, c'est qu'on médise de lui.

— Rupert Street, c'est ça ? me demande Matt en se retournant.

— C'est à côté d'un pub, apparemment.

Simon pivote sur son siège, le visage éclairé par l'écran de son portable.

— Le pont de Waterloo, en passant devant la Somerset House, puis à gauche dans Drury Lane, indique-t-il.

— Un samedi ? Tu rêves, mon vieux. Le pont de Vauxhall, Millbank jusqu'à Whitehall et on verra ce que ça donne une fois à Charing Cross.

— D'après le GPS, on gagne dix minutes en passant par Waterloo.

— Pas besoin d'un GPS, mon vieux. Tout est là, dit Matt en tapotant sa tempe.

Simon se raidit. Quand Matt préparait le *Knowledge* pour devenir taxi, il faisait le tour de la ville à vélo pour repérer les moindres ruelles, les rues à sens unique. Mon ex-mari est plus fiable que n'importe quel GPS du marché.

Mais là n'est pas la question, pour l'instant. Je jette un coup d'œil à Simon qui regarde par la fenêtre ; seuls ses doigts, qui tambourinent sur sa cuisse, trahissent son agacement.

— Je pense vraiment qu'on irait plus vite en passant par Waterloo, Matt, dis-je.

Quand nos regards se croisent dans le rétroviseur, je l'implore en silence de me faire cette faveur, sachant que, quel que soit son désir de damer le pion à Simon, il ne ferait jamais rien pour me contrarier.

— C'est parti pour Waterloo, alors. Et on tourne dans Drury Lane, tu dis ?

— C'est ça, confirme Simon en vérifiant son téléphone. N'hésite pas à me demander ton chemin.

Sur son visage, aucun signe de triomphe ni de soulagement, mais il cesse de tambouriner sur sa cuisse et se détend.

Je croise à nouveau le regard de Matt et j'en profite pour le remercier sans bruit. Il hoche la tête et j'ignore si cela signifie « pas de quoi » ou s'il est déçu que je me sois crue obligée de le remercier. Simon se retourne vers la banquette arrière et je sens quelque chose contre ma chaussure : en baissant les yeux, je vois son pied collé au mien.

Personne ne fait de remarque lorsque, un quart d'heure plus tard, nous roulons au pas à Waterloo. J'essaie de trouver quelque chose à dire et Melissa me coupe l'herbe sous le pied.

— Tu as obtenu des réponses de la police ?

— Rien de neuf, dis-je à voix basse, espérant ne pas m'attarder sur le sujet.

— Des réponses ? demande Simon en se penchant vers moi. À propos des photos de la *Gazette* tu veux dire ?

Je lance une œillade à Melissa qui hausse les épaules, l'air gênée.

— Je le croyais au courant.

De la manche, j'essuie la vitre embuée. Nous sommes coincés dans un embouteillage ; brouillés par la pluie, les feux des voitures dessinent des traînées rouges et blanches.

— Au courant de quoi ?

Matt avance sur son siège, son regard posé sur moi dans le rétroviseur. Même Neil, qui s'est retourné, attend ma réponse.

— Oh, bon sang, ce n'est rien.

— Ce n'est pas rien, Zoe, insiste Melissa.

— D'accord, c'est vrai, dis-je en soupirant. Les annonces de la *London Gazette* font la publicité d'un site Internet appelé trouvelamesœur.com. C'est une espèce de site de rencontres.

— Et tu apparais dessus ? s'écrie Matt avec un rire horrifié.

Je poursuis mon explication, autant pour ma propre gouverne que pour celle des autres. Dès que je parle de cette affaire, je me sens plus forte. Seuls les secrets sont dangereux. Si toutes ces femmes savaient qu'on les espionne, qu'on les suit, elles deviendraient invulnérables, non ?

— Sur le site, on peut se procurer l'itinéraire emprunté par des femmes pour se rendre au travail : sur quelle ligne de métro elles voyagent, dans quelle rame elles s'assoient, ce genre de chose. La police a établi un lien entre le site et au moins deux meurtres, ainsi qu'un certain nombre d'autres crimes ciblant des femmes.

Je ne leur parle pas de Luke Friedland ; je n'ai pas envie que Simon s'inquiète plus que de raison.

— Pourquoi ne m'as-tu rien dit ?

— Bon sang, Zoe !

— Ça va, maman ?

— La police sait-elle qui est l'administrateur du site ?

Je lève les mains devant moi pour écarter les questions.

— Ça va. Non, la police l'ignore. Je ne t'ai rien dit parce que je te trouvais assez préoccupé comme ça, dis-je à Simon sans faire allusion à son licenciement – impossible devant tout le monde.

Il hoche la tête pour m'indiquer qu'il comprend.

— Tu aurais dû m'en parler, observe-t-il avec douceur.

— Que fait la police ? répète Melissa.

— Le site est pratiquement indétectable, apparemment. À cause d'un proxy, ou quelque chose comme ça…

— Un serveur proxy, intervient Neil. C'est logique. L'administrateur se connecte par le biais du serveur d'un tiers pour éviter d'être repéré. Ça m'étonnerait que la police en tire quoi que ce soit. Excuse-moi, ce n'est sans doute pas la réponse que tu attendais.

Neil a raison, mais c'est bien la réponse à laquelle je commence à m'habituer. Je regarde par la fenêtre alors que nous traversons le pont de Waterloo et laisse les autres parler du site Internet comme si je n'étais pas là. Ils posent les questions que j'ai déjà posées à la police, tournent en rond comme je l'ai déjà fait. Mes craintes sont déballées et disséquées, analysées pour le plaisir, comme l'intrigue d'*EastEnders*.

— À votre avis, comment se procurent-ils les itinéraires ?

— En suivant les femmes, sans doute.

— C'est impossible de suivre tout le monde, non ?

— Peut-on changer de sujet, maintenant ? dis-je.

Le silence s'abat sur nous. D'un léger hochement de tête, je rassure Simon qui vérifie que je vais bien. En voyant Justin regarder droit devant lui, poings serrés sur ses genoux, je m'en veux d'avoir parlé du site avec tant de désinvolture. J'aurais dû prendre les enfants à part pour leur expliquer ce qui se passait et leur donner l'occasion d'exprimer leurs sentiments. Il se raidit et m'évite quand je tends la main vers lui. Il faudra que je trouve un moment pour lui parler au calme, tout à l'heure, après la pièce. Sur le trottoir, des passants marchent seuls ou par deux, à l'abri d'un parapluie ou d'une capuche qui couvrent leurs cheveux balayés par le vent. Pas un ne se retourne pour vérifier si on les épie, alors je le fais à leur place.

Combien d'entre vous sont suivis ?
Le remarqueriez-vous si c'était le cas ?

De l'extérieur, le bâtiment de Rupert Street n'a pas l'air d'un théâtre. Bondé de jeunes gens, le pub voisin est bruyant, mais la salle de spectacle n'a pas de fenêtre sur rue. La façade en briques est peinte en noir et seule une affiche sur la porte annonce les dates des représentations de *La Nuit des rois*.

— Katherine Walker ! s'écrie Melissa en désignant de minuscules caractères en bas de l'affiche.

— Notre Katie, actrice professionnelle ! s'écrie Matt, radieux.

Je fais un pas de côté car, l'espace d'une seconde, j'ai l'impression qu'il va m'enlacer ; pourtant, il se contente du genre de coup de poing maladroit sur l'épaule dont il doit gratifier ses collègues.

— Elle s'est bien débrouillée, non ? dis-je.

Parce que, même si elle n'est pas rémunérée et même si le théâtre de Rupert Street n'est en réalité qu'un vieil entrepôt équipé de tréteaux et de rangées de chaises en plastique, Katie fait exactement ce dont elle a toujours rêvé. Je l'envie. Pas pour sa jeunesse ni pour sa beauté – on suppose toujours que c'est ce que les mères envient à leurs filles –, mais pour la passion qui l'anime. Je réfléchis à ce que j'aurais pu faire, à quelle grande passion j'aurais pu me vouer.

— J'avais une passion à son âge ? dis-je à Matt, assez discrètement pour que personne n'entende.

— Quoi ?

Nous descendons tous ensemble vers le sous-sol mais j'ai besoin de réponses. Mon identité m'échappe, réduite à un itinéraire vendu sur un site Internet. J'attire Matt pour que nous restions en retrait et tente de m'expliquer, debout dans le renfoncement sombre de l'escalier.

— L'équivalent du théâtre pour Katie. Elle est si enthousiaste quand elle en parle, si motivée ! J'étais comme ça, moi aussi ?

Il hausse les épaules, perplexe, se demande pourquoi c'est si important tout à coup.

— Tu aimais aller au cinéma. On a vu beaucoup de films quand tu attendais Just.

— Ce n'est pas ce que je voulais dire ; on peut appeler ça un hobby, à la rigueur.

Je suis convaincue d'avoir juste oublié que, quelque part, enfouie au fond de moi, existe une passion qui me définit.

— Tu étais fou de motocross, tu t'en souviens ? Tu passais tous les week-ends sur le circuit ou à réparer des motos. Tu adorais ça. Et moi, il n'y avait pas quelque chose que j'aimais par-dessus tout ?

Matt s'approche et je sens l'odeur rassurante et familière de cigarettes et de pastilles de menthe extrafortes.

— Moi, dit-il avec douceur. Tu m'aimais.

— Vous venez, vous deux ? demande Melissa qui monte l'escalier en courant.

Elle s'arrête, une main sur la rambarde, pour me fixer avec curiosité.

— Désolé, explique Matt. On se remémorait le passé. Tu ne seras pas surprise d'apprendre que notre Katie a toujours adoré les feux de la rampe.

En descendant, Matt lui raconte la fois où Katie, âgée de cinq ans, est montée sur scène pendant nos vacances dans un camping Haven pour interpréter *Somewhere Over the Rainbow*. Je leur emboîte le pas en laissant mon pouls se calmer lentement.

Dans la salle, Isaac en fait des tonnes pour nous montrer nos places. Nous sommes entourés de lycéens armés d'exemplaires défraîchis de la pièce aux pages parsemées de Post-It colorés.

— Nous envoyons toujours des invitations aux lycées du voisinage quand nous avons besoin d'un public pour la générale, explique-t-il en surprenant mon regard. Ça rend service aux acteurs de jouer devant un vrai public, et *La Nuit des rois* est toujours au programme quelque part.

— Qu'est-ce qui t'a retardée ? me demande Simon quand je me glisse sur le siège voisin du sien.

— Je cherchais les toilettes.

Il désigne la porte latérale de la salle où les toilettes sont clairement indiquées.

— J'irai plus tard. Ils sont sur le point de commencer.

Quand Matt s'assied à côté de moi, je n'ai pas besoin de le toucher pour sentir sa chaleur. Je me penche vers Simon, glisse ma main dans la sienne.

— Et si je ne comprends pas la pièce ? dis-je à mi-voix. Moi, je n'ai jamais étudié Shakespeare à l'école ; je ne pige rien à tous ces trucs dont Katie et toi parliez l'autre jour.

— Contente-toi de profiter du spectacle, répond-il en me serrant la main. Katie ne va pas t'interroger sur les thèmes abordés ; tout ce qu'elle veut, c'est que tu la trouves géniale.

Ça, c'est facile. Je sais qu'elle le sera. C'est ce que je m'apprête à dire quand les lumières baissent et qu'un murmure parcourt la salle. Le rideau s'ouvre.

« Si la musique est l'aliment de l'amour, jouez toujours. »

Un acteur seul en scène. Je m'étais imaginé des collerettes et des manches à volants de dentelle, mais il porte un jean skinny noir et un tee-shirt gris avec des Converse rouge et blanc. Je me laisse imprégner par la musique du texte ; sans comprendre toutes les répliques, j'apprécie leur sonorité. Quand Katie entre en scène en compagnie de deux marins, je dois me retenir de crier son nom. Elle a une allure sensationnelle avec sa natte sophistiquée qui lui tombe sur l'épaule et son haut argenté moulant. Sa jupe est déchirée à la suite du naufrage évoqué il y a un instant avec force éclairs et grondements de tonnerre.

« Mon frère est dans l'Élysée… Peut-être n'est-il pas noyé : qu'en pensez-vous, matelots ? »

J'ai du mal à croire qu'il s'agit bien de Katie, sur scène. Elle récite ses répliques sans l'ombre d'une hésitation et sa présence emplit la salle même quand elle garde le silence. Alors que j'avais résolu de n'avoir d'yeux que pour elle, je me laisse emporter par l'histoire, par les autres acteurs qui rivalisent d'esprit et se livrent à une joute verbale remportée par celui qui a le dernier mot. Je me surprends à passer du rire aux larmes.

« Je me construirais une cabane en branches de saule à votre porte. »

Sa voix porte à l'autre bout de la salle plongée dans le silence et je me rends compte que je retiens mon souffle. J'ai déjà vu Katie jouer dans des pièces, à l'école, répéter avant des auditions, chanter à l'occasion de concours organisés en colonies de vacances. Mais cette fois, c'est différent. Elle est à couper le souffle.

« Oh ! vous ne pourriez trouver de repos entre les éléments de l'air et de la terre que vous n'eussiez eu pitié de moi ! »

En serrant la main de Simon j'aperçois Matt euphorique, à ma gauche. Je me demande s'il voit Katie comme je la vois. « Presque une adulte », dis-je souvent en parlant de ma fille, mais je me rends compte aujourd'hui qu'il n'y a pas d'hésitation possible : c'est une femme. C'est à elle de prendre ses décisions dans la vie, qu'elles soient bonnes ou mauvaises.

Nous applaudissons à tout rompre lorsque Isaac monte sur scène pour nous annoncer l'entracte, rions aux moments opportuns et compatissons en silence avec l'éclairagiste qui rate le signal et plonge Olivia et Sébastien dans le noir. Au moment du dernier rappel, je meurs d'envie de bondir de mon siège pour aller retrouver Katie. Je me demande si Isaac va nous emmener dans les coulisses quand elle accourt sur scène et se précipite vers nous. Nous l'entourons et même Justin la gratifie d'un « pas mal ».

— Tu as été sensationnelle…

Quelques larmes m'échappent alors que les rires se mêlent aux pleurs.

— Vraiment sensationnelle ! lui dis-je en lui prenant les mains.

Une odeur de fard et de poudre flotte autour d'elle quand elle m'enlace.

— Pas de formation de secrétariat ? dit-elle.

Bien qu'elle me taquine, je lui lâche les mains pour prendre son visage entre les miennes. Des étoiles plein les yeux, elle n'a jamais été aussi belle. J'efface une tache de maquillage du bout du pouce.

— Sauf si tu en as envie.

Elle paraît surprise, mais l'heure n'est pas aux discussions. Je m'efface pour permettre aux autres de lui dire combien elle a été formidable et la laisse savourer son succès. Du coin de l'œil, je vois Isaac l'observer. Quand nos regards se croisent, il s'approche.

— Vous ne l'avez pas trouvée formidable ?

Isaac acquiesce lentement au moment où, sentant peut-être ses yeux posés sur elle, Katie lève la tête en souriant.

— La vedette du spectacle, dit-il.

25

Au PC sécurité du métro londonien flottait encore une odeur de moquette neuve et de peinture fraîche. Au mur, vingt moniteurs faisaient face aux rangées de bureaux derrière lesquels trois opérateurs passaient adroitement d'une caméra à l'autre grâce à des manettes et à des claviers informatiques. Dans un coin, une porte donnait sur la salle de montage où l'on pouvait capturer les images de vidéosurveillance avant d'en améliorer la netteté et de les transmettre aux enquêteurs. Kelly signa le registre et, sans quitter des yeux le déroulement d'une filature à King's Cross que l'un des opérateurs surveillait, elle se dirigea vers le bureau de Craig, au fond de la salle.

— Il passe devant chez Boots… il a jeté quelque chose dans une poubelle, sous l'horloge. Sweat-shirt à capuche vert, pantalon de survêtement Adidas noir, baskets blanches.

Un officier en uniforme traversa l'écran en courant et se rapprocha de la silhouette en survêtement, désormais au niveau du magasin Claire's Accessories. Autour d'eux, des usagers chargés de valises, de mallettes, de sacs de courses levaient les yeux vers l'énorme écran suspendu au plafond pour vérifier un numéro de quai, des horaires, des retards. Inconscients des crimes qui se produisaient autour d'eux chaque jour.

— Salut Kelly, comment ça va à la Met ?

Kelly aimait bien Craig. Âgé d'une vingtaine d'années, il était prêt à tout pour devenir policier. Il buvait les paroles des officiers et avait de meilleurs réflexes que la moitié des flics avec qui elle avait collaboré ; c'était le test de condition physique qui se révélait problématique.

— C'est génial, j'adore. Et ton entraînement ?

Craig avait l'air fier. Il tapota son ventre considérable.

— J'ai perdu près de deux kilos cette semaine. Grâce à Slimming World.

— Tant mieux pour toi. Tu peux m'aider à trouver quelqu'un ?

Ce fut un jeu d'enfant de repérer Luke Friedland sur les images de vidéosurveillance : Zoe Walker leur avait fourni des horaires précis. Le quai de Whitechapel était trop bondé pour que Kelly la voie distinctement, mais après le départ du train qui avait emporté la foule, les images la montraient avec un homme de grande taille.

Luke Friedland.

À supposer que ce soit son vrai nom.

Si Kelly n'avait pas été au courant du contexte, elle les aurait pris pour un couple. Ils semblaient si à l'aise ensemble que Friedland effleurait le bras de Zoe en prenant congé.

— Repasse-moi cette séquence, demanda-t-elle à Craig.

Telle une vague silencieuse, le mouvement de foule indiquant qu'un incident s'était produit à l'approche du train céda vite la place à l'afflux de voyageurs montant dans les rames. La caméra était trop distante pour avoir pu saisir ce qui avait fait trébucher Zoe.

Le téléphone de Kelly vibra sur le bureau. En voyant que c'était sa sœur, elle retourna le téléphone et l'ignora. Lexi n'avait qu'à laisser un autre message sur sa boîte vocale ; Kelly ne souhaitait pas lui parler.

Tu ne comprends pas, disait son dernier SMS.

Très juste. À quoi servaient son boulot et celui de ses collègues, les dossiers du parquet, le système judiciaire, l'administration pénitentiaire ? À quoi bon se battre pour faire régner la justice si les victimes – des gens comme Lexi – ne se donnaient pas la peine d'engager de poursuites ?

Elle fournit à Craig la date et l'horaire de la deuxième rencontre avec Friedland : mardi 24 novembre, aux alentours de dix-huit heures trente. C'était la fois où il l'avait escortée jusqu'à la sortie de la station de Crystal Palace avant de l'inviter à boire un verre. Avait-il téléchargé d'autres profils de femmes sur le site ? tenté la même approche avec elles ? Andrew Robinson avait eu l'air confiant : il était sûr que son équipe identifierait l'administrateur du site, mais combien de temps lui faudrait-il ? En attendant, Kelly s'y prenait comme pour démanteler un réseau de trafiquants de drogue : en commençant au bas de l'échelle. Gordon Tillman avait refusé de répondre à leurs questions, mais Luke Friedland se montrerait peut-être plus bavard ?

— C'est lui ? lança Craig en appuyant sur pause ; Kelly acquiesça.

Zoe et Friedland se dirigeaient vers les portillons automatiques ; Kelly reconnut l'imperméable rouge de Zoe et le pardessus plus classique que Friedland portait déjà dans l'extrait précédent. Exactement comme Zoe l'avait indiqué, en arrivant aux portillons, Friedland s'effaça pour la laisser passer.

Kelly sourit en voyant Friedland passer sa carte Oyster sur la borne.

— Coincé, murmura-t-elle en notant l'horaire exact affiché à l'écran.

De mémoire, elle composa un numéro de téléphone.

— Salut Brian, quoi de neuf ?

— Même merde jour après jour, tu sais ce que c'est, répondit Brian gaiement. Comment se passe ton détachement ?

— J'adore.

— Qu'est-ce que je peux faire pour toi ?

— Mardi 24 novembre, Crystal Palace, deuxième portillon à partir de la gauche, 18 h 37. Si ça peut t'aider, le système a dû enregistrer le passage d'une Mrs Zoe Walker juste avant.

— Une seconde.

On entendit Brian pianoter sur son clavier. Il chantonnait dans sa barbe, et Kelly reconnut le même refrain discordant qu'il fredonnait depuis qu'elle le connaissait. Après avoir passé trente ans dans la police, Brian avait pris sa retraite et recommencé à bosser dès le lendemain pour le métro de Londres.

— Je m'ennuierais chez moi, avait-il expliqué à Kelly quand elle lui avait demandé ce qu'il faisait là au lieu de profiter de sa retraite. Après trente ans de boîte à Londres, la ville n'avait plus aucun secret pour Brian ; le jour où il raccrocherait vraiment, il serait difficile à remplacer.

— Tu as une idée de qui tu cherches, Kelly ?

— Un homme, c'est sûr, peut-être appelé Luke Friedland.

Après un silence, Brian gloussa ; il avait le rire rauque et enroué du type qui carbure au café et aux Benson & Hedges.

— Pas beaucoup d'imagination, ton bonhomme. Sa carte Oyster est enregistrée au nom de Luke Harris. Devine à quelle adresse il réside ?

— Friedland Street ?

— En plein dans le mille !

Ils attendaient Harris à son retour du travail et descendirent de la voiture alors qu'il s'arrêtait pour entrer son code.

— Pouvons-nous vous dire un mot ? lui demanda Kelly d'un air scrutateur en lui montrant sa carte.

Se faisait-elle des idées ou avait-elle vu un éclair de panique passer dans son regard ?

— À quel propos ?

— Et si nous montions ?

— Ce n'est pas très pratique ; j'ai beaucoup de travail ce soir. Vous pourriez peut-être me laisser un numéro de téléphone…

— On peut vous emmener au poste, si vous préférez, coupa Nick en venant se poster près de Kelly.

Harris les regarda tour à tour.

— Vous feriez mieux d'entrer.

Luke Harris vivait dans un penthouse du centre de Londres, au sommet d'un immeuble de six étages abritant aussi des appartements moins luxueux. En sortant de l'ascenseur, ils entrèrent dans une vaste pièce équipée, sur la gauche, d'une cuisine dont les plans de travail d'un blanc étincelant ne servaient que rarement.

— Très joli, commenta Rampello en traversant la salle à manger pour regarder le panorama sur la ville.

À droite, la BT Tower dominait ses voisines et Kelly aperçut au loin le Shard et la Heron Tower. Au centre de la pièce, deux canapés douillets se faisaient face, séparés par une immense table basse en verre sur laquelle étaient empilés de luxueux livres de voyage.

— Vous avez lu tout ça, hein ?

Nerveux, Harris tirait sur sa cravate sans trop savoir qui regarder.

— C'est à quel propos ?

— Est-ce que le nom Zoe Walker vous dit quelque chose ?

— Je crains que non.

— Vous l'avez invitée à boire un verre, la semaine dernière, devant la station de Crystal Palace.

— Ah ! Oui, Zoe, bien sûr. Elle a refusé.

Kelly décela dans sa voix un soupçon d'indignation, en décalage avec son haussement d'épaules indifférent.

— Inhabituel qu'une femme résiste à votre charme ? ironisa la jeune femme, et Harris eut la décence de rougir un peu.

— Pas du tout. J'avais simplement cru que nous nous étions plutôt bien entendus, pendant le court moment passé ensemble. Et puis, même si elle était séduisante, elle devait friser la quarantaine alors…

Le regard méprisant de Kelly le coupa dans son élan.

— Vous l'auriez crue un peu plus reconnaissante, c'est ça ?

Harris ne répondit pas.

— Comment l'avez-vous rencontrée ?

S'éloignant de l'immense baie vitrée, Rampello rejoignit le centre de la pièce. Comme Harris ne l'avait pas invitée à s'asseoir et ne s'était pas assis non plus, Kelly était restée debout. Le capitaine n'eut pas ce genre de réserve. Il se laissa tomber lourdement sur l'un des canapés moelleux et Kelly l'imita. Harris prit place face à eux de mauvaise grâce, vraisemblablement résigné après avoir espéré jusque-là qu'ils ne s'attarderaient pas.

— On a bavardé dans le métro, lundi dernier, et quand je l'ai à nouveau rencontrée, nous nous sommes bien entendus.

Son haussement d'épaules avait quelque chose de forcé.

— Ce n'est pas un crime d'inviter quelqu'un à boire un verre, n'est-ce pas ?

— Vous vous êtes rencontrés dans le métro ? insista Kelly.

— C'est ça.

— Tout à fait par hasard ?

Harris marqua un temps d'arrêt.

— Oui. Écoutez, tout ça est plutôt absurde. J'ai du travail, alors, si ça ne vous dérange pas… dit-il en se levant.

— Vous n'avez pas acheté les détails de son itinéraire sur un site Internet appelé trouvel-amesœur.com ? demanda Kelly d'un ton détaché, se délectant de l'expression de Harris chez qui la stupéfaction le disputait à la peur.

La policière attendit qu'il réponde.

Le silence sembla s'éterniser.

— Vous m'arrêtez ?

— Je devrais ?

Un silence éloquent s'installa. Avait-il commis une infraction ? Ce n'était pas un crime d'inviter Zoe Walker à boire un verre, mais s'il l'avait suivie…

Gordon Tillman avait été accusé de viol, incarcéré et présenté à l'audience du samedi matin. Sur les conseils de son avocat, et bien que Kelly lui ait laissé entendre qu'il ne faisait qu'aggraver son cas, il n'avait répondu à aucune question.

— Qui est derrière ce site Internet, Gordon ? La cour sera beaucoup mieux disposée à votre égard si vous nous aidez.

Tillman s'était tourné vers son avocat qui s'était empressé de répondre à sa place.

— Voilà une promesse audacieuse qu'il ne vous appartient pas de faire, agent Swift. J'ai conseillé à mon client de s'abstenir de tout commentaire.

Le prévenu et son avocat avaient tenté sans conviction de soumettre une demande de mise en liberté sous caution, s'appuyant sur la bonne réputation dont jouissait Tillman, son standing et l'impact négatif qu'aurait son absence sur sa carrière ; cependant, la rapidité avec laquelle le magistrat s'y était opposé laissait penser qu'il avait déjà pris sa décision depuis un moment.

Les enquêteurs n'avaient rien tiré de Tillman, mais Luke Harris se montrerait peut-être plus coopératif. L'enjeu était moindre pour lui : pas d'allégations de viol, pas de survêtement règlementaire, pas d'incarcération. On devait y aller mollo.

— Le site, répéta Kelly.

Luke appuya les coudes sur ses genoux et enfouit son visage entre ses doigts écartés.

— Je me suis inscrit il y a quelques semaines, marmonna-t-il en direction de l'épais tapis sous la table basse. Un collègue m'a branché. Le profil de Zoe est le premier que j'ai téléchargé.

Ben voyons ! songea Kelly tout en décidant de laisser passer. Pour le moment.

— Pourquoi ne pas nous l'avoir dit dès le début ?

— Le site opère en toute discrétion, d'après ce que j'ai compris, dit Harris en levant les yeux. Les abonnés sont priés de ne rien ébruiter.

— Par qui ? demanda Rampello. Qui administre le site, Luke ?

— Je l'ignore. Je vous assure ! Autant me demander à qui appartiennent Wikipedia ou Google Earth. C'est juste un site dont je me sers, je ne sais pas du tout qui l'administre.

— Comment l'avez-vous découvert ?

— Je vous l'ai dit, au bureau.

— Grâce à qui ?

— Je ne sais plus.

Bombardé de questions par Rampello, Harris perdait peu à peu son sang-froid.

— Faites un effort.

Harris se frotta le front.

— Nous étions tout un groupe, au pub, après le travail. C'était un peu grivois. Certains étaient allés dans un club de striptease ce week-end-là – on plaisantait beaucoup à ce sujet. Vous savez ce que c'est quand des copains se retrouvent, ajouta-t-il à l'intention de Rampello, qui resta de marbre. Quelqu'un a parlé du site. Il a dit qu'il me faudrait un mot de passe pour ouvrir un compte, qu'il était caché dans le numéro de téléphone d'une annonce publiée dans les dernières pages de la *London Gazette*. Une sorte de code secret réservé aux initiés. J'avais décidé de ne pas regarder, mais la curiosité l'a emporté et…

Sa voix faiblit alors qu'il regardait alternativement l'un et l'autre policier.

— Je ne faisais rien de mal.

— C'est à nous d'en décider, je crois, remarqua Nick. Vous avez donc téléchargé le profil de Zoe et vous l'avez suivie.

— Je ne l'ai pas suivie ! Je ne suis pas un pervers. Je me suis juste arrangé pour la croiser, c'est tout. Écoutez, tout ça, c'est bien joli… dit-il en désignant son appartement d'un geste de la main, mais je me tue à la tâche pour l'avoir. Je passe sept jours sur sept au bureau, je suis en téléconférence avec les États-Unis tous les soirs… quand voulez-vous que je rencontre des femmes ? Le site Internet me met le pied à l'étrier, c'est tout.

Dis plutôt que tu veux prendre ton pied ! pensa Kelly en croisant le regard de Nick.

— Racontez-moi ce qui s'est passé sur le quai de Whitechapel, le jour où vous avez adressé la parole à Zoe pour la première fois.

Encore ce regard fuyant, les yeux qui remontent vers la gauche.

— Que voulez-vous dire ?

— Nous avons la déposition de Zoe, déclara Kelly, tentant le tout pour le tout. Elle nous a tout dit.

Harris ferma les yeux un instant. Quand il les rouvrit, il se concentra sur un guide illustré de l'Italie posé devant lui sur la table basse.

— Ce matin-là, j'avais essayé de lancer la conversation. Je l'ai trouvée dans l'Overground, à l'endroit précis où l'annonçait le profil. J'ai essayé de lui parler mais elle m'a ignoré. J'ai décidé que si je l'aidais, ça briserait la glace : je me suis dit que je pourrais lui céder ma place, porter ses courses ou quelque chose comme ça, mais rien de tel ne s'est présenté. Quand je me suis retrouvé derrière elle à Whitechapel, elle se tenait tout près de la voie et…

Il s'interrompit, regardant toujours fixement devant lui.

— Continuez.

— Je l'ai poussée.

Malgré elle, Kelly suffoqua. Elle sentit Nick se redresser. Plus la peine de compter y aller mollo.

— Je l'ai rattrapée immédiatement. Elle n'a jamais couru aucun risque. Les femmes aiment qu'on les protège, non ?

Kelly se retint de répondre d'instinct et jeta un coup d'œil à Nick, qui hocha la tête.

— Luke Harris, je vous arrête, dit-elle en se levant. Vous êtes soupçonné de tentative de meurtre sur la personne de Zoe Walker. Vous avez le droit de garder le silence mais cela pourra nuire à votre défense si, lors d'un interrogatoire, vous ne mentionnez pas un élément que vous invoquerez par la suite devant un tribunal.

26

Lundi soir, je reçois l'appel de l'agent Swift.

— Nous avons arrêté l'homme avec qui vous avez parlé à la station Whitechapel.

— Luke Friedland ?

— Son vrai nom est Luke Harris.

Elle observe un silence, juste le temps que je me demande pourquoi il m'a menti. Le mystère ne dure pas longtemps.

— Il a reconnu vous avoir poussée, nous l'avons arrêté pour tentative de meurtre.

Heureusement que je suis déjà assise car je suis prise de vertige. J'attrape la télécommande pour couper le son de la télé. Justin se tourne vers moi, mais le reproche qu'il s'apprête à m'adresser se fige sur ses lèvres quand il remarque mon expression. Il regarde Simon et me désigne du menton.

— Tentative de meurtre ? parviens-je à bredouiller.

Justin écarquille les yeux. Simon tend la main pour toucher la seule partie de mon corps à sa portée : mes pieds, recroquevillés entre nous, sur le canapé. À l'écran, dans l'émission *24 heures aux urgences*, une équipe médicale s'engouffre dans un couloir avec un petit garçon de neuf ans victime d'une fracture du fémur.

— L'accusation ne tiendra pas à mon avis, observe l'agent Swift. Pour l'inculper, il nous faudrait prouver l'intention de tuer.

Ma gorge se serre et elle se hâte d'ajouter :

— Il prétend que ce n'est pas ce qui l'a poussé à agir.

— Vous le croyez ?

Tentative de meurtre. *Tentative de meurtre*. Ces mots ne cessent de résonner dans ma tête. Si j'avais accepté de boire un verre avec lui, m'aurait-il assassinée ?

— Oui, Zoe. Ce n'est pas la première fois qu'il emploie cette technique pour aborder une femme. Il… euh… d'après lui, croire qu'il vous avait sauvé la vie devait vous rendre plus réceptive à son invitation.

Comment peut-on croire ça ? Les mots me manquent pour exprimer mon dégoût. Je ramène mes pieds sous mes fesses et ôte la main de Simon de ma cheville. Je n'ai pas envie que l'on me touche pour l'instant. Ni lui ni personne.

— Que va-t-il lui arriver ?

— Peut-être rien, malheureusement, admet l'agent Swift avec un soupir. Nous allons transmettre le dossier au parquet pour examen et il sera relâché sous caution avec interdiction de vous contacter mais, à mon avis, il ne sera pas inculpé. Je ne devrais pas vous le dire, mais nous l'avons arrêté pour le secouer un peu. Pour voir s'il pouvait nous fournir des informations qui nous aideraient à identifier le responsable.

— Ça a marché ?

Je connais déjà la réponse.

— Non, je suis navrée.

La conversation terminée, je garde le téléphone collé à mon oreille, souhaitant retarder le moment d'expliquer à mon compagnon et à mon fils qu'un individu est en garde à vue dans le nord de Londres pour avoir voulu me pousser sous un train.

Quand je leur dis tout, Justin réagit au quart de tour alors que Simon semble stupéfait, incapable de comprendre ce que je lui raconte.

— Il a cru que tu sortirais avec lui après t'avoir poussée ?

— L'agent Swift appelle ça le syndrome du chevalier blanc.

Anesthésiée, j'ai l'impression que tout ça concerne quelqu'un d'autre.

— Les flics harcèlent des jeunes qui traînent dans la rue, mais refusent d'inculper un type qui reconnaît une tentative de meurtre ? Mort aux vaches.

— Justin, je t'en prie. Ils ont les mains liées.

— Ils ne méritent que ça. Mains liées à une canalisation au fond de la Tamise.

Il quitte la pièce et monte l'escalier d'un pas lourd. Simon a toujours l'air égaré.

— Mais tu n'es pas sortie avec lui. N'est-ce pas ?

— Tu plaisantes ? dis-je en lui prenant la main. Ce type est dingue, c'est évident.

— Et s'il recommence ?

— Ça n'arrivera pas. La police l'en empêchera.

Je ne suis pas aussi convaincue que j'en ai l'air. Comment pourrait-on l'arrêter ? Et même si la police arrête Luke Friedland – Harris, plutôt –, combien d'autres hommes ont-ils téléchargé mon itinéraire ? Combien sont-ils à m'attendre sur un quai du métro ?

— Je t'accompagne au travail, demain.

— Tu dois être à Olympia à neuf heures et demie.

Simon a un entretien d'embauche dans une revue professionnelle. Il est bien trop qualifié pour le poste, du journalisme de base, ça crève les yeux, mais ça n'en reste pas moins un travail.

— Je vais annuler.

— Hors de question ! Ça va aller. Je t'appellerai depuis Whitechapel avant de prendre le métro et dès que je serai sortie. N'annule pas, je t'en prie.

Il n'a pas l'air convaincu, et même si je me déteste, je retourne un peu le couteau dans la plaie.

— Tu as besoin de ce travail. Nous avons besoin de l'argent.

Le lendemain matin, nous allons prendre le métro ensemble. Je jette une pièce dans l'étui à guitare de Megan et prends la main de Simon. Il insiste pour attendre que je sois montée dans l'Overground avant de prendre son métro pour Clapham et je le vois surveiller le quai.

— Qu'est-ce que tu cherches ?

— Ces hommes, là, dit-il, l'air sombre.

Des hommes en costume sombre nous entourent tels des dominos mal alignés. Aucun d'eux ne me prête attention, et je me demande si c'est à cause de Simon. Comme de bien entendu, après son départ, alors que je suis seule dans la rame, je remarque un costard-cravate assis en face de moi. Il me regarde. Quand nos regards se croisent, il détourne les yeux mais recommence quelques secondes plus tard.

— Puis-je vous aider ? dis-je tout fort.

Ma voisine change de position, rassemble les pans de sa jupe pour qu'elle ne me touche plus. L'homme rougit et baisse les yeux. À l'autre bout de la rame, deux jeunes filles ricanent bêtement. Je suis devenue l'une de ces détraquées qu'on voit dans le métro, le genre qu'on évite à tout prix. L'homme descend à la station suivante sans plus m'adresser un regard.

Il m'est de plus en plus difficile de me concentrer à l'agence. Je commence par mettre à jour le site Internet de Hallow & Reed mais liste trois fois le même bien. À dix-sept heures, Graham sort de son bureau. Il s'assied face à moi, sur le siège réservé aux clients qui attendent d'être renseignés. Sans un mot, il me tend une annonce que j'ai tapée ce matin et qu'il a imprimée :

Ces centres d'affaires disposent de salles de réunion, d'une connexion Internet ultra-rapide et de réceptionnistes professionnels.

Je regarde le document sans déceler de problème.

— Tout ça pour neuf cents livres par mois ?

— Mince, j'ai oublié un zéro. Désolée.

Alors que je me connecte pour corriger mon erreur, Graham m'arrête.

— Si c'était la seule erreur de la journée, Zoe. Et je ne vous parle même pas de celles d'hier.

— J'ai eu un mois difficile, je…

— Quant à l'autre soir, dans la voiture, j'ai trouvé votre réaction aussi irrationnelle qu'insultante, inutile de vous le dire.

— C'était juste un malentendu, dis-je, honteuse. Il faisait noir quand je me suis réveillée et…

— Ne revenons pas là-dessus, conclut Graham qui a l'air presque aussi gêné que moi. Écoutez, je suis navré, mais vous ne pouvez pas travailler si vous avez la tête ailleurs.

Je le regarde, atterrée. Il ne peut pas me licencier. Pas maintenant, alors que Simon est au chômage.

Graham évite mon regard.

— Vous devriez prendre quelques jours de congé, je crois.

— Je vais bien, franchement, c'est que…

— Je mettrai ça sur le compte du stress, dit-il.

Je me demande si j'ai bien entendu.

— Vous ne me renvoyez pas ?

— Je devrais ? demande Graham en se levant.

— Non, c'est juste… Merci. J'apprécie vraiment votre geste.

Il rougit un peu sans pour autant relever ma marque de gratitude. C'est un côté de Graham Hallow que je découvre et je le soupçonne d'être aussi troublé que moi. Quelques instants plus tard d'ailleurs, les affaires prenant le pas sur la compassion, il fourre dans un sac en plastique des reçus et des factures récupérés dans son bureau.

— Vous pouvez gérer ça depuis chez vous. Il faut compter la TVA à part. Passez-moi un coup de fil si ce n'est pas clair.

Je ramasse mes affaires en le remerciant encore une fois. J'enfile mon imper et je mets mon sac en bandoulière avant de me diriger vers la gare. Je me sens plus légère en sachant que j'ai un sujet d'inquiétude en moins.

Je prends Walbrook Street et tourne dans Cannon Street quand un frisson me parcourt l'échine : j'ai l'impression qu'on m'épie.

Je me retourne mais le trottoir est bondé, une foule dense m'entoure. Je ne reconnais personne. En attendant au carrefour, je résiste à la tentation de regarder par-dessus mon épaule, même si ma nuque brûle sous le feu d'un regard imaginaire. Nous traversons la rue tel un troupeau de moutons, serrés les uns contre les autres et, en arrivant sur le trottoir d'en face, je ne peux m'empêcher de chercher le loup qui se cache parmi nous.

Personne ne fait attention à moi.

Je me fais des idées, comme ce matin avec l'homme de l'Overground. Exactement comme la fois où je me suis crue suivie par le jeune aux baskets, alors qu'en réalité il n'avait même pas dû me remarquer. Ce site Internet me met les nerfs en pelote.

Je dois me ressaisir.

Je gravis d'un bon pas le premier escalier, effleurant la rambarde métallique, sans me laisser distancer par les costards-cravates. Autour de moi, les gens terminent leurs conversations téléphoniques.

J'entre dans la station.

Je risque de te perdre d'ici une minute.

Je te rappelle dix minutes avant d'arriver.

Je rentre. Tout va bien, dis-je à Simon par SMS. Le deuxième escalier me conduit dans les entrailles de la station. Répercutés par les parois de béton, les bruits de pas sont différents ici. Mes sens sont en alerte ; chaque paire de chaussures qui heurte le sol derrière moi sonne différemment. Claquement d'une paire de talons qui s'amplifie quand leur propriétaire me double. Souplesse d'une paire de ballerines. Tintement désuet de l'acier contre le béton, caractéristique de souliers masculins renforcés de fers Blakey's. L'homme doit être plus âgé que moi, me dis-je en essayant de me le représenter pour me changer les idées. Costume et chaussures sur mesure. Cheveux gris. Boutons de manchettes coûteux. Il ne me suit pas mais part retrouver sa femme et son chien dans son cottage des Cotswolds.

Le picotement sur ma nuque ne faiblit pas. Arrivée aux portillons automatiques, carte Oyster à la main, je m'écarte pour m'adosser au mur, près du plan du métro. Ralentie par les portillons, la horde des voyageurs piétine, manifestement incapable de supporter l'immobilité. Il arrive que la marée humaine se heurte à un voyageur qui, ignorant les règles tacites, ne tient pas son ticket prêt à l'emploi et fouille dans ses poches ou furète dans un sac. Les voyageurs impatients manifestent alors leur désapprobation jusqu'à ce que le ticket apparaisse et qu'ils puissent reprendre leur marche. Personne ne me prête attention. Tu te fais des idées, me dis-je, et j'en fais un mantra, espérant que mon corps croie ce que lui dit ma tête.

— Excusez-moi, puis-je… ?

Je m'efface pour laisser une femme accompagnée d'un jeune enfant consulter le plan du métro derrière moi. Il faut que je rentre. Je valide ma carte Oyster, franchis le portillon et me dirige en pilote automatique vers le quai de la District Line. Je continue vers l'extrémité du quai, là où les portes de la première rame s'ouvriront, quand les recommandations de l'agent Swift me reviennent en tête : *Changez de place. Modifiez vos habitudes.* Je fais volte-face pour revenir sur mes pas. À cet instant, je perçois un mouvement rapide en périphérie de mon regard. Quelque chose : non, quelqu'un. Quelqu'un qui se cache ? Qui ne veut pas être vu ? Les visages des voyageurs qui m'entourent ne m'évoquent rien, même s'il me semble avoir reconnu quelqu'un. Luke Friedland peut-être ? Luke Harris, plutôt, libéré sous caution et qui ne tiendrait pas compte de l'injonction de m'éviter.

J'essaie de maîtriser ma respiration qui s'emballe en soufflant tranquillement. Même si c'est Luke Harris, que peut-il faire sur un quai bondé ? Je m'éloigne néanmoins du bord du quai à l'approche du train.

Dans la cinquième rame, je décline la place disponible que l'on me propose et me dirige vers le fond qui offre une vue d'ensemble. Malgré les quelques places libres disséminées ici et là, une dizaine de passagers restent debout, comme moi. Un homme vêtu d'un pardessus et coiffé d'un chapeau me tourne le dos, mais je ne le vois pas nettement car j'ai la vue bouchée. La même sensation de familiarité me gagne, mêlée d'une vive impression de malaise. J'attrape les clés de chez moi. En guise de porte-clés, j'ai un Z en bois fabriqué par Justin à l'école. Je l'empoigne fermement et glisse la clé entre mes doigts avant de fourrer ma main, équipée de son poing américain de fortune, dans ma poche.

À Whitechapel, je ne traîne pas. J'attends près de la porte que le train s'arrête et, impatiente, essaie d'ouvrir bien avant que le signal s'allume. Je m'élance comme si je risquais de rater ma correspondance, slalomant entre les voyageurs qui s'en moquent tant que je ne les mets pas en retard. Je guette un bruit de pas précipités mais n'entends que mes talons qui heurtent le sol au rythme de ma respiration irrégulière.

J'arrive sur le quai au même moment que mon Overground et il ne me reste que quelques secondes pour sauter à bord. Ma respiration se calme. Les passagers sont rares dans ce wagon et rien chez eux ne me met mal à l'aise : deux jeunes filles, les bras chargés de sacs de courses ; un homme qui transporte un téléviseur dans un vieux sac Ikea ; une femme d'une vingtaine d'années, écouteurs branchés sur son iPhone. Le temps d'arriver à Crystal Palace, j'ai lâché la clé cachée dans ma poche et la tension qui m'oppresse commence à se dissiper.

La voilà de retour dès que je pose le pied sur le quai et, cette fois, impossible de s'y tromper. Quelqu'un m'épie. Quelqu'un me suit. En me dirigeant vers la sortie, je sais – j'en suis convaincue – que quelqu'un est sorti de la voiture voisine de la mienne et marche derrière moi. Je ne me retourne pas. J'en suis incapable. Je saisis la clé dans ma poche et la glisse entre mes doigts. Je presse le pas avant de renoncer à feindre la nonchalance et de me mettre à courir comme si ma vie en dépendait. Il se pourrait bien que ce soit le cas, d'ailleurs. Mon souffle est court, un point de côté me fait souffrir à chaque inspiration. J'entends des pas derrière moi, précipités eux aussi. Des semelles en cuir qui frappent contre le béton. Vite et fort.

Je me glisse entre deux amoureux sur le point de se dire au revoir, provoquant leurs cris d'indignation. Je vois la sortie maintenant, le ciel qui s'assombrit encadré par la porte de la station. J'accélère en me demandant pourquoi personne ne crie – pourquoi personne ne lève le petit doigt – avant de comprendre que personne ne se doute qu'il y a un problème.

J'aperçois Megan devant moi. En me voyant, son sourire se fige. Je continue à courir, tête baissée, en agitant les bras. Megan cesse de jouer. Elle me dit quelque chose que je n'entends pas. Sans m'arrêter, je fouille mon sac à main en quête de mon alarme anti-agression. Je me maudis de ne pas l'avoir gardée dans ma poche ou accrochée à mes vêtements comme Kelly Swift me l'avait suggéré. J'appuie sur les deux encoches creusées de chaque côté. Si elle fonctionne, l'alarme a déjà envoyé un signal à mon téléphone qui doit composer le 999 en ce moment même.

Des cris s'élèvent derrière moi. Un coup violent, un hurlement et un tapage qui m'obligent à me retourner, toujours prête à courir si besoin est. Je me sens plus sûre de moi en sachant – du moins en espérant – que les opérateurs de la police sont à l'écoute, que grâce au GPS de l'alarme une patrouille est en route.

Ce que je vois m'arrête net.

Megan est penchée sur un homme vêtu d'un pardessus et coiffé d'un chapeau. Étalé sur son étui de guitare qui, d'habitude, repose près de la balustrade à côté d'elle. Ses pièces sont éparpillées sur le macadam.

— Tu m'as fait trébucher exprès ! s'écrie l'homme alors que je reviens sur mes pas.

— Vous allez bien ? me demande Megan.

Mais je ne peux quitter des yeux l'homme qui se relève et époussette ses genoux.

— Vous ? Que diable venez-vous faire ici ?

Il semble qu'il y ait une certaine demande pour les femmes mûres. Leurs photos sont autant consultées que celles des femmes plus jeunes, leurs profils téléchargés tout aussi souvent. Comme dans n'importe quel commerce, il convient de s'adapter aux tendances, pour faire en sorte de proposer les produits adéquats à mes clients.

À force de fixer les chiffres sur l'écran pour comprendre combien de clients s'étaient connectés au site, combien avaient cliqué sur un lien ou téléchargé un profil, je suis vite devenu obsédé par les statistiques. J'analyse la popularité de chaque femme figurant sur le site et n'hésite pas à supprimer celles qui n'intéressent personne. Après tout, chacune représente un investissement ; cela prend du temps de mettre leur profil à jour, de s'assurer que leur description est exacte, que leur itinéraire n'a pas changé. Le temps c'est de l'argent, comme on dit, et mes filles doivent mériter leur place en ligne.

C'est le cas pour la plupart d'entre elles. Tous les goûts sont dans la nature et, après tout, c'est un marché favorable au vendeur. Personne d'autre ne propose ce type de divertissement, ce qui signifie que les clients ne peuvent se permettre de faire les difficiles.

Bonne nouvelle pour toi, tu ne crois pas ? Inutile de te sentir laissée pour compte. Jeune ou vieille ; grosse ou mince ; blonde ou brune… quelqu'un voudra de toi.

Qui sait ? On télécharge peut-être ton profil en ce moment même.

27

— Bon, chers collègues, écoutez-moi. Vous assistez à un briefing de l'opération FURNISS, nous sommes le mardi 1er décembre.

On se croirait dans *Un jour sans fin*, songea Kelly. Le même groupe de collaborateurs réunis dans la même salle tous les matins et tous les soirs. Ils étaient nombreux dans l'équipe à avoir l'air fatigué, mais l'énergie de Rampello ne fléchissait jamais. Cela faisait exactement quinze jours que le corps de Tania Beckett avait été retrouvé, et depuis il était le premier à arriver au bureau le matin et le dernier à partir le soir. En quinze jours, l'opération FURNISS avait récolté trois meurtres, six agressions sexuelles et recueilli les témoignages de plus d'une dizaine de victimes de harcèlement, de tentatives d'agressions sexuelles et d'incidents suspects, tous liés au site trouvel-amesœur.com.

— Ceux qui travaillent sur le viol de Maidstone : bien joué. Tillman est une ordure, et grâce à vos efforts il a été mis hors d'état de nuire. Quoi de neuf sur le contenu de son ordinateur ? demanda Rampello en cherchant Kelly des yeux.

— D'après l'équipe de Cyber Crime, il n'a pas cherché à se couvrir, expliqua Kelly en consultant les notes prises pendant sa dernière conversation avec Andrew Robinson. Après avoir téléchargé les caractéristiques de sa victime, il se les est fait suivre par mail, sans doute pour pouvoir en disposer sur son téléphone où nous les avons trouvées.

— Il en a acheté d'autres ?

— Non, mais il en a consulté un certain nombre. D'après les dossiers contenus dans le cache, il se serait renseigné sur une quinzaine de femmes sans effectuer d'achat avant Kathryn Whitworth.

— C'était trop cher ?

— Je ne crois pas que l'argent soit un problème pour lui. Il a souscrit un abonnement Silver en septembre, réglé – tenez-vous bien – avec la carte bancaire de son employeur.

— Sympa.

— Nous avons trouvé une lettre de bienvenue dans ses dossiers supprimés, exactement la même que nous avons reçue en ouvrant notre compte sous un pseudonyme, mais accompagnée d'un autre mot de passe. Les paramètres de sécurité sont apparemment modifiés à intervalles réguliers ; comme Luke Harris nous l'a dit, le numéro de téléphone qui apparaît dans les petites annonces dissimule le mot de passe le plus récent.

— Que vous avez eu l'intelligence de déchiffrer, ajouta Nick.

— Tillman est paresseux, poursuivit Kelly en réfléchissant tout haut. Il va au travail en voiture – il faudrait qu'il se mette en quatre pour rencontrer la plupart des femmes répertoriées sur le site. Je crois qu'il traînait sur le site et qu'il en tirait même un certain plaisir sexuel. Comme il se rendait à une conférence à Maidstone, en voyant le profil de Kathryn Whitworth, il a décidé de sauter le pas.

— Passez sa plaque d'immatriculation au LAPI. Voyez si sa voiture se trouvait aux environs de Maidstone les jours précédant le viol.

Kelly prit des notes sur son bloc et les souligna tandis que Nick poursuivait son briefing.

— Au cours de l'analyse de l'ordinateur de Tillman, l'équipe de Cyber Crime a découvert dans une partie cryptée de son disque dur cent soixante-sept images indécentes dont la grande majorité tombe sous le coup du paragraphe 63 de la loi condamnant la possession d'images pornographiques extrêmes. Il risque de rester au trou un moment.

Lorsque Kelly avait voulu appeler en personne Kathryn Whitworth pour lui annoncer que Tillman avait été inculpé de viol et qu'il serait bientôt condamné pour possession d'images indécentes, Lucinda l'en avait dissuadée.

— Laissez faire la brigade spécialisée dans les crimes sexuels de la police du Kent ; ces policiers ont noué une relation avec elle.

— Ils ne savent rien de l'affaire, avait protesté Kelly. Comme ça, je peux répondre à ses questions, la rassurer.

Lucinda s'était montrée ferme.

— Kelly, arrêtez de vouloir faire le boulot de tout le monde. La police du Kent mettra la victime au courant. Vous avez du pain sur la planche ici.

Les enquêteurs de la Criminelle avaient beau se moquer souvent des policiers en civil, le talent et l'expérience de Lucinda lui valaient le respect de tous les collègues avec qui elle travaillait. Kelly ne faisait pas exception à la règle. Elle devait croire que le policier qui avertirait Kathryn ferait preuve de compassion et de discernement ; une longue procédure judiciaire l'attendait et ce ne serait pas une partie de plaisir.

Nick poursuivait son briefing.

— Vous savez peut-être déjà qu'hier Kelly et moi avons arrêté Luke Harris, un autre client du site. Au départ, Harris a prétendu n'avoir téléchargé que le profil de Zoe Walker, mais il a changé de discours en garde à vue.

Consterné par son arrestation pour tentative de meurtre, Harris avait capitulé ; il leur avait remis les mots de passe de tous ses comptes, avouant avoir téléchargé quatre autres profils sur trouvelamesœur.com. À chaque fois, il avait employé la méthode du « chevalier blanc » pour briser la glace, profitant de la foule pour bousculer chaque femme avant d'intervenir pour s'assurer qu'elle allait bien. Il n'avait eu guère de succès ; reconnaissante, l'une des femmes lui avait offert un café et avait accepté son invitation à dîner, mais cela avait vite tourné court.

— Harris soutient qu'il n'a rien fait de mal, expliqua Nick à son équipe. Il assure ne jamais avoir eu l'intention de nuire aux femmes qu'il a suivies, qu'il ne cherchait qu'à amorcer une relation.

— Pourquoi ne pas se connecter sur uniforme.com, comme nous autres ? cria quelqu'un.

Nick attendit que les rires se tarissent.

— Apparemment, les sites de rencontres « puent le désespoir », répondit Nick en citant Harris. Notre suspect préfère ce qu'il appelle « l'ivresse de la traque ». À mon avis, ça l'excitera beaucoup moins à partir de maintenant.

Le téléphone de Kelly sonna. Elle regarda l'écran, s'attendant à y voir s'afficher le nom de sa sœur, mais c'était Cathy Tanning.

— Un témoin, annonça-t-elle à Nick en soulevant son téléphone en guise d'explication. Excusez-moi.

Elle décrocha en sortant de la salle de réunion pour regagner son espace de travail.

— Bonjour Cathy, vous allez bien ?

— Ça va, merci. Je vous appelle pour vous prévenir que je ne vis plus à Epping.

— Vous avez déménagé ? C'est inattendu.

— Pas vraiment. Ça faisait des lustres que j'envisageais de quitter Londres. Et puis j'ai trouvé cet appartement à Romford, ce n'est pas à l'autre bout du monde. Je n'arrivais pas à me détendre dans mon ancien appartement, même après avoir changé les serrures.

— Quand déménagez-vous ?

— C'est déjà fait. J'étais censée donner un préavis d'un mois, mais le propriétaire voulait refaire la déco avant de mettre l'appartement en vente, alors il m'a laissée partir plus tôt. Tout s'est très bien arrangé.

— Vous m'en voyez ravie.

— En fait, ce n'est pas l'unique raison de mon appel, hésita Cathy. Je souhaite retirer ma plainte.

— Quelqu'un vous a fait des misères ? L'article de *Metro* vous a causé du tort ? Parce que si vous avez été menacée…

— Non, ça n'a rien à voir. J'ai envie de passer à autre chose, c'est tout, soupira-t-elle. Je me sens coupable ; je sais que vous ne ménagez pas vos efforts pour découvrir qui m'a volé mes clés, et vous avez été super quand je vous ai dit que je pensais que quelqu'un s'était introduit chez moi.

— Nous sommes sur le point de découvrir qui se cache derrière le site Internet, la coupa Kelly. Nous aurons besoin de votre témoignage quand nous l'inculperons.

— Mais vous avez d'autres témoins, non ? d'autres crimes ? Ces pauvres filles assassinées, voilà ce qui compte, pas ce dont j'ai été victime.

— Tous les crimes comptent, Cathy. Nous n'enquêterions pas dessus si nous n'en étions pas convaincus.

— Merci. Et si je croyais que mon témoignage pourrait tout changer, je le maintiendrais, je vous assure. Mais ce n'est pas le cas, n'est-ce pas ?

Kelly ne répondit pas.

— Après avoir témoigné dans une affaire, l'année dernière, une de mes amies a été harcelée pendant des mois par la famille du coupable. Je n'ai pas besoin de ce genre de contrariété. J'ai l'occasion de prendre un nouveau départ, dans une nouvelle maison dont je suis la seule à avoir la clé. J'ai eu peur, mais il ne m'est rien arrivé de grave. J'ai envie de tout oublier.

— Est-ce que je peux au moins vous avertir quand nous inculperons quelqu'un ? Au cas où vous changeriez d'avis ?

Le silence s'éternisa.

— Si vous voulez. Mais je ne changerai pas d'avis, Kelly. Je comprends que mettre le coupable derrière les barreaux vous tienne à cœur, mais mon ressenti doit aussi compter un peu, non ?

L'important, c'est toujours les victimes, songea Kelly, agacée que l'on puisse en douter. Elle avait pris Cathy pour l'un des témoins les plus fiables dans cette affaire et était déçue de s'être trompée. Elle s'apprêtait à avertir Cathy qu'en refusant de témoigner elle risquait d'être traitée comme témoin à décharge, et son absence de coopération pouvait être considérée comme un outrage à la cour.

Elle se ravisa. La quête de la justice justifiait-elle de traiter une victime à l'égal d'un criminel ? Spontanément, Kelly pensa à Lexi et respira à fond avant de répondre :

— Le ressenti des victimes est la seule chose qui compte. Merci de m'avoir prévenue, Cathy.

Kelly raccrocha, s'appuya au mur en fermant les yeux ; elle ne regagna la salle des opérations que lorsqu'elle fut sûre de maîtriser ses émotions. La réunion était terminée et le bureau de la Criminelle avait repris ses airs de fourmilière. Elle rejoignit Andrew Robinson et Nick, et prit une chaise pour s'asseoir près d'eux.

— Vous continuez à suivre l'argent ? demanda-t-elle en se rappelant l'expression employée par l'enquêteur de Cyber Crime lors de leur dernier entretien.

— Tout à fait. J'ai retrouvé les paiements du capitaine, de Gordon Tillman et de Luke Harris, tous effectués *via* un compte PayPal, comme ça.

Andrew prit une feuille de papier dans l'imprimante sur laquelle il nota RAMPELLO, TILLMAN, HARRIS.

— À partir de ces sources (il dessina des flèches partant des trois noms) l'argent passe par là (il encadra le mot « PayPal »), avant de continuer jusqu'ici (une flèche jusqu'à un autre cadre autour des mots « compte bancaire »).

— Ce compte appartient bien au coupable, n'est-ce pas ? demanda Nick.

— Exact.

— Pouvons-nous obtenir ses coordonnées ?

— Je les ai déjà, répondit Andrew sous le regard plein d'espoir de Kelly. C'est un compte étudiant au nom de Mai Suo Li. J'ai des copies des pièces d'identité – valides – utilisées pour l'ouvrir ; la police des frontières confirme que Mai Suo Li a quitté le Royaume-Uni pour la Chine le 10 juillet dernier et n'est pas revenu depuis.

— Pourrait-il gérer le site depuis la Chine ?

— C'est possible, mais autant que vous sachiez tout de suite que nous n'arriverons à rien avec les autorités chinoises.

Kelly avait la migraine.

— En attendant, je peux vous dire que votre coupable se sert d'un appareil Samsung pour transférer les fonds. J'ignore si c'est un téléphone, une tablette ou un ordinateur, mais je suis prêt à parier qu'il s'agit d'un appareil portable.

— Qu'est-ce qui vous fait dire ça ?

— Dès que votre téléphone est allumé, il émet un signal à la recherche du Wi-Fi ou de Bluetooth. Si le coupable opérait à partir d'un ordinateur de bureau, on aurait une adresse fixe ; or, d'après nos résultats, il s'efforce d'éviter de se faire repérer.

Andrew tendit une feuille à Nick qui bougea légèrement sa chaise pour permettre à Kelly de la lire.

— Si le Wi-Fi fonctionnait en continu, je disposerais de centaines d'adresses supplémentaires mais, comme vous pouvez le constater, elles sont peu nombreuses. Ce qui suggère que l'appareil n'est allumé que dans certains buts précis : pour les transferts d'argent, c'est quasiment certain. À mon avis, il se sert d'un téléphone prépayé, pas de son téléphone personnel.

Une liste d'adresses était imprimée sur la feuille. La première était soulignée.

Espress Oh !

— Qu'est-ce que c'est que ça ?

— Un café près de Leicester Square et l'adresse d'où notre homme se sert le plus souvent de son téléphone prépayé. Le mois dernier, il a effectué trois transferts d'argent à partir de leur système Wi-Fi. Vous trouverez les dates et les horaires là-dessous.

— C'est du bon boulot, observa Nick.

— Il ne reste plus qu'à utiliser les bonnes vieilles méthodes policières, maintenant.

Andrew avait l'air content de lui, et à juste titre. Désormais Kelly et le capitaine marchaient en terrain connu. Un café dans un endroit aussi fréquenté que Leicester Square devait être équipé de caméras de surveillance ; peut-être même employait-il des serveurs consciencieux qui se souviendraient d'un client précis, venu un jour précis ? S'ils parvenaient à tirer quelques gros plans corrects des enregistrements, une affaire aussi grave que celle-ci leur permettrait de bénéficier d'une couverture médiatique nationale.

— Patron ! appela-t-on depuis l'autre bout de la pièce. Une patrouille se dirige vers Crystal Palace. L'alarme antiagression de Zoe Walker a été déclenchée.

Nick attrapait déjà sa veste quand il regarda Kelly.

— On y va.

28

— Tu m'as fait un croche-pied ! s'écrie Isaac en regardant Megan.

Il s'appuie d'une main pour se relever. Le petit groupe de badauds qui s'est formé pour assister à l'esclandre commence à se déliter.

— C'est vrai, avoue-t-elle en se penchant pour ramasser les pièces éparpillées sur la chaussée.

Je l'aide, ne serait-ce que pour arrêter de dévisager Isaac qui semble à la fois légèrement vexé et amusé par ce qui vient d'arriver.

— Tu la poursuivais, ajoute Megan dont le haussement d'épaules suggère qu'elle n'avait pas d'autre solution.

— J'essayais de la rattraper, la reprend Isaac, ce n'est pas la même chose.

Il se lève.

— Megan, ma fille et lui sont…

J'hésite, ne sachant comment le qualifier.

— Nous nous connaissons.

— D'accord.

Megan n'a pas l'air gênée. Dans son univers, le fait que nous nous connaissons ne signifie peut-être rien. Il aurait très bien pu me poursuivre quand même.

Il aurait très bien pu me poursuivre quand même.

J'écarte cette pensée ridicule avant de me laisser convaincre. Bien sûr qu'il ne me poursuivait pas.

— Que faites-vous là ?

— La dernière fois que j'ai vérifié, nous vivions dans un pays libre, se défend-il.

L'irritation me gagne en le voyant sourire et je suppose que cela se voit sur mon visage car il reprend son sérieux.

— Je vais voir Katie.

— Pourquoi couriez-vous ? dis-je, enhardie par la présence de Megan, qui s'est éloignée mais assiste avec curiosité à l'interrogatoire en tenant sa guitare à bout de bras le long du corps.

— Parce que vous couriez, répond-il.

C'est d'une logique si imparable que je ne sais plus très bien ce que j'éprouve. Une sirène de police retentit au loin.

— Je sais que vous êtes sur les nerfs à cause des annonces de la *London Gazette* et puis Katie m'a parlé du site. Quand je vous ai vu courir, j'ai cru que quelqu'un vous avait effrayée.

— Oui, vous !

Mon cœur bat encore la chamade et je me sens grisée par la poussée d'adrénaline. Le hurlement de la sirène s'intensifie. Isaac lève les mains, vaincu, ce qui ajoute à mon agacement. Qui est cet homme ? Le bruit est assourdissant ; une voiture de police, dont le gyrophare lance des éclairs, descend Anerley Road dans notre direction. La voiture s'arrête à dix mètres de nous et la sirène s'éteint en plein mugissement.

Isaac va-t-il prendre la fuite ? Je me rends compte que je l'espère. J'ai envie que tout soit fini : les annonces, le site Internet, la peur. Mais il fourre ses mains dans ses poches en me regardant, secouant la tête comme s'il trouvait ma réaction parfaitement incompréhensible. Il se dirige vers les policiers.

— Cette dame a eu une belle frayeur, explique-t-il.

Je suis muette de rage. Comment ose-t-il se comporter avec tant d'aplomb ? Minimiser ce qui vient d'arriver ?

— Votre nom, monsieur ? demande l'agent en sortant son calepin alors que sa collègue me rejoint.

— Il me poursuivait, lui dis-je, et le simple fait de le formuler me pousse à y croire.

Je commence à lui parler des annonces mais elle est déjà au courant.

— Il s'est mis à me suivre à Cannon Street et quand nous sommes arrivés à Crystal Palace, il m'a couru après.

Et si c'était moi qui m'étais mise à courir d'abord ? Était-ce important ? La policière prend des notes, mais les détails la laissent indifférente.

Un véhicule se gare derrière la voiture de police et je reconnais le capitaine Rampello, au volant. En voyant que l'agent Swift l'accompagne, j'éprouve une bouffée de soulagement, sachant que je n'aurai pas à tenter de la convaincre de ce qui s'est passé. Le capitaine Rampello s'adresse à la policière qui range son calepin et rejoint son équipier.

— Vous allez bien ? me demande l'agent Swift.

— Ça va, si ce n'est qu'Isaac m'a fichu une peur bleue.

— Vous le connaissez ?

— Il s'appelle Isaac Gunn, c'est le petit ami de ma fille. Il est le metteur en scène d'une pièce dans laquelle elle joue en ce moment. Il a dû télécharger mon trajet sur le site.

Les deux policiers échangent un regard et je sais exactement ce qu'ils vont dire.

— Le site donne la possibilité à ses clients de suivre des inconnues, souligne l'agent Swift. Pourquoi une de vos connaissances aurait-elle besoin de s'en servir ?

— Il n'est même pas midi, ajoute le capitaine Rampello en consultant sa montre. Votre itinéraire stipule que vous sortez du travail à dix-sept heures trente.

— Mon patron m'a renvoyée chez moi. Ce n'est pas un crime, si ?

Mon agressivité ne mérite pas la patience dont il fait preuve.

— Bien sûr que non. Mais si Isaac Gunn avait téléchargé votre itinéraire pour vous suivre, il ne serait arrivé à rien aujourd'hui, n'est-ce pas ? Vous n'avez pas respecté le scénario.

Je garde le silence. Je pense aux pas que j'ai entendus à Cannon Street ; au manteau aperçu sur la District Line. Était-ce Isaac ou quelqu'un d'autre ? Aurais-je pu imaginer tout ça ?

— Vous devriez au moins l'interroger. Découvrir pourquoi il me traquait ; pourquoi il n'a pas essayé d'attirer mon attention quand il m'a remarquée.

— Écoutez, me dit doucement le capitaine Rampello, nous allons interroger Isaac Gunn en tant que simple témoin, vérifier s'il a des liens avec le site.

— Vous me tiendrez au courant ?

— Dès que possible.

De l'autre côté de la rue, je vois Isaac monter dans la voiture de police.

— Vous voulez que l'on vous ramène chez vous ? propose Kelly Swift.

— Je vais marcher, merci.

Megan réapparaît à mes côtés dès que Rampello et Swift s'éloignent, et c'est alors que je constate qu'elle s'était éclipsée à l'arrivée de la police.

— Vous allez bien, alors ?

— Ça va. Merci d'avoir veillé sur moi aujourd'hui.

— Merci de veiller sur moi tous les jours, rétorque-t-elle en souriant.

Je jette une pièce dans l'étui de sa guitare alors qu'elle plaque les premiers accords d'une chanson de Bob Marley.

Il fait un froid piquant aujourd'hui. Cela fait plusieurs jours qu'on annonce de la neige et je crois qu'elle est pour ce soir. D'épais nuages blancs flottent dans le ciel et la route scintille déjà de givre. Je repasse mon trajet de retour dans ma tête en essayant de mettre le doigt sur l'instant précis où j'ai su que j'étais suivie, où je me suis mise à courir. Cela me permet d'éviter de penser à ce qui me dérange vraiment : qu'est-ce que je vais bien pouvoir dire à Katie ? Que son petit ami me traquait ? Plus j'approche de la maison, plus je doute de moi.

En ouvrant la porte, j'entends la radio dans la cuisine et la voix discordante de Simon qui l'accompagne plus ou moins fort selon qu'il connaisse les paroles ou pas. Ça fait longtemps que je ne l'ai plus entendu chanter.

La porte d'entrée claque derrière moi, Simon se tait.

— Je suis là ! lance-t-il, bien que ce ne soit pas nécessaire.

Quand je le rejoins, il a mis la table pour le déjeuner.

— Je me disais que tu aurais peut-être envie d'un repas chaud.

Un risotto aux crevettes, aux asperges et au citron mijote sur la cuisinière. Ça sent divinement bon.

— Comment savais-tu que je rentrais plus tôt ?

— J'ai appelé l'agence et ton patron m'a dit qu'il t'avait demandé de rentrer.

J'aimerais tant pouvoir vivre sans que l'on surveille mes moindres faits et gestes, me dis-je avant de me sentir aussitôt ingrate. La police, Graham, Simon essaient juste de me protéger.

— J'ai cru qu'il allait me licencier.

— Il n'a qu'à essayer. On l'attaquera aux prud'hommes en moins de temps qu'il en faut pour dire « viré », dit-il, amusé de son propre trait d'esprit.

— Tu es bien gai. Dois-je en conclure que l'entretien d'embauche s'est bien passé ?

— Ils m'ont rappelé avant que je sois arrivé à la station de métro. Je suis convoqué demain pour un deuxième entretien.

— C'est formidable ! Ils t'ont plu ? Le travail a l'air intéressant ?

Je m'assieds alors que Simon pose deux bols remplis de risotto fumant sur la table. Soudain tenaillée par la faim qui suit une poussée d'adrénaline, la première bouchée me laisse pourtant un goût aigre. Il faut que je parle à Katie. Elle doit attendre, se demander où est Isaac. Peut-être même s'inquiéter.

— Ce sont tous des gamins, m'explique Simon, le magazine n'est publié qu'à huit mille exemplaires et je pourrais faire le boulot les yeux fermés.

J'ouvre la bouche pour demander où est Katie, mais il se méprend sur mes intentions et me coupe la parole.

— Mais, comme tu l'as dit hier, c'est un boulot, et j'aurai un meilleur emploi du temps qu'au *Telegraph* : pas de travail le week-end ni tard le soir au service des informations, ce qui me permettra de travailler à mon roman.

— Quelle excellente nouvelle ! Je savais que quelque chose se présenterait.

Nous mangeons en silence un moment.

— Où est Katie ? dis-je, faussement détachée.

— Dans sa chambre je crois. Quelque chose ne va pas ?

À cet instant, je décide de ne rien dire à Simon.

Je vais le laisser se concentrer sur l'entretien de demain sans s'inquiéter de devoir rester à la maison pour s'occuper de moi, sans s'inquiéter du fait que Katie fréquente peut-être un pervers. J'ignore la petite voix insistante qui me répète que si je n'ai pas envie de lui parler, c'est que je ne suis pas sûre d'avoir raison.

Dans l'escalier, j'entends le bruit caractéristique des pas de Katie qui se dirige vers la cuisine. Elle entre, l'œil rivé à son téléphone.

— Salut, maman. Tu es rentrée tôt.

Je regarde tour à tour mon compagnon et ma fille, tel un lapin aveuglé par les phares d'une voiture, ne sachant de quel côté de la route me réfugier. Katie allume la bouilloire, fronce les sourcils en consultant son écran.

— Tout va bien, ma chérie ?

Simon me regarde avec curiosité sans rien dire. S'il perçoit le soupçon d'anxiété dans ma voix, je sais qu'il l'attribuera à l'épreuve que je traverse en ce moment. Ce fameux stress qui m'a valu mon congé.

— Isaac était censé passer me voir mais il a été empêché, d'après son SMS, annonce Katie plus surprise que contrariée.

Elle n'a pas l'habitude qu'on lui pose un lapin, je le sais, et je me déteste d'en être la cause.

J'aurais cru que la police confisquerait son portable à Isaac sur-le-champ. J'imagine la conversation dans la voiture de police ou en garde à vue.

Je dois envoyer un SMS à ma copine.

Un message et vous nous remettez votre téléphone.

Je n'y étais peut-être pas du tout. Ils s'entendaient peut-être tous comme larrons en foire, Isaac charmait la policière et faisait ami-ami avec son collègue.

Il faut vraiment que je prévienne ma copine de ce qui s'est passé – elle va s'inquiéter. Vous avez vu, sa mère est instable...

— Est-ce qu'il a dit ce qui s'était passé ?

— Non. Ça doit concerner le spectacle. Il travaille tout le temps – je suppose que c'est comme ça quand on est à son compte. J'espère que tout va bien : plus que sept heures avant le lever de rideau !

Elle emporte des nouilles instantanées dans sa chambre et je pose ma fourchette sur le rebord de mon bol. La première a lieu ce soir. Comment ai-je pu l'oublier ? Et si Isaac est encore au commissariat ?

— Tu n'as pas faim ? me demande Simon.

— Désolée.

Je me suis mise dans un pétrin dont je ne sais comment me tirer et, pendant le reste de la journée, j'arpente la maison en proposant à Katie des tasses de thé dont elle ne veut pas tout en m'armant de courage pour affronter le moment où elle me dira qu'elle sait que j'ai fait coffrer Isaac.

C'est un simple témoin, me dis-je. Il n'a pas été arrêté.

Mais je sais que ça ne fera guère de différence aux yeux du jeune homme. Ni aux yeux de Katie, d'ailleurs. À dix-sept heures, Matt vient la chercher pour la déposer au théâtre.

— Elle prend ses affaires, dis-je à Matt, debout sur le seuil, en sentant le froid s'insinuer par la porte ouverte. Je te dirais bien d'entrer mais c'est… tu sais, c'est gênant.

— J'attends dans le taxi.

Katie dévale l'escalier en enfilant son manteau. Elle m'embrasse.

— Merde, ma chérie. C'est ce qu'on dit dans ces cas-là, non ?

— Merci, maman.

Tandis que Matt s'éloigne, mon portable sonne et le numéro de l'agent Swift s'affiche à l'écran. Je monte prendre l'appel et marmonne un mot d'excuse en bousculant Justin au passage. J'entre dans le bureau de Simon et ferme la porte derrière moi.

Kelly Swift n'y va pas par quatre chemins.

— Nous l'avons libéré.

— Qu'est-ce qu'il vous a dit ?

— La même chose qu'à vous. Qu'il vous a vue dans le métro et vous a trouvée angoissée. Il a dit que vous n'arrêtiez pas de regarder autour de vous, que vous aviez l'air nerveuse.

— Il a reconnu m'avoir suivie ?

— Il a affirmé qu'il avait rendez-vous avec votre fille, il était donc normal qu'il aille dans la même direction que vous. Quand vous vous êtes mise à courir, il s'est inquiété et a essayé de vous rattraper.

— Pourquoi n'est-il pas venu me parler quand il m'a vue dans le métro ? Il aurait pu m'aborder à ce moment-là.

— Il a l'air de croire que vous ne l'appréciez pas, avoue l'agent Swift avec réticence après un instant d'hésitation.

Du pouce, je presse les coins d'un Post-It à moitié décollé sur l'écran de l'ordinateur de Simon.

— Zoe, il nous a remis son téléphone et son ordinateur – auxquels il nous a laissés accéder volontiers –, et à première vue rien ne le lie à trouvel-amesœur.com. L'équipe de Cyber Crime approfondira les recherches au cours des prochaines heures et comptez sur moi pour vous prévenir si elle trouve quelque chose.

Elle marque un nouveau temps d'arrêt.

— Zoe, reprend-elle d'une voix plus douce, je crois qu'il n'a rien à voir avec le site.

— Oh, Seigneur, qu'est-ce que j'ai fait ?

Je ferme les yeux, comme si ça allait m'aider à ignorer le gâchis dont je suis responsable.

— Ma fille ne me le pardonnera jamais.

— Isaac s'est montré très compréhensif envers votre méprise. Il sait que vous êtes vraiment stressée en ce moment. Si j'ai bien compris, ça ne le dérangerait pas que l'incident reste entre vous.

— Il ne va rien dire à Katie ? Et pourquoi ?

L'agent Swift soupire et je crois déceler un soupçon d'exaspération dans sa voix.

— C'est peut-être un type bien, Zoe.

À mon réveil, le lendemain, le calme règne dans la maison. Une drôle de lumière éclaire notre chambre et, en ouvrant les stores, je m'aperçois que la neige annoncée est bien tombée. Les routes sont déjà dégagées – le sel répandu et la circulation n'ont pas tardé à venir à bout des quelques centimètres accumulés pendant la nuit –, mais les trottoirs et les jardins, les toits et les voitures encore garées sont recouverts d'un mince manteau immaculé. Des flocons volettent devant la fenêtre et vont couvrir les empreintes de pas dans l'allée, dehors.

J'embrasse Simon sur les lèvres.

— Il neige ! dis-je à voix basse, telle une enfant qui veut sortir jouer.

Il sourit sans ouvrir les yeux et m'attire sous la couette.

Quand je me relève, la neige a cessé de tomber. Justin doit encore enchaîner les heures au café, et Katie récupère de la première au théâtre. Elle m'a laissé un mot contre la bouilloire :

Nous avons fait salle comble ! D'après Isaac, le public était exceptionnel ! X

Il ne lui a rien dit. Je pousse un lent soupir.

Il faudra que je lui parle. Je dois m'excuser. Mais pas aujourd'hui.

— Simon, à quelle heure ton entretien est-il prévu ?

— Pas avant quatorze heures mais je me suis dit que j'irais chercher quelques anciens numéros ce matin pour bûcher un peu à l'heure du déjeuner. Ça ne te dérange pas ? Tu vas t'en sortir ici ?

— Ça ira. Katie est là. Je vais ranger, je crois.

La maison est un vrai capharnaüm ; la table autour de laquelle nous avons déjeuné il y a à peine quinze jours est de nouveau complètement encombrée. Hier soir, j'y ai posé les reçus et les factures que Graham m'a donnés et je ne peux pas me lancer dans ses comptes avant d'avoir tout déblayé.

Simon m'embrasse et je lui souhaite bonne chance. Je souris en l'entendant siffloter quand il ouvre la porte.

Katie sort de sa chambre vers onze heures. Malgré ses yeux cernés et le reste de khôl sur ses paupières, elle a l'air radieuse.

— C'était incroyable, maman.

Elle prend le thé que je lui tends et me suit dans la salle à manger où elle s'assoit en serrant ses genoux contre elle. Elle porte une énorme paire de bottines fourrées.

— Je n'ai pas eu besoin qu'on me souffle une seule réplique, et à la fin un spectateur s'est levé pour applaudir ! C'était une connaissance d'Isaac, je crois, mais quand même !

— Tu vas être payée, alors ?

— Ça va venir. Nous devons régler la location de la salle, l'avance sur recettes et tout ça.

Je me tais. Isaac a-t-il déjà touché sa part ? Katie me regarde brusquement.

— Pourquoi n'es-tu pas à l'agence ?

— Je suis en congé maladie.

— Maman, tu aurais dû me le dire. Tu ne devrais pas faire ça. Laisse, je m'en charge.

Elle se lève d'un bond, m'arrache un tas de dossiers tout en cherchant un endroit où les poser et finit par les remettre là où elle les a trouvés. Un reçu volette par terre.

— Ce n'est pas ce que tu crois. Graham m'a donné quelques jours de congé, le temps que la police résolve cette histoire idiote de site Internet.

Cela me fait du bien de minimiser son importance. Melissa dirait que ça me rend plus forte. Je me penche pour ramasser le reçu tombé sous la table.

Coca light £ 2,95.

Je ne sais pas s'il s'est envolé de la pile de comptes ou si c'est un des reçus que nous balançons tous sur la table après les avoir froissés.

Le reçu vient d'un café appelé Espress Oh ! Un très mauvais nom pour un café, je trouve. C'est outrancier ; le jeu de mots laborieux vous hérisse comme le nom des salons de coiffure Curl Up and Dye ou ce bar à salades dans l'est de Londres appelé Lettuce Eat. Sur l'envers du reçu, je découvre les chiffres « 0364 » griffonnés dans une écriture que je ne reconnais pas. Un code PIN peut-être ?

— Laisse tout ça, ma chérie, dis-je en mettant le reçu de côté alors que Katie continue à bouger des papiers, aussi enthousiaste qu'inefficace. C'est plus simple si je m'en charge, ça m'évite de tout mélanger.

Tout en mettant de l'ordre, en classant et rangeant les papiers sur la table, je l'écoute me raconter la première, me parler de la critique élogieuse de *Time Out* et du frisson qu'elle a ressenti en remontant sur scène pour un deuxième rappel. Je me sens plus calme ; le simple fait de ranger la maison me donne l'impression de contrôler ma vie.

Je n'aurais jamais osé demander un congé à Graham et je lui suis reconnaissante de m'avoir forcé la main. Maintenant, au moins, je peux rester chez moi le temps que la police résolve cette affaire. J'abandonne mon enquête. La police n'a qu'à prendre les risques pendant que je reste ici, à l'abri.

29

La façade d'Espress Oh ! n'était pas très engageante, ce qui rendait la promesse d'y boire « le meilleur café de Londres » affichée en vitrine assez invraisemblable. La porte qui coinçait un peu finit par céder, projetant Kelly dans la salle avec tant d'élan qu'elle faillit perdre l'équilibre.

— Caméra de surveillance, s'écria-t-elle, triomphante, en désignant l'autocollant *Souriez, vous êtes filmé !* apposé au mur.

Le café était beaucoup plus grand que l'on pouvait le supposer au premier abord. Des affichettes annonçaient que d'autres places étaient disponibles à l'étage et Kelly supposa que l'escalier en colimaçon devait mener aux toilettes en sous-sol vu le défilé continu de clients qui l'empruntaient. L'endroit était très bruyant, les conversations concurrençant le sifflement de l'imposante machine à café placée derrière le comptoir.

— Nous aimerions parler au gérant, s'il vous plaît.

— Eh bien, bonne chance ?

La caissière était Australienne et son accent transformait tout ce qu'elle disait en question.

— Si vous avez besoin de formuler une plainte, un formulaire est à votre disposition, hein ?

— Qui est responsable du café aujourd'hui ? demanda Kelly en ouvrant son portefeuille pour montrer son badge.

Sans se démonter, la serveuse balaya lentement et posément la salle des yeux : deux autres serveurs s'y affairaient, l'un essuyant des tables, l'autre empilant des tasses dans un lave-vaisselle industriel à une telle vitesse et avec une telle brutalité que Kelly s'étonna qu'elles restent entières.

— C'est moi, je suppose ? Je m'appelle Dana, dit-elle en s'essuyant les mains sur son tablier. Jase, tu prends la caisse un moment ? Installons-nous à l'étage.

Le premier étage d'Espress Oh ! était meublé de canapés en cuir qui paraissaient confortables mais étaient en fait trop durs et trop brillants pour être accueillants très longtemps. Dana regarda tour à tour Nick et Kelly, l'air impatient.

— Que puis-je faire pour vous ?

— Avez-vous le Wi-Fi ici ?

— Bien sûr. Vous voulez le code ?

— Merci, pas pour l'instant. L'accès est-il gratuit pour les clients ?

Dana hocha la tête.

— Nous sommes censés modifier le code de temps en temps, mais il n'a pas changé depuis que je suis là, ce qui plaît aux habitués. Ils trouvent pénible de devoir demander le code sans arrêt et ça fait plus de boulot pour l'équipe, vous voyez ?

— Nous avons besoin de retrouver une personne qui s'est connectée plusieurs fois sur votre réseau, expliqua Kelly. Elle est recherchée dans le cadre d'un crime très grave.

— On doit s'inquiéter ? demanda Dana, les yeux écarquillés.

— Je ne crois pas que vous soyez en danger ici, mais nous devons absolument retrouver cette personne aussi vite que possible. J'ai remarqué en entrant que vous aviez une caméra de surveillance : peut-on vérifier les enregistrements ?

— Bien sûr. C'est dans le bureau du gérant, par ici.

Les deux policiers suivirent la jeune femme jusqu'à une porte, à l'autre bout de la salle, afin qu'elle entre un code dans le pavé numérique fixé au chambranle. Elle les fit entrer dans une pièce à peine plus spacieuse qu'un placard à balais, meublée d'un bureau où trônaient un ordinateur, une imprimante poussiéreuse et une bannette de courrier remplie de factures et de bons de livraison.

Un écran en noir et blanc posé sur une étagère, au-dessus de l'ordinateur, diffusait les images tremblotantes de la caméra de surveillance. Kelly reconnut le comptoir du rez-de-chaussée et la rutilante machine à café.

— Combien de caméras avez-vous ? demanda Kelly. Pouvons-nous vérifier les autres angles de prise de vue ?

— Il n'y a que celle-ci, vous voyez ?

Kelly vit Jase, le garçon à qui Dana avait confié la caisse, poser un café au lait fumant sur un plateau noir. On devina à peine le profil de son client avant qu'il se retourne.

— L'unique caméra filme la caisse, c'est ça ? clarifia Kelly.

Dana avait l'air penaud.

— Le propriétaire croit qu'on pique tous dans la caisse. C'est pareil dans tous les cafés de l'enseigne. Quand nous avons eu un problème d'incivilités, l'année dernière, nous avons tourné la caméra vers l'entrée. Le proprio a pété les plombs. On n'y touche plus maintenant. On évite les sujets qui fâchent, hein ?

Nick et Kelly échangèrent un regard lugubre.

— Je vais devoir saisir les images filmées le mois dernier, annonça l'enquêtrice. Surveillance ? lança-t-elle au capitaine, qui acquiesça.

— Nous enquêtons sur un crime très grave, expliqua Nick à Dana, et il se pourrait que nous devions installer d'autres caméras pendant quelques semaines. Si c'est le cas, il est impératif que vos clients n'en sachent rien. Mieux vaut donc éviter que trop d'employés soient au courant, ajouta-t-il avec un regard sévère.

Dana eut l'air terrifiée.

— Je vais garder ça pour moi.

— Merci, vous nous avez beaucoup aidés, dit Kelly, le cœur lourd.

Chaque fois que la policière croyait avoir une piste sérieuse sur le responsable du site Internet, la piste en question menait à une impasse. Ils pourraient toujours vérifier les images de vidéosurveillance aux heures où le coupable s'était servi du Wi-Fi pour transférer l'argent de ses clients, mais vu que les employés et la caisse occupaient quatre-vingt-dix pour cent de l'image, il y avait peu d'espoir de l'identifier.

Le téléphone de Kelly émit un bip alors qu'ils sortaient du café.

— Zoe Walker m'annonce qu'elle travaille à domicile ces prochains jours et qu'elle ne sera donc pas joignable au bureau.

Nick lui adressa un regard dissuasif.

— Si elle pose la question, il n'y a pas de progrès significatifs, d'accord ?

Kelly prit une profonde inspiration pour s'efforcer de répondre avec calme.

— Je lui ai expliqué comment accéder au site parce que j'estimais qu'elle avait le droit de voir son trajet en ligne.

Rampello s'éloigna à grands pas vers la voiture.

— Vous réfléchissez trop, agent Swift, lâcha-t-il en guise de conclusion par-dessus son épaule.

De retour à Balfour Street, Kelly apporta le disque contenant les images de surveillance d'Espress Oh ! à l'officier responsable des pièces à conviction. Tony Broadstairs, enquêteur chevronné avec plus de vingt-cinq ans d'expérience à la PJ et à la Criminelle, adorait donner à Kelly des conseils aussi indésirables que superflus. Aujourd'hui, il prit sur lui de souligner l'importance de la procédure de recueil des preuves.

— Alors, tu dois signer pour prouver que tu me confies cette pièce à conviction, dit-il en dessinant un cercle du bout de son stylo au-dessus de la case à remplir sur l'étiquette, et je dois signer pour prouver que je l'ai bien reçue.

— C'est noté, acquiesça Kelly, qui recueillait des pièces à conviction et signait des registres depuis neuf ans. Merci.

— Parce que, s'il manque une de ces signatures, tu peux dire adieu à ton procès. Ton bonhomme peut être le pire coupable du pays, si la défense a vent d'un vice de procédure, ton dossier retombe plus vite qu'un soufflé sorti trop tôt du four.

— Kelly.

En se retournant, la jeune femme vit le commandant Diggers s'approcher d'elle sans avoir pris la peine d'ôter son manteau.

— Je ne savais pas que vous étiez là, monsieur, dit Tony. Je croyais que vous profitiez encore de tous ces jours de congés accumulés. Le golf ne vous disait rien, aujourd'hui ?

— Je ne suis pas là par choix, Tony, croyez-moi, répondit-il en regardant Kelly, l'air grave. Dans mon bureau, tout de suite. Vous aussi, Nick, appela-t-il.

Elle qui était soulagée de ne plus devoir écouter Tony lui faire la leçon sur la gestion des preuves fut instantanément refroidie par la mine du commandant. Elle lui emboîta le pas alors qu'il traversait l'*open space* pour regagner son bureau dont il ouvrit la porte à la volée avant d'ordonner à l'enquêtrice de s'asseoir. Elle obéit, peu à peu gagnée par la peur. Qu'est-ce qui avait bien pu pousser le commandant à la convoquer dans son bureau sans ménagement, ou même à se déplacer alors qu'il était en congé ? Kelly avait beau chercher, elle en revenait toujours à la même explication : Durham.

Elle avait vraiment merdé cette fois.

— Je me suis mouillé pour vous, Kelly.

Diggers, qui était resté debout, arpentait désormais la petite pièce sans que la jeune femme sache si elle devait le suivre des yeux ou continuer à regarder droit devant elle, tel un prévenu sur le banc des accusés.

— J'ai accepté ce détachement parce que je croyais en vous et parce que vous m'aviez convaincu que je pouvais vous faire confiance. Je vous ai sauvé la mise, Kelly !

La jeune femme sentit la peur et la honte lui nouer l'estomac ; comment avait-elle pu être aussi bête ? La dernière fois, elle avait gardé son boulot d'un cheveu ; le suspect qu'elle avait agressé avait renoncé à déposer plainte après qu'une visite de Diggers l'eut convaincu qu'il valait mieux faire profil bas. Même le conseil de discipline s'était bien passé grâce à la petite conversation que Diggers avait eue avec son supérieur. *Circonstances atténuantes liées à l'histoire familiale*, stipulait le rapport, mais il était hors de question qu'elle rejoue cette carte.

— J'ai reçu un coup de téléphone, hier soir.

Le commissaire finit par s'asseoir et se pencha sur son vaste bureau en chêne sombre.

— Un détective du commissariat de Durham a appris que nous enquêtions sur des viols non élucidés. Il se demandait s'il pouvait faire autre chose pour nous.

Kelly fuyait son regard. À sa gauche, Nick la dévisageait.

— Imaginez ma surprise. Le compte à rebours jusqu'à ma retraite est peut-être enclenché, Kelly, mais je me pique encore de connaître les enquêtes en cours. Et aucune enquête, articula-t-il lentement pour que son argument ait plus de poids, ne concerne l'université de Durham. Ça vous dérange de m'expliquer ce que vous fabriquez ?

Kelly leva lentement les yeux. La rage folle qui habitait le commissaire à son arrivée semblait s'être calmée et il avait l'air moins terrifiant qu'au début de l'entretien. Néanmoins, Kelly déglutit, gorge serrée, pour tenter de se reprendre.

— Je voulais savoir s'il y avait eu des progrès dans l'affaire de ma sœur, expliqua-t-elle d'une voix tremblante.

Diggers secoua la tête.

— Inutile de vous dire que vous avez commis une faute grave, passible de mesures disciplinaires. Outre que vous avez violé la loi sur la protection des données personnelles en agissant ainsi, abuser de votre position d'officier de police à des fins personnelles justifie votre licenciement.

— Je le sais, monsieur.

— Qu'est-ce qui vous a pris, au juste ? fit Diggers, écartant les mains en signe d'incompréhension. Y a-t-il eu des avancées dans l'affaire de votre sœur ? reprit-il avec plus de douceur.

— En quelque sorte. Mais pas celles que j'attendais, monsieur.

Kelly déglutit encore une fois ; elle aurait aimé que le nœud dans sa gorge se desserre.

— Ma sœur... a renoncé à engager des poursuites. Elle a laissé des instructions précises stipulant qu'elle ne souhaitait pas être tenue informée des avancées de l'enquête ni de l'arrestation éventuelle du coupable.

— Vous n'étiez pas au courant, je suppose ?

Kelly acquiesça.

Il y eut un long silence avant que Diggers reprenne la parole.

— Même si je crois déjà connaître la réponse, il faut que je vérifie : y a-t-il une justification professionnelle à la demande adressée à la police de Durham ?

— L'ordre venait de moi, intervint Nick.

Kelly se tourna vers lui en s'efforçant de dissimuler sa surprise.

— Vous avez demandé à l'agent Swift de contacter Durham à propos du viol non élucidé dont sa sœur a été victime ?

— Tout à fait.

Diggers dévisagea Rampello. Kelly crut voir un éclair d'amusement passer dans les yeux du commissaire, mais sa bouche crispée la persuada qu'elle se faisait des idées.

— Je peux savoir pourquoi ?

— L'opération FURNISS s'est révélée de plus grande ampleur que prévu au départ, monsieur. Le viol de Maidstone a prouvé que les crimes ne sont pas circonscrits à la région du Grand Londres, et même si la publication des annonces n'a commencé qu'en septembre, nous n'avons pas encore cerné toute la portée des crimes commis. Jusqu'ici, nous peinons à trouver des pistes sur le principal coupable, et je me suis dit qu'il serait opportun d'élargir l'analyse aux viols subis par des femmes d'abord traquées par leur agresseur. J'ai cru que le schéma aurait pu se répéter dans d'autres villes.

— Il y a plus de dix ans ?

— Oui, monsieur.

Diggers ôta ses lunettes. Il adressa un regard pensif à Nick avant de se tourner vers Kelly.

— Pourquoi ne me l'avez-vous pas dit dès le début ?

— Je… je ne sais pas, monsieur.

— Vous n'avez pas trouvé de lien entre l'opération FURNISS et l'affaire de Durham, je parie ?

— Je l'ai écartée, répondit Nick sans hésiter, même si la question s'adressait à Kelly.

— Je m'en doutais.

Le commissaire regarda les deux policiers tour à tour. Kelly retint son souffle.

— Et si nous envisagions de clore les recherches concernant des crimes similaires ?

— Bien, monsieur.

— Retournez travailler tous les deux.

Ils franchissaient le seuil quand le commissaire rappela Kelly.

— Une dernière chose…

— Monsieur ?

— Coupables, flics, témoins, victimes… ils ont tous un point commun, Kelly : il n'y a pas deux personnes semblables. Chaque victime gère ce qui lui est arrivé à sa façon ; certaines sont animées par un désir de vengeance, d'autres veulent que justice soit faite ou cherchent à donner un sens à ce qu'elles ont vécu, d'autres encore veulent tourner la page, dit-il en la regardant droit dans les yeux.

Kelly pensa à Lexi et au désir qu'avait exprimé Cathy Tanning de commencer une nouvelle vie dans une maison dont elle était la seule à posséder les clés.

— Vous avez raison, monsieur.

— Ne faites pas de fixation sur les victimes qui ne cherchent pas les mêmes réponses que nous. Ça ne veut pas dire qu'elles ont tort. Focalisez votre motivation - votre talent considérable - sur l'ensemble de l'affaire. Un criminel en série responsable des viols, des meurtres et de la traque de dizaines de femmes est quelque part dans la nature. Retrouvez-le.

On se fait prendre quand on est négligent.

Mon nom n'apparaît nulle part dans la piste numérique qui mène à trouvel-amesœur.com : je me suis toujours servi exclusivement d'autres identités, dérobées dans des portefeuilles et des poches de manteaux.

James Stanford, qui n'avait pas la moindre idée qu'il louait une boîte postale à Old Gloucester Road ni que sa carte bancaire servait à payer les encarts publicitaires publiés dans la London Gazette. *Mai Suo Li, l'étudiant chinois qui m'a volontiers laissé utiliser son compte bancaire britannique en échange d'assez d'argent liquide pour acheter son billet retour.*

Jamais mon identité. Toujours celle des autres.

Cette histoire de reçu, en revanche, c'était de la négligence.

Un Digicode imprudemment griffonné sur le premier bout de papier venu sans jamais envisager que cela pouvait tout réduire à néant. Quand j'y repense, cette étourderie me remplit de rage. Quelle bêtise. Sans ce reçu, tout était parfait. Indétectable.

Mais je n'ai pas dit mon dernier mot. Quand on est acculé, il n'y a qu'une solution.

Se battre jusqu'au bout.

30

Vers l'heure du déjeuner, la table de la salle à manger est dégagée et la maison a retrouvé un semblant d'ordre. Je m'installe pour faire les comptes de Graham ; c'est étrange, mais inscrire méthodiquement dans les livres le montant de ses courses en taxi et de ses déjeuners m'apaise. Le bip de mon téléphone m'avertit que l'agent Swift a répondu au SMS que je lui ai envoyé tout à l'heure.

Désolée pour l'absence de nouvelles. Rapide mise à jour - j'essaierai d'appeler plus tard. D'après nous, le coupable administre le site depuis le café Espress Oh ! à deux pas de Leicester Square - enquête en cours. Luke Harris toujours remis en liberté sous caution - je vous dirai ce que décide le parquet. Bonne idée de travailler chez vous. Prenez soin de vous.

Après avoir relu le message, je trouve le reçu d'Espress Oh ! dans le dossier rempli de paperasse posé sur la table. Je lis le numéro griffonné au dos et cherche la date. L'encre à moitié effacée au bas du reçu ne me permet pas de la déchiffrer. Depuis combien de temps ce reçu est-il là ? Bien qu'il ne fasse pas froid chez moi, je frissonne et le bout de papier tremblote dans ma main. J'entre dans la cuisine.

— Katie ?

— Humm ?

Ma fille beurre une tartine sur le plan de travail sans se servir d'assiette. Elle récupère les miettes au creux de sa main pour les jeter dans l'évier.

— Désolée. Ce ne sont que quelques miettes, maman, ajoute-t-elle en voyant ma mine.

Je lui tends le reçu.

— Tu es déjà allée dans cet endroit ?

J'ai le vertige, comme lorsqu'on remonte trop vite à la surface. Je compte les pulsations de mon cœur pour essayer d'en contrôler le rythme.

Katie fait la grimace.

— Je ne crois pas. C'est où ?

— Près de Leicester Square.

Face au danger, on est censé réagir de deux façons : lutter ou s'enfuir. Mais moi, je ne fais ni l'un ni l'autre. Je suis figée, incapable de bouger malgré l'envie de m'enfuir.

— Ah, je vois ! Je crois, du moins. Je n'y suis jamais allée mais je suis passée devant. Pourquoi ?

Je n'ai pas envie de la paniquer. Je lui parle du message de l'agent Swift sans m'énerver, comme d'un détail anecdotique. Le bourdonnement dans mes oreilles s'amplifie. Il ne s'agit pas d'une coïncidence, j'en suis sûre.

— Ce n'est qu'un reçu. Il n'appartient pas forcément à l'administrateur du site, n'est-ce pas ?

Ses yeux fouillent mon visage pour tenter d'interpréter mon expression et d'évaluer mon degré d'inquiétude.

— Non, bien sûr que non, dis-je, alors que je suis persuadée du contraire.

— N'importe qui aurait pu le laisser là ; il aurait pu tomber d'une poche de manteau, d'un vieux sac en plastique, que sais-je ?

Nous feignons toutes les deux de croire que c'est un détail anodin, aussi insignifiant qu'une chaussette esseulée ou un chat perdu, et surtout pas un reçu qui, d'une manière ou d'une autre, établit un lien entre un maniaque et notre maison.

— Je laisse souvent des reçus au fond des sacs.

Comme j'aimerais qu'elle ait raison ! Je pense à toutes ces fois où, en fourrageant parmi la dizaine de sacs en plastique casés sous l'évier, j'y ai trouvé des reçus correspondant à d'anciens achats.

J'aimerais la croire, mais les picotements qui me parcourent la nuque m'assurent du contraire. Si ce reçu se trouve chez nous, c'est que quelqu'un l'y a apporté.

— Quelle coïncidence, tu ne trouves pas ?

Mon sourire se mue en rictus.

J'ai peur.

J'essaie d'ignorer ma petite voix intérieure, le sentiment de terreur qui me gagne et me dit que la solution crève les yeux.

— Nous devons réfléchir au problème de façon rationnelle, dit Katie. Qui est passé à la maison récemment ?

— Toi, moi, Justin, Simon évidemment. Melissa et Neil. Les papiers que j'ai posés sur la table, hier soir – les reçus et les factures – appartiennent à Graham Hallow.

— Il pourrait être à lui ?

— Possible.

Je revois la pile d'anciens numéros de la *Gazette* sur le bureau de Graham et me remémore l'explication parfaitement plausible qu'il m'a donnée pour justifier leur présence.

— Remarque, il m'a beaucoup soutenue ces derniers temps – en m'accordant un congé, par exemple. Je ne le vois pas faire ce genre de chose.

Une idée me traverse l'esprit. Ce n'est pas parce que la police n'a pas réussi à incriminer Isaac qu'il n'y a rien à découvrir.

— Nous avons nettoyé la table avant notre déjeuner dominical, le mois dernier. Isaac était invité.

Katie est bouche bée.

— Qu'est-ce que tu insinues ?

Mon haussement d'épaules ne convainc personne, même pas moi.

— Je n'insinue rien. Je fais juste la liste des gens qui sont passés à la maison récemment.

— Tu ne crois tout de même pas qu'Isaac est mêlé à cette histoire ? Je ne le connaissais pas encore quand tout a commencé, maman ; tu as dit que les annonces paraissent depuis septembre.

— Il t'a prise en photo, Katie. Sans que tu le saches. Tu ne trouves pas ça louche ?

— Pour l'envoyer à un membre de la troupe ! Pas pour la poster sur un site Internet, hurle-t-elle, furieuse et sur la défensive.

— Tu en es sûre ? dis-je sur le même ton.

Nous gardons le silence, le temps de nous reprendre.

— Ce pourrait être le reçu de n'importe qui, s'entête Katie.

— Nous devrions fouiller la maison, alors.

Katie acquiesce.

— Commençons par la chambre de Justin.

— Justin ? Ne me dis pas que… D'accord, dis-je en remarquant son expression.

Tout petit déjà, Justin préférait les ordinateurs aux livres. J'ai cru avoir fait quelque chose de mal – trop de télévision peut-être ? – jusqu'à ce que Katie se révèle mordue de lecture : j'ai alors compris que mes enfants étaient simplement très différents. Quand ils étaient petits, nous n'avions pas d'ordinateur à la maison, mais à l'école, le cours de technologie de l'information et de la communication était le seul que Justin ne séchait pas. Il nous suppliait, Matt et moi, de lui offrir son propre ordinateur, et comme nous n'en avions pas les moyens, il a économisé son argent de poche pour acheter les pièces détachées ; elles étaient livrées dans des enveloppes matelassées, et il les rangeait sous son lit avec ses Meccano et ses figurines Lego. Il a monté ce premier ordinateur tout seul en suivant les instructions imprimées à la bibliothèque et, au fil du temps, a ajouté de la mémoire, un plus gros disque dur, une meilleure carte graphique. À douze ans, Justin en savait plus sur les ordinateurs et l'Internet que moi à trente.

Je me souviens l'avoir fait asseoir un jour, au retour de l'école, avant qu'il monte se connecter à je ne sais quel jeu en réseau qu'il aimait, pour le prévenir des dangers qu'il y avait à trop se livrer en ligne ; pour lui dire que les adolescents avec lesquels il passait son temps à chatter n'étaient peut-être pas des adolescents du tout, mais des pervers de cinquante ans qui salivaient à l'autre bout de leur clavier.

— Je suis trop malin pour les pédophiles, m'avait-il répondu en riant. Ils ne pourraient pas m'attraper.

J'étais impressionnée, je suppose. Fière que mon fils ait tant de jugeote, qu'il soit tellement plus féru de technologie que moi.

Pendant toutes ces années passées à m'inquiéter que mon fils puisse être la proie d'un cyber-agresseur, il ne m'a pas traversé l'esprit une seule fois qu'il puisse en être un lui-même. C'est impossible, me dis-je aussitôt. Je le saurais.

Une odeur de cigarette froide et de chaussettes sales flotte dans la chambre. La pile bien nette de vêtements que j'ai posée hier sur le lit est maintenant renversée car Justin s'est couché sans prendre la peine de la déplacer ou de la ranger. En ouvrant les rideaux, je découvre une demi-douzaine de tasses, dont trois servent de cendrier. Un joint soigneusement roulé est posé près d'un briquet.

— Vérifie ses tiroirs, dis-je à Katie, debout sur le seuil.

Elle reste figée.

— Bouge-toi ! Nous ne savons pas de combien de temps nous disposons.

Je m'assois sur le lit et ouvre l'ordinateur portable de mon fils.

— Maman, ce n'est pas bien.

— Administrer un site Internet qui vend les trajets de femmes à des hommes qui ont envie de les violer et de les tuer, c'est bien peut-être ?

— Justin ne ferait jamais ça !

— Je ne le pense pas non plus, mais nous devons en avoir le cœur net. Fouille sa chambre.

— Je ne sais même pas ce que je cherche, dit ma fille en ouvrant les portes de l'armoire pour fureter dans les étagères de son frère.

— D'autres reçus d'Espress Oh ! dis-je en essayant de penser à un détail compromettant. Des photos de femmes, des détails de leur itinéraire…

L'ordinateur de mon fils est protégé par un mot de passe. Je fixe l'écran qui me renvoie son identifiant, Game8oy _94, accompagné du minuscule avatar montrant la paume de Justin placée entre son visage et l'objectif.

— De l'argent ? demande Katie.

— Absolument. Tout ce qui sort de l'ordinaire. Quel mot de passe pourrait utiliser Justin ?

J'essaie sa date de naissance mais le message « ACCÈS REFUSÉ : IL VOUS RESTE DEUX TENTATIVES » apparaît à l'écran.

— De l'argent, répète Katie, et je comprends enfin que ce n'est pas une question.

Quand je lève les yeux, elle tient une enveloppe comme celle contenant l'argent du loyer que Justin m'a donnée. Bourrée à craquer de billets de dix et vingt livres, elle ne ferme pas.

— Son salaire au café, tu crois ?

Katie n'est pas au courant de la combine de Melissa pour échapper aux impôts et même si cela ne dérangeait pas mon amie, je n'ai pas l'intention de mettre ma fille dans la confidence. Plus nous en parlons, plus le risque de se faire pincer augmente ; ni Melissa ni moi n'avons besoin de ce genre d'ennui.

— Je suppose, dis-je, distraite. Remets-le à sa place.

Je fais une dernière tentative pour deviner le mot de passe de Justin et, cette fois, j'entre un mélange de notre adresse et du nom de son premier animal domestique, une gerboise appelée Gerald qui, après s'être enfuie, a vécu sous le plancher de notre salle de bains pendant plusieurs mois.

« ACCÈS REFUSÉ : IL VOUS RESTE UNE TENTATIVE. »

Je n'ose pas réessayer.

— Y a-t-il autre chose dans l'armoire ?

— Je n'ai rien trouvé.

Passant à la commode, Katie retire les tiroirs et vérifie d'une main experte qu'on n'a rien collé dessous au ruban adhésif. Elle tâte les vêtements de Justin tandis que je referme l'ordinateur pour le laisser sur le lit dans la même position que je l'ai trouvé, du moins je l'espère.

— Et l'ordinateur ? demande Katie.

— Je n'arrive pas à accéder à ses fichiers.

— Maman… commence Katie sans me regarder. Ce pourrait être le reçu de Simon, tu le sais.

— Il n'est pas à Simon, dis-je sans la moindre hésitation.

— Tu n'en sais rien.

— Si.

De ma vie, je n'ai jamais eu plus grande certitude.

— Simon m'aime. Il ne me ferait jamais de mal.

Katie me fait sursauter en claquant un tiroir.

— Tu accuses Isaac, mais tu refuses d'envisager que Simon soit impliqué ?

— Ça fait si peu de temps que tu connais Isaac !

— C'est de bonne guerre, maman. Si on fouille les affaires de Justin et qu'on accuse Isaac, on doit aussi envisager la culpabilité de Simon. Il faut fouiller son bureau.

— C'est hors de question, Katie ! Comment espérer qu'il me refasse confiance un jour ?

— Écoute, je ne dis pas qu'il est impliqué ni même que le reçu d'Espress Oh ! est à lui. Mais c'est possible.

Je secoue la tête et elle lève les mains, exaspérée.

— Admets-le, maman ! Accepte au moins de l'envisager.

— Attendons qu'il rentre et nous monterons tous ensemble.

— Non, maman, tout de suite, rétorque Katie, inflexible.

L'escalier qui mène au grenier est étroit et la porte du palier du premier étage donne l'impression de s'ouvrir sur un simple placard, une salle de bains ou une petite chambre à la rigueur. Avant que Simon s'installe avec nous, il me servait de refuge : la pièce n'était pas meublée, mais comme j'y avais entassé des coussins, je fermais la porte et m'allongeais une demi-heure pour me ressourcer, à l'abri du tourbillon de ma vie de mère célibataire. J'adorais son côté secret. Aujourd'hui, plus je m'éloigne des espaces ouverts, de la sécurité du reste de la maison, plus je me sens menacée.

— Que dirons-nous si Simon rentre ?

Simon et moi n'avons rien à nous cacher, mais nous sommes adultes ; nous avons toujours trouvé important d'avoir chacun notre espace. Chacun notre vie. Je n'arrive pas à imaginer ce qu'il dirait s'il nous voyait toutes les deux en ce moment en train de fureter dans son bureau.

— On ne fait rien de mal. Il ignore que nous avons trouvé le reçu. Il faut rester calme.

Exactement le contraire de ce que j'éprouve.

— Nous venons chercher les décorations de Noël, dis-je soudain.

— Quoi ?

— S'il entre et demande ce que nous faisons là : nous sommes venues chercher les décorations rangées dans les combles.

— OK, d'accord.

Même si cela laisse Katie indifférente, cela me rassure d'avoir une excuse prête à lui servir.

La porte au bas de l'escalier se referme avec un claquement qui me fait sursauter. C'est la seule qui claque comme ça, la seule équipée d'un ferme-porte compatible avec les normes anti-incendie.

Simon voulait s'en débarrasser : il disait aimer pouvoir entendre l'agitation ambiante en l'entrebâillant. J'ai insisté pour qu'on la garde, inquiète qu'un incendie se déclare, que mes proches puissent être menacés.

Est-il possible que, pendant tout ce temps, nous ayons eu la véritable menace sous le nez ?

Qu'elle ait vécu sous notre toit ?

Inspirée par le cran dont ma fille de dix-neuf ans fait preuve en ce moment, je ravale la bile qui me monte à la gorge. Debout au centre du grenier, Katie lance un lent regard scrutateur autour d'elle. L'angle décrit par les murs nus entre le toit et le plancher ne permet de se tenir debout qu'au centre de la pièce et sur une étroite surface. Comme l'unique Velux ne laisse entrer qu'un dérisoire rai de soleil hivernal, j'allume le plafonnier.

— Là, s'écrie Katie en indiquant le classeur sur lequel repose la tablette Samsung de Simon.

Elle me la tend. Elle est décidée, presque cassante. J'aimerais savoir ce qu'elle pense.

— Katie, tu penses vraiment Simon capable de…

— Je ne sais pas, maman. Vérifie son historique de recherche.

J'ouvre l'étui de protection et entre le mot de passe de Simon avant de lancer le moteur de recherche.

— Comment savoir quels sites il a consultés ?

— Appuie là, m'indique ma fille en regardant par-dessus mon épaule. Tu devrais obtenir la liste des sites visités et ce qu'il cherchait.

Je pousse un soupir de soulagement. Il n'y a rien d'évident. Des sites d'information et les sites de deux ou trois agences de voyages. Un week-end romantique pour la Saint-Valentin. Je me demande comment Simon peut même envisager de réserver un voyage alors qu'il est endetté jusqu'au cou. C'est du lèche-vitrine, me dis-je en pensant à mes soirées passées sur le site Rightmove à rêver sur des propriétés estimées à un million de livres que je ne pourrai jamais m'offrir.

Katie revérifie le tiroir du classeur dont elle tire une feuille de papier.

— Maman, dit-elle lentement, Simon nous a menti.

La nausée me reprend.

— « Cher Mr Thornton, lit-elle, suite à votre récent entretien avec le service des ressources humaines, nous vous notifions par la présente votre licenciement. » La lettre est datée du 1er août, dit-elle en me regardant.

Je suis instantanément soulagée.

— Je suis au courant du licenciement. Pardon de ne t'avoir rien dit. Je ne l'ai appris qu'il y a une quinzaine de jours.

— Tu le savais ? Ça explique qu'il se soit mis à travailler à la maison. (J'acquiesce.) Et avant ça ? Depuis début août, je veux dire. Il portait un costume, il sortait tous les jours...

Je suis trop loyale pour admettre que Simon a passé ces semaines à faire mine de travailler, qu'il nous a menti à tous, mais c'est inutile de toute façon : je vois à son expression que Katie l'a déjà compris.

— Tu n'as aucune certitude, hein ? Tu ne sais pas ce qu'il faisait – ce qu'il faisait *vraiment*. Tu ne sais que ce qu'il t'a dit. Pour autant que tu le saches, il a passé son temps à suivre des femmes dans le métro. À les prendre en photo. À poster leur trajet sur Internet.

— J'ai confiance en Simon.

Ma voix sonne faux, même à mes propres oreilles.

Katie se met à fouiller le classeur, à jeter des dossiers par terre. Le tiroir du haut est rempli de papiers : contrats de travail, assurance-vie... qui sait ce qu'il contient. Je conserve tous les documents concernant la maison dans le tiroir du milieu : assurance sur le capital et les biens mobiliers, relevés de remboursement du prêt, permis de construire lié à l'aménagement des combles où nous nous trouvons. Dans un autre dossier, il y a les certificats de naissance des enfants, mon acte de divorce et tous nos passeports. Dans un troisième, de vieux relevés de compte que je garde pour la simple raison que je ne sais qu'en faire.

— Vérifie le bureau, m'ordonne Katie, tout comme je lui ai ordonné de fouiller la chambre de Justin.

Elle s'impatiente et, au lieu de vérifier les documents un par un, arrache le tiroir qu'elle renverse par terre, éparpillant les papiers d'une main pour les rendre visibles.

— On va trouver quelque chose, je le sais.

Ma fille est forte. C'est une battante.

— Elle te ressemble, disait toujours Matt quand Katie s'obstinait à refuser la cuillère pleine que j'agitais devant elle ou insistait pour marcher jusqu'au magasin alors qu'elle tenait à peine debout sur ses petites jambes. Le souvenir me fait mal et je me reprends. C'est moi, l'adulte. C'est moi, la battante. C'est ma faute, tout ça. C'est moi qui me suis laissé séduire par Simon, flattée par l'attention qu'il me portait, par sa générosité.

J'ai besoin de réponses, tout de suite.

M'approchant du bureau, j'ouvre le tiroir du haut et le vide de son contenu, jetant des dossiers par terre en les secouant au cas où, entre les pages de documents ennuyeux, se cacherait quelque chose d'intéressant. Je croise le regard de ma fille qui m'encourage d'un hochement de tête, l'air sombre.

— Ce tiroir est verrouillé, dis-je en agitant la poignée. Je ne sais pas où est la clé.

— Tu peux le forcer ?

— C'est ce que j'essaie de faire.

D'une main, j'agrippe le plateau du bureau tout en tirant violemment la poignée du tiroir de l'autre. En vain. J'inspecte du regard le bureau chaotique en me demandant où Simon pourrait cacher la clé, je renverse un pot à crayons sans rien découvrir d'autre qu'une collection de trombones et de pelures de crayon à papier.

En revoyant Katie fouiller la commode de Justin, je passe la main sous le bureau au cas où la clé y serait collée au ruban adhésif et vérifie aussi tous les tiroirs ouverts.

Rien.

— Il va falloir forcer la serrure, dis-je, faussement confiante, puisque je ne l'ai jamais fait de ma vie.

J'enfonce dans la serrure des ciseaux pointus tombés d'un tiroir. Au petit bonheur, j'agite violemment les lames dans tous les sens tout en tirant sur la poignée. À ma grande surprise, le tiroir s'ouvre dans un grand craquement et je lâche les ciseaux.

J'aurais voulu qu'il soit vide, qu'il ne contienne qu'un trombone poussiéreux et un crayon cassé. Pour prouver à Katie – et me prouver à moi-même – que Simon n'a rien à voir avec le site.

Mais il ne l'est pas.

Des bouts de papier, arrachés dans un cahier à spirales, reposent innocemment d'un côté du tiroir. Grace Southeard, peut-on lire en tête de la première page, au-dessus d'une liste comprenant plusieurs items.

36 ans
Mariée ?
London Bridge

Je me penche sur le tas de papier pour lire le deuxième.

Alex Grant
52 ans
Cheveux gris au carré. Mince. Les jeans la flattent.

La nausée me submerge. Je me rappelle à quel point Simon s'est montré rassurant, le soir où nous sommes allés dîner, alors que les annonces m'inquiétaient tant.

— Ce n'est que de l'usurpation d'identité, disait-il.

— Qu'est-ce que tu as trouvé, maman ? me demande Katie en me rejoignant.

Je retourne les papiers mais il est trop tard, elle les a déjà lus.

— Oh ! bon sang…

Le tiroir contient aussi le carnet Moleskine que j'ai offert à Simon lors de notre premier Noël ensemble. Je caresse la couverture en cuir souple.

Les premières pages n'ont ni queue ni tête. C'est une suite de phrases à demi-achevées, de mots soulignés ; de noms encadrés, reliés par des flèches. Je feuillette le carnet et tombe sur un diagramme. Le mot « comment ? » flotte au centre d'un nuage au milieu de la page, entouré d'autres mots.

Agression au couteau
Viol
Asphyxie

Le carnet m'échappe des mains et tombe dans le tiroir ouvert avec un bruit sourd. Katie pousse un cri étranglé et je me retourne pour la réconforter ; mais avant que j'aie pu prononcer un mot, résonne un bruit que je reconnais tout de suite. Je me fige en regardant Katie, sachant à son expression qu'elle aussi l'a reconnu.

C'est le claquement de la porte, au pied de l'escalier.

31

— Café.

— Non merci.

Bien que Kelly n'ait rien mangé de la journée, elle ne se sentait pas capable d'avaler quoi que ce fût. Une fois leur entretien terminé, Diggers avait traîné une demi-heure avant d'aller se livrer aux occupations d'un commissaire à deux doigts de la retraite ayant accumulé les jours de repos. Sans plus adresser la parole à Kelly, il s'était arrêté près du bureau de Nick, en partant, pour échanger à mi-voix quelques mots qui la concernaient sans doute.

— Ce n'était pas une proposition, rétorqua Nick. Prenez votre manteau, on va en face.

Le Starbucks de Balfour Street se spécialisait plutôt dans les boissons à emporter, même s'il pouvait se targuer de deux tabourets hauts installés face à la vitrine, que Kelly s'empressa de réquisitionner tandis que le capitaine allait chercher leurs consommations. Soudain prise du besoin irrésistible de se réconforter avec une boisson sucrée, Kelly avait commandé un chocolat chaud. Servi couvert de crème fouettée et saupoudré de cacao, il avait l'air ridicule à côté du café crème de Rampello.

— Merci, dit Kelly, quand elle vit que son supérieur évitait d'engager la conversation.

— Vous paierez les suivants.

— De m'avoir tirée d'affaire, je veux dire.

— J'avais compris, répondit-il, l'air grave. À l'avenir, si vous merdez, si vous faites une connerie, ou si, pour une raison ou une autre, vous risquez d'avoir besoin que je vous tire du pétrin, prévenez-moi, bon sang ! N'attendez pas qu'on soit dans le bureau du commissaire.

— Je suis vraiment désolée.

— C'est ça.

— Et très reconnaissante. Je ne m'y attendais pas de votre part.

Nick avala une gorgée de café. Il sourit.

— Moi non plus, franchement. Mais je ne pouvais pas rester les bras croisés pendant que l'un des meilleurs détectives avec lesquels j'ai travaillé (Kelly baissa les yeux sur son chocolat pour cacher combien le compliment lui faisait plaisir) se faisait virer pour avoir eu la bêtise d'abuser de sa position afin de mener un croisade personnelle. À quoi jouez-vous, exactement ?

Le rougissement de plaisir que lui avait procuré le compliment de Nick s'estompa.

— Je crois que vous me devez au moins une explication.

Kelly porta à sa bouche la cuillère remplie de crème chaude qu'elle sentit fondre sur sa langue. Elle répéta sa phrase mentalement avant de la prononcer.

— Ma sœur a été victime d'un viol pendant sa première année à l'université de Durham.

— Je m'en doutais. Et le coupable n'a jamais été arrêté ?

— Non. Plusieurs incidents suspects s'étaient produits avant le viol ; Lexi avait trouvé des mots dans son casier lui demandant de porter certains vêtements – des tenues rangées dans sa penderie –, et un jour, elle a trouvé un chardonneret mort devant sa porte.

— Elle l'a signalé ?

Kelly acquiesça.

— Ça n'intéressait pas les policiers. Quand elle leur a dit qu'on la suivait, ils se sont contentés de répondre qu'ils en prenaient bonne note. Elle avait un cours, tard le jeudi soir, et comme personne ne prenait le même chemin pour rentrer, elle était seule. Le soir où c'est arrivé, elle m'avait téléphoné. Elle m'avait appelée parce qu'elle s'inquiétait ; elle disait qu'elle avait de nouveau l'impression d'être suivie.

— Qu'avez-vous fait ?

Kelly sentit des larmes lui piquer les yeux. Elle déglutit, gorge serrée.

— Je lui ai dit qu'elle se faisait des idées.

Encore aujourd'hui, elle entendait la voix de Lexi, haletante, alors qu'elle regagnait la résidence universitaire.

— Quelqu'un me suit, Kelly, je te jure. Comme la semaine dernière.

— Lex, il y a dix-sept mille étudiants à Durham : il y a toujours quelqu'un qui te suit.

— Ça n'a rien à voir. La personne essaie de ne pas être vue, murmurait Lexi d'un ton insistant, et Kelly devait tendre l'oreille pour entendre. Il n'y avait personne quand je me suis retournée à l'instant, mais je sais qu'il est là.

— Tu te mets dans tous tes états. Appelle-moi dès que tu rentres, OK ?

Kelly s'apprêtait à sortir, se rappelait-elle. La musique à fond, elle se coiffait tout en envoyant valser une autre robe dans la pile, au bout du lit. Elle n'avait plus pensé à sa sœur jusqu'à ce qu'elle reçoive un coup de fil provenant d'un numéro inconnu.

— Kelly Swift ? Détective Barrow-Grint, du commissariat de Durham. Votre sœur est avec moi.

— Vous n'y êtes pour rien, dit Nick avec douceur, alors que Kelly secouait la tête.

— Il ne l'aurait pas agressée si je n'avais pas raccroché.

— Vous n'en savez rien.

— Dans le cas contraire, j'aurais entendu, j'aurais pu appeler la police tout de suite. On n'a retrouvé Lexi qu'au bout de deux heures ; elle était tellement rouée de coups qu'elle n'y voyait presque rien, et l'agresseur avait disparu depuis longtemps.

Rampello resta silencieux. Il tourna sa tasse dans la soucoupe pour placer l'anse face à lui et posa ses mains en coupe autour.

— Lexi vous tient-elle pour responsable de ce qui est arrivé ? dit-il enfin.

— Je ne sais pas. Sans doute.

— Vous ne le lui avez jamais demandé ?

— Elle refuse d'en parler. Elle déteste que j'aborde le sujet. Je croyais qu'elle mettrait des mois à s'en remettre – qu'elle ne s'en remettrait jamais, peut-être –, mais il semble qu'elle ait tiré un trait sur tout ça. Quand elle a rencontré son mari, elle l'a fait asseoir et lui a dit : « J'ai quelque chose à te dire. » Elle lui a tout raconté avant de lui faire promettre de ne plus jamais en parler.

— C'est une femme forte.

— Vous croyez ? Ce n'est pas sain, je trouve. On ne surmonte pas un traumatisme en feignant qu'il ne s'est rien passé.

— Vous voulez dire que ce n'est pas votre façon de faire ?

Kelly lança à Nick un regard sévère.

— Ça n'a rien à voir avec moi.

Rampello termina son café et posa délicatement la tasse sur la soucoupe avant de regarder Kelly droit dans les yeux.

— Exactement.

Le téléphone de Kelly sonna alors qu'ils retournaient travailler. Elle resta en retrait, au sommet de l'escalier, pour éviter l'effervescence et le bruit qui régnaient dans le bureau de la Criminelle. C'était Craig, du PC sécurité.

— Kelly, tu as lu le briefing interne de la BTP aujourd'hui ?

Elle ne l'avait pas lu. Il était déjà assez difficile de se tenir à jour de la quantité de mails en rapport avec l'affaire de meurtre sans lire les missives quotidiennes de sa propre unité.

— Quelqu'un s'est attaqué à la salle vidéo du PC. Vu ce que tu m'as dit de ton boulot au Met l'autre jour, j'ai préféré t'avertir.

— Un cambriolage ?

— Pire : le système a été piraté.

— Je croyais que c'était impossible.

— Rien n'est impossible, Kelly, tu devrais le savoir. Le système ramait depuis quelques semaines ; le technicien à qui nous avons fait appel a détecté la présence d'un logiciel malveillant. Nous avons installé un pare-feu qui rend quasiment impossible le piratage sur Internet, mais ne protège pas de l'introduction de virus directement dans le système.

— C'est un membre de l'équipe qui a fait le coup, alors ?

— On a tous été interrogés à tour de rôle par le commissaire, ce matin, et un agent d'entretien a craqué. Elle a dit avoir été soudoyée pour apporter une clé USB au PC sécurité et la brancher dans l'ordinateur central. Elle prétend n'avoir eu aucune idée de ce qu'elle faisait, bien sûr.

— Qui l'a soudoyée ?

— Elle ne connaît pas son nom et, comme par hasard, ne se rappelle pas à quoi il ressemblait. Elle dit que l'individu l'a abordée un jour sur le chemin du travail pour lui proposer plus d'un mois de salaire en échange de quelques minutes de boulot.

— Quelle est l'ampleur du piratage ?

— Le logiciel malveillant introduit un programme qui communique avec l'ordinateur du pirate et réplique l'ensemble du système. Il ne peut pas contrôler la direction des caméras mais, pour faire court, le hacker a accès aux mêmes images que nous.

— Oh, bon sang !

— Ça cadre avec ton affaire ?

— Ça se pourrait bien.

Malgré ses bonnes relations de travail avec Craig, Kelly s'inquiétait que Diggers lui reproche d'avoir été plus bavarde que nécessaire. Il ne manquerait plus qu'elle se prenne un nouveau savon ; cela dit, elle était persuadée que les deux affaires étaient liées.

— Notre coupable se sert des caméras du métro londonien pour traquer ses victimes, annonça Kelly à son retour au bureau, interrompant la conversation de Nick et Lucinda.

Elle leur rapporta les propos de Craig.

— La division de lutte contre la cybercriminalité de la BTP est sur place à l'heure qu'il est, mais le logiciel pirate identifié n'est pas facile à éliminer.

— Ils ne pourraient pas désactiver l'ensemble du système ? demanda Lucinda.

— Si, mais dans ce cas, c'est toute la ville qui risque d'être menacée au lieu de…

— Au lieu de quelques femmes qui le sont effectivement, enchaîna Nick. Nous avons le choix entre la peste et le choléra.

Quand il se leva, galvanisé, Kelly comprit combien le rythme soutenu, la tension de ce genre d'enquête le stimulaient.

— Bon, il nous faut une déposition de votre contact au PC sécurité et je veux que cet agent d'entretien soit fichu en taule pour avoir accédé sans autorisation au système informatique dans l'intention de commettre un crime.

Rampello chercha des yeux l'agent chargé de consigner les ordres dans le système HOLMES, mais celui-ci pianotait déjà sur l'ordinateur portable devant lui.

— Et faites venir Andrew Robinson. Je veux savoir où sont transférées ces données, et que ça saute !

32

Il ne nous reste qu'à attendre que Simon grimpe l'escalier.

Je tends la main vers celle de Katie au moment où elle la glisse dans la mienne. Je la serre fort, et elle fait de même. Nous faisions toujours ça quand elle était petite et que je l'accompagnais à l'école. Je serrais une fois, elle aussi ; elle serrait deux fois et je l'imitais. Dans notre code morse à nous, ça signifiait mère et fille.

— Trois fois, ça veut dire « Je t'aime », m'avait-elle dit un jour.

Je serre sa main trois fois sans savoir si elle s'en souviendra, tout en écoutant les pas résonner dans l'escalier en bois. Katie me répond immédiatement et je sens les larmes me brûler les yeux.

Treize marches séparent le palier du grenier.

Je compte les pas qui approchent. Onze, dix, neuf.

Je serre la main de ma fille dans ma main moite ; mon cœur tambourine si fort que les battements semblent ininterrompus. Katie me broie les doigts mais ça m'est égal car j'en fais autant.

Cinq, quatre, trois…

— Je me suis servie de ma clé, j'espère que ça ne te dérange pas.

— Melissa !

— Oh, bon sang, on a failli avoir une crise cardiaque à cause de toi !

Soulagées, nous sommes prises d'un fou rire hystérique.

Melissa nous lance un drôle de regard.

— Qu'est-ce que vous manigancez toutes les deux ? Je t'ai appelée à l'agence mais tu es en arrêt maladie, d'après ton patron ; je suis juste passée voir si ça allait, et comme tu ne venais pas ouvrir, je me suis inquiétée.

— On ne t'a pas entendue sonner. Nous étions…

Katie s'arrête pour me regarder, hésitant à trop en dire.

— Nous cherchions des preuves, dis-je à Melissa.

La tête soudain froide, je m'écroule dans le fauteuil de bureau de Simon.

— Ça paraît dingue, mais il semblerait que Simon ait publié les trajets de toutes ces femmes en ligne, y compris le mien.

— Simon ? Tu es sûre ?

Les traits de Melissa reflètent l'incrédulité et le trouble qui se lisent encore sur mon visage.

Je lui parle du reçu du café Espress Oh !, du mail de l'agent Swift.

— Simon a été licencié en août, juste avant que les premières annonces paraissent. Il m'a menti à ce sujet.

— Qu'est-ce que vous fichez encore ici ? Où est Simon en ce moment ?

— Il a un entretien d'embauche à Olympia. Je ne sais plus à quelle heure… en début d'après-midi, si je me souviens bien.

— Il pourrait rentrer d'une minute à l'autre, dit Melissa en consultant sa montre. Venez à la maison, nous pourrons appeler la police de chez moi. Tu ne te doutais de rien ? Simon ? C'est dingue quand même !

Je sens mon cœur s'emballer à nouveau, marteler mes côtes, et mon pouls bourdonner dans mes oreilles. Soudain, j'ai la conviction que nous ne réussirons pas à sortir, que Simon rentrera alors que nous sommes encore au grenier. Que fera-t-il en découvrant qu'il a été percé à jour ? Je pense à Tania Beckett et à Laura Keen, infortunées victimes de son empire aussi virtuel que malsain. Il n'en est sans doute pas à trois victimes près. Je me lève et j'empoigne Katie par le bras.

— Melissa a raison, il faut sortir d'ici.

— Où est Justin ?

Saisie de frayeur, je veux que ma famille soit au complet ; j'ai besoin de savoir mes deux enfants sains et saufs. Impossible de prévoir comment Simon réagira en apprenant que nous avons découvert le pot aux roses.

— Détends-toi, il est au café. J'en reviens.

Mon soulagement est de courte durée.

— Il ne peut pas rester là-bas, Simon saura où le trouver. Quelqu'un va devoir le remplacer.

Melissa prend les choses en main. Elle me fait penser aux secouristes sur les lieux d'une catastrophe qui s'occupent des blessés et prodiguent des paroles réconfortantes.

— Je vais l'appeler pour lui dire de fermer.

— Tu es sûre ? Il risque…

Melissa approche son visage du mien qu'elle serre entre ses mains, me forçant à me concentrer sur ce qu'elle dit.

— Il faut sortir d'ici, Zoe, tu comprends ? Nous ne savons pas de combien de temps nous disposons.

Nous descendons bruyamment l'escalier jusqu'au palier moquetté et continuons sans nous arrêter jusqu'au rez-de-chaussée. Dans l'entrée, Katie et moi attrapons nos manteaux posés sur la rambarde de l'escalier. Je cherche mon sac des yeux mais Melissa m'arrête.

— Le temps presse. Je reviendrai le chercher quand Katie et toi serez hors de danger, à côté.

Nous claquons la porte d'entrée derrière nous et, sans prendre la peine de la verrouiller, courons dans l'allée avant de nous engouffrer aussitôt par le portillon de Melissa. Elle ouvre la porte et nous conduit jusqu'à la cuisine.

— Nous devrions nous barricader, suggère Katie, en nous regardant tour à tour Melissa et moi, terrorisées, les lèvres tremblantes.

— Simon n'essaiera pas d'entrer, ma chérie, il ne sait même pas que nous sommes ici.

— Quand il verra que nous ne sommes pas à la maison, il passera ici, c'est sûr. Verrouillez la porte, s'il vous plaît ! supplie-t-elle, au bord des larmes.

— Je crois qu'elle a raison, intervient Melissa.

Elle ferme la porte d'entrée à double tour et, contrairement à ce que j'ai dit à ma fille, je me sens rassurée par le cliquetis du verrou.

— Et la porte de derrière ? insiste Katie.

La voir trembler me rend furieuse. Comment Simon ose-t-il faire ça à ma fille ?

— Elle est toujours verrouillée. Neil a une peur paranoïaque des cambriolages, il évite même de laisser la clé à portée de vue depuis le jardin. Ma chérie, dit Melissa en prenant Katie par l'épaule, tu n'as plus rien à craindre, je t'assure. Neil est en déplacement cette semaine, vous pouvez rester aussi longtemps que vous voulez. Et si tu allumais la bouilloire ? Je vais appeler l'agent Swift pour la prévenir que vous avez trouvé le reçu. Tu as son numéro, Zoe ?

Je déverrouille mon téléphone, fais défiler les contacts et tends l'appareil à Melissa après avoir trouvé le numéro correspondant.

— La réception sera meilleure en haut, dit-elle en y jetant un coup d'œil. J'en ai pour deux secondes. Sois gentille et fais-moi un café, tu veux ? Les dosettes sont à côté de la cafetière.

J'allume la machine à expresso, un modèle dernier cri qui fait mousser le lait, prépare les cappuccinos et Dieu sait quoi d'autre. Katie traverse la cuisine. Elle regarde par la baie vitrée qui donne sur le jardin et actionne la poignée.

— Verrouillée ?

— Oui. J'ai peur, maman.

J'essaie de m'exprimer calmement pour dissimuler le trouble qui m'habite.

— Il ne peut rien nous faire ici, ma chérie. L'agent Swift va venir nous parler et des policiers iront arrêter Simon. Il ne peut pas nous faire de mal.

Debout devant la machine à café, je pose les mains sur le plan de travail et sens le contact du granit froid et lisse sous mes paumes. Maintenant que nous sommes sorties sans encombre de la maison, ma peur se mue en colère ; j'essaie de ne rien montrer à Katie, qui est déjà à deux doigts de sombrer dans l'hystérie. Je repense aux mensonges que m'a servis Simon pendant les mois où je le croyais encore employé au journal ; je le revois essayer de me persuader que ce n'était pas ma photo, le jour où j'ai rapporté l'exemplaire de la *Gazette* à la maison, il y a des semaines de cela. Comment ai-je pu être aussi bête ?

Je pense aux dettes que Simon disait avoir contractées. Le site doit lui rapporter bien plus que ce qu'il a jamais gagné au *Telegraph*. Pas étonnant qu'il n'ait pas cherché de nouvelle place ! Pourquoi se fatiguer ? Et je doute que l'emploi pour lequel il a été rappelé aujourd'hui existe. J'imagine Simon assis dans un café ; au lieu de se préparer pour son entretien, il fait défiler les photos de femmes sur son téléphone, met en ligne les détails de leur itinéraire notés dans son carnet.

Katie, qui ne tient pas en place, fait les cent pas entre la fenêtre et la longue table blanche de Melissa, examine des objets arrangés avec goût sur les étagères.

— Fais attention avec ça, ça doit coûter une fortune, lui dis-je.

La voix de Melissa en train de parler à l'agent Swift nous parvient de l'étage. En l'entendant demander « Sont-elles en danger ? », je simule une quinte de toux pour éviter que Katie ressasse le problème plus que nécessaire. Elle a reposé le vase pour prendre un presse-papier dont elle caresse la surface lisse du pouce.

— S'il te plaît ma chérie, tu me stresses.

Elle repose l'objet et traverse la cuisine pour s'approcher du bureau de Melissa, à l'autre bout de la pièce.

La lumière verte de la machine à café clignote, me signalant que l'eau est chaude. J'appuie sur le bouton et vois le liquide sombre remplir la tasse posée sur le support. L'odeur est forte, presque envahissante. Je ne bois pas de café d'habitude, mais aujourd'hui, je crois que j'en ai besoin. Je prends une deuxième dosette.

— Tu en veux un, Katie ?

Ma fille ne répond pas. En me retournant, je la vois penchée sur le bureau.

— Ma chérie, arrête de toucher les affaires de Melissa, s'il te plaît.

Je me demande combien de temps va mettre la police pour arriver et s'ils iront chercher Simon ou s'ils attendront qu'il rentre à la maison.

— Il faut que tu voies ça, maman.

— Qu'est-ce que c'est ?

J'entends les pas de Melissa grincer sur le palier ; je pose sa tasse sur l'îlot, derrière moi. Je fais fondre un sucre dans mon café et me brûle la langue en en sirotant une gorgée.

— Maman ! insiste Katie.

Je m'approche du bureau pour voir ce qui l'a mise dans cet état. C'est un plan du métro de Londres, celui que j'ai vu quand je suis venue chercher les comptes de Melissa. Déplié, il occupe désormais toute la surface du bureau. Les lignes colorées et familières du réseau sont annotées d'un entrelacs de flèches, de traits et de notes griffonnées.

Je suis fascinée. Alors que Katie est en larmes, je ne fais pas un geste pour la réconforter. Je cherche un trajet que je connais par cœur, le trajet emprunté par Tania Beckett pour aller travailler.

La Northern Line jusqu'à Highgate, puis le bus 43 jusqu'à Cranley Gardens.

On a surligné le trajet en jaune fluorescent et noté quelque chose à la main, au bout.

Trajet désactivé.

On entend beaucoup de choses dans les cafés.

Quand on travaille dans un café bondé, on a un peu la même expérience que les barmen ou les coiffeurs, je suppose. Le visage des clients reflète les hauts et les bas du quotidien, on surprend la fin de conversations entre amis. On profite des bonus de fin de mois – un déjeuner réglé avec des billets de vingt livres tout neufs, une pièce d'une livre laissée négligemment sur une table – comme on subit les conséquences d'un mois difficile où les clients font l'appoint pour régler un café plus petit que d'habitude en faisant semblant de ne pas remarquer le bocal à pourboire posé sur le comptoir.

Un café, c'est la solution idéale pour celui qui a besoin de blanchir d'importantes sommes d'argent. Qu'importe la fréquentation. Des clients invisibles peuvent très bien payer les factures. Entré sale, l'argent ressort propre.

Au fil du temps, les habitués ne savent plus tenir leur langue. On connaît leurs secrets, leurs ambitions, leurs données bancaires. Les clients occasionnels font des confidences, le comptoir en Formica fait office de divan de psy. Ils parlent, on écoute.

C'est l'environnement idéal pour trouver de nouvelles filles, voire de nouveaux clients, à l'occasion. Une carte glissée dans la poche d'un homme correspondant au profil. Quelqu'un qui a déjà fait ses preuves en adressant des commentaires obscènes à la caissière et dont les bretelles et le costume à rayures indiquent qu'il a les moyens. Un homme qui, plus tard, en regardant l'invitation glissée dans sa poche, se sentira assez flatté pour jeter un coup d'œil au site.

Club réservé aux membres triés sur le volet. Les plus belles filles.

Accès à un service que personne d'autre en ville ne propose.

Accès à toi.

33

Melissa apparaît dans l'encadrement de la porte qui sépare l'entrée de la cuisine. En remarquant l'air horrifié de Katie, le plan du métro ouvert devant moi, son sourire s'efface lentement. J'espère qu'elle va nier, donner une justification plausible aux preuves que j'ai entre les mains.

Elle n'essaie même pas et pousse un profond soupir : elle a l'air de nous trouver vraiment assommantes.

— C'est très mal élevé de fouiller dans les affaires des autres, nous sermonne-t-elle, et je dois ravaler les excuses qui me viennent spontanément.

Melissa traverse la cuisine dans un claquement de talons et m'arrache le plan du métro. Je retiens mon souffle, et lorsque je soupire, rien ne sort de mes poumons ; j'ai l'impression que ma poitrine est dans un étau. Je la regarde replier le plan, s'agacer quand il se froisse dans le mauvais sens, sans se presser, sans la moindre panique. Son sang-froid me désoriente et je dois garder en tête que les preuves sont irréfutables. Melissa est responsable du site, des annonces dans la *London Gazette*. C'est Melissa qui traque les femmes à travers Londres, qui vend leur trajet à des hommes pour qu'ils puissent les traquer à leur tour.

— Pourquoi ? dis-je.

Elle ne répond pas.

— Tu ferais mieux de t'asseoir, dit-elle en désignant la longue table blanche.

— Non.

Melissa pousse un soupir d'exaspération.

— Zoe, ne rends pas les choses plus difficiles que nécessaire. Assieds-toi.

— Tu ne peux pas nous retenir ici.

Elle éclate alors de rire, un cri sans joie signifiant que nous sommes à sa merci. Elle franchit les quelques pas qui la séparent du plan de travail, une surface de granit noir que seuls la machine à café et un porte-couteaux posé près de la plaque de cuisson viennent encombrer. Sa main s'attarde un instant sur le porte-couteaux, son index hésite avant qu'elle jette son dévolu sur un couteau d'une quinzaine de centimètres à manche noir.

— Ah non ?

Je m'écroule lentement sur la chaise la plus proche tout en tirant le bras de Katie qui, au bout d'un moment, en fait autant.

— Tu ne t'en sortiras pas impunément, Melissa, lui dis-je. La police sera là d'un instant à l'autre.

— J'en doute fort. À en juger par les mises au point que tu as eu l'obligeance de partager avec moi ces dernières semaines, la police s'est révélée quasiment incompétente.

— Tu as pourtant dit à l'agent Swift où nous étions. Elle…

Je m'interromps avant même de lire le mépris dans le regard de Melissa.

Quelle idiote ! Melissa a fait semblant d'appeler l'agent Swift, évidemment. En le comprenant, j'ai l'impression de recevoir un coup de poing dans l'estomac et je me plie en deux sur ma chaise, soudain épuisée. La police ne viendra pas. Mon alarme antiagression est restée dans mon sac chez moi. Personne ne sait que nous sommes ici.

— Tu es perverse, crache Katie, ou dingue. Les deux, peut-être.

Sa voix ne trahit pas que de la colère. Je pense à tous les moments que Katie a passés dans cette cuisine au fil des années, à faire des gâteaux, à faire ses devoirs, à discuter avec Melissa d'une façon qui n'est pas toujours possible entre une mère et sa fille, aussi proches soient-elles. J'essaie d'imaginer ce qu'elle doit ressentir avant de me rendre compte que je le sais déjà. Elle se sent trompée. Abusée. Trahie.

— Ni l'une ni l'autre. J'ai vu une opportunité commerciale dont je me suis saisie.

Melissa se dirige vers nous en tenant le couteau, désinvolte, comme si on l'avait interrompue en pleine préparation du dîner.

— Tu appelles ça un commerce ! dis-je en bafouillant d'indignation.

— Absolument, très prospère d'ailleurs. Quinze jours après avoir ouvert le site Internet, j'avais cinquante clients et davantage d'inscriptions chaque jour.

On croirait qu'elle fait l'article à un client pour le convaincre de se franchiser, qu'elle se vante parce que son enseigne compte un nouveau magasin.

Elle s'assoit face à nous.

— Quels imbéciles, ces usagers des transports en commun ! On les voit, jour après jour, inconscients de ce qui se passe autour d'eux. Branchés sur leur iPod, les yeux rivés à leur téléphone, concentrés sur leur journal. Ils empruntent le même trajet tous les jours, assis à la même place, debout au même endroit sur le quai.

— Ils vont travailler, c'est tout.

— Ce sont les mêmes têtes tous les jours. Un jour, j'ai vu une femme se maquiller sur la Central Line. Ce n'était pas la première fois et elle respectait toujours la même routine. Elle attendait jusqu'à Holland Park avant de sortir sa trousse à maquillage pour commencer à se pomponner. D'abord la poudre, puis le fard à paupières, le mascara, le rouge à lèvres. Le temps que le train s'arrête à Marble Arch, elle rangeait sa trousse. Je l'ai regardée ce jour-là, et en détournant les yeux, j'ai surpris un homme qui l'observait lui aussi et qui, vu son air, ne devait pas seulement penser à son visage. C'est à ce moment-là que l'idée m'est venue.

— Pourquoi moi ?

En posant la question, j'ai du mal à croire qu'elle ne m'a jamais effleurée jusqu'alors.

— Pourquoi mettre ma photo sur le site ?

— J'avais besoin de quelques femmes plus âgées, dit Melissa, désinvolte. Tous les goûts sont dans la nature.

— Je suis ton amie pourtant !

Dès que les mots franchissent mes lèvres, je m'en veux d'être aussi pitoyable ; on dirait deux gamines qui se chamaillent dans la cour de récréation pour savoir qui joue avec qui.

Melissa serre les lèvres. Elle se lève d'un bond, s'approche à grands pas de la baie vitrée et contemple le jardin. Elle ne reprend la parole qu'au bout de plusieurs secondes.

— Je n'ai jamais vu quelqu'un se plaindre autant de sa vie que toi.

Je m'attendais à quelque chose d'autre. À une erreur commise il y a des années. Mais pas à ça.

— J'ai eu mes enfants trop tôt, se moque-t-elle en m'imitant.

— Je n'ai jamais dit ça, dis-je en m'adressant à Katie. Je n'ai jamais regretté de vous avoir mis au monde, ni l'un ni l'autre.

— Tu as quitté un mari modèle – solvable, drôle, qui s'occupait des enfants – pour le remplacer par un autre homme modèle.

— Tu ne sais rien de mon mariage avec Matt. Ni de ma relation avec Simon, d'ailleurs.

Je suis submergée par la culpabilité en pensant à Simon. Comment ai-je pu croire qu'il était responsable du site ? Je pense aux noms et aux menaces trouvées dans le tiroir de son bureau et doute de moi l'espace d'un instant avant de comprendre de quoi il s'agit : des recherches pour son roman. Il s'est servi du carnet Moleskine exactement comme prévu : pour son projet de roman. Le soulagement me fait sourire et Melissa me lance un regard vénéneux.

— Tout est si facile pour toi, hein, Zoe ? Pourtant, tu ne cesses de te plaindre.

— Facile ?

J'éclaterais de rire si elle ne me menaçait pas d'un couteau dont la lame dessine un arc en ciel sur les murs en reflétant la lumière du Velux.

— Dès que tu as emménagé à côté, on n'a eu droit qu'à des jérémiades. La pauvre mère célibataire, qui galérait pour payer les factures et éclatait en sanglots toutes les cinq minutes.

— Je traversais une période difficile, dis-je pour me justifier, m'adressant plus à Katie qu'à Melissa.

Ma fille me prend la main, m'offrant sans mot dire le soutien dont j'ai besoin.

— Je t'ai donné tout ce que tu m'as demandé : de l'argent, un boulot, de l'aide pour s'occuper des enfants.

Melissa se retourne ; j'entends ses talons crisser sur le carrelage et quand elle se penche vers moi, ses cheveux tombent sur les miens.

— Et toi, qu'est-ce que tu m'as donné ? siffle-t-elle à mon oreille.

— Je...

J'ai un trou de mémoire. J'ai certainement dû faire quelque chose. Mais je ne vois pas. Melissa et Neil n'ont pas d'enfant, pas d'animal domestique dont il faut s'occuper, pas de plantes d'intérieur à arroser quand ils partent en vacances. Mais l'amitié ne se limite sûrement pas à ces considérations, n'est-ce pas ? L'équilibre doit-il être parfait ?

— Tu es jalouse, dis-je, employant un terme bien insignifiant pour justifier un événement de cette ampleur, une horreur pareille.

— Jalouse ? De toi ? dit Melissa en m'adressant un regard dégoûté.

Mais l'idée fait son chemin et paraît bientôt logique.

— Tu crois que tu aurais pu être une meilleure mère que moi.

— J'aurais été plus reconnaissante, ça, c'est sûr, rétorque-t-elle.

— J'aime mes enfants.

Je n'arrive pas à croire qu'elle en doute.

— Tu les voyais à peine ! C'étaient des boulets que tu m'expédiais chaque fois que tu en avais marre. Qui a appris à cuisiner à Katie ? Qui a empêché Justin de traîner avec les voleurs, à l'école ? Sans moi, il aurait fini en prison !

— Tu disais que ça te faisait plaisir de les garder.

— Parce qu'ils avaient besoin de moi ! Qu'est-ce qu'ils avaient d'autre ? Une mère qui n'arrêtait pas de travailler, de râler, de pleurer.

— C'est injuste, Melissa.

— C'est vrai, que tu le veuilles ou non.

Assise près de moi, Katie garde le silence. Je la vois trembler, le visage blême. Melissa se redresse, s'installe dans son fauteuil de bureau et allume l'ordinateur.

— Laisse-nous partir, Melissa.

— Oh, voyons, Zoe, tu n'es pas si bête, répond-elle, amusée. Tu connais le site Internet, maintenant ; tu sais ce que j'ai fait. Je ne peux pas me permettre de vous laisser partir.

— Laisse-nous ici, alors ! dis-je dans un cri en prenant conscience d'une autre possibilité. Va-t'en tout de suite. Enferme-nous ici. Nous ne saurons pas où tu es partie et nous ne répéterons rien de ce que tu nous as confié à la police. Tu pourrais effacer toutes les données de ton ordinateur !

Je sais que j'ai l'air hystérique. Je me lève sans vraiment savoir ce que je vais faire.

— Assieds-toi.

Bien que je ne sente pas mes jambes, je me dirige automatiquement vers Melissa.

— Assieds-toi !

— Maman !

Tout se passe si vite que je n'ai pas le temps de réagir. Melissa se lève, me bouscule, et nous tombons toutes les deux par terre ;

elle atterrit sur moi et me plaque au sol. M'empoignant les cheveux de la main gauche, elle me force à relever le menton tout en me plaquant le couteau sous la gorge.

— Je commence à en avoir assez, Zoe.

— Laisse-la ! hurle Katie en tirant la veste de Melissa et en lui décochant un coup de pied bien placé dans l'estomac.

Melissa le remarque à peine et je sens la lame de son couteau s'enfoncer dans mon cou.

— Katie, dis-je dans un chuchotement. Arrête.

Ma fille hésite avant de reculer ; elle tremble si fort que je l'entends claquer des dents. Quelque chose me pique la gorge.

— Tu saignes, maman !

Je sens des gouttes couler le long de mon cou.

— Tu vas obéir ?

Je hoche imperceptiblement la tête, un nouveau filet de sang s'échappe de ma coupure.

— Parfait.

Melissa se lève, époussette ses genoux, sort un Kleenex de sa poche avec lequel elle essuie soigneusement la lame du couteau.

— Assieds-toi maintenant.

J'obéis. Melissa regagne son bureau. Elle pianote sur le clavier et je reconnais le fond d'écran du site trouvel-amesœur. Melissa entre un identifiant et un mot de passe ; la configuration du site est différente car elle s'est connectée en tant qu'administratrice. Elle réduit la taille de la fenêtre puis en ouvre une autre en quelques frappes rapides. Je vois un quai de métro. Il n'y a pas beaucoup de monde, une dizaine de voyageurs attendent debout et une femme équipée d'un Caddie est assise sur un banc. Je crois d'abord que nous regardons une photo jusqu'à ce que la femme au Caddie se lève et longe le quai.

— C'est une caméra de surveillance ?

— Oui. Je ne peux pas m'attribuer le mérite d'avoir installé les caméras, je les ai juste piratées. J'ai bien envisagé de placer mes propres caméras, mais cela impliquait de me limiter à une ou deux lignes de métro. De cette façon j'ai accès à tout le réseau souterrain. Voici la Jubilee Line.

Elle se remet à pianoter et un autre quai apparaît où attendent quelques voyageurs.

— Je n'ai pas accès à toutes les images et, ce qui est agaçant, c'est qu'il est impossible de contrôler la direction des caméras ; je dois me contenter de ce que voient les opérateurs. Ça m'a facilité la tâche, cela dit, tout en la rendant plus intéressante.

— Qu'est-ce que tu veux dire ? demande Katie.

— Avant de pouvoir accéder aux images de surveillance, je ne savais jamais ce qui arrivait aux femmes. Je devais les faire disparaître du site une fois leur profil vendu, et vérifier qu'elles n'avaient pas changé de travail ou modifié leur itinéraire. Il se passait parfois plusieurs jours avant que je me rende compte qu'une femme avait changé de manteau. C'est mauvais pour les affaires. Avec la vidéosurveillance, je peux les observer quand je veux. Cela signifie que j'assiste à ce qui leur arrive.

Elle continue à pianoter avant d'appuyer sur la touche « Entrée » d'un geste exubérant. Un sourire se dessine lentement sur ses lèvres alors qu'elle se tourne vers nous.

— Et si nous jouions à un petit jeu, maintenant ?

34

Kelly regarda le téléphone posé sur son bureau en s'armant de courage. Elle avait fait plusieurs tentatives et toujours annulé l'appel avant que le téléphone sonne, allant même, une fois, jusqu'à raccrocher au nez de son correspondant. Avant de changer à nouveau d'avis, elle prit le téléphone et composa le numéro. Coinçant le combiné entre l'épaule et l'oreille, elle écouta la sonnerie, partagée entre l'envie d'être redirigée vers la boîte vocale et celle d'en finir une bonne fois pour toutes. Nick voulait que tous les collaborateurs se retrouvent dans la salle de réunion dans dix minutes et elle n'aurait plus l'occasion de passer un coup de fil personnel avant longtemps.

— Allô.

En entendant la voix de Lexi, Kelly perdit soudain ses moyens. Autour d'elle, toute l'équipe se préparait à assister au briefing, ramassant des cahiers, se penchant sur les bureaux pour prendre connaissance de mails de dernière minute. Kelly envisagea de raccrocher.

— Allô ? Allô ? fit Lexi, d'une voix désormais agacée.

— C'est moi.

— Oh ! Pourquoi n'as-tu rien dit ?

— Désolée, je crois qu'il y avait un problème avec la ligne. Comment vas-tu ?

Un tintement annonça la réception d'un mail et Kelly bougea sa souris pour l'ouvrir. « C'est la bouilloire que j'entends chauffer ? » lui demandait le capitaine. À travers la porte ouverte de la salle de réunion, Kelly vit Rampello pianoter sur son BlackBerry. Il leva la tête et lui adressa un grand sourire en faisant semblant de porter une tasse à ses lèvres.

— Ça va, et toi ?

— Ça va.

Kelly hocha la tête et leva l'index pour indiquer à Rampello qu'elle n'en avait que pour une minute, mais celui-ci avait déjà détourné le regard.

La conversation guindée se poursuivit jusqu'à ce que Kelly n'en puisse plus.

— En fait, je voulais te dire : j'espère que tu vas bien t'amuser demain.

— Demain ? reprit Lexi après un silence.

— Tu n'assistes pas à ta réunion ? à Durham ?

Kelly espérait avoir l'air enthousiaste. Même si elle détestait l'idée que Lexi retourne sur ce campus, même si, à sa place, elle se déroberait, elle devait accepter ce que Lexi lui disait depuis des années. Chacune sa vie.

— Si, répondit Lexi, méfiante.

Kelly ne pouvait pas lui en vouloir.

— Eh bien, j'espère que tu vas t'amuser. Je te parie que certaines personnes n'auront pas changé du tout. C'était qui, cette fille avec qui tu vivais en deuxième année, celle qui ne se nourrissait que de saucisses ?

Elle parlait trop vite et les mots se bousculaient dans sa bouche car elle voulait paraître aussi gaie et encourageante qu'elle aurait dû l'être quand sa sœur avait évoqué pour la première fois l'idée de retourner à Durham.

— Gemma, je crois.

— C'est ça. Carrément bizarre !

— Qu'est-ce qu'il y a, sœurette ? Quelle est la vraie raison de ton appel ?

— Je voulais m'excuser. De m'être mêlée de ta vie, d'avoir jugé tes choix.

Kelly prit une profonde inspiration.

— Mais surtout d'avoir raccroché ce soir-là.

Lexi fit un petit bruit, un cri s'étrangla dans sa gorge.

— Arrête Kelly, je t'en prie. Je ne veux pas…

Elle semblait si éperdue que Kelly faillit en rester là, détestant l'idée de faire mal à sa sœur. Mais elle avait déjà trop attendu pour parler.

— Écoute-moi et je te jure que je n'aborderai plus jamais le sujet, dit-elle, prenant le silence de Lexi pour un consentement. Je suis désolée d'avoir raccroché. Tu avais peur, je n'ai pas été là pour t'aider, et il ne se passe pas un jour sans que je culpabilise à ce sujet.

Kelly crut que sa sœur avait raccroché tant son silence était profond, mais elle finit par répondre.

— Tu n'y es pour rien, Kelly.

— Mais si seulement j'avais…

— Ce n'est pas ta faute parce que tu as raccroché, ni la mienne parce que j'ai traversé le bois seule. Je ne te reproche rien, pas plus qu'à la police.

— Ils auraient dû prendre tes premières déclarations plus au sérieux.

— Kelly, si je me suis fait violer ce soir-là, c'est parce qu'un homme a décidé de passer à l'acte. Je ne sais pas si c'était la première fois, s'il a recommencé depuis et, à tort ou à raison, je m'en moque. Ça a pris une nuit – une heure – de ma vie, alors que j'en ai connu des milliers d'autres remplies de lumière, de bonheur et de joie.

À point nommé, Kelly entendit ses neveux éclater de rire ; un fou rire communicatif, incontrôlable, qui lui mit du baume au cœur.

— C'est la faute à pas de chance, Kelly.

— Bon.

La jeune femme n'en dit pas plus de peur d'éclater en sanglots. Elle regretta de ne pas avoir appelé Lexi de son portable, ce qui lui aurait évité d'être coincée à son bureau où tout le monde pouvait la voir. Elle ferma les yeux et posa la main sur son front. Fergus et Alfie continuaient à jouer, le fou rire était maintenant émaillé de cris indignés car ils se disputaient la propriété de tel ou tel jouet. Kelly imaginait Lexi debout dans la cuisine, les garçons débordant encore d'énergie malgré leur journée à l'école et à la crèche, et éparpillant des Lego à ses pieds. Rien dans la vie de Lexi n'était déterminé par son passé ; elle vivait dans le présent. Il était temps que Kelly en fasse autant. Elle se ressaisit et les deux sœurs s'exprimèrent en même temps.

— Qu'est-ce que je devrais mettre, à ton avis ?

— Qu'est-ce que tu vas mettre pour la réunion ?

Kelly sourit en se rappelant les fois où elles finissaient les phrases l'une de l'autre, à l'école. Lexi prétendait qu'elles avaient des superpouvoirs de jumelles, mais, en réalité, c'est qu'elles étaient toujours fourrées ensemble. Les meilleures amies du monde.

— Il faut que j'y aille, en fait, dit Kelly en voyant Rampello faire à nouveau semblant de boire un café. Je dois assister à une réunion. Tu me raconteras comment ça s'est passé ? Et si Gemma mange autre chose que des saucisses, ces temps-ci ?

Lexi éclata de rire.

— Merci d'avoir appelé. Je t'aime vraiment, tu sais.

— Moi aussi.

La jeune femme entra à reculons dans la salle de réunion, poussant la porte avec son derrière en essayant de ne pas lâcher le plateau qui ployait sous le poids des tasses et tremblotait dangereusement à chacun de ses pas.

— Comme on n'a presque plus de sachets de thé, Lucinda, je vous ai préparé une de vos tisanes, est-ce que ça vous va ?

L'analyste ne réagit pas ; à vrai dire, personne ne leva les yeux.

— Il est arrivé quelque chose, c'est ça ?

— L'équipe de Cyber Crime vient d'être avertie de la publication d'un nouveau profil, répondit Nick en bougeant sa chaise pour lui faire de la place alors qu'Andrew Robinson désignait le portable posé devant lui.

— Après que l'abonnement de Nick a été annulé, nous avons souscrit un nouveau compte, conformément à ses instructions. Voilà ce que j'ai reçu il y a un quart d'heure.

Il s'agissait d'un court mail, la minuscule photo d'une femme blonde précédée d'une ligne de texte :

Nouveau téléchargement : GRATUIT aujourd'hui seulement.

— Y a-t-il déjà eu des téléchargements gratuits ? demanda Kelly.

— Réservés aux abonnés de la formule Platine. Aucun téléchargement n'a jamais coûté moins de deux cents livres et c'est la première fois que l'on est averti de la mise en ligne d'un nouveau profil. Pour autant qu'on le sache, cela s'est toujours fait par le biais des annonces de la *Gazette*.

Kelly prit connaissance du profil.

Blanche.

Dix-huit ans. Longs cheveux blonds, yeux bleus.

Jeans, bottines grises, tee-shirt noir col en V sous un cardigan gris *oversized* ceinturé. Doudoune blanche longueur genou également ceinturée. Sac à main noir avec chaîne dorée.

Taille : 38-40.

15 h 30 : entre dans la station de métro de Crystal Palace. Monte dans l'Overground en direction de Canada Water et choisit de s'installer près des portes, dans le premier wagon. Change pour la Jubilee Line, longe le quai pour se poster près du plan du métro où les portes de la 6e rame s'ouvriront. S'assoit pour lire un magazine. Change à Waterloo ; tourne à droite, descend les marches vers le quai numéro 1 ; Northern Line, direction nord. S'avance pour attendre au milieu du quai, près d'un tronçon abîmé de ligne jaune. La rame centrale s'ouvre directement en face. Reste debout près des portes

jusqu'à Leicester Square. Prend l'escalator et sort sur Charing Cross Road par la sortie numéro trois.

Disponibilité : AUJOURD'HUI SEULEMENT

Durée : 45 minutes

Niveau de difficulté : extrêmement difficile.

— Le message a été diffusé auprès de tous les abonnés, constata Andrew en déplaçant le curseur vers le champ contenant l'adresse pour prouver ses dires. Le silence s'abattit sur le bureau tandis qu'ils imaginaient tous les abonnés du site – quel qu'en fût le nombre – en train de cliquer sur le profil de cette femme pour télécharger son trajet. Combien d'hommes devaient-ils être déjà assis devant leur ordinateur ou occupés à lire le même message que Kelly sur leur téléphone ? Et après en avoir pris connaissance, sachant que la jeune femme traverserait Londres sans savoir qu'on l'épiait, combien seraient-ils à franchir le pas ?

— Pouvez-vous agrandir la photo ? demanda Kelly.

Andrew s'exécuta et le visage de la jeune femme occupa bientôt toute la largeur de l'écran. Sur le selfie, l'adolescente fixait l'objectif avec une moue boudeuse, ses épais cheveux méchés lui cachant à moitié les yeux. Le flou artistique suggérait que la photo avait été prise sur son compte Instagram ou retouchée pour les besoins d'un autre réseau social.

Si Kelly n'avait jamais vu la photo, la fille lui disait quelque chose. Ça lui rappelait une autre photo, recadrée pour en tirer une plus petite image. Kelly connaissait le dossier de l'opération FURNISS par cœur. Elle savait qu'elle l'avait déjà vue. Même chevelure blonde, même moue boudeuse.

— Je la reconnais ! s'exclama-t-elle en se tournant vers Nick. C'est la fille de Zoe Walker.

35

— Quel genre de jeu ? dis-je.

Melissa sourit. Toujours assise à son bureau, elle fait pivoter sa chaise vers nous tout en consultant l'écran.

— Déjà plus de cent téléchargements. Quel succès, Katie ! s'écrie-t-elle.

J'ai un coup au cœur.

— Tu ne vas pas la mettre sur ton site !

— C'est déjà fait.

Melissa clique de nouveau et le portrait de Katie affiché à l'écran nous adresse une moue boudeuse, d'un air confiant et désinvolte à l'opposé de ce que nous éprouvons en ce moment. Ma fille pousse un cri et je l'attire si violemment vers moi que les pieds de sa chaise grincent contre le sol.

— Voilà comment ça va se passer.

Melissa s'exprime avec sa voix de femme d'affaires, celle qu'elle adopte au téléphone avec ses fournisseurs, ou quand elle essaie d'amadouer son banquier pour qu'il lui accorde un énième prêt. C'est la première fois qu'elle me parle sur ce ton et cela me glace.

— J'ai fait en sorte que le profil de Katie soit téléchargeable gratuitement pour une durée limitée et j'ai envoyé le lien à tous les adhérents.

L'ordinateur émet un signal, une notification apparaît à l'écran, suivie d'une autre, puis d'une autre.

Téléchargé.

Téléchargé.

Téléchargé.

— Ils ne perdent pas de temps, comme vous pouvez le constater. Ce n'est pas très surprenant quand on pense qu'ils déboursent habituellement jusqu'à cinq cents livres pour des femmes beaucoup moins…

Après un temps de réflexion, Melissa finit par choisir un mot qui me donne la nausée :

— … appétissantes.

— Elle ne bouge pas d'ici.

— Oh, allons, où est donc ton esprit d'aventure ? Tous mes clients ne sont pas mal intentionnés, tu sais. Certains d'entre eux sont assez romantiques, au fond.

— Elle n'ira pas.

— Dans ce cas, je crains que ça ne finisse très mal pour vous.

— Que veux-tu dire ?

Elle ignore ma question.

— Voici les règles. Katie suit son itinéraire habituel et si elle parvient au restaurant sans… encombre, disons… vous avez gagné et je vous laisse partir. Dans le cas contraire… eh bien, vous perdez toutes les deux.

— C'est ignoble ! s'écrie Katie.

Melissa la regarde, un rictus aux lèvres.

— Oh, allons, Katie, ça ne te ressemble pas de renoncer à une occasion d'être sous le feu des projecteurs.

— Qu'est-ce que tu insinues ?

— Tu as la chance de briller. Nous savons tous que tu es malheureuse à moins d'attirer tous les regards. Et peu importe que Justin ou l'une de tes amies aient envie d'exister. Il n'y a que toi qui comptes, hein ? Telle mère, telle fille.

Sa voix haineuse me sidère. Katie pleure, aussi bouleversée que moi.

— Voilà en quoi consiste le jeu, conclut Melissa. Prêtes pour la partie ? Ou préférez-vous passer directement à l'étape où vous perdez toutes les deux ? dit-elle en testant sur l'ongle de son pouce la lame du couteau trop aiguisée pour glisser sans accroc sur le vernis rouge que Melissa porte toujours.

— Ma fille ne servira pas d'appât à des pervers. Plutôt mourir.

— C'est toi qui vois, dit Melissa, indifférente.

Elle se lève et s'approche de moi en brandissant son arme devant elle.

— Non ! hurle Katie en m'agrippant, les joues inondées de larmes. Je vais le faire, je vais y aller, je ne vais pas la laisser te faire du mal.

— Katie, je ne veux pas que tu y ailles. Tu vas être blessée.

— Si je ne le fais pas, nous le serons toutes les deux ! Tu ne comprends pas qu'elle est folle ?

Melissa ne semble pas le moins du monde perturbée par les accusations de Katie. Son attitude ne trahit ni agitation ni colère, ce qui la rend d'autant plus terrifiante. Je me rends compte qu'elle serait capable de me poignarder sans sourciller. J'ai du mal à accepter que la femme que je prenais pour mon amie – la femme que je pensais connaître – n'est pas du tout celle que je croyais. Elle me hait. Elle m'en veut tellement d'être mère qu'elle est prête à nous faire du mal, à ma fille et à moi.

Katie me serre l'épaule.

— Je peux y arriver, maman. Le métro sera bondé, il y aura du monde partout, personne ne va me faire de mal.

— Katie, ces femmes ont été agressées ! violées ! assassinées ! Tu ne peux pas y aller !

Tout en parlant, j'envisage l'alternative. Si Katie reste, que lui arrivera-t-il ? Je suis sûre que Melissa va me tuer mais je ne la laisserai pas tuer Katie.

— Ces femmes ne savaient pas qu'on les épiait. Moi, si. J'aurai l'avantage. Et je connais ce trajet, maman. Si on me suit, je le saurai.

— Non, Katie.

— Je vais y arriver. Je tiens à le faire.

Elle ne pleure plus ; voir sur son visage cet air déterminé que je connais si bien me coupe le souffle. Elle croit me sauver. Elle croit vraiment qu'elle peut participer à ce jeu – qu'elle peut traverser Londres sans se faire prendre – et que Melissa m'épargnera si elle gagne la partie.

Elle a tort, Melissa ne me laissera jamais partir ; mais en essayant de me sauver, je peux sauver ma fille. Dehors, elle a une chance de se battre. Ici, c'est la mort assurée.

— D'accord, lui dis-je, avec l'impression de la trahir.

Elle se lève et regarde Melissa, le menton relevé d'un air de défi : l'espace d'un instant elle me rappelle Viola, dans *La Nuit des rois*, qui dissimule son identité sous un costume masculin et des mots d'esprit. Si Katie a peur, elle ne le montre pas.

— Que dois-je faire ?

— Aller travailler, tout simplement. Tu vas partir dans cinq minutes, répond Melissa en consultant l'écran de l'ordinateur, et tu emprunteras ton trajet habituel jusqu'au restaurant. Tu vas me laisser ton téléphone, tu ne t'arrêteras pas, tu ne changeras pas d'itinéraire et tu ne feras rien d'insensé comme appeler à l'aide ou tenter de contacter la police.

Katie lui tend son téléphone. Melissa pianote sur le clavier de son ordinateur. Je reconnais l'image de vidéosurveillance en couleur qui s'affiche à l'écran ; c'est l'entrée de la station de métro de Crystal Palace. Je vois la file de taxis à gauche et le graffiti sur le mur qui est là depuis aussi longtemps que je m'en souvienne. Une femme s'engouffre sous nos yeux dans la station en vérifiant sa montre.

— Si tu t'écartes du scénario, je le verrai, poursuit Melissa. Et pas besoin d'être un génie pour savoir ce qui arrivera à ta mère.

Katie se mord la lèvre.

— Tu n'es pas obligée de faire ça, dis-je avec douceur.

Katie écarte une mèche de cheveux de son visage.

— Ça va. Je serai prudente, il ne m'arrivera rien, maman. Ni à toi non plus.

Ma fille affiche une détermination inflexible ; ce n'est pourtant qu'une façade, je la connais trop bien pour être dupe. Elle joue un rôle, mais nous ne sommes pas au théâtre. Ce n'est pas un jeu, quoi qu'en dise Melissa. Quoi qu'il arrive, quelqu'un sera blessé.

— Il faut y aller, annonce Melissa.

Je serre Katie au point de suffoquer.

— Fais attention.

J'ai dû lui répéter ces mots des milliers de fois depuis qu'elle est née, plutôt que des mises en garde plus explicites.

Quand elle avait dix mois et s'accrochait aux meubles, cela voulait dire : « Ne casse rien. Attention à ce vase. »

J'aurais pu dire « Attention aux voitures » quand elle apprenait à faire du vélo.

Quand elle a eu sa première relation sérieuse avec un garçon, je voulais dire : « Ne le laisse pas te maltraiter. Ne tombe pas enceinte. »

Aujourd'hui, cela veut dire : « Ne les laisse pas t'attraper. Sois prudente. Sois plus rapide qu'eux. Prends tes jambes à ton cou. »

— Oui, maman. Je t'aime.

J'ai les larmes aux yeux. Dis-toi que c'est une journée normale. Dis-toi qu'elle va travailler et qu'à son retour, tout à l'heure, nous regarderons *Desperate Housewives* sur Netflix en mangeant une pizza. Dis-toi que ce n'est pas la dernière fois que tu la vois. Je fonds en larmes, et Katie aussi, son aplomb passager est trop fragile pour résister à un tel assaut d'émotion. J'ai envie de lui dire de prendre soin de Justin quand je ne serai plus là, de faire en sorte que Matt ne le laisse pas dérailler, mais ce serait reconnaître ce que je ne veux pas lui mettre en tête : que je ne serai plus là à son retour. À supposer qu'elle revienne.

— Moi aussi.

Je m'imprègne de ses moindres détails : l'odeur de ses cheveux ; le gloss qui file à la commissure de ses lèvres. J'imprime son image si fort dans mon esprit que, quoi qu'il arrive dans l'heure qui vient, je sais que je verrai son visage en mourant.

Ma petite fille.

— Ça suffit, maintenant.

Melissa ouvre la porte de la cuisine et Katie traverse le couloir étroit qui mène à l'entrée. Je dois sauter sur l'occasion, me dis-je. J'envisage de foncer après Katie quand la porte d'entrée s'ouvrira pour que nous nous sauvions, et de courir à perdre haleine pour nous mettre à l'abri. Mais bien que Melissa ne brandisse plus le couteau devant elle, elle le serre si fort que les articulations de ses phalanges sont blêmes. Elle n'hésiterait pas à s'en servir.

Les couteaux.

J'aurais dû y penser tout de suite. Le bloc où elle s'est servie tout à l'heure contient toujours un couteau à découper et trois couteaux à légumes rangés par ordre décroissant de grandeur. J'entends le bruit d'une clé dans la serrure ; trop vite, la porte se referme violemment et je m'imagine Katie se dirigeant vers la station de métro. Allant au-devant du danger. Je la supplie en silence de s'enfuir, de partir dans la direction opposée. De trouver une cabine téléphonique pour appeler la police.

Je sais qu'elle n'en fera rien. Elle est persuadée que Melissa me tuera si elle n'apparaît pas sur cette caméra de vidéosurveillance dans exactement huit minutes.

Moi, je sais qu'elle me tuera quoi qu'il arrive.

Lorsque Melissa revient, je suis à mi-chemin de la table et du plan de travail de la cuisine. Elle tient un objet qu'elle a dû prendre dans l'entrée. C'est un rouleau de ruban adhésif épais.

— Où vas-tu ? Viens ici.

Elle me fait signe de la pointe du couteau et j'obéis sans qu'il faille me convaincre. Melissa place ma chaise en face de l'ordinateur. Je m'assieds.

— Mets les mains derrière le dos.

Alors que je m'exécute, j'entends le bruit caractéristique du ruban adhésif que l'on déchire. Pour m'empêcher de bouger les bras, Melissa enfonce le lien dont elle m'a entouré les poignets entre les barreaux en bois de la chaise avant d'en déchirer deux autres morceaux pour m'attacher les chevilles aux pieds du siège.

Je consulte l'horloge à l'angle supérieur droit de l'écran.

Plus que six minutes.

Cela me rassure de savoir que le trajet qu'emprunte Katie pour aller travailler est très fréquenté et qu'il fait encore jour. Elle ne risque pas de se retrouver acculée dans une ruelle sombre et, à condition de garder son sang-froid, elle s'en sortira sûrement. Contrairement à Katie, les victimes d'agression comme Tania Beckett, Laura Keen et Cathy Tanning ne se savaient pas visées. Ma fille a cet avantage.

— Prête pour le spectacle ? demande Melissa.

— Je ne regarde pas, dis-je tout en constatant que je ne peux m'en empêcher.

Tout à coup, je me souviens du jour où j'ai emmené Katie à l'hôpital, quand elle était bébé ; je m'étais forcée à regarder l'infirmière enfoncer une canule dans sa menotte pour la réhydrater après une mauvaise gastro-entérite. J'aurais tant voulu lui épargner tout ça mais, comme c'était impossible, le moins que je pouvais faire était de supporter la douleur de la voir souffrir, de traverser cette épreuve avec elle.

La croûte qui a commencé à se former sur ma coupure tire et me gratte. En tendant le cou pour soulager la sensation d'inconfort, je rouvre la plaie et du sang goutte sur mes genoux.

Quatre minutes.

Nous regardons l'écran sans bruit. Il y a tant de choses que j'aimerais savoir bien que je n'aie pas du tout envie d'entendre la voix de Melissa. Je me laisse aller à imaginer qu'en ce moment même la police se précipite vers Anerley Road. D'un instant à l'autre, les policiers vont fracasser la porte. Le fantasme paraît si réel que je tends l'oreille pour entendre le hurlement des sirènes. Mais c'est le silence.

Deux minutes.

J'ai l'impression d'attendre une éternité avant de voir Katie apparaître à l'écran. Sans s'arrêter, elle lève les yeux vers la caméra de vidéosurveillance en approchant de l'entrée et regarde droit vers nous jusqu'à ce qu'elle passe sous l'objectif et disparaisse de l'image. *Je te vois*, dis-je à mi-voix. *Je suis avec toi.* Je ne peux pas m'empêcher de pleurer.

— Malheureusement, nous ne pouvons pas la suivre à travers le portillon automatique.

Melissa se montre agréable, presque volubile, comme si nous menions à bien un projet ensemble. C'est plus perturbant que si elle me hurlait dessus ou qu'elle me menaçait.

— Mais nous la retrouverons sur le quai.

Elle bouge la souris sur l'écran et j'aperçois ce qui doit être une liste de caméras : *Aldgate East – entrée ; Angel – entrée ; Angel – quai direction sud ; Angel – quai direction nord ; Bakerloo – portillons automatiques*… La liste n'en finit pas.

— Un certain nombre de profils parmi les plus anciens ne se trouvent pas dans la zone couverte par les caméras auxquelles j'ai accès, explique Melissa, mais nous pourrons surveiller une bonne partie du trajet de Katie. Regarde, elle est là.

Katie attend sur le quai, les mains dans les poches. Elle regarde autour d'elle et j'espère qu'elle cherche les caméras de surveillance ou qu'elle essaie de déterminer quel voyageur pourrait représenter un danger. Je vois un homme en costume et pardessus s'approcher d'elle. Katie recule un peu et je serre les poings jusqu'à ce qu'il passe sans s'arrêter. Mon cœur bat la chamade.

— Quelle actrice, tu ne trouves pas ?

Je ne relève pas. L'Overground arrive, Katie monte dans la rame, les portes se ferment et elle disparaît trop vite. J'ai envie que Melissa clique sur la caméra suivante mais elle ne bouge pas. Elle ôte un fil sur sa veste et le regarde, sourcils froncés, avant de le laisser flotter à terre. Mon fantasme a évolué : Simon rentre de son entretien d'embauche, trouve la maison vide – la porte n'est pas verrouillée – et devine que je suis à côté. Il me sauve. La précision et l'absurdité de mes rêves augmentent à mesure que mon espoir décline.

Personne ne viendra.

Je vais mourir ici, chez Melissa. Fera-t-elle disparaître mon corps ou me laissera-t-elle pourrir ici jusqu'à ce que Neil me découvre, au retour de son voyage d'affaires ?

— Où iras-tu ? dis-je. Melissa se tourne vers moi. Quand tu m'auras tuée, où iras-tu ?

Elle s'apprête à dire quelque chose – à nier que je vais mourir – mais se ravise. Un éclair de ce qui ressemble à du respect passe dans son regard avant de disparaître. Elle hausse les épaules.

— Costa Rica. Japon. Philippines… Les pays qui n'ont pas signé d'accord d'extradition ne manquent pas.

Combien de temps leur faudra-t-il pour me trouver ? Melissa se sera-t-elle enfuie à l'étranger d'ici là ?

— Tu seras arrêtée au contrôle des passeports, dis-je par bravade.

— Seulement si je présente mon propre passeport, me répond-elle, méprisante.

— Comment…

Je ne trouve pas les mots. J'ai basculé dans un univers parallèle où les gens brandissent des couteaux, utilisent de faux passeports et assassinent leurs amis. Je prends soudain conscience d'une chose, pourtant : Melissa n'est pas si intelligente que ça.

— Comment as-tu appris tout ça ?

— Quoi ? répond-elle, distraite, en pianotant sur le clavier.

Cette conversation l'ennuie.

— La vidéosurveillance, le faux passeport. L'agent Swift a dit qu'un homme a fait passer les annonces ; qu'il a fait établir une boîte postale à son nom. Le site est indétectable. Tu t'es fait aider, c'est sûr.

— C'est assez insultant, Zoe. Je crois que tu me sous-estimes.

Elle ne me regarde pas et je sais qu'elle ment. Elle n'aurait pas pu se débrouiller seule. Neil est-il vraiment en déplacement ou est-il en train de nous écouter, à l'étage, en attendant qu'elle ait besoin de renfort ? Inquiète, je lève les yeux vers le plafond. Ai-je imaginé ce bruit de plancher qui craque ?

— Cela fait un quart d'heure, annonce brusquement Melissa en consultant sa montre. Je n'ai pas accès à l'intérieur de l'Overground mais la caméra suivante enregistrera sa correspondance à Canada Water.

Elle clique sur la caméra suivante et un autre quai apparaît à l'écran ; trois enseignants vêtus de gilets fluorescents éloignent un groupe d'écoliers des voies. Un train arrive et je cherche Katie des yeux sans la voir. Mon pouls s'emballe : lui est-il déjà arrivé quelque chose ? Sur ce court trajet entre Crystal Palace et Canada Water ? J'aperçois alors une doudoune blanche et la voilà, les mains toujours enfoncées dans les poches, elle continue à regarder tous ceux qu'elle croise. Je pousse un soupir de soulagement.

Katie disparaît et, bien que Melissa active deux autres caméras, nous la perdons de vue jusqu'à ce qu'elle réapparaisse sur le quai de la Jubilee Line. Elle se poste près des voies et j'ai envie de lui dire de reculer, que quelqu'un pourrait la pousser sous le train. Les images de vidéosurveillance me donnent l'impression de regarder un film, de savoir qu'un malheur va frapper le personnage principal à qui j'ai envie de hurler de ne pas être aussi bête.

Ne sors pas, ne fais pas semblant de ne pas avoir entendu ce bruit… tu n'as pas lu le scénario ? Tu ne sais pas ce qui t'attend ?

Katie le sait bien, elle. Elle est consciente du danger ; ce qu'elle ignore, c'est d'où il vient précisément.

Il y a un homme debout derrière ma fille, sur sa gauche. Il la regarde. Je ne vois pas son visage – la caméra est trop loin –, mais il est tourné vers elle et remue un peu quand il la toise de la tête aux pieds. Quand il s'approche d'elle, j'agrippe le bord de ma chaise, me penche vainement pour tenter de voir mieux. D'autres voyageurs attendent sur le quai – pourquoi ne regardent-ils pas dans la bonne direction ? S'il tente quelque chose, ils ne le verront pas. Je me sentais en sécurité dans le métro, autrefois, avec toutes ces caméras, tous ces voyageurs autour de moi. Mais personne ne fait vraiment attention. Chacun évolue dans sa petite bulle sans se soucier des autres.

Je murmure son nom et Katie se retourne comme si elle m'avait entendue. Elle regarde l'homme, recule dès qu'il s'approche. Je n'arrive pas à décrypter ses gestes : a-t-elle peur ? Elle traverse le quai. Melissa change de position sur son fauteuil. Elle scrute l'écran mais, contrairement à moi, n'est ni tendue ni penchée en avant. Elle est adossée à son siège, les bras posés sur les accoudoirs, les doigts joints, et un léger sourire flotte sur ses lèvres.

— Fascinant, dit-elle. J'ai toujours aimé l'idée que les femmes ne sachent pas qu'on les suit ; pourtant, cela ajoute une dimension assez intéressante. Jeu du chat et de la souris dans le métro. Ce petit plus pourrait plaire aux clients.

Sa désinvolture me dégoûte.

L'inconnu n'a pas suivi Katie à l'autre bout du quai mais, au moment où le train arrive et où un flot de voyageurs et de touristes descend du train, je le vois traverser la cohue pour la rejoindre. D'abord soulagée qu'il n'emprunte pas la même porte qu'elle, je constate avec horreur qu'il est monté dans la même rame.

— Tu as accès aux images filmées dans ce train ? Je veux voir. Je veux voir ce qui se passe dans ce train !

— C'est addictif, hein ? Non, j'ai essayé mais c'est très protégé. Il reste – elle vérifie une fenêtre ouverte sur l'écran – sept minutes jusqu'à son arrivée à Waterloo, dit-elle en tambourinant sur le bureau.

— La rame est pleine à craquer. Personne ne tentera quoi que ce soit dans un train bondé, dis-je, autant à mon intention qu'à celle de Melissa.

Si Katie criait, est-ce quelqu'un interviendrait ? Je lui ai appris à se manifester en cas d'incident.

— Fais du bruit. Si un pervers se frotte contre toi, avertis tout le monde. Tu n'as qu'à crier « Bas les pattes ! » pour que tout le monde soit au courant. Les voyageurs ne feront peut-être rien, mais le pervers arrêtera aussitôt, tu verras.

Le trajet entre Waterloo et Leicester Square ne dure que quatre minutes, m'a dit Melissa. J'ai l'impression que chaque minute dure une heure. Dès que Katie disparaît dans un train de la Northern Line à Waterloo, Melissa révèle une nouvelle image prise par la caméra pointée vers le bas de l'escalator qui mène à Leicester Square.

Nous regardons en silence jusqu'à l'arrivée de ma fille.

— La voilà, dit Melissa en désignant Katie.

Je me mets aussitôt à chercher l'inconnu qui l'a abordée sur le quai et, en le reconnaissant à quelques mètres derrière elle, mon cœur se serre.

— Cet homme… dis-je sans finir ma phrase, car, en fait, que puis-je dire ?

— Il est persévérant, n'est-ce pas ?

— Tu sais qui c'est ? D'où il vient ? Quel âge il a ?

Comme si ces détails avaient la moindre importance !

— Près de deux cents personnes ont téléchargé le profil de Katie. Ce peut être n'importe qui.

L'inconnu bouscule une femme et sa poussette. Katie monte sur l'escalator.

Continue, dis-je intérieurement, mais elle s'arrête et l'inconnu zigzague pour venir se poster derrière elle. Il lui prend le bras et se penche vers elle. Il lui parle. Katie secoue la tête au moment où ils atteignent le sommet de l'escalator avant de disparaître.

— Montre l'image suivante !

Melissa réagit avec une lenteur délibérée, savourant ma panique. La station de Leicester Square est très fréquentée, et quand l'image de vidéosurveillance suivante apparaît enfin, je ne vois pas Katie tout de suite. Je la repère soudain qui accompagne l'inconnu. Mon cœur s'emballe : quelque chose ne va pas. Katie a une drôle d'allure : penchée d'un côté, elle incline la tête et, bien qu'elle ne semble pas repousser l'inconnu, tout chez elle indique qu'il la retient. En y regardant de plus près, je constate qu'il lui agrippe le haut du bras gauche de la main droite et lui serre le poignet de l'autre, ce qui la déséquilibre. Il doit la menacer d'une arme. Elle crierait, si ce n'était pas le cas. Elle s'enfuirait ou se battrait.

Je vois Katie se diriger vers les portillons automatiques avec l'inconnu qui lui tire le bras maladroitement devant sa poitrine. Deux contrôleurs bavardent devant un plan du métro et je les supplie intérieurement de remarquer que quelque chose ne va pas, mais ils ne font pas attention. Comment une chose pareille peut-elle se produire en plein jour ? Pourquoi personne ne voit ce que je vois ?

J'ai les yeux rivés à l'écran.

Quand Katie et l'inconnu arriveront aux portillons automatiques, il faudra bien qu'il la lâche. Elle pourra en profiter pour filer. Je la connais, elle doit être en train de tout manigancer, de repérer par où s'échapper, quelle sortie prendre. L'adrénaline me donne un coup de fouet. Elle va réussir à lui échapper.

Mais ils n'atteignent pas le portillon. L'homme la conduit sur la gauche du hall, vers un guichet d'information désert et une porte barrée d'un panonceau « Entrée interdite ». Il jette un coup d'œil par-dessus son épaule comme pour vérifier si on les observe.

Mon sang se fige dans mes veines en le voyant ouvrir la porte et faire entrer Katie.

Vous trouvez que je vais trop loin. C'est assez grave de risquer la vie de femmes que je n'ai jamais rencontrées, d'après vous, mais là ? C'est trop. Comment puis-je risquer la vie de quelqu'un qui est censé compter pour moi ?

Il faut que vous compreniez une chose.

Katie mérite ce qui lui arrive.

Elle a toujours été comme ça. Elle a toujours monopolisé l'attention, braillé pour se faire entendre, pour se faire remarquer, pour être aimée. Sans se soucier de ce que les autres pouvaient ressentir.

Elle n'arrêtait pas de parler sans jamais écouter.

Voilà, maintenant, son vœu s'est réalisé.

Elle est la vedette de la pièce la plus mémorable de sa carrière, interprète son rôle le plus exigeant. La prestation ultime.

Son dernier rappel.

36

— Quels numéros Zoe Walker nous a-t-elle fournis ? demanda Nick.

Lucinda vérifia ses dossiers.

— Portable, bureau, domicile.

— Essayez-les tous.

Kelly, qui appelait déjà Zoe sur son portable, secoua la tête en tombant sur sa boîte vocale.

— Zoe, pouvez-vous rappeler la Criminelle dès réception de ce message ?

— Que savons-nous sur sa fille ? reprit Nick.

— Elle s'appelle Katie, répondit Kelly en tentant désespérément de se rappeler ce que lui avait dit Zoe. Elle veut être actrice, mais en ce moment elle travaille dans un restaurant près de Leicester Square – je ne sais pas lequel.

Zoe lui avait-elle dit autre chose sur ses enfants ? Kelly savait qu'elle avait un fils et un compagnon, mais leurs conversations avaient toujours concerné l'affaire.

— Nick, Zoe Walker n'est pas au bureau aujourd'hui, annonça Lucinda en raccrochant le téléphone. Son patron l'a renvoyée chez elle hier parce qu'elle était incapable de se concentrer sur quoi que ce soit d'autre que « cette foutue affaire », d'après lui. Je l'ai chargé de dire à Zoe de nous rappeler s'il a des nouvelles avant nous.

— Appelez-la chez elle.

— Ça ne répond pas.

— Pas d'autre numéro correspondant à Zoe dans le système ?

Comme toujours quand il voulait s'éclaircir les idées, Rampello faisait les cent pas.

— Pas pour Zoe et rien pour Katie. Nous avons le vieux numéro de portable de son fils Justin – il a fait l'objet d'un rappel à la loi pour incivilité en 2006 après un vol à l'étalage et a reçu une mise en garde en 2008 pour possession de drogue de catégorie C. Rien depuis, même s'il a fait l'objet d'une dizaine de contrôles.

— Qu'ont dit les renseignements ?

— Aucun abonnement au nom de Katie Walker ne correspond à leur adresse. Elle doit se servir de cartes prépayées ou d'un deuxième portable enregistré au nom de sa mère ; je leur ai demandé de vérifier.

— D'où a été envoyé le mail contenant le profil de Katie Walker ? demanda brusquement Nick à Andrew que la frénésie du capitaine laissait de marbre.

— Pas de chez Espress Oh ! si c'est ce que vous croyez. L'adresse IP n'est pas la même. Je vais devoir faire une demande.

— Ça prendra combien de temps ? demanda Rampello en vérifiant l'heure. Ce sera trop long, de toute façon, poursuivit-il sans attendre la réponse. La BTP est en route pour Leicester Square, mais rien ne garantit qu'ils retrouveront Katie à temps et, en attendant, Zoe est sûrement menacée.

— Elle n'est toujours pas rentrée et son portable est éteint, annonça Lucinda en raccrochant.

— Je veux qu'on localise son portable. Trouvez quand et où elle s'en est servie pour la dernière fois. Kelly, à la seconde où c'est fait, je veux des officiers sur place.

— Je m'en occupe.

Kelly s'installa près de Lucinda qui s'employait déjà à localiser le téléphone. Rampello s'était remis à arpenter la pièce, égrenant des ordres sans reprendre son souffle. Une idée germait dans l'esprit de Kelly à cause d'un détail mentionné un instant plus tôt. La jeune femme essayait de se concentrer mais, vu l'ambiance de plus en plus chaotique de la salle de réunion, elle ne cessait de perdre le fil.

— Est-ce qu'on peut trouver le numéro de Katie sur la facture de Zoe Walker ? demanda Nick.

— C'est possible, répondit Lucinda. Mais c'est un travail de longue haleine et pas une science exacte ; il faudra que j'analyse les numéros appelés le plus fréquemment et que je devine lesquels sont susceptibles d'appartenir aux proches.

— Fais-le, s'il te plaît, ajouta-t-il après coup.

Kelly n'avait jamais vu le capitaine aussi secoué. Il retira sa cravate déjà défaite qu'il jeta sur la table, ouvrit le premier bouton de sa chemise et fit quelques mouvements pour détendre son cou.

— Andrew, surveille le site et avertis-moi dès que quelque chose change. Fais ton possible pour trouver d'où ce dernier mail a été envoyé. Si ce n'est pas Espress Oh !, c'est peut-être un autre café. Kelly, si c'est le cas, envoyez des officiers là-bas illico pour visionner les images de vidéosurveillance et repérer les clients présents au moment de l'envoi.

Espress Oh !

C'était ça ! Le détail qui tournait dans la tête de Kelly se matérialisa soudain. La rencontre avec Zoe à Covent Garden. L'amie, patronne d'une chaîne de cafés ; le nouvel espace à Clerkenwell. La serveuse australienne de l'Espress Oh ! et le patron absent de la chaîne de cafés.

— Pas les clients ! s'écria-t-elle, soudain persuadée de connaître l'identité du coupable.

La personne responsable du site ; la personne qui, en ce moment même, envoyait Katie, dix-neuf ans, au-devant du danger et retenait peut-être Zoe Walker en otage.

Nick la regarda, intéressé. Kelly eut un regain d'énergie.

— Il faut vérifier le registre du commerce et des sociétés, dit-elle. Ce n'est pas un client d'Espress Oh ! qui s'est servi du Wi-Fi pour administrer le site. C'est la patronne.

37

— Katie !

Je hurle si fort, la bouche soudain sèche, que ma voix se brise. J'essaie d'arracher le ruban adhésif qui tire sur les poils de mes poignets. Je trouve en moi une force que j'ignorais avoir et sens l'adhésif céder d'un millimètre. Melissa sourit.

— J'ai gagné.

Elle fait pivoter son siège pour se tourner vers moi, croise les bras en me regardant, songeuse.

— Ça n'a jamais fait aucun doute, cela dit.

— Espèce de garce. Comment as-tu pu faire ça ?

— Je n'ai rien fait. C'est ta faute. Tu l'as laissée aller au-devant du danger, un danger dont tu étais consciente. Comment as-tu pu faire ça à la chair de ta chair ?

— Espèce de…

Melissa ne m'a pas forcée. Elle a raison : j'ai laissé Katie partir. Tout est ma faute.

Je suis incapable de la regarder. La douleur dans ma poitrine me coupe la respiration. Katie. Ma Katie. Qui était cet homme ? Qu'est-ce qu'il lui fait ?

J'essaie de parler d'une voix calme, lucide.

— Tu aurais pu avoir des enfants, adopter, faire une FIV.

Je vérifie l'écran mais la porte qui donne sur ce qui doit être un local d'entretien reste obstinément close. Pourquoi faut-il que personne n'ait rien remarqué ? Il y a du monde partout. J'aperçois une employée du métro, vêtue d'une veste fluorescente, et j'aimerais tant qu'elle ouvre la porte, qu'elle entende Katie crier, qu'elle prenne n'importe quelle initiative pour faire cesser le calvaire que doit subir en ce moment ma petite fille.

— Neil a refusé, dit Melissa, le regard rivé à l'écran, si bien que je ne vois pas ses yeux.

Je ne vois pas s'ils sont remplis d'émotion ou aussi éteints que sa voix.

— Il disait qu'il voulait son propre enfant, pas celui d'un autre. Quelle ironie, dit-elle avec un rire sans joie, étant donné le temps que nous avons passé à nous occuper des tiens.

À l'écran, la vie continue ; les gens se gênent, cherchent leur carte Oyster, se hâtent de monter dans leur train. Mais mon monde à moi s'est arrêté de tourner.

— Tu as perdu, dit Melissa aussi nonchalante qu'après une partie de cartes. L'heure est venue de passer à la caisse.

Elle prend son couteau et, rêveuse, passe un doigt sur la lame.

Je n'aurais jamais dû écouter Katie et la laisser partir. Je croyais lui offrir une chance de s'en sortir, mais je n'ai fait que la mettre en danger. Melissa aurait essayé de nous tuer, mais y serait-elle arrivée si nous lui avions résisté ensemble ?

Et maintenant, elle va me tuer de toute façon. Je me sens déjà morte à l'intérieur et quelque chose en moi a envie d'en finir ; de se laisser submerger par les ténèbres qui se sont abattues sur moi au départ de Katie et menacent à présent de m'engloutir.

Vas-y Melissa. Tue-moi.

En voyant le pot à crayons posé sur le bureau de Melissa – celui que Katie a fabriqué en cours de menuiserie –, j'éprouve une bouffée de colère. Katie et Justin adoraient Melissa. C'était une mère de substitution pour eux, une amie en qui ils pouvaient avoir confiance. Comment peut-elle nous trahir ainsi ?

Je me ressaisis. Si Katie meurt, qui prendra soin de Justin ? J'agite de nouveau les poignets, je tords les mains dans des directions opposées, la douleur me procurant un plaisir pervers. Elle me distrait. Je fixe toujours l'écran et tente par ma seule volonté d'ouvrir la porte de ce local.

Et si Katie n'était pas morte ? Elle a peut-être été violée, battue. Que va-t-il lui arriver si je ne suis pas là quand elle en aura le plus besoin ? Je ne peux pas laisser Melissa me tuer.

De l'air frais caresse soudain un minuscule bout de peau d'où l'adhésif s'est décollé.

Le ruban adhésif se distend. Je peux me libérer.

Je réfléchis vite en laissant ma tête reposer sur ma poitrine pour faire croire à Melissa que j'ai laissé tomber. Les pensées se bousculent dans ma tête. Les portes sont verrouillées et les gigantesques fenêtres de toit, trop hautes pour que je puisse les atteindre, sont les seules ouvertures de la cuisine. La seule façon d'empêcher Melissa de me tuer, c'est de la tuer d'abord. L'absurdité de cette idée me donne le vertige : comment en suis-je arrivée là ? Depuis quand suis-je capable de commettre meurtre ?

Eh bien oui. Je me rends à l'évidence : je vais la tuer. Les liens qui entravent mes jambes sont trop serrés pour envisager de me détacher ce qui signifie qu'il faut que j'agisse sans me presser. J'ai réussi à distendre suffisamment le ruban adhésif autour de mes poignets pour pouvoir sortir lentement une main, en prenant soin de ne pas bouger les bras. Convaincue que mon visage trahit mes intentions, je regarde l'écran, sans espérer y voir Katie mais désirant néanmoins à tout prix voir s'ouvrir cette porte.

— C'est bizarre, dis-je, avant d'avoir pu me demander s'il valait mieux garder la remarque pour moi.

— Quoi ? dit Melissa en se tournant vers l'écran.

J'ai les deux mains libres maintenant. Je les garde serrées derrière le dos.

— Ce panneau, en haut de l'escalator, dis-je en désignant du menton le coin supérieur gauche de l'écran. Il n'était pas là il y a une minute.

C'est un panneau jaune pliant qui prévient les voyageurs que le sol est humide. On a renversé un liquide par terre. Mais quand ? Pas pendant que je regardais en tout cas.

— Quelqu'un a posé un panneau, et après ? lance Melissa, indifférente.

— Non, il est sorti de nulle part.

Je sais qu'il n'était pas là quand Katie a atteint le sommet de l'escalator car il aurait été placé devant elle, l'espace d'un instant. Quant au moment où il est apparu… eh bien, je ne voudrais pas m'avancer mais, depuis que Katie a disparu, je n'ai pas quitté l'écran des yeux pendant plus de quelques secondes ; en outre, j'ai gardé l'œil sur tous les gilets fluorescents qui passaient, en espérant voir un employé du métro entrer dans le local technique.

Un éclair d'inquiétude passe dans le regard de Melissa. Elle se penche vers l'écran, sans lâcher son couteau. Je remue lentement une main, vers le côté de la chaise d'abord, puis presque imperceptiblement vers mes jambes. Sans quitter Melissa des yeux. Dès qu'elle fait un geste, je me redresse et remets mes mains derrière le dos, mais il est trop tard ; du coin de l'œil elle m'a vue bouger.

La sueur perle à mon front et me pique les yeux.

J'ignore ce qui pousse Melissa à regarder vers le plan de travail, mais elle comprend instantanément ce que j'ai fait. Dès que son regard se pose sur le porte-couteaux, elle constate qu'il en manque un.

— Tu ne respectes pas les règles, dit-elle.

— Toi non plus.

Je me penche et saisis le manche de mon arme ; la douleur est vive quand la lame m'entame la cheville en sortant de ma botte.

C'est le moment, je crois. Je n'aurai pas d'autre occasion.

38

La voiture de patrouille qui fonçait dans Marylebone Street, toute sirène hurlante et gyrophare en action, évita de justesse un bus à impériale qui déboucha devant elle alors qu'elle passait devant Madame Tussauds. Kelly écoutait les policiers de garde refaire le match disputé par le Manchester United ce jour-là, leurs commentaires noyés sous les couinements de la sirène.

— Je ne vois pas comment Rooney a pu rater ce but. Si je payais un type trois cent mille balles par semaine, je vérifierais qu'il tire droit, putain !

— Sous pression, il vaut rien, voilà le problème.

Le feu passa au rouge à Euston Square. Le chauffeur klaxonna et modifia le son de la sirène. Un gazouillis aigu retentit et les voitures qui les précédaient s'écartèrent pour les laisser passer. Ils tournèrent à droite dans Bloomsbury et Kelly força sa radio en attendant la mise au point qu'ils attendaient tous. Elle fut diffusée alors qu'ils approchaient du West End. Kelly ferma les yeux et appuya un court instant la tête contre son siège.

Tout était fini. Pour Katie Walker en tout cas.

Kelly se pencha entre les sièges avant.

— Vous pouvez ralentir maintenant.

Ayant entendu l'annonce, le chauffeur éteignait déjà la sirène et ralentissait à une vitesse plus appropriée maintenant qu'il n'y avait rien à gagner à se rendre sur les lieux en urgence. Plus personne à sauver.

Arrivés à Leicester Square, le chauffeur déposa Kelly devant l'Hippodrome. La jeune femme se précipita vers la station de métro et montra sa carte à une femme à l'air las postée devant le portillon automatique. Kelly s'était trompée d'entrée et tenta de se repérer en regardant alentour.

Là.

La base de la porte du local d'entretien était éraflée à force d'avoir été poussée du pied par les employés, et une affiche invitant les voyageurs à signaler tout bagage suspect se décollait aux angles. Un panneau interdisait l'accès du local au public.

Kelly frappa deux fois avant d'entrer. Même si elle savait ce qui l'attendait à l'intérieur, son cœur battait la chamade.

La pièce était sombre et aveugle ; un bureau et une chaise métallique étaient placés contre un mur et des panneaux s'entassaient contre le mur d'en face. Un seau jaune à roulettes rempli d'eau grisâtre et graisseuse était rangé dans un coin. À côté, une jeune fille assise sur un cageot en plastique couvait une tasse de thé. Même sans la moue pleine d'assurance qu'elle arborait sur la photo du site, on reconnaissait Katie d'emblée. Ses épais cheveux méchés lui tombaient sur les épaules et le tissu rembourré de son manteau la grossissait.

Blanche.

Dix-huit ans. Longs cheveux blonds, yeux bleus.

Jeans, bottines grises, tee-shirt noir col en V sous un cardigan gris *oversized* ceinturé. Doudoune blanche longueur genou également ceinturée. Sac à main noir avec chaîne dorée.

Taille : 38-40.

Un homme brun à la carrure large s'appuyait à un mur derrière Katie. Il s'avança en tendant la main à Kelly.

— John Chandler, officier en civil de la BTP.

— Kelly Swift.

Elle s'accroupit.

— Bonjour, Katie, je suis Kelly, l'un des détectives chargés de l'enquête. Tu vas bien ?

— Je crois, oui. Je m'inquiète pour ma mère.

— Des policiers sont en route en ce moment, dit-elle en serrant le bras de la jeune fille. Tu t'es très bien débrouillée.

Peu après que le détective Chandler eut confirmé par radio que Katie était saine et sauve, les craintes de Kelly avaient été confirmées : Melissa West, propriétaire de plusieurs cafés londoniens, dont l'Espress Oh !, retenait Zoe Walker en otage.

— C'était horrible, dit Katie en regardant John. Je n'étais pas sûre de pouvoir vous croire. Quand vous avez chuchoté à mon oreille, j'ai eu envie de m'enfuir. Je me suis dit : « Et s'il n'est pas du tout détective en civil ? Et si c'est une couverture ? » mais je savais que je devais vous faire confiance. J'avais peur que Melissa fasse du mal à ma mère après s'être rendu compte de ce qui se passait.

— C'était parfait, dit John. Une performance digne d'un Oscar.

Katie s'efforça de sourire, mais Kelly vit qu'elle tremblait encore.

— Je n'ai pas eu à me forcer beaucoup. Vous avez eu beau m'expliquer ce qui allait se passer, au moment où vous m'avez fait entrer ici, je me suis dit que vous m'aviez menti sur toute la ligne. J'ai cru que tout était fini. *Game over*.

— Désolée d'avoir dû te faire subir ça, s'excusa Kelly. Nous savions que le réseau de surveillance avait été piraté, mais nous ne savions pas dans quelle mesure – quelles images étaient accessibles, exactement. Quand ton profil a été publié sur le site, nous avons su que nous devions te faire quitter le métro en toute sécurité pour te protéger sans que Melissa sache que nous l'avions percée à jour.

— Quand pourrons-nous sortir d'ici ? Je veux voir ma mère.

— Désolée, mais nous devions attendre que le central nous confirme que les images diffusées sur le système avaient été modifiées.

Craignant que Melissa voie Katie et le détective Chandler sortir du local d'entretien, ce qui lui aurait permis de les démasquer, Kelly avait fait appel à Craig qui s'était empressé de réagir. Il avait remplacé les images diffusées en direct par d'autres, enregistrées la veille à la même heure, alors que la fréquentation était *grosso modo* la même, ce qui minimisait le risque que Melissa remarque le subterfuge. Kelly espérait qu'il ne se trompait pas.

— Tout va bien maintenant, nous pouvons partir sans qu'elle nous voie.

Kelly ouvrait la porte quand sa radio s'alluma avec un crépitement.

— Envoyez une ambulance à Anerley Road. C'est urgent, annonça la voix désincarnée.

Katie écarquilla les yeux.

— Dites-leur de circuler sans sirène et de patienter en arrivant sur place.

— C'est par précaution, s'empressa d'ajouter Kelly en voyant les yeux de Katie s'embuer.

Elle baissa le volume de sa radio pratiquement au minimum.

— Ta maman va bien.

— Comment le savez-vous ?

Kelly s'apprêtait à débiter d'autres platitudes mais se ravisa. À vrai dire, elle ignorait si Zoe Walker était encore vivante.

39

Il y a du sang partout. Il jaillit de manière incontrôlable du cou de Melissa, recouvre son bureau et teinte de pourpre sa chemise blanche. Elle lâche le couteau qui tombe par terre dans un fracas métallique.

Je me mets à trembler. En baissant les yeux, je constate que je suis moi aussi couverte de sang. Je serre toujours mon couteau dans la main droite mais, depuis que le coup de fouet ressenti en la poignardant s'est dissipé, j'ai le vertige et je me sens désorientée. Si elle m'attaque maintenant, je serai incapable de l'arrêter. Je n'ai plus de forces. Je me penche et, de ma main libre, arrache le ruban adhésif qui m'entrave les chevilles, faisant tomber la chaise d'un coup de pied tant j'ai hâte de m'éloigner de Melissa.

Il n'y a pas lieu de s'inquiéter pourtant. Ses mains sont vainement serrées sur sa gorge pour tenter de juguler le flot de sang qui gicle entre ses doigts et recouvre sa peau. Elle ouvre la bouche sans qu'aucun son en sorte, si ce n'est un gargouillis rauque qui vient couvrir l'intérieur de ses lèvres d'une écume rouge. Elle se lève mais vacille comme si elle était ivre, ses jambes refusant de lui obéir.

J'enfouis mon visage entre mes mains, prenant conscience trop tard qu'elles sont éclaboussées de sang et me tachent les joues. Je vois son ombre terne au coin de mes yeux et sa forte odeur métallique me donne la nausée.

Je me tais. Que pourrais-je bien dire ?

Je suis désolée ?

Ce serait mentir. Je suis remplie de haine.

Assez de haine pour poignarder la femme que je prenais pour mon amie. Pour la voir suffoquer sans que cela me touche. Pour ne pas intervenir quand ses lèvres bleuissent et que les battements effrénés de son cœur ralentissent jusqu'à devenir imperceptibles. Le sang qui, il y a encore un instant, giclait à plusieurs centimètres d'elle coule désormais mollement. Elle a la peau grise ; ses yeux sont tout ce qui reste de vivant dans une enveloppe inerte. J'y cherche du remords, de la colère, mais je ne vois rien. Elle est déjà morte.

Quand elle tombe, ce n'est pas à genoux. Elle ne titube pas, n'agrippe pas le bureau devant elle comme dans les films, n'essaie pas de s'accrocher à moi pour m'entraîner dans sa chute. Tel un arbre qu'on abat, elle tombe en arrière en se cognant la tête et, bêtement, un instant, je m'inquiète qu'elle se soit fait mal.

Elle ne bouge plus, les bras écartés de chaque côté du corps, les yeux grands ouverts, un peu globuleux dans son visage livide.

Je l'ai tuée.

C'est maintenant que les regrets m'assaillent. Pas à cause du crime que j'ai commis ni même parce que j'ai vu une femme se noyer dans son propre sang. Mais parce qu'elle n'aura jamais à répondre de ses crimes devant un tribunal. Elle a gagné, au bout du compte.

Je me laisse glisser par terre, comme saignée à blanc moi aussi. La clé de la porte d'entrée se trouve dans la poche de Melissa mais je refuse de la toucher. Même s'il n'y a plus chez elle aucun signe de vie – sa poitrine ne se soulève plus, aucun râle ne sort de ses poumons –, je crains qu'elle se redresse brusquement pour m'agripper les poignets de ses mains ensanglantées. Elle est allongée entre le bureau et moi et je m'assois pour attendre que mes tremblements cessent. Bientôt, il faudra que je la contourne prudemment pour appeler les secours et leur dire ce que j'ai fait.

Katie. Je dois leur parler de Katie. Ils doivent aller à Leicester Square ; j'ai besoin de savoir si elle est encore vivante – elle doit savoir que je vais bien, que je ne l'ai pas laissée tomber… Je me lève trop vite, mes pieds glissent sur la flaque de sang qui semble couvrir la totalité du sol. Sur l'écran de l'ordinateur éclaboussé de rouge, l'image de vidéosurveillance s'obstine à montrer la porte du local d'entretien résolument close.

Retrouvant l'équilibre, j'entends le lointain hurlement d'une sirène. J'attends qu'il s'évanouisse mais il s'intensifie, devient plus insistant, assourdissant. J'entends des cris suivis d'un fracas qui résonne dans toute la maison.

— Police ! Restez où vous êtes !

J'obéis. Je ne pourrais pas bouger même si je le voulais.

Un bruit tonitruant retentit dans l'entrée, suivi d'une détonation de tous les diables quand la porte de la cuisine s'ouvre à la volée en cognant le mur derrière elle.

— Mains en l'air ! hurle l'un des policiers.

Je suis en train de me dire que c'est ridicule d'espérer que Melissa obéisse, étant donné son état, quand je constate que c'est à moi qu'il parle. Je lève lentement les mains. Elles sont couvertes du sang qui a maculé mes bras, et mes vêtements sont auréolés de taches écarlates.

Les policiers portent des bleus, des casques à visière baissée sur lesquels se détache le mot POLICE en lettres blanches. J'en vois d'abord deux, rapidement rejoints par deux autres en réponse à l'ordre catégorique du premier officier.

— Du renfort !

Les deux premiers policiers s'avancent mais s'arrêtent à bonne distance de moi tandis que les deux autres se déploient rapidement dans la pièce en s'adressant mutuellement des consignes. Ailleurs dans la maison, j'entends d'autres policiers se déplacer. Des bruits de pas précipités, entrecoupés de cris indiquant que la voie est libre, parviennent jusqu'au rez-de-chaussée.

— Un toubib ! crie quelqu'un.

Deux autres officiers se fraient un chemin à l'intérieur et se précipitent vers Melissa. L'un d'eux appuie sur la plaie de son cou. Pourquoi essaient-ils de lui sauver la vie ? Ils ne sont pas au courant ? Ils ne savent pas ce qu'elle a fait ? Ça ne sert à rien, de toute façon ; il y a longtemps qu'elle est morte.

— Zoe Walker ?

L'un des deux policiers postés en face de moi prononce mon nom mais à cause des casques je ne sais pas lequel. Je les regarde tour à tour. Ils sont placés à environ deux mètres l'un de l'autre, comme les aiguilles d'une montre indiquant dix et quatorze heures. Ils sont parfaitement symétriques, un pied un peu en avant, mains grandes ouvertes au-dessus de la taille ; ils ne sont pas menaçants mais prêts à agir. Derrière eux, les médecins sont agenouillés auprès de Melissa. Ils lui ont posé un masque transparent sur le visage pour que l'un des médecins lui fasse le bouche-à-bouche.

— Oui, dis-je enfin.

— Lâchez votre arme.

Ils se trompent. C'est Melissa qui me menaçait, qui a pressé la lame contre ma gorge jusqu'à me faire saigner. J'avance d'un pas.

— Lâchez votre arme ! répète l'officier, plus fort cette fois. Je suis son regard jusqu'à ma main droite dans laquelle la lame argentée brille sous la couche de sang. Mes doigts s'écartent d'eux-mêmes, semblant prendre conscience de ce qu'ils renfermaient, et le couteau glisse sur le carrelage. L'un des officiers le pousse hors de ma portée d'un coup de pied avant de relever la visière de son casque. Il a l'air d'avoir quasiment l'âge de mes enfants.

Je retrouve ma voix.

— Ma fille est en danger. Je dois aller à Leicester Square, vous pouvez m'y emmener ?

Je me mords la langue en claquant des dents. Encore du sang, le mien cette fois. L'officier se tourne vers son collègue qui soulève sa visière. Il est beaucoup plus âgé, avec une barbe bien entretenue et des yeux bienveillants qui se plissent alors qu'il se veut rassurant.

— Katie va bien. Un de nos collègues l'a interceptée.

Je suis prise de tremblements.

— Une ambulance arrive, on va vous conduire à l'hôpital pour s'occuper de vous, d'accord ? C'est le choc, explique-t-il à son jeune collègue, mais en réalité c'est du soulagement que j'éprouve.

Derrière les deux policiers, un médecin, toujours agenouillé près de Melissa, prend des notes sans la toucher.

— Elle est morte ?

Je veux en être sûre avant de sortir d'ici.

— Oui, répond le médecin en me regardant.

— Dieu merci.

40

— Tu parles d'une fête, remarqua Lucinda en regardant le paquet de cacahuètes que Nick venait de déchirer avant de le poser au centre de la table.

— Désolé de ne pas être à la hauteur, madame la baronne, répondit-il. Je ne suis pas sûr que le Dog and Trumpet serve du caviar et des œufs de caille, mais je peux vérifier leurs spécialités maison, si tu veux.

— Très drôle. Je ne parlais pas des cacahuètes. C'est juste que je me sens un peu abattue, tu vois ?

— Moi aussi, avoua Kelly.

Ç'avait été de la folie : rejoindre Katie Walker de toute urgence avant de foncer retrouver sa mère, les voitures de patrouille se garant dans un crissement de pneus devant le domicile de Melissa. L'ambulance qui patientait au bout d'Anerley Road ; les médecins obligés d'attendre que la maison soit sécurisée avant de pouvoir faire leur travail. Au cours de ces dernières heures, le rythme cardiaque de Kelly n'avait pas dû descendre au-dessous de cent pulsations par minute, mais maintenant elle s'effondrait.

— Le dénouement est un peu décevant, c'est tout, dit Nick. Vous rebondirez demain quand le dur labeur commencera vraiment.

Il y avait du pain sur la planche. En saisissant l'ordinateur de Melissa, l'équipe de Cyber Crime avait pu rapidement fermer le site trouvel-amesœur.com et accéder à la liste complète de ses adhérents. Les retrouver – et, le cas échéant, répertorier la liste des crimes commis – prendrait plus de temps.

Le registre du commerce avait confirmé que Melissa West était propriétaire de quatre cafés londoniens : Melissa, Melissa Too, Espress Oh ! ainsi qu'un café encore sans nom au cœur de

Clerkenwell qui engrangeait des profits impressionnants malgré l'absence d'évier, de frigo et de coin cuisine.

— Vu le nombre de clients qui paient en liquide, il n'y a pas mieux que les cafés pour blanchir de l'argent sale, avait expliqué Nick. Sur le papier, elle peut engranger quelques centaines de livres par jour alors que ses commerces sont déficitaires.

— Que savait son mari, à votre avis ?

— Nous le découvrirons en l'interrogeant, je suppose.

Neil West supervisait l'installation d'un système informatique de plusieurs millions de livres dans un cabinet d'avocats de Manchester. En consultant son agenda, fort commodément synchronisé avec celui de sa femme et aisément accessible depuis son ordinateur, les enquêteurs avaient appris qu'il devait atterrir le lendemain à l'aéroport de London City où la police l'attendrait pour l'appréhender. Dans son ordinateur, rangé dans le bureau à l'étage, ils avaient trouvé des dossiers répertoriant toutes les entreprises avec lesquelles il avait collaboré, y compris un carnet d'adresses bien rempli. Les entreprises qui employaient Gordon Tillman et Luke Harris avaient fait appel à Neil par le passé, et il y avait fort à parier que d'autres parallèles pourraient être établis en recoupant le carnet d'adresses de Neil et la liste de clients du site de rencontres trouvée sur l'ordinateur de Melissa.

— Tu crois qu'elle lui aurait fait porter le chapeau ? demanda Lucinda.

Zoe avait détaillé les projets d'expatriation dont lui avait fait part Melissa, et Cyber Crime avait confirmé qu'elle s'était renseignée en ligne sur des vols pour Rio de Janeiro.

— Je crois, oui, répondit Nick. À mon avis, Melissa West n'aimait personne d'autre qu'elle-même.

Kelly repensa à ce que lui avait raconté Katie, à l'amertume de Melissa quand elle avait parlé de s'occuper des enfants de Zoe, de ne pas avoir été mère.

— Je crois que tu te trompes. C'est bien le problème, justement. Créer le site, c'était strictement professionnel, mais y mêler Katie et Zoe ? C'était un peu personnel.

— Ça me dégoûte qu'elle s'en soit tirée impunément, avoua Lucinda en se servant des cacahuètes.

— Elle s'est vidée de son sang après avoir été poignardée à la carotide, je ne dirais pas qu'elle s'en est sortie impunément, remarqua Nick.

Kelly lui fit un demi-sourire.

— Tu vois ce que je veux dire. Elle a fait vivre l'enfer à Katie et Zoe Walker, sans parler des centaines de femmes qui ignoraient qu'elles couraient un danger : j'aurais aimé la voir sur le banc des accusés.

Le téléphone de Kelly clignota et elle glissa son doigt sur l'écran pour le déverrouiller, faisant nonchalamment défiler des notifications auxquelles elle n'avait aucune envie de répondre.

— Qu'est-ce que c'est que ça ? Une fête ou une veillée funèbre ? lança Diggers en les rejoignant.

Kelly se redressa, comme au garde-à-vous. Elle ne l'avait pas revu depuis qu'il lui avait passé un savon dans son bureau et elle fuyait à présent son regard.

— Vous voulez vous asseoir, monsieur ? demanda Lucinda.

— Je ne fais que passer. Je suis juste venu vous payer un verre. Vous avez tous fait un boulot formidable ; j'ai déjà eu le préfet au téléphone qui nous félicite pour ce bon résultat. Bien joué.

— Merci, patron, répondit Nick. Je venais de leur dire la même chose.

— Quant à vous… poursuivit le commissaire en s'adressant à Kelly qui se sentit rougir, je me suis laissé dire que nous vous devions une fière chandelle.

— C'est le fruit d'une collaboration, répondit Kelly, levant les yeux vers lui à contrecœur et soulagée par son regard sincèrement chaleureux. Il se trouve que j'étais là quand la dernière pièce du puzzle s'est imbriquée, c'est tout.

— Eh bien, c'est possible. Ce qui est sûr, c'est que vous avez apporté une contribution précieuse à l'équipe. Bon, qu'est-ce que vous prenez ?

Le commissaire revint du bar avec un plateau chargé de verres et un autre paquet de cacahuètes. Il n'avait rien acheté pour lui et Kelly comprit qu'elle risquait de rater le coche si elle ne lui posait pas la question tout de suite.

— Monsieur ? Dois-je réintégrer la BTP ?

Elle se rendit alors compte combien elle redoutait de devoir le faire ; combien elle avait aimé retravailler en équipe sans subir les commérages et la suspicion qui lui pourrissaient la vie dans son unité.

— Nous avions dit trois mois, non ?

— Tout à fait, mais comme Melissa est morte et que le site est bloqué, je me suis dit…

Kelly savait qu'il y avait fort à faire – l'assassin de Laura Keen courait toujours, tout comme le pervers qui avait traqué Cathy Tanning –, mais elle n'oubliait pas la remontée de bretelles dans le bureau de son supérieur. Saisirait-il cette occasion pour mettre un terme à son détachement ?

— Trois mois, dit sèchement Diggers. Vous pouvez mener l'interrogatoire de Neil West et puis nous reparlerons sérieusement de votre carrière. L'heure est peut-être venue de recommencer à zéro dans une nouvelle unité, non ?

Il adressa un clin d'œil à la jeune femme et serra la main de Nick avant de les laisser.

Soulagée, Kelly sentit les larmes lui monter aux yeux. Elle les refoula et prit son téléphone, faisant défiler les applications pour se changer les idées. Elle consulta son compte Facebook qui regorgeait de photos de sapins de Noël décorés et de minuscules bonshommes de neige faits à partir des quelques malheureux flocons tombés la nuit précédente. Elle remarqua que Lexi avait modifié son statut.

Toujours la fine équipe de Durham malgré les quelques rides en plus ! avait-elle posté.

Avec ses amies, Lexi avait recréé une photo prise du temps de leurs études et posté les deux versions côte à côte, provoquant un flot de commentaires amusés de la part des amis et de la famille des personnes mentionnées. Quelle que fût la photo, c'était Lexi la plus radieuse du groupe et Kelly ne put s'empêcher de sourire.

Super photos, écrivit-elle. *Tu n'as pas pris une ride.*

41

Matt conduit prudemment, négocie lentement chaque virage et approche des ralentisseurs comme si je m'étais cassé quelque chose. À l'hôpital, les médecins ont insisté pour m'examiner avec soin bien que je n'aie cessé de leur répéter que Melissa ne m'avait pas touchée, mis à part la coupure au cou qui ne nécessitait pas de point de suture.

On m'a placée dans le lit voisin de celui de Katie, saine et sauve mais choquée. Renonçant à nous garder chacune de notre côté, l'infirmière a fini par ouvrir le rideau qui nous empêchait de nous voir. Nous n'étions là que depuis une demi-heure quand Isaac est arrivé en courant, anxieux comme je ne l'avais jamais vu.

— Kate ! Mon Dieu ! tu vas bien ? Je suis venu aussi vite que j'ai pu.

Il s'assied sur le bord du lit et lui prend les mains, scrute son visage, son corps, à la recherche de blessures.

— On t'a fait du mal ?

— Je vais bien. Je suis vraiment navrée pour la représentation de ce soir.

— Bon sang, ne t'en fais pas pour ça ! Je n'en reviens pas de ce que tu as traversé.

— Mais tous ces billets...

— Je vais rembourser les spectateurs. Oublie la pièce, Kate. Ça n'a aucune importance. Contrairement à toi.

Il dépose un baiser sur le front de Katie et, pour la première fois, il n'a pas l'air de jouer la comédie. Je me rends compte qu'il l'apprécie vraiment. Et c'est réciproque.

Quand il lève la tête et que nos regards se croisent, je regrette que le rideau ne soit pas tiré. Je ne parviens pas à déchiffrer son expression et j'ignore si la mienne est assez éloquente.

— Vous en avez pas mal bavé, dit Isaac.

— C'est vrai.

— Je suis heureux que ce soit terminé.

Il observe un silence pour insister sur ce qui va suivre.

— J'espère que vous pourrez oublier, maintenant. Tirer un trait sur tout ce qui vous est arrivé.

Si Katie se demande pourquoi son copain prend tellement de pincettes avec sa mère, elle ne fait aucun commentaire. Isaac soutient mon regard comme pour s'assurer que je l'ai bien compris et j'acquiesce.

— Je l'espère aussi. Merci.

— On y est presque, dit Matt.

Assis près de moi sur la banquette arrière du taxi, Simon m'enlace et je pose la tête sur son épaule.

À l'hôpital, je lui ai avoué avoir cru qu'il était responsable du site Internet. Il le fallait, la culpabilité me rongeait.

— Je suis sincèrement désolée, dis-je.

— Ce n'est pas la peine. J'ai du mal à imaginer ce que tu as dû vivre. Tu devais te dire que tu ne pouvais faire confiance à personne.

— Ce carnet…

Je me souviens des notes griffonnées sur lesquelles je suis tombée ; le nom de la femme, la façon dont elle était habillée. J'étais convaincue de détenir la preuve d'un crime.

— Des notes pour mon roman, répond Simon. Je créais des personnages.

Je suis heureuse que Simon ne se soit pas laissé démonter, qu'il ne se formalise pas du fait que je l'ai cru capable d'un crime aussi terrible. Assise à côté de mon compagnon, ma fille regarde par la fenêtre alors que nous approchons de Crystal Palace ; Justin est installé à l'avant, à côté de Matt. Isaac est allé s'occuper des spectateurs déçus pour les convaincre de revenir voir la pièce demain soir, car Katie est catégorique : elle sera capable de monter sur scène.

C'est comme s'il ne s'était rien passé, comment est-ce possible ?

De la neige sale couvre les trottoirs et goutte du haut des immeubles. Un bonhomme de neige pitoyable est posé dans la cour de l'école primaire, la carotte qui lui servait de nez a disparu depuis longtemps. Des gens sortent pour la soirée alors que d'autres rentrent du travail, vérifiant leur téléphone en marchant, sans prêter attention à ce qui les entoure.

Nous passons devant le café de Melissa et, suffoquée, je ne peux m'empêcher de pousser un petit cri. Je repense à toutes ces fois où je l'ai retrouvée ici après le travail pour prendre un thé, où je lui ai donné un coup de main pour les préparatifs du déjeuner. Une lumière brille dans le café, projetant des ombres noires en tombant sur les tables et les chaises pas encore empilées.

— Tu ne devrais pas aller fermer comme il faut ? dis-je à Justin.

— Je n'ai pas envie d'y aller, maman, répond-il en se retournant.

Ça, je peux le comprendre. Moi non plus. Le simple fait de me retrouver à Anerley Road me donne des palpitations et je suis submergée par une nouvelle vague de haine contre Melissa qui a sali les souvenirs d'un endroit où j'ai adoré vivre. Je n'avais jamais envisagé de redéménager un jour, mais aujourd'hui je me pose la question. Ce serait l'occasion de prendre un nouveau départ avec Simon, de disposer d'espace pour Justin et Katie, mais surtout, pour nous tous, de tourner la page.

Nous passons devant la station de métro. Je revois Katie marcher vers l'entrée en levant les yeux vers les caméras de surveillance ; terrifiée et pourtant déterminée à réussir. À me sauver.

Je la regarde en me demandant à quoi elle pense, mais son visage est impénétrable. Elle est beaucoup plus forte que je le croyais.

— Que va-t-il se passer maintenant ? demande Matt.

Le temps que je l'appelle, tout était fini et, à son arrivée à l'hôpital, il a trouvé son ex-femme et sa fille bizarrement fagotées de vêtements réunis à la va-vite par Simon. La police a saisi les tenues que nous portions chez Melissa. Ils ont fait preuve de délicatesse en expliquant que nous n'avions pas à nous inquiéter, mais qu'ils devaient être très méticuleux. Tout irait bien.

— Je dois faire une déposition volontaire la semaine prochaine puis le parquet vérifiera le dossier et prendra une décision dans les jours qui suivent, dis-je.

— Vous ne serez pas poursuivie, a assuré l'agent Swift, mais le coup d'œil furtif qu'elle a lancé par-dessus son épaule laissait entendre qu'elle s'avançait peut-être un peu. C'est un cas de légitime défense, c'est évident.

Elle s'est interrompue brusquement quand le capitaine Rampello est entré dans la salle d'hôpital, mais il a acquiescé d'un signe de tête.

— Une simple formalité, a-t-il dit.

Lorsque nous approchons du bout de notre rue, un agent de police vêtu d'une veste fluorescente monte la garde sur la chaussée. Une rangée de cônes condamne l'une des voies où deux voitures de police et une camionnette de la police scientifique sont encore garées, et le policier fait respecter la circulation alternée. Matt s'approche le plus possible de la maison. Il descend, ouvre la portière arrière, aide Katie à descendre et la soutient d'un bras pour regagner la maison. Justin les suit sans quitter des yeux le ruban de signalisation à rayures bleues et blanches qui flotte au vent devant chez Melissa.

— C'est difficile à croire, n'est-ce pas mon chéri ?

Je me défais de l'étreinte de Simon et glisse ma main dans celle de Justin. Il me regarde, s'efforçant d'intégrer tout ce qui s'est passé aujourd'hui.

— Melissa, dit-il, mais les mots lui manquent.

Je sais ce qu'il ressent ; je peine, moi aussi, à trouver les mots depuis que c'est arrivé.

— Je sais, mon chéri.

Nous attendons près du portillon jusqu'à ce que Simon nous rejoigne et ouvre la porte. J'évite de regarder la maison de Melissa, mais j'imagine sans peine les silhouettes vêtues de combinaisons blanches dans sa superbe cuisine.

Neil continuera-t-il à vivre ici ? Le sang a dû sécher je suppose, la flaque brillante a dû noircir, le pourtour des éclaboussures devenir friable et s'écailler. Il faudra tout nettoyer, et je vois d'ici des gens en train de frotter et de passer le sol à la javel, sans parvenir à effacer l'empreinte invisible de la femme morte dans cette maison.

La porte d'entrée s'ouvre. Il fait bon chez nous, l'ambiance est chaleureuse. Les manteaux entassés comme d'habitude sur la rambarde et le tas de chaussures anarchique près du paillasson me réconfortent. Matt s'efface et je suis Katie et Simon à l'intérieur.

— Bon, je vais vous laisser, lance Matt.

Alors qu'il tourne les talons, Simon le retient.

— Tu veux boire un verre avec nous ? Ça ferait du bien à tout le monde, je crois.

— Bien sûr, répond Matt après une seconde d'hésitation. Avec plaisir.

J'attends dans l'entrée, enlève mon manteau et ajoute ma contribution à la pile de chaussures près de la porte. Justin, Katie et Matt traversent le salon et j'entends Matt demander quand on va installer le sapin et ce que veulent les enfants cette année pour Noël. Simon sort de la cuisine avec une bouteille de vin et une poignée de verres dont les pieds sont coincés en équilibre précaire entre ses doigts.

— Tu viens ?

Il me regarde, inquiet, sans trop savoir comment m'aider. Je lui adresse un sourire rassurant et lui promets de les rejoindre.

J'entrebâille un peu plus la porte restée entrouverte et laisse l'air froid me caresser le visage. Je m'oblige à regarder à côté, le jardin devant chez Melissa où volette le ruban de signalisation de la police.

Non pas pour me rappeler ce qui est arrivé, mais pour me rappeler que c'est fini.

Je ferme la porte et vais rejoindre mes proches.

Épilogue

Melissa n'a jamais su voir le potentiel de croissance. Jamais su ou jamais voulu. Qui sait ? Ce n'était pas notre unique sujet de dispute. Elle était si intelligente à bien des égards ; si disposée à travailler avec moi, si prête à croire en moi quand personne d'autre n'y croyait. Et en même temps, elle manquait de perspicacité.

Inutile de changer quoi que ce soit, nous gagnons de l'argent, disait-elle. Pourquoi faire des vagues ? Je savais que nous avions un potentiel énorme et j'étais frustré qu'elle refuse de le reconnaître. Tu parles d'un entrepreneur !

Elle aimait se considérer comme mon mentor mais, à vrai dire, elle avait plus besoin de moi que le contraire. Sans moi, elle n'aurait jamais réussi à brouiller les pistes aussi efficacement.

Sans moi, Melissa n'était rien.

Le jeu du chat et de la souris – la traque de Katie à travers Londres : c'était mon idée.

Ces deux-là refusaient de laisser tomber et la police se rapprochait de jour en jour. Un dernier exploit, *ai-je dit à Melissa.* Quand tu auras fait ça, tu pourras disparaître à Rio avec quatre-vingts pour cent de nos bénéfices et personne ne te retrouvera jamais. *Nous formions une bonne équipe, mais il était temps de passer à autre chose, autant pour elle que pour moi.*

Ah, oui, quatre-vingts pour cent des bénéfices.

Quelle femme d'affaires intraitable ! Même si c'est moi qui ai passé les annonces dans la Gazette, *piraté le système de vidéosurveillance, abordé les clients – grâce au carnet d'adresses de Neil. Et tout ça pour quoi ? Vingt pour cent, putain !*

Vas-y, *ai-je dit à Melissa.* Une dernière partie avant de tirer ta révérence. Fais-le pour moi. Parce que je t'ai aidée. À ton tour, maintenant.

Et elle l'a fait.

En voyant le profil de Katie, j'ai su que ça avait commencé. J'ai senti mon cœur s'emballer et je me suis demandé si Melissa était fébrile. Nous n'avions jamais rien fait de pareil mais ça semblait logique. C'était jubilatoire.

Quant à Katie… J'ai longuement réfléchi à ma vengeance. Non seulement à cause de son besoin constant d'attention, mais parce qu'elle était la préférée. Parce qu'elle n'a jamais eu de problèmes, jamais d'ennuis avec la police, ne s'est jamais fait virer de l'école.

*C'était pour me venger d'*elle *aussi.*

Zoe.

Affectueusement, de la part de ton fils.

Parce qu'elle a quitté papa alors qu'il avait tout sacrifié pour elle. Parce qu'elle m'a arraché à mes amis, s'est tapé un type qu'elle venait de rencontrer avant même d'être divorcée, et l'a installé chez nous en se foutant bien de ce que j'en pensais.

Ils croient avoir gagné la partie maintenant que Melissa est morte. Ils croient que c'est fini.

Ils se trompent.

Ça ne fait que commencer.

Je n'ai besoin ni de Melissa, ni des annonces de la Gazette, *ni du site Internet.*

J'ai le concept, la technologie et une liste de clients intéressés par le service spécifique que je peux leur fournir.

Et bien sûr, je t'ai, toi.

Toi, et des milliers d'autres femmes qui font la même chose tous les jours.

Je te vois, mais toi, tu ne me vois pas.

Jusqu'à ce que j'en décide autrement.

Photocomposition Nord Compo

Imprimé chez Brodard et Taupin en janvier 2017

Pour le compte des Éditions Marabout.
Dépôt légal : mars 2017
ISBN : 978-2-501-11451-6
5903140
N° d' impression : 3020232